Gudrun Krohne

Bruder Oleg

und

das verlorene Schaf

Historischer Kriminalroman

Bibliografische Information der Deutschen Nationalbiblio thek:
Die deutsche Nationalbibliothek verzeichnet diese Publikation
in der Deutschen Nationalbibliografie. Detaillierte bibliografische Daten sind im Internet über dnb.dnb.de abrufbar.

Lektorat: Dr. Thomas Melerowicz, Schreibwerkstatt-online.net

Verlag: BoD · Books on Demand GmbH, In de Tarpen 42, 22848
Norderstedt
Druck: Libri Plureos GmbH, Friedensallee 273, 22763 Hamburg
Coverdesign Herstellung und Verlag: BoD – Books on Demand.
Norderstedt

ISBN: 978-3-7597-1244-8

Personen

In der Schafhürde

Bruder Oleg – kann seinen Hang zu Nachforschungen auch in der vermeintlichen Verbannung nicht bezähmen, was ihn unausweichlich in erneute Schwierigkeiten bringt

Bruder Petrus – kommt mit seiner Verbannung weit besser zurecht, wenn er sich auch um die geringe Anzahl Mäuler grämt, die er als Koch nur noch zu stopfen hat

Bruder Melchior – lässt sich nicht so leicht aus der Ruhe bringen

Novize Gunther – der in der freien Natur aufblüht und zu einer selbstbewussten Haltung findet

Animo – die Ponystute und eine ganze Herde von kleinen, namenlosen Schafen

Die Burgleute

Ritter Notger von Alvensleben – finsterer Rittersmann auf der Nigreber Burg, der seinen Ingrimm nach und nach verliert und seinen Freunden ein treuer Verbündeter ist

Andreas von der Heide – Notgers Knappe, hat noch einiges an Weitsicht zu lernen

Bero, Hatto, Gallus – Dienstmannen bei Notger

Ida von Waldeser – Herrin auf der Waldeser Burg bei Schartau, trägt ihren Makel mit Würde

Ritter Randolph von den Linden – Burghauptmann auf der Waldeser Burg mit hochfliegenden Plänen

Jeppe, Cone, Hans – Spießgesellen von Randolph

Matilda – Köchin auf der Waldeser Burg

Christian von Waldeser – verbannt von seinem Vater, in einer Sturmnacht im Ostmeer über Bord gegangen

Otto von Waldeser – vom Schlag niedergestreckt, als er vom Tod seines Sohnes erfährt

Die Gaukler

Vincent Ohnegleichen – Prinzipal der Gaukler

Bertram – der Jongleur

Ratzfatz – der Messerwerfer

Musikus – der Fiedler

Die Dorfleute

Kuno Ährenreich – Dorfschulte, weiß, wen er um Hilfe bitten muss

Jan – Ährenreichs Ältester, hält seinen Bruder für einen Tagedieb

Kaspar – Ährenreichs Jüngster mit offenem Geist, nimmt sein Glück selbst in die Hand

Martha – Magd im Hause Ährenreich, wärmt dem Dorfschulten nicht nur die Suppe

oll Brigitta – altes Kräuterweib, von der Oleg noch einiges lernen kann,

Hedwig und Marie – zwei uralte Schwestern, die beim Weihnachtsessen der Mönche so einiges zu erzählen haben

Jakob und Martin – Gerbersöhne, schließen mit Gunther eine Freundschaft zum gegenseitigen Nutzen

Pater Sebastian – Dorfpfarrer in Schartau

....

Ach ja ... und *Bruder Hubertus* – Schreiber des Priors in Magdeborch, versucht in dieser Funktion wieder einmal, Oleg das Leben schwer zu machen ... und wieder einmal vergeblich

Bruder Oleg
und
das verlorene Schaf

Sankt Wolfgangstag im Jahre des Herrn 1394

1. Kapitel

Der Barfüßermönch am Ende des kleinen Trupps verhielt den Schritt und schüttelte zwei, drei Steinchen aus seinen aufgeweichten Sandalen. Bruder Oleg wünschte sich nicht zum ersten Mal auf diesem schlammigen Weg, er könne eines der drei Paar fester Lederstiefel anziehen. Bruder Benno, der Vorsteher der Kleiderkammer des Klosters, hatte den reisenden Mönchen diese mit einigen Ermahnungen zum pfleglichen Umgang mit auf die Reise gegeben. Doch lagen die Stiefel gut verschnürt ganz unten auf dem Eselskarren und würden erst bei Frost und Schneefall zum Einsatz kommen.

Seine Reisekameraden waren mit dem Wagen schon ein Stück weitergezogen, bevor Bruder Oleg sich ihnen eiligen Schrittes wieder anschloss. Und da er mehr als eine Handbreit kleiner war als das normale Mittelmaß, brauchte er drei Schritte, wo die anderen nur zwei machten.

Wenn man einmal vom Novizen Gunther absah, dann war Bruder Oleg der Jüngste der drei Barfüßermönche, die gemächlich, aber beharrlich ihrem Ziel, der Schafhürde bei Schartau, zustrebten. Er hatte die Mitte Dreißig schon erreicht, aber so genau wusste er das nicht. Als wohl fünfjähriger Bub war er von seinen Eltern fortgejagt worden, da es ihnen vor seinen verschiedenfarbigen Augen grauste. Einige Jahre hatte er daraufhin sein Leben als Betteljunge in einer Bande jugendlicher Beutelschneider gefristet. Dann war er auf die Beginen getroffen und hatte einer von ihnen in gro-

8

ßer Not beigestanden. Im Verlaufe dieser heldenhaften Tat wurde ihm von einem grausamen Menschen sein braunes Auge ausgestochen. Das gütige Schicksal führte den nun einäugigen Jungen ins Kloster der Barfüßer, wo er Pflege und später Aufnahme fand.

Oleg hob den Blick, den er trübsinnig auf seine Fußspitzen geheftet hatte, und musterte die Rücken seiner Reisegefährten. Er hatte sich ganz bewusst dafür entschieden, den Schluss ihres Reisezuges zu bilden. So konnte er einerseits ungestört seinen nicht eben erfreulichen Gedanken nachhängen und andererseits das Geschehen vor sich im Auge behalten. Nicht, dass es da viel aufzupassen gab, aber der Guardian der Barfüßer, Vater Odo, hatte ihm die Oberaufsicht übertragen. Das Vertrauen des Abtes in seine Fähigkeit, die anderen zu leiten und zu lenken, konnte Oleg nicht darüber hinwegtrösten, dass er sich auf dem Weg in die Verbannung befand.

Er presste die Lippen aufeinander und sehnte sich schon jetzt mit ganzem Herzen zurück ins Barfüßerkloster zu Magdeborch, zu seinen Aufgaben im Klostergarten und seinen Arbeiten in der Kräuterwerkstatt. Noch vor wenigen Wochen hatte er sich ausgemalt, wie er den Winter über gemeinsam mit seinem guten Freund Bruder Kamillus in der Werkstatt wirken würde. Wie sie mit einem dampfenden Becher Kräuteraufguss an der warmen Kohlenpfanne sitzen und Arzeneien und Tinkturen zusammen mischen würden. Vielen kranken Menschen standen sie alljährlich in den kalten Monaten mit ihren Kräutermischungen, Salben und Pastillen bei.

Und nun würde er stattdessen bis zum nächsten Frühjahr Schafe hüten, deren Mist zusammenkehren und wer weiß noch was alles für Arbeiten verrichten. Er hatte von der Schafhaltung nicht mehr Ahnung als vom Steuern einer Hansekogge.

Und das alles nur, weil er seine Spürnase in einen Mordfall gesteckt hatte. Das er damit einen Unschuldigen vor Marter und Tod bewahrt und den wahren Malefikanten überführt hatte, schien ohne Belang zu sein.

Oleg seufzte vernehmlich über so viel Ungerechtigkeit, schalt sich aber sogleich einen Narren. Der Gottvater würde schon wissen, warum er seinen demütigen Knecht Oleg in diese Einöde führte.

Das Seufzen war nicht unbemerkt geblieben. Zwar erbarmte sich nicht der Allmächtige mit dem hadernden Mönch und sandte ihm auch nicht einen neuen Auftrag, der ihn umgehend zurück ins Kloster führte, aber Gunther wandte sich um, sah das bekümmerte Gesicht seines Mentors und gesellte sich an dessen Seite.

„Habt Ihr Beschwerden, Bruder Oleg?", fragte der etwa fünfzehnjährige, etwas pummelige Junge besorgt und ließ seinen Blick scheu über das Lederband gleiten, dass die leere Augenhöhle des Mönchs verbarg.

„Es ist alles gut", beschwichtigte ihn Oleg und versuchte, eine gleichmütige Miene aufzusetzen. Er würde den Jungen nicht mit seinen trüben Gedanken belasten. Der hatte in den vergangenen Monaten schon genug auszustehen gehabt. Von etlichen anderen Novizen beständig wegen seiner Lippenspalte gehänselt, hatte er endlich einen geschützten Ort bei Oleg und Kamillus in den Gärten gefunden und sich auch recht anstellig bei allen Arbeiten gezeigt. Und dann fand er an eben diesem Zufluchtsort den grausam zugerichteten Körper eines Toten, was ihn in tiefe Verwirrung des Geistes stürzte und einen Abscheu gegen seine geliebten Gärten zur Folge hatte.

Gunther empfand es keinesfalls als Verbannung, dass der Abt ihn nun für ein halbes Jahr fortschickte. Ganz im Gegenteil. Er war froh Abstand gewinnen zu können und hoffte im Stillen, dass er im Frühjahr gesund und munter ins Kloster zurückkehren und wieder freudig seine Tätigkeiten im Klostergarten aufnehmen konnte.

Da der Novize an seiner Seite blieb, fügte Oleg noch hinzu: „Mir sind nur einige Steinchen zwischen die Zehen geraten, die sich einfach nicht herausschütteln lassen wollten."

„Ja, das kann schon lästig sein", stimmte Gunther zu und bemühte sich ebenfalls um einen besonnenen Gesichtsausdruck, ganz so, wie es einem zukünftigen Mönch anstand. Das hielt er knapp drei Atemzüge durch und fragte dann lebhaft: „Ist es nicht aufregend eine solche Reise zu unternehmen, zu einem Ort, den man noch nie zuvor gesehen hat?" Und bevor Oleg darauf antworten konnte, fuhr der Junge schon fort: „Ja, ich weiß, Ihr habt schon weit längere und sicher auch gefahrvollere Reisen unternommen. Doch seit ich mit neun Jahren ins Kloster kam, habe ich die Stadtmauern von Magdeborch nie verlassen."

„Nun, dann hast du ja jetzt ausreichend Gelegenheit, dir die Welt ein wenig zu besehen", gab Oleg zurück und musste unwillkürlich daran denken, wie er selbst als Novize eine wochenlange und zeitweise recht bedrohliche Reise mit seinem väterlichen Freund Pater Kilian und seinen guten Freunden Hildegard und Witho unternommen hatte.

Noch ehe er diesem Gedanken allzu lange nachhängen konnte, stockte der Eselskarren und die zwei anderen Mönche, Bruder Petrus und Bruder Melchior, wandten sich zu Oleg und Gunther um.

„Es ist Zeit für eine Rast", bestimmte Melchior. Er blickte himmelwärts, als wolle er am Stand der Sonne die Tageszeit ablesen. Doch dort zogen nur gemächlich dicke, dunkelgraue Wolken ihres Weges. Seit dem Aufbruch der Mönche drohten sie mit Regen. Zwar hatte es hin und wieder ein wenig getröpfelt, doch von anhaltenden Regenfluten waren sie bisher verschont geblieben. Die Wolken hatten sich wohl vorerst in der vergangenen Nacht gründlich leergeregnet.

Oleg kam kurz in den Sinn, dass doch eigentlich er über den Zeitpunkt einer Rast entscheiden müsste. Doch Bruder Melchior war ihr Führer nach Schartau und würde schon wissen, wie der Weg einzuteilen war. So nickte er nur wortlos.

„Wir haben schon gut die Hälfte unseres Weges zur Fähre bei Hohenwarthe geschafft", verkündete Melchior, als Oleg und Gunther herangekommen waren. „Wir sollten am Nachmittag übersetzen und dann ist es noch ungefähr eine gute Stunde bis zu unserem Nachtquartier. Morgen können wir dann am zeitigen Vormittag in Schartau ankommen."

Inzwischen hatte Bruder Petrus für jeden einen Kanten Brot und eine handtellergroße, dünne Scheibe Speck aus den Vorräten vom Karren hervorgezogen. Petrus war Koch im Kloster gewesen. Im Gegensatz zu Oleg hatte er sich wirklich einige teilweise schwerwiegende Verfehlungen bei den jüngsten Ereignissen vorzuwerfen. Und so empfand Petrus seine halbjährige Verbannung als Gnade, hatten ihn doch schwere Ängste geplagt, der Guardian könne ihn aus dem Orden ausstoßen oder auf eine jahrelange Pilgerreise schicken.

Vor Petrus hatte Oleg einen gehörigen Respekt. Der große, bärbeißige Koch hatte ihm schon als Knaben mit seinem großen Rührlöffel auf vorwitzige Langfinger geklopft oder ihm mit seinen massigen Pranken das Ohr langgezogen. Doch Oleg wusste auch, dass der Bruder unter einer rauen Schale sorgsam sein mitfühlendes, weiches Herz verbarg. Und ein begnadeter Koch war er allemal. Das würde den Winter in diesem Schafstall erträglicher machen. Dahingegen würden die im Kloster zurückgebliebenen Brüder ihren Koch nicht nur über die Fastenzeit, in der er auch noch aus den einfachsten Zutaten schmackhafte Mahlzeiten zuzubereiten wusste, vermissen. Und die Weihnachtszeit würden die Mönche ohne Petrus wohl als harte Prüfung erleben.

Ja, die Brüder im Kloster. Während Oleg an Brot und Speck nagte, dachte er an den Abschied zurück. Während der morgendlichen Konventsmesse hatten die Mönche für ihre Brüder, die sich gleich nach dem Frühmahl auf die Reise begeben würden, gebetet und gesungen.

Der Karren war schon am Vorabend beladen worden und so hätten sie nur noch den Esel vorspannen müssen, um zeitig aufzubrechen. Doch es gab noch eine kleine Verzögerung. Abt Odo hatte Oleg in sein Sprechzimmer rufen lassen. Schon hatte Oleg mit neuerlichen Ermahnungen gerechnet, dass er sich aus allem heraushalten solle, was die Schafhaltung nicht unmittelbar betraf. Er hatte sich innerlich gewappnet, alles demütig über sich ergehen zu lassen. Und dann wurde er doch überrascht, so dass er nur verwirrt mit seinem blauen Auge blinzeln konnte. Der Abt reichte ihm ein versiegeltes Pergament und trug ihm auf, dieses in der zweiten Woche nach seiner Ankunft in der Schafhürde zu öffnen. Erst solle er sich mit allen Arbeiten, welche die Schafhaltung mit sich brachte, vertraut machen.

Oleg kaute den letzten Happen Brot hinunter und spülte mit Dünnbier nach, das Petrus ihm mit dem gemeinsamen Becher reichte. Währenddessen tastete er nach dem Schreiben in seinem Beutel. Es war wasserdicht in Wachstuch eingeschlagen und auch wenn ihn die Neugier schon gewaltig zwackte, würde er doch bis zur zweiten Woche warten, aber auch keinen Tag länger. Bei der Übergabe am Morgen hatte er das Siegel des Guardians erkannt und Oleg fragte sich beständig, was der Vater Abt ihm wohl mitzuteilen hatte, das er ihm nicht selbst vor dem Aufbruch hatte sagen können.

Hatte Oleg schon nicht die Entscheidung zur Rast getroffen, so wollte er wenigstens den Zeitpunkt des Aufbruchs bestimmen.

„Wir gehen weiter", verkündete er und gesellte sich dann zu Bruder Melchior, der den Esel am Halfter führte. Bruder Melchior war schon im Frühsommer zu der Schafhürde geschickt worden. Die zwei Brüder, die jahrelang die Tiere versorgt hatten, hatten um Hilfe gebeten, da sie inzwischen so betagt waren, dass sie den vielfältigen Aufgaben nicht mehr gerecht werden konnten. So war Melchior mit einem weiteren Laienbruder und Bruder Hubertus, dem Schreiber des Priors, dorthin aufgebrochen. Als Oleg an Hubertus dachte, hätte er am liebsten mit den Zähnen geknirscht. Dessen Spott und Häme konnte er schon fast körperlich spüren. Derselbe einäugige Mönch würde Hubertus ablösen, dem er es zu verdanke hatte, die vergangenen Monate in Enthaltsamkeit und Abgeschiedenheit verbracht zu haben. Zuvor hatte er ein privilegiertes Leben als Schreiber des Priors geführt.

Wieder hatten sich die Wolken entschlossen ein wenig ihrer Last gen Erde abzuladen. Der feuchte, erhöhte Dammweg, der durch die sumpfigen Auen der Elbe führte, konnte die zusätzliche Nässe nicht mehr aufnehmen und die ausgefahrenen Karrenspuren füllten sich zusehends mit Regenwasser. Oleg zog sich die Kapuze über den Kopf. Ein Gespräch mit Bruder Melchior war nun nicht mehr möglich, denn jeder versuchte, den Pfützen halbwegs auszuweichen.

Bruder Melchior war ohnehin von der schweigsamen Art. Der große, kräftige Mönch, der wohl schon die Mitte der Vierzig erreicht hatte, schritt fest aus. Ihm schienen die Wetterunbilden nichts anhaben zu können. Die Gestalt zeugte von körperlicher Arbeit und seine Haut war von einer Bräune, die auch im Winter nicht verblasste. Geschmeidige, schwarze Haare lagen in feinen Locken um seine Tonsur und seine Augen waren fast von der gleichen Farbe. Irgendjemand hatte Oleg einmal erzählt, Melchiors Großvater sei ein Ritter aus Neapel gewesen, den es infolge eines Kriegszuges in deutsche Lande verschlagen hatte.

Der leise rinnende Regen ging in feines Nieseln über, der innerhalb der nächsten zwei Stunden beharrlich versuchte, die festen Kutten der Mönche zu durchdringen. Die nackten Füße in dem leichten Schuhwerk waren mit Schlamm überkrustet und auf den ersten Blick konnte man nicht mehr erkennen, wo der Fuß aufhörte und die Riemen der Sandale begannen.

13

So erreichten sie am frühen Nachmittag die Fähre bei Hohenwarthe. Dort wartete bereits ein hoch beladener Kaufmannswagen, der sie kurz nach ihrer Rast um die Mittagszeit überholt hatte.

Der Knecht hatte schon die zwei Pferde ausgeschirrt und war eben dabei, die Halteseile, mit denen die Ballen und Kisten auf dem Wagen festgezurrt waren, zu lösen. Der Handelsherr war sich nicht zu fein, selbst mit anzupacken, und so arbeiteten Herr und Knecht Hand in Hand.

Die Fähre legte eben vom gegenüberliegenden Ufer ab. Melchior erklärte seinen Brüdern, dass sie vor der Überfahrt ihren Karren abladen müssten und der Esel auszuspannen war.

Am diesseitigen Ufer angelangt, verließen etliche Reisende zu Fuß die Fähre. Ein Buckelkrämer stemmte sein schweres Tragegestell auf den Rücken. Ein altes Weiblein lockte mit leisen Worten ein nicht minder betagtes Eselchen, das mit hoch aufgetürmtem Bruchholz beladen war, über die Planke und zwei Dominikaner, deren ehemals schneeweiße Kutten ihren Tribut an Regen und Schlammpfützen hatten entrichten müssen, schritten hocherhobenen Hauptes an den vier Barfüßermönchen vorbei.

Und dann wurden noch ein zweiachsiger, breiter Wagen, zwei Maultiere und zahlreiche Kisten sowie fest verschnürte Ballen und vier versiegelte Fässer von Bord geschafft. Derweil die beiden Knechte mit dem Entladen und dem neuerlichen Beladen beschäftigt waren wechselten die Kaufherren einige Worte über das Woher und Wohin und die Beschaffenheit der Wege.

Der Fährer und sein Knecht sahen sich das eine Weile mit an und drängten dann die Kaufleute, ihren Dienstmännern gefälligst zur Hand zu gehen, sonst würden sie eigenhändig die verbliebene Ware von Bord schaffen. Dabei ließen sie keinen Zweifel daran, dass der eine oder andere Ballen seine Reise im Wasser der Elbe fortsetzen würde.

Die Händler zerkauten einige Flüche zwischen den Zähnen, griffen nun aber auch zu. So ging die Arbeit zügiger voran. Schließlich konnten Oleg und seine Gefährten ihre Bündel, den Karren und den Esel auf die schwankende Plattform schaffen. Gepäckstücke, Wagen und Zugtiere wurden nach den Anweisungen der Fährleute so verteilt, dass ein annäherndes Gleichgewicht erreicht wurde.

Gunther genoss die Überfahrt mit großen Augen und konnte sich gar nicht satt sehen an den Strudeln der Strömung. Jeden springenden Fisch begleitete er mit einem kleinen, freudigen Laut. Am meisten hatten es ihm aber die technischen Vorrichtungen der Fähre angetan. Respektvoll fragte er den Fährknecht nach der Wirkungsweise der Fähreinrichtung. Der Knecht zeigte sich aufgeschlossen gegenüber dem aufrichtigen Interesse des Jungen und erklärte ihm geduldig das Zusammenwirken von Seilen und Strömung.

Oleg nutzte die Ruhepause, Bruder Melchior nach ihrem Nachtquartier zu fragen.

Melchior dachte gründlich über die Antwort nach, wie es seine Art war, und antwortete dann: „Wir werden in der Nigreber Burg übernachten. Der Burgherr ist zwar ein grimmiger, wortkarger Mann, aber uns Mönchen gegenüber wohlgesonnen. Man wird uns dort gut verköstigen und wir werden ein trockenes und warmes Nachtlager finden."

Bei der Erwähnung der Nigreber Burg musste Oleg sogleich an den jungen Ritter Notger von Alvensleben denken, der vor vielen Jahren mit seiner jungen Frau die Burg nach allerlei Querelen bezogen hatte. Zwar hatte Oleg mit dem Ritter, der inzwischen auch Anfang der Vierzig sein mochte, nicht allzu viel zu tun gehabt, doch war der dazumal ein guter Freund und Weggefährte von Olegs Magdeborcher Freunden Hildegard und Witho gewesen. Aus deren Erzählungen und den wenigen eigenen Begegnungen mit dem jungen von Alvensleben war Oleg der Ritter als tatkräftiger und unbeschwerter Mann im Gedächtnis geblieben. Und nun sollte dort ein grimmiger, wortkarger Herr gebieten? Das passte so gar nicht zu seinen Erinnerungen. Womöglich hatte ja in den Jahren, in denen er selbst fern von Magdeborch geweilt hatte, auf der Burg ein Herrschaftswechsel stattgefunden.

Oleg fragte nicht weiter nach. In ein, zwei Stunden würde er sich selbst ein Bild machen können.

Das Entladen nahm nur kurze Zeit in Anspruch. Unweit der Fähre stand eine solide Herberge, die von den Fährleuten betrieben wurde. Aus der Esse stieg Rauch auf. Der Duft eines fetten Kohleintopfes fand seinen Weg bis zu den Mönchen. Gunthers Magen knurrte vernehmlich. Mit einem bedauernden Blick zu dem Gasthaus stemmte auch er sich hinten gegen den Karren, um ihn von der Anlegestelle den tief ausgefahrenen, glitschigen Abhang zum Dammweg hinaufzuschieben.

Oleg und seine Reisekameraden folgten weiter dem Fahrweg, der nun auf der Ostseite der Elbe durch Auwälder und Wiesen führte. Dort, wo er sich gesenkt hatte, wurde das Fortkommen durch oberschenkeldicke Holzstämme erleichtert, die dicht an dicht zu einem holprigen Knüppeldamm zusammengefügt waren.

Es war inzwischen später Nachmittag und die Sonne neigte sich langsam dem Horizont zu. Zur Vesper würde es so gut wie dunkel sein und bis dahin sollten sie die kurze Wegstrecke zur Nigreber Burg geschafft haben.

Es gab keinen weiteren Aufenthalt und Oleg hätte sich und ihr Unternehmen eigentlich glücklich preisen sollen. Bisher waren sie ohne zeitraubende Verzögerungen vorangekommen.

Die Burg erreichten sie, als sich die Dunkelheit über das Land senkte. Auf dem Wehrgang rechts und links des Torhauses wurden gerade zwei Fackeln entzündet und die beiden Torhälften schwangen eben zu. Noch war Olegs Trupp gut einhundert Schritt entfernt. Ohne dass Oleg den Auftrag dazu erteilen musste, überholte Gunther in schnellem Lauf den Karren und rannte mit fliegenden Kuttensäumen schnurstracks auf das sich schließende Tor zu. Aus der Entfernung von gut zwei Dutzend Schritten wedelte er mit den Armen und rief lauthals, dass man doch noch warten solle, da sich Gäste der Burg näherten.

Ein grauhaariger Wachmann streckte den Kopf durch den verbliebenen Türspalt und musterte erstaunt den Kuttenträger, der völlig außer Atem die Hände auf die Oberschenkel stemmte und irgendetwas stammelte. Dann kam der Karren mit den drei Mönchen in Sicht und der Mann wurde wachsam. Zwar gab es seit Jahren keine kriegerischen Auseinandersetzungen in der Gegend, aber man konnte ja nie wissen, ob sich nicht irgendwelches Raubgesindel in die Burg einschleichen wollte.

Oleg trat vor. „Gott zum Gruße, guter Mann. Wir sind Minderbrüder von den Barfüßern zu Magdeborch und auf dem Weg zu unserer Außenstelle, der Schafhürde unweit des Dorfes Schartau. Ich bin Bruder Oleg und das sind Bruder Melchior, Bruder Petrus und der Novize Gunther. Wir bitten um Obdach für diese Nacht."

Der Wachmann hörte sich alles geduldig an, ließ dabei aber seinen aufmerksamen Blick über die Umgebung schweifen, die nun in völliger Dunkelheit lag. Ein paar womöglich verkleidete Mönche würden ihn nicht einlullen, derweil sich weitere Galgenstricke in der Finsternis anschlichen.

Er drehte sich halb um und rief nach dem Wachführer, der nach wenigen Augenblicken heraustrat und den Trupp ebenso misstrauisch musterte, ihnen schließlich aber gestattete ihren Karren in den Zwinger zu lenken. Dort sollten sie warten, bis der Burgherr eine Entscheidung treffen würde.

Oleg bedankte sich aufrichtig, zweifelte er doch keinen Augenblick daran, dass sie willkommen sein würden. Bruder Melchior hatte schließlich gesagt, dass der Herr den Mönchen wohlgesonnen war.

Es dauerte dann auch nicht mehr lange, bis ein hoher, schlanker Mann über den Burghof herankam. Trotz des flackernden Lichts der in Hof und Zwinger brennenden Fackeln war ersichtlich, dass er sein linkes Bein nachzog und die Schulter auf derselben Seite etwas herabhing. Dem Wappenrock aus gutem Tuch nach zu schließen war es der Burgherr.

Die Musterung der Mönche fiel recht kurz aus. „Vom Barfüßerkloster in Magdeborch also und auf dem Weg nach Schartau. Seid willkommen, gute Brüder." Er drehte sich zu dem Wachführer um, der ihm gefolgt war, und bellte ihn an: „Warum steht der Karren der ehrwürdigen Brüder noch hier draußen im Regen? Ein Stallbursche soll sich umgehend darum kümmern." Und wieder zu den Mönchen: „Ihr seid reichlich nass geworden. Folgt mir. In der Halle könnt ihr euch am Feuer aufwärmen und auch eine Mahlzeit wird sich finden."

Damit wandte er sich in der Gewissheit um, dass die Mönche sich ihm anschließen würden, um sobald als möglich ihre klammen Glieder dem wärmenden Feuer entgegenzustrecken.

Oleg hatte seinerseits den Burgherrn gründlich gemustert. Von der Gestalt und auch von der Stimme her könnte es Ritter Notger sein, dachte er, als er sich eiligen Schrittes anschloss. Das Gesicht war jedoch hinter einem dichten Bart verborgen und auch das unzureichende Licht im Hof machte es schwer, den jungen Mann von einst zu erkennen.

Im Halbdunkel der Halle saßen einige wachfreie Dienstleute bei Würfelspiel und Dünnbier. Mit gedämpften Stimmen begleiteten sie das Fallen der Würfel und hüteten sich davor, in lautstarkes Frohlocken oder unflätiges Fluchen über die erreichte Augenzahl auszubrechen.

Der Burgherr bestimmte, dass zwei Schragen mit einem darüberliegenden Brett für die Gäste nahe ans Feuer zu rücken waren, und schickte einen Jungen, in der Küche heißen Würzwein, kalten Braten und Brot zu bestellen. Ohne zu murren kamen seine Leute den Anweisungen eilig nach.

Nun, sollte der Herr auch grimmig und wortkarg sein, wie Bruder Melchior gesagt hatte, so herrscht doch Zucht und Ordnung, dachte Oleg und besah sich den schlanken Mann im Lichte des hell lodernden Feuers genauer. Der dichte, weizenblonde Bart und das Haupthaar waren von zahlreichen grauen Strähnen durchzogen. Auffällig waren die braunen Augen unter dem hellen Haarschopf, die ihrerseits die Gäste ein wenig müde, aber nicht gleichgültig betrachteten.

Eine junge Magd huschte herein, gönnte ihrem Herrn einen scheuen Blick und tischte dann Würzwein, Braten und Brot auf. Eine Schüssel mit dem aufgewärmten Rest eines deftigen Eintopfs aus Wurzelgemüse, in dem daumengroße, fette Fleischbrocken schwammen, stellte sie ebenfalls dazu. Die Mönche ließen es sich schmecken. Ihre feuchten Kutten begannen in der Nähe des Feuers zu dampfen und langsam schwand die klamme Kälte aus ihren Gliedern und machte einer wohligen Müdigkeit Platz.

Der Burgherr hatte sich mit seinem Becher zu ihnen gesetzt und beobachtete seine Gäste nun mit zusammengezogenen Brauen, so dass man fast meinen konnte, er berechnete schon, was ihm die fremden Leute wegfressen würden.

Oleg schickte einen schnellen Blick zur linken Hand des Ritters, die auf dem Tisch lag. Der kleine Finger fehlte. Jetzt war sich Oleg so gut wie sicher. Den linken, kleinen Finger hatte Notger von Alvensleben eingebüßt, als er vor vielen Jahren in die Suche nach dem Schatz der alten Tempelherren verwickelt war. So viel hatte Oleg damals aus Witho herausgequetscht.

„Ihr könnt in der Halle in den Binsen nahe dem Feuer schlafen", sagte der Ritter und sein Antlitz behielt seinen düsteren Ausdruck bei. „Dann werdet ihr morgen euren

Weg trocken fortsetzen können." Damit erhob er sich, um sich in sein Gemach zurückzuziehen.

Oleg, der daran zweifelte, dass sie den Burgherrn morgen früh noch einmal zu Gesicht bekommen würden, schließlich hatte er der Gastfreundschaft heute Abend schon Genüge getan, rief ihm leise fragend hinterher: „Ritter Notger?"

Der Schritt des anderen stockte, dann wandte er sich ruckartig um und war mit drei langen Schritten wieder am Tisch. Er beugte sich herunter und starrte dem einäugigen Mönch ins Gesicht.

„Kennen wir uns?", knurrte er, verärgert darüber, aufgehalten worden zu sein.

Die Würfel der Dienstleute rollten unbeachtet über den Tisch. Aufmerksam verfolgten sie das Geschehen bei den Mönchen.

Oleg erhob sich langsam, reichte dem Ritter aber trotzdem nur knapp bis zur Schulter. Er schluckte einmal angestrengt.

„So seid Ihr es also wirklich." Ein vorsichtiges Lächeln zog Olegs Mundwinkel nach oben.

„Und Ihr seid wer?"

Noch einmal musste Oleg schlucken. Womöglich war es ein Fehler, den Ritter an alte Zeiten zu erinnern.

„Ich bin Bruder Oleg. Vielleicht entsinnt Ihr Euch des Betteljungen, der sein eines Auge verlor, als er der Jungfer Hildegard in der Not beistand."

Der Ritter machte einen Schritt zurück und stieß einen Laut aus, der zwischen Schmerz und Überraschung lag. Dann trat er wieder vor.

„Oleg Buntauge", stieß er betroffen hervor und packte den kleinen Mönch an der Schulter. „Träume ich oder stehst du wahrhaftig hier vor mir?" Dann schüttelte er ungläubig den Kopf. „Gottes Wege sind wahrhaftig wundersam."

„So sagt man." Oleg gestattete sich ein breites Grinsen.

Ritter Notger ließ den Blick zwischen Oleg und seinen Begleitern zwei-, dreimal hin und her gehen.

„Ich habe mit eurem Bruder einiges zu bereden. Ihr werdet eine Weile auf ihn verzichten müssen", bestimmte er, ohne auch nur in Betracht zu ziehen, jemanden um seine Einwilligung zu bitten.

Hatte Oleg gedacht, sie würden in eine Kammer gehen, in der hoffentlich auch ein warmes Feuer brannte, so sah er sich getäuscht. Der Ritter führte ihn nur zehn, zwölf Schritte zur Seite, wo ebenfalls Tisch und Bänke standen.

Oleg rieb fröstelnd die noch immer ein wenig klammen Finger aneinander. Der Ritter sah es aus dem Augenwinkel und blaffte sogleich weitere Anweisungen: „Bero, eine große Kohlenpfanne für den Bruder. Hatto und Gallus, Würzwein und einen warmen Mantel."

Die Genannten spritzten augenblicklich los, um das Gewünschte herbeizuschaffen. Oleg fragte sich, ob ihre Eile der Angst vor Strafe geschuldet war, oder ob sie ihren Herrn verehrten und aus diesem Grund seinen Wünschen so umgehend Folge leisteten. Möglicherweise eine Mischung aus beidem.

Nach wenigen Augenblicken war Oleg mit Kohlenpfanne, warmem Wein und Mantel versorgt und harrte nun dessen, was der Ritter mit ihm zu besprechen gedachte. Der starrte jedoch auf seine gefalteten Hände und räusperte sich mehrmals. Ihm fehlten wohl noch die rechten Worte.

„Ich war lange nicht in Magdeborch", begann er schließlich. „Wie ist es dir – verzeiht, guter Bruder – wie ist es Euch in der Zwischenzeit ergangen?"

„Auch ich weilte viele Jahre an einem anderen Ort. Vor fast fünfzehn Jahren schickte mich mein damaliger Guardian, Vater Raimundus, ins Kloster nach Nyen Brandenborch. Ich kehrte erst im Frühjahr nach Magdeborch zurück. Nun hat mich Abt Odo mit meinen Begleitern zu unserer Außenstelle, der Schafhürde bei Schartau, geschickt, dass wir dort über den Winter die Tiere versorgen."

„Das wird sicher eine aufregende Zeit." Notger lachte trocken, ohne jede Spur von Fröhlichkeit und Oleg beschlich die Ahnung, dass der Ritter es genauso meinte, wie er es gesagt hatte. Zur Ahnung gesellte sich eine gewisse Unruhe, die ihn immer dann befiel, wenn abzusehen war, dass sich die Dinge anders entwickelten als erwartet.

Ohne weiter auf die Andeutung einzugehen, wechselte der Ritter das Thema: „Habt Ihr einmal Witho und Hildegard besucht?" Und als Oleg lächelnd nickte: „Geht es ihnen gut?"

„Sie bewohnen noch immer das Haus zwischen der Kapelle im Grauen Hof und dem Beginenkonvent. Der Gewürzhandel gedeiht. Ihre vier Kinder sind von geradem Wuchs und beweglichem Witz. Hildegard ist etwas kratzbürstiger geworden. Witho lässt es gutmütig über sich ergehen und tut dann das, was er für richtig erachtet. Kurz, sie sind glücklich mit sich und ihrem Leben."

„Glücklich – ja das waren wir, als wir dazumal auf der Quitzowburg gemeinsam vor die Kirchenpforten traten. Hildegard und Witho und Jonatha und ich." Die Finger verflochten sich enger ineinander und die Lippen wurden zu einem schmalen Strich, als wollte der Burgherr mit aller Macht ein gequältes Seufzen unterdrücken.

Oleg hatte schon zuvor nach der Burgherrin Jonatha von Quitzow fragen wollen. Doch das erübrigte sich nun. Offensichtlich gab es keine Burgherrin mehr. Und Kinder? Gab es Kinder?

Oleg nahm einen Schluck aus seinem Becher, an dem er sich die Hände wärmte, und überlegte in dieser kleinen Pause, wie er mehr aus dem von Leid geplagten Mann hervorbringen könnte. Vielleicht erleichterte es ihn, mit einem Fremden über seine Pein zu sprechen. „Wenn Ihr mit mir über das, was geschehen ist, reden möchtet, werde ich einfach nur zuhören. Ich bin ein Diener Gottes und werde mir weder ein Urteil erlauben, noch Euch ungefragt einen Rat erteilen."

Es zuckte um die Mundwinkel des Ritters und ein winziger Funke seiner alten Lebenslust stahl sich in seine Augenwinkel. „Also, wenn Ihr nichts gelernt haben solltet bei den Mönchen, Bruder Oleg, die geschliffene Rede beherrscht Ihr ganz ordentlich."

Als er nur einen sanften Blick darauf erhielt, seufzte Notger so verhalten, dass es keinesfalls bis zu seinen Dienstleuten dringen konnte, die sich jetzt wieder mit ihren Würfeln beschäftigten. Dann senkte er den Blick auf seine verknoteten Finger, löste diese voneinander und legte die Hände flach auf die Tischplatte.

Er hob den Blick. „Ja, wo soll ich anfangen. Die ersten Jahre nach unserer Eheschließung verliefen ausgenommen glücklich. Pünktlich nach neun Monaten brachte Jonatha unsere Tochter Helene zur Welt. Ich kam in der Zwischenzeit meinen Dienstpflichten bei meinem Lehnsherrn nach oder beschäftigte mich mit der Verwaltung von Burg und Dorf. Es waren ausgesprochen friedliche Zeiten. Leider dauern diese Zeiten immer weit weniger an als die unfriedlichen. Unser Sohn Alvo war erst wenige Wochen alt, als mich der

Erzbischof mit meinen Mannen zu den Waffen rief. Es ging wieder einmal gegen die Brandenborcher. Frohen Mutes und siegessicher zogen wir ins Feld. Wir kämpften tapfer. Doch dann wurde mein treues Pferd von einem Pfeil durchbohrt und begrub mich unter sich. Knie und Schulter kamen dabei zu Schaden. Als kampfunfähig wurde ich nach Hause geschickt."

Nun kam doch ein so gequälter Seufzer von ganz tief unten aus der Brust über die Lippen des Ritters, dass seine Leute kurz aufschauten, aber schnell wieder den Blick senkten, als hätten sie nichts bemerkt.

„Ich will nicht lange drum herumreden. Die Burg war durch Verrat kurzzeitig in die Hände marodierender Söldnertrupps gefallen. Zwar bei meinem Eintreffen schon zurückerobert, doch was diese Barbaren an Schaden angerichtet hatten, war nicht wiedergutzumachen. Meine Frau und meine zehnjährige Tochter von den Bestien geschändet, mein Sohn von der Brust seiner Mutter gerissen und aus dem Turmfenster geworfen. Das Elend war schier nicht auszuhalten. Doch es wurde schlimmer. Meine Tochter überlebte nur wenige Wochen und Jonatha ging wie ein Gespenst mit leerem Blick durch die Burg. Sie aß und trank nur mit viel Zureden, sprach mit ihren toten Kindern und wurde immer durchscheinender. Und dann fiel sie aus eben jenem Turmfenster, aus dem der Unhold unseren Sohn geschleudert hatte."

„Sie fiel?" Obwohl es Oleg nicht gewollt hatte, klang seine Stimme skeptisch.

„Sie fiel! So hat es der Burgkaplan in seinem Taufregister aufgeschrieben." Ungehalten richtete sich der Ritter aus seiner gebeugten Haltung auf und blitzte den kleinen Mönch an. Der nickte augenblicklich und nachdrücklich. Natürlich. Sollte auch nur der Hauch eines Zweifels daran bestehen, dass es kein Unfall gewesen war, sondern womöglich eine Selbsttötung, wäre der Burgherrin ein christliches Begräbnis versagt worden. In ungeweihter Erde hätte sie verscharrt werden müssen.

„Ich weiß gar nicht, warum ich Euch das alles erzähle", knirschte Notger zwischen den Zähnen hervor. „Aus Eurem geruhsamen Klosterleben heraus werdet Ihr kaum Verständnis für die Anfechtungen und Bedrängnisse des weltlichen Lebens haben."

Da hätte Oleg dem Ritter zwar einiges von seinen Anfechtungen und Bedrängnissen der letzten Monate erzählen können, aber das gehörte jetzt nicht hierher. Noch bevor er zu einer beschwichtigenden Antwort ansetzen konnte, wechselte der Burgherr erneut das Thema. „Sind Withos und Hildegards Kinder wohlauf? Wie viele, sagtet Ihr, haben sie jetzt?"

Nun, da konnte Oleg zumindest geradeheraus erzählen, obwohl es auch hier eine Angelegenheit gab, die ihn ganz persönlich betraf. Aber darüber würde er schweigen und sich nur hin und wieder ganz im Stillen einige Gedanken gönnen.

„Wie schon gesagt, sie haben vier Kinder. Den Ältesten haben sie an Kindesstatt angenommen." Oleg musste einmal kurz schlucken, weil seine Stimme beim letzten Satz ein wenig dünn geworden war.

Notger maß Oleg mit einem scharfen Blick und der konnte nicht verhindern, dass sich seine Wangen rosig überhauchten. Er hoffte, dass das Halbdunkel der Halle seine Verlegenheit ausreichend verbarg.

„Dann haben sie noch drei eigene Kinder", fuhr Oleg schnell fort. „Von Birthe und Hartman wisst Ihr sicher. Der Jüngste, Lutz, ist acht Jahre alt und ein rechter Wildfang. Ich habe ihn einige Monate unterrichtet. Ein kleiner Raufbold, der mir kaum dazu geeignet scheint, Muskatnüsse und Zimtrollen zu zählen oder Rechnungsbücher mit akkuraten Zahlen zu füllen. Kein bösartiger Junge, nur ein wenig ungebärdig. Ein Ritter will er werden."

Der Gastgeber machte eine unbestimmte Handbewegung. „Wer weiß. Die Zeiten ändern sich. Auch von Witho hätte zum Beginn unserer Bekanntschaft niemand geglaubt, dass er einmal ein angesehener Würzwarenhändler werden wird."

„Wohl war."

Notger angelte mit einem Lappen den Krug Würzwein vom Rand der Kohlenpfanne und schenkte seinem Gast heißen Wein nach. „Und von Euch hätte man schon gar nicht gedacht, dass Ihr einmal ein treuer Diener Gottes werdet. Ich weiß, dass ihr Barfüßer vom Franziskanischen Orden alle so etwas wie ein Handwerk erlernen müsst. Was ist Euer Arbeitsfeld unter Euren Brüdern? Oder seht Ihr in der Schafhaltung Eure Berufung?"

Oleg gestattete sich ein kurzes freudloses Auflachen, unterdrückte jedoch umgehend diese Gemütsregung. Er würde diesem, ihm so gut wie fremden Ritter keinesfalls von seiner Verbannung erzählen.

„Nun, die Schafhaltung entzog sich bisher meiner Aufmerksamkeit, doch dort, wohin Gott mich schickt, werde ich seinen Auftrag und den meines Guardians gewissenhaft und nach besten Kräften erfüllen. Im Übrigen bin ich erfahren im Kurieren diverser Krankheiten, kenne mich in der Wirkungsweise einer Vielzahl von Kräutern aus und weiß diese in allerhand Formen zuzubereiten."

„Ein Kräutermönch also. Das ist gut. Es kann nicht schaden, einen kräuterkundigen Mann in der Nähe zu haben. Von Eurer Schafhürde bis hierher sind es nur knapp zwei Wegstunden."

Oleg nickte eifrig. Er würde jede Gelegenheit ergreifen, seiner eigentlichen Berufung nachzugehen. Zwei Burgen mit zwei Dörfern beherbergten eine größere Anzahl Menschen. Sicherlich gab es da immer wieder den einen oder anderen Kranken, dem er mit seinen Kenntnissen beistehen könnte.

Also richtete er seinen schmächtigen Körper auf und sagte mit vollem Ernst: „Solltet Ihr oder einer Eurer Männer oder einer Eurer Dörfler meine Hilfe benötigen, zögert nicht, einen Boten zu schicken. Ich werde mich umgehend auf den Weg machen."

Ritter Notger streckte seinem Gast die Hand hin. „Und solltet Ihr dort in Eurer Schafhürde in unerwartete Händel verstrickt werden, zögert nicht, mich um Hilfe zu bitten."

Die Worte erschienen Oleg zwar etwas orakelhaft – in was für Händel sollten sie in dieser Einöde schon geraten – doch freudig schlug er in die ihm dargereichte Hand ein.

2. Kapitel

Die ersten Sonnenstrahlen fanden die Mönche schon auf dem letzten Abschnitt ihrer Reise zu ihrem neuen Wirkungskreis. Über Nacht hatte es aufgeklart. Zunächst war es noch ein wenig dunstig gewesen. Doch der leichte Nebel hatte schon bald dem Licht einer milchigen Sonne weichen müssen.

Wie Oleg es erwartet hatte, bekamen sie ihren Gastgeber am Morgen nicht mehr zu Gesicht. Aber er hatte in der Küche den Auftrag hinterlassen, die Mönche angemessen zu verköstigen. Und so wurde ihnen nicht nur ein gehaltvolles Frühstück vorgesetzt, sondern der Koch lud höchstpersönlich einen Beutel auf den Karren der Mönche, in dem sich eine drei Finger dicke Speckseite und zwei schon gerupfte und ausgenommene Hühner befanden.

Sie hatten kaum zweihundert Schritt zurückgelegt, als sich die Sonne auch durch die letzten Reste des Morgennebels kämpfte und den Mönchen Nacken und Gesicht wärmte. Ein wenig ungewöhnlich für den Beginn des Schlachtemonats, aber Oleg nahm es als gutes Omen, dass das Leben bei den Schafen nicht ganz so eintönig und grau in grau werden würde wie befürchtet. Und so langsam erfasste auch ihn eine gewisse Aufregung und Spannung, wie ihr neues Zuhause wohl beschaffen sein würde.

Obwohl, da gab er sich keiner Selbsttäuschung hin. Was konnte sie an ihrem Ziel schon erwarten? Ein zugiger Stall mit zwei Dutzend Schafen. Für ihre Bequemlichkeit gäbe es wohl zwei oder drei Verschläge, wo sie sich des Nachts ins Stroh wühlen konnten. Vielleicht noch eine Feuerstelle unter freiem Himmel und ein Bachlauf in der Nähe, um das Vieh zu tränken und sich selbst notdürftig zu reinigen.

Oleg hätte Bruder Melchior nur zu fragen brauchen, doch wollte er nicht allzu neugierig erscheinen und sich einen letzten Rest von Hoffnung bewahren.

Nach einer guten Stunde erreichten sie das Dorf. Die dazugehörige Burg war wenig imposant und thronte auf einer flachen Erhebung. Aber sie erfüllte wohl ihren Zweck, Dorf und Umland zu schützen. Oleg war sich sicher, dass die Burg von Ritter Notger um einiges wehrhafter war. Indes kam es im Verteidigungsfall nicht nur auf die Größe der Wehranlage an, sondern auch auf das Geschick und den Mut der Verteidiger.

Schon als sich der kleine Reisetrupp dem Dorf näherte, wurden sie von ein paar Kindern erspäht. Flink trugen sie die Kunde von der Ankunft der Mönche zu den Bewohnern. Die ließen stehen und liegen, womit sie gerade beschäftigt waren, und fanden sich in kleinen Gruppen entlang der Dorfstraße ein. Freudig sahen sie den Neuankömmlingen entgegen.

Der aufgeräumte erste Eindruck, den die Ansiedlung vermittelte, konnte nicht darüber hinwegtäuschen, dass die Dörfler eher ein armseliges Leben führten. Die Meisten der Kinder, die um den Eselskarren herumsprangen, waren hohläugig und ihre Kleidung bestand aus Lumpen, die die mageren Körper umschlotterte.

Dessen ungeachtet fanden sich auf dem Karren unvermutet verschiedene Gaben ein: eine Schale mit Eiern, ein frisches Brot, ein Tiegel mit Schmalz und die eine oder andere Rübe. Begleitet wurden sie von einem ehrerbietigen Neigen des Kopfes und einigen gemurmelten Worten, die sich anhörten wie „Endlich seid ihr da, ihr guten Brüder" oder „Jetzt wird alles gut" oder „Unsere Drangsal hat ein Ende". Dabei musterten sie verhalten neugierig Bruder Petrus, als erhofften sie sich gerade von ihm, besagter Drangsal alsbald ein Ende zu setzen.

Oleg wurde es zunehmend unwohl. In was waren sie da hineingeraten? Fragend sah er zu Bruder Melchior, doch der lächelte nur still. Die Freundlichkeit der Dorfleute schien ihn nicht zu überraschen.

Kurz vor dem Anger in der Mitte des Dorfes kamen sie an einer Brandruine vorbei. Fast hatte Oleg den Eindruck, als würden alle Leute einen Bogen um den schwarzen Schandfleck machen und nur den einen oder anderen scheuen Blick dorthin werfen. Dieses Gebäude war nicht erst vor Kurzem ein Raub der Flammen geworden. Zum einen fehlte der typische Brandgeruch, der sich besonders in feuchter

Witterung wochen-, manchmal gar monatelang hielt. Und zum anderen waren im Sommer zwischen den geschwärzten Balken des eingestürzten Daches hindurch etliche Kräuter und Gräser gewachsen.

Bevor Oleg diesbezüglich eine Frage stellen konnte, musste er seine Aufmerksamkeit auf die Überwindung eines Hindernisses lenken. Über einen vielleicht drei, vier Schritt breiten Bach, der den Anger teilte, führte ein breiter Holzsteg. Rumpelnd überquerte der Eselskarren mit seinem Gefolge den schmalen Wasserlauf.

Vor dem kleinen, mit Holzschindeln gedeckten Gotteshaus an der Ostseite des Dorfangers warteten zwei Männer auf die Klosterbrüder, die unterschiedlicher nicht hätten sein können. Der eine, klein, verhutzelt und in einer schon recht abgetragenen Kutte der Benediktiner, stellte sich mit dünner Stimme als Pater Sebastian vor, der für das Seelenheil der Dorfleute zuständig war. Seine knotigen Hände umfassten einen festen Stecken, der ihm den notwendigen Halt gab.

Der andere war ein Baum von einem Mann, zwar nur mittelgroß, doch breit und kräftig genug, dass er wohl selbst einen wütenden Stier zu Boden zu ringen vermochte. Dabei ging er sicher schon auf die Fünfzig zu. Seine mausgrauen Haare lichteten sich über der Stirn. Die graublauen Augen strahlten ein gesundes Selbstbewusstsein aus. Erst als er sich Oleg und seinen Gefährten vollends zuwandte, sahen sie, dass seine rechte Wange, die Schläfe und ein Teil des Ohres eine einzige, dick vernarbte Brandwunde waren.

Oleg konnte es sich nicht versagen, länger auf die wulstige Narbe zu starren. Wenn der Mann diese Verletzung überlebt hatte, dann musste ein wahrer Meister der Krankenfürsorge Hand angelegt haben. Diesen kundigen Mann wollte Oleg unbedingt kennenlernen. Aber nicht jetzt.

Kuno Ährenreich stellte sich als Dorfschulte vor, der die guten Brüder herzlich willkommen heißen wolle. Er bot an, ihnen mit Rat und Tat zur Seite zu stehen. Und sollten sie bei irgendwelchen Instandsetzungsarbeiten oder anderen Tätigkeiten Hilfe und Unterstützung benötigen, sollten sie sich getrost an ihn wenden. Mit den meisten Brüdern dort von der Schafhürde hätten sie in gutem Einvernehmen und gegenseitigem Beistand gelebt.

Und dann fügte er noch hinzu: „Euer Vater Abt hat euch sicher weise ausgewählt." Dabei ruhte sein wohlwollender

Blick auf Bruder Petrus und er nickte zwei-, dreimal zufrieden.

Oleg konnte sich des Eindrucks nicht erwehren, dass die Dörfler irgendetwas von ihnen erwarteten. Und in der Hauptsache erwarteten sie etwas von Bruder Petrus, der einfach nur ungewohnt freundlich lächelnd in die Runde blickte und augenscheinlich nicht mitbekam, dass etwas im Gange war. Kuno Ährenreich und Pater Sebastian hatten sich bei der Begrüßung hauptsächlich an Petrus gewandt, in dem sie anscheinend den Anführer des kleinen Trupps vermuteten. Das war Oleg ganz recht. So konnte er verhältnismäßig unbeachtet die Dorfbewohner betrachten. Aber so recht schlau wurde er nicht aus ihnen. Nun, es war ein erstes Kennenlernen und er würde ja noch Wochen und Monate haben, dieses sicher nur kleine Rätsel zu lösen.

Bei dem Gedanken an die Wochen und Monate, die sie hier verbringen würden, verdüsterte sich Olegs Gemüt augenblicklich. Nichtsdestotrotz fragte er freundlich: „Bruder Petrus, wollen wir dann weiterziehen?" So hatte er zwar einerseits das Signal zum Aufbruch gegeben, andererseits aber noch nicht der Annahme des Dorfvolks, Petrus sei der Anführer, widersprochen.

Petrus nickte auch sogleich. Er war mit allem einverstanden, solange nicht jemand in seine Töpfe und Pfannen hineinpfuschen wollte oder sich an seinen Vorräten zu schaffen machte.

Kurz darauf verließen sie die Ansiedlung. Nur einige Kinder und Hunde begleiteten sie noch ein Stück des Wegs. Als die Schafhürde in Sicht kam, trollte sich die kleine Begleitmannschaft zurück ins Dorf.

Die Schafhürde war größer, als Oleg es erwartet hatte. Ein niedriges, mit Stroh gedecktes, fensterloses Haus zog sich über vielleicht zwanzig Schritt hin und war wohl an die zehn Schritt breit. An der Nordseite befand sich ein eingezäunter Pferch, in dem sich die Schafherde tummelte.

Als sie sich näherten, öffnete sich die Tür und ein mittelgroßer, hagerer Mönch mit einem Wasserschaff trat heraus. Er blieb einen Augenblick stehen, als er die Gruppe mit dem Karren sah, setzte dann das Schaff ab und lief eiligen Schrittes auf sie zu. Bruder Hubertus.

Was für eine unziemliche Eile, musste Oleg unwillkürlich denken. Mehr als einmal hatte Hubertus ihn miesepetrig getadelt, wenn er Oleg dabei erwischte, wie der über den Klosterhof hastete.

„Ihr habt euch reichlich Zeit gelassen mit der Ablö...", setzte Hubertus vorwurfsvoll an, verstummte dann aber, als er den einäugigen Mönch erkannte. „Bruder Oleg, na das ist ja eine Überraschung", setzte er seine Rede mit einem öligen Lächeln fort.

„Ich freue mich auch, dich zu sehen, Bruder Hubertus." Das war eine dreiste Lüge, doch um nichts in der Welt würde sich Oleg anmerken lassen, wie ihn die Häme des anderen fuchste.

Hubertus ließ den Blick weiter über das Grüppchen schweifen. „Und Bruder Petrus." Nun schien er doch verwirrt. Konnte er sich zwar noch gut vorstellen, dass der einäugige, unverschämt neugierige und viel zu wenig demütige Bruder Oleg in diese abgelegene Ecke geschickt wurde, so fehlte ihm aber jedwede Fantasie, zu erahnen, was sich der Klosterkoch hatte zu Schulden kommen lassen. Egal, wichtig war nur, dass er selbst endlich diesen abgeschiedenen Ort verlassen konnte. Den Novizen streifte Hubertus nur mit einem gleichgültigen Blick und Bruder Melchior nickte er kurz zu.

„Wie auch immer", er rieb sich die Hände in der Vorfreude, bald wieder im Kloster zu sein und dort seine vorherige Position einnehmen zu können. „Ladet euren Wagen ab und schafft eure Bündel ins Haus. Es ist noch Vormittag. Wenn ich mit Bruder Markus und Bruder Eudo jetzt aufbreche, können wir heute noch das Fährhaus erreichen und morgen in Magdeborch sein."

„Wozu diese unziemliche Eile?", konnte es sich Oleg nicht verkneifen. „Willst du uns nicht mit den Gegebenheiten vertraut machen, uns in die Arbeiten einführen?"

„Vielleicht soll ich euch noch jedes Schaf einzeln vorstellen?", spottete Hubertus. „Bruder Melchior war den ganzen Sommer über bei dem Viehzeug und kennt sich bestens aus. Er bleibt ja auch weiterhin hier – auf eigenen Wunsch." Hubertus schüttelte den Kopf. Er konnte sich nicht vorstellen, dass es jemand auch nur in Erwägung zog, an diesem Ort freiwillig die nächsten Jahre zu verbringen. Dann wandte er sich um und eilte zurück zum Haus.

„Vielleicht sollte sich der Esel erst etwas ausruhen", wagte Bruder Melchior ihm hinterher zu rufen.

„Nichts da, der kann sich im Fährhaus die ganze Nacht ausruhen."
Kaum unter dem Türsturz angekommen, rief Hubertus auch schon ins dämmrige Innere: „Brüder, wir brechen auf. Trag die Bündel heraus."

Augenscheinlich hatte sich Bruder Hubertus auch hier zum Bestimmer aufgeschwungen. Als dann die beiden älteren Brüder, die längst die Mitte Fünfzig überschritten hatten, heraustraten, wurde Oleg klar, dass diese beiden alten Männer der anmaßenden Art von Hubertus nichts entgegenzusetzen hatten. Und Bruder Melchior mit seinem ruhigen Wesen würde erst recht nicht gegen Hubertus aufbegehrt haben.

Sei's wie es sei. Er würde es ganz anders machen, beschloss Oleg. Er würde seine Mitbrüder und selbst den Novizen in wichtige Entscheidungen mit einbeziehen.

Bruder Melchior, Bruder Petrus und Gunther hatten den Karren inzwischen entladen und ihre Vorräte und Bündel unter das weit überkragende Dach getragen. Oleg half den alten Brüdern deren Habseligkeiten auf den Karren zu hieven. Dabei entgingen ihm nicht die wehleidigen Blicke, die Bruder Eudo und Bruder Markus immer wieder zum Haus und zum Schafpferch warfen.

„Wie lange habt ihr hier gelebt?", fragte Oleg Eudo.

Dem Alten zitterten die Lippen, als er leise antwortete: „Es werden wohl schon an die zwölf Jahre sein, die wir beide an diesem gottgesegneten Ort verbracht haben. Aber im Frühjahr sahen wir ein, dass wir ohne Hilfe nicht weiterkommen würden. Und der Kuno Ährenreich konnte auch nicht ständig jemanden entbehren, der uns zur Hand geht."

Bruder Markus trat hinzu. „Und dann schickte uns Vater Abt Bruder Melchior." Markus lächelte und fügte hart hinzu: „Und den da." Dabei wies er mit dem Kopf auf Hubertus.

Unwillkürlich musste Oleg zustimmend grinsen und Eudo puffte ihm ebenfalls grinsend in die Seite. Dann fragte er plötzlich aufgeregt: „Sag einmal, Bruder Oleg, bist du etwa der einäugige Junge, der damals in unser Kloster kam?"

Oleg nickte lächelnd. „Ja, der bin ich."

„Dein Name kam mir doch gleich so bekannt vor", warf Markus ein. „Oleg ist ja nun kein Name, der gebräuchlich ist wie Hinz und Kunz."

Ihr kleines Gespräch wurde durch Hubertus unterbrochen. „Es gibt noch mehr aufzuladen." Er winkte Melchior und Gunther zu sich. Dem Koch warf er nur einen scheuen Blick zu und der blickte grimmig zurück. Petrus würde sich nicht von diesem Wiesel herumkommandieren lassen.

Die beiden Gerufenen trugen zwei kleine Fässchen, die wohl je fünf Kannen fassten, heran und stellten sie sicher zwischen den Bündeln ab.

„Butter von der Schafsmilch", erklärte Eudo stolz.

„Ihr macht hier Butter?"

„Na was dachtest du denn, Bruder Oleg, woher die gute Butter stammt, die im Kloster auf den Tisch kommt?"

Noch bevor Oleg antworten konnte, führte Bruder Markus zwei Schafe heran, die er an einem Strick hinter sich herzog.

Hubertus verdrehte die Augen. „Müssen wir dieses Viehzeug wirklich mitschleppen?"

Eudo zitterten schon wieder die Lippen. Markus sprang ihm bei: „Der Bock hat die zwei Schafe vorige Woche gedeckt. Da kann der Vater Abt zu Ostern Lammbraten auf den Tisch bekommen. Und danach können wir aus der Milch Butter machen."

Hubertus schüttelte mit heruntergezogenen Mundwinkeln den Kopf: „Ich glaube kaum, dass im Kloster Platz für Schafe ist."

Das glaubte Oleg auch nicht recht. Doch die alten Brüder, die wohl wenigstens zwei der geliebten Tiere mitnehmen wollten, um sich nicht ganz so verloren im Kloster zu fühlen, dauerten ihn. „Am besten, ihr fragt Bruder Kamillus, er ist für die Gärten zuständig", wandte er sich an die beiden Alten. „Sicher findet er unter den Obstbäumen ein Plätzchen, wo ihr die Tiere halten könnt. Und Bruder Simon ist der Stallmeister. Im Winter kommen kaum Gäste ins Kloster. Da wird er bestimmt für zwei Schafe einen Verschlag übrig haben."

Hubertus hatte offenen Mundes zugehört. „Bist du jetzt zum Prior aufgestiegen, dass du solche Entscheidungen treffen kannst?", empörte er sich schließlich.

„Nein, bin ich nicht. Ich mache nur hilfreiche Vorschläge, anstatt an allem herumzumäkeln." Das letzte Wort war noch nicht ausgesprochen, da wusste Oleg bereits, dass er sich nicht dazu hätte hinreißen lassen sollen. Hubertus war über die Maßen hinaus nachtragend. Und irgendwann im nächsten Jahr würden sie im Kloster wieder aufeinandertreffen.

Fürs Erste klappte Hubertus aber nur den Mund zu, schnaufte entrüstet, ergriff den Esel am Halfter und wollte das Tier grob hinter sich herziehen. Das Grautier war solch rüde Behandlung nicht gewohnt und stemmte die Hufe in den Boden. Um ein Haar wäre Bruder Hubertus zu Boden gegangen.

Von den Zurückbleibenden, die viel zu sehr damit beschäftigt waren, ein aufkommendes Kichern zu unterdrücken, dachte niemand daran, ihm zu Hilfe zu kommen. Schließlich erbarmte sich Bruder Eudo, flüsterte dem Esel ein paar sanfte Worte ins Ohr, kraulte ihm die langen Ohren und das Tier folgte ihm lammfromm.

Hubertus drehte sich noch einmal um und rief den neuen Schafhirten zu: „Und noch viel Spaß mit dem abergläubischen Bauernpack und ihren Dämonen!"

Oleg kniff sein Auge kurz zu, schüttelte dann den Kopf und wandte sich an seine Kameraden. „Dann wollen wir unser neues Domizil einmal in Augenschein nehmen. Bruder Melchior, würdest du bitte vorangehen."

Vom Himmel schien noch immer eine matte Sonne, und so ließen sie ihre Bündel und Packen erst einmal unter dem Dach liegen. Mit Regen war vorerst nicht zu rechnen.

Melchior trat vor ihnen durch die Tür und Oleg, Petrus und Gunther folgten. Das hereinfallende Licht tauchte alles in ein Halbdunkel, an das sich die Augen schnell gewöhnten. Links gab es eine brusthohe Wand aus einfachen Holzlatten, die etwa zwei Drittel des Hauses abtrennte. Sie standen jetzt in dem kleineren Teil, der offensichtlich Werkstatt, Dormitorium, Refektorium und Lavatorium in einem war. Aber immerhin gab es einen richtigen Wohnraum und nicht nur einen Verschlag zum Schlafen, wie Oleg befürchtet hatte.

Hatte er anfangs noch mit seinem Schicksal gehadert, wandelte sich dieses Gefühl abrupt, als er den ebenerdigen Raum betrat. Neugierde und Aufregung ob der neuen Lebensumstände und den damit einhergehenden ungewohnten Aufgaben gewannen die Oberhand. Oleg machte zwei Schritte in das Dämmerlicht hinein.

In der Mitte befand sich die Feuerstelle, über der an einer Kette von einem Dachbalken herab ein großer Topf hing.

Das Feuer darunter glimmte und konnte jederzeit neu entfacht werden. Es war von einem Kreis vielleicht kopfgroßer, teilweise abgeflachter Feldsteine umgeben, die dicht an dicht lagen. Um diesen inneren Kreis befand sich ein zweiter aus faustgroßen Flusskieseln, die zu einem festen Pflaster in dem gestampften Lehmboden eingelassen waren. Vom äußeren Kreis waren alle Strohhalme herunter gefegt worden. Von dieser Kochstelle konnte nur durch außerordentlich grobe Fahrlässigkeit ein Feuer auf das Haus übergreifen. Einen Rauchabzug gab es nicht. Der Rauch würde sich seinen Weg durch das Strohdach suchen müssen. Nachdenklich blickte Oleg nach oben, wo sich ein dünner Rauchfaden verlor. Auf seiner Reise von Nyen Brandenborch nach Magdeborch hatte er einmal mit seinem Kameraden, dem taubstummen Illuminator und Kopisten Lambert, in einem Bauernhaus mit einer interessanten Vorrichtung übernachtet. Dort war eine Luke im Dach eingelassen, die mit einer eisernen Öse versehen war. Mit einer langen Stange, an deren Ende sich ein Haken befand, konnte man diese Luke aufdrücken. Gab es schlechtes Wetter, so hatte ihm der Bauer erklärt, war die Luke leicht zu schließen. Vielleicht ließ sich ja etwas Ähnliches hier einbauen. Sich darüber Gedanken zu machen, musste jedoch auf später verschoben werden.

Bruder Petrus umkreiste die Kochstelle und zog missbilligend die Augenbrauen zusammen. „Es gibt nur diesen einen Topf", knurrte er, blies in die Glut und fütterte die aufflackernden Flämmchen mit kleinen, trockenen Zweigen, die griffbereit neben dem Steinkreis lagen. Gleich links neben der Tür befand sich ein Vorrat an trockenen Holzscheiten. Unaufgefordert trug Gunther einen Armvoll zum Feuer.

An der rechten Außenwand reihten sich drei etwa sechs Fuß hohe, schmale Regale aneinander, auf denen ein paar irdene Schüsseln und Becher sowie einige verschlossene Krüge und allerlei andere Utensilien standen, deren Zweck im Dämmerlicht nicht auf den ersten Blick erkennbar war. Darunter lehnten drei Säcke an der Wand, die noch gut zur Hälfte gefüllt waren. Wahrscheinlich Mehl und Grütze und dergleichen.

Hinter der Feuerstelle standen ein Tisch und eine Bank aus sorgfältig geglätteten Holzbrettern. Links in der Ecke luden zwei breite, einfache Bettstellen, auf denen sorgfältig gefaltete Decken und einige Schaffelle lagen, zum Schlafen ein.

Die eine Liege war wohl erst vor Kurzem gezimmert worden. Wahrscheinlich, als Bruder Hubertus und Bruder Melchior im Frühsommer eingetroffen waren. Neben den Schlafstellen reihte sich eine Anzahl hölzerner Haken an die hintere Wand.

Oleg drehte sich suchend um. Den kleinen Hausaltar fand er in der Ecke links von der Eingangstür. Dann musste dort wohl Osten sein. Eine unterarmdicke Kerze flackerte im Luftzug der offenen Tür.

Alles in allem ließ es sich hier aushalten.

„Hinter dem Haus geht ein kleiner Pfad zu einem Bach mit klarem Wasser. Dort kannst du das Schaff füllen, dass Bruder Hubertus bei seinem hastigen Aufbruch vor der Tür hat stehen lassen", wies Melchior Gunther an und der machte sich auch gleich auf den Weg. Sein beweglicher Geist brannte geradezu darauf, die nähere Umgebung zu erkunden.

Bruder Melchior winkte Oleg und Petrus zu der Trennwand und öffnete eine schmale Lattentür. „In diesem Teil sind des Nachts oder bei strengem Frost und hohem Schnee die Tiere untergebracht", erklärte er und trat in den Stall. Oleg und Petrus folgten.

Hier war in einer Höhe von etwa sechs Fuß ein Zwischenboden eingezogen. Bruder Petrus passte geradeso darunter, ohne sich den Kopf anzustoßen.

Melchior wies auf eine Leiter, die nach oben führte. „Dort lagert genügend Stroh und Heu, dass wir gut über den Winter kommen werden. Solange offenes Wetter herrscht, gehen zwei von uns mit der Herde über die Wiesen und Felder. Dort finden die Schafe noch ausreichend Futter. Es sind genügsame Kreaturen. Hier im Stall bringen die Schafe im Frühjahr auch die Lämmer zur Welt." Melchior druckste ein wenig herum. „Um ehrlich zu sein, weiß ich das auch nur, weil es mir Bruder Eudo und Bruder Markus so erzählt haben. Ich bin ja selbst erst im Sommer hierhergekommen und habe noch keinen Winter und kein Frühjahr bei den Tieren erlebt. Aber ich habe als junger Bursche ein Jahr bei einem Schäfer leben müssen. Einiges weiß ich noch." Bevor noch einer fragen konnte, warum er zu dem Schäfer gemusst hatte, fuhr Melchior eilig fort: „Darüber hinaus hat der Dorfvorsteher, Kuno Ährenreich, mir zugesichert, dass wir ihn jederzeit fragen können, wenn etwas Unvorhergesehenes geschieht. Und im Frühjahr zur Lammzeit und zur Schafschur schickt er jemanden, der uns hilft."

Oleg trat weiter in den Stall hinein. An der rechten Wand waren hölzerne Futterraufen angebracht, die größtenteils leer waren. Links war über die ganze Länge der Wand ein vielleicht vier Fuß breiter, hüfthoher Verschlag abgetrennt, hinter dem etliche Gerätschaften und geflochtene Vorratskörbe über den oberen Rand lugten.

Der Boden war dünn mit Stroh bestreut. Am anderen Ende führte eine zweiteilige Tür in den Schafpferch. Der obere Teil stand weit offen und Oleg konnte das Blöken der Schafe hören. Neugierig öffnete er die untere Tür und trat hinaus. Kurz darauf stand er inmitten der Herde, die sich nicht weiter um ihn kümmerte, und grub seine Hände in die Vliese der Tiere. Oben waren sie drahtig und hart. Doch darunter fühlten seine Finger warme, weiche Unterwolle, die sich unerwartet fettig anfühlte. Er hatte zuvor noch nie die Wolle eines lebenden Tieres angefasst. Die Wolle, mit der er es bisher zu tun gehabt hatte, war bereits gewaschen, gekämmt und gesponnen gewesen.

Er ließ seinen Blick schweifen und schätzte an die dreißig Stück Vieh. Diese Herde war ein kleines Vermögen wert. Er würde alles in seiner Macht Stehende tun, dass dieses Vermögen während seiner Anwesenheit nicht geschmälert wurde. Und somit für das Wohlergehen der Tiere sorgen, die er seltsamerweise bereits ins Herz geschlossen hatte.

Der Pferch war umgeben von einem stabilen, brusthohen Scherenzaun aus unterarmdicken Birkenstämmchen. Ein knapp vier Schritt breites Stück war augenscheinlich neueren Datums. Die Rinde hatte sich noch nicht vollständig gelöst und hing in schmutzigen Fetzen herab, das Holz darunter war noch nicht altersdunkel.

„Ein Sturmschaden?", fragte Oleg, ohne sich wirklich dafür zu interessieren. Rechter Hand war durch den Zaun hindurch ein Stück bebautes Land zu erkennen. Und das zog ihn viel mehr an, als dieses ausgebesserte Zaunstück.

„Ein Wolfsangriff."

Die zwei Worte genügten, Oleg herumfahren und das Ackerstück erst einmal Ackerstück sein zu lassen. „Wie bitte? Ein Wolfsangriff?"

„Das haben mir die alten Brüder erzählt. Voriges Jahr zum Ende des Christmonats hin, da war das. Da sind die

Bestien über die Herde gekommen. Das erste Mal, seit die beiden hier Dienst taten. In ihrer Blutgier hat die Höllenbrut den Zaun niedergerissen. Die Herde ist in heller Aufregung geflohen. Tags darauf haben Bruder Eudo und Bruder Markus sie mit Hilfe der Bauern wieder eingefangen. Vier Schafen hatten die Wölfe die Kehle zerrissen. Ein schlimmer Verlust."

„Und treiben sich die Wölfe noch immer hier herum?" Oleg war ein wenig flau im Magen geworden.

„Die kommen erst in Menschennähe, wenn es Stein und Bein friert und der Schnee so hoch liegt, dass sie keine andere Beute finden. Aber keine Angst, Bruder Oleg. Seitdem werden unsere Tiere in der Nacht in den Stall gebracht. Bis dahin waren sie im Pferch. Kein Wolf wird hier noch Beute machen."

Oleg nickte halbwegs zufrieden. Mit Wölfen hatte er so gar keine Erfahrung. Halbwilde Hunde hatte es hin und wieder in Magdeborch gegeben. Doch um die kümmerten sich die Hundeschläger, sofern die Tiere keine Marke trugen. Wölfe stellte sich Oleg weitaus gefährlicher vor.

Bruder Melchior, der in Olegs Gesicht die Sorge lesen konnte, deutete auf das bebaute Land, um ihn auf andere Gedanken zu bringen.

„Da, an der Südseite, haben Bruder Eudo und Bruder Markus einen Garten mit Gemüse und Kräutern angelegt."

Dieser Garten weckte augenblicklich Olegs Interesse. Er schob sich durch die Leiber der Schafe und spähte wenige Augenblicke später über den Zaun. Mindestens zwei Dutzend Kohlköpfe warteten noch auf die Ernte. Auch ein großes Pastinakenbeet war zu erkennen. Dahinter zogen sich etliche Reihen mit abgeerntetem, gelbem Erbsenstroh hin und wenn Oleg den Hals ein wenig verrenkte, konnte er auch zwei, drei Reihen mit Lauch erkennen. Direkt an der schützenden Stallwand lagen ordentliche kleine Beete mit allerhand Kräutern. Dazwischen, mit dem Rücken an der Stallwand, lud eine kleine Bank zum Nachsinnen über Gottes Reichtum der Schöpfung ein. Oleg atmete tief aus. Dieser Ort gefiel ihm zunehmend.

Bruder Melchior schob ein Zaunfeld beiseite, damit sie hindurchtreten konnten, und hakte es dann wieder sorgfältig an den Zaunpfosten. Ansonsten würden die Tiere wohl den Garten plündern.

Oleg trat zu den Kräuterreihen. Thymian und Rosmarin, Salbei und Lavendel, Petersilie und Liebstöckel, Borretsch und Kamille erkannte er auf Anhieb. Dazwischen hatten sich Ringelblumen ausgesät. Letztere kündigten mit regennassen, zerzausten, orangefarbenen Blüten vom nahenden Winter. Oleg seufzte betrübt. Nicht etwa, weil der Winter nahte, sondern weil es nun fast zu spät war, den Kräuterreichtum für die kalten Monate zu ernten und zu trocknen. Die heilsamen Stoffe waren in dieser nassen, kühlen Jahreszeit nicht mehr so zahlreich vorhanden wie im Sommer oder im Frühherbst.

Melchior schien die Gedanken des Bruders zu erahnen. „Bruder Eudo und Bruder Markus haben noch viele von diesen Kräutern geerntet. Sie hängen in getrockneten Bündeln in einer Ecke des Heubodens. Nur mit dem Gemüse sind wir nicht recht hinterhergekommen. Ähem ..." Melchior kratzte sich am Ohr. „Bruder Hubertus hat sich nicht durch übergroßen Arbeitseifer hervorgetan."

Olegs Gesicht hellte sich auf, als er von den Kräuterbündeln hörte. Er pflückte eine Handvoll Salbei, Borretsch und Kamille. Ein warmer Kräuteraufguss würde ihnen bei dem klammen Wetter guttun.

Bruder Melchior beendete den Rundgang, indem er Oleg und Petrus an der westlichen langen und nördlichen kurzen Seite des Anwesens entlangführte. Ein schmaler Pfad zwängte sich durch ein Dickicht aus Holunder-, Hagebutten- und Schlehdornbüsche, die dicht an dicht einen natürlichen Schutz gegen die hauptsächlich aus Westen und Norden kommenden kalten Winde und die mitgeführten Regenfluten bildeten.

Als sie den Wohnraum wieder betraten, war Gunther schon zurück und hatte einen Teil des Wassers in den Kessel geschüttet. Leise Siedegeräusche waren zu hören. Oleg schöpfte einen Becher Wasser aus dem Schaff, trat vor die Tür und spülte die geernteten, sandigen Kräuter ab, bevor er sie zerzupfte und in den Kessel warf.

„Und worin soll ich jetzt kochen?", knurrte Petrus.

„Gekocht wird erst am Abend", sagte Melchior und zog den Kopf zwischen die Schultern, als Petrus' Knurren tiefer wurde. „Morgens haben wir noch jeder einen Becher Milch von den Schafen, die im August gelammt haben. Tagsüber sind zwei von uns mit den Schafen unterwegs. Da gibt es nur einen Kanten auf die Hand. Umso besser schmeckt es nach Beendigung des Tagwerks."

„Und wie halten wir hier die Gebetszeiten ein?", wollte Oleg wissen.

Wieder wand sich Bruder Melchior ein wenig. „Wir beten, singen und preisen den Herrn bei Tagesanbruch, also wenn es hell wird, zur Mittagszeit, wenn die Sonne am höchsten steht und am Abend, wenn die Dunkelheit anbricht. Darüber hinaus zu den Mahlzeiten und vor dem Schlafengehen spricht jeder ein persönliches Gebet."

Oleg musste das kurz verdauen. Es waren doch recht ungewöhnliche Gebetszeiten und manche der gewohnten wurden ganz ausgelassen. Dann riss er sein Auge auf. „Und damit war Bruder Hubertus einverstanden?" Als Schreiber des Priors hatte Bruder Wichtig, wie Oleg Hubertus heimlich bei sich nannte, unter anderem peinlich darüber gewacht, dass sich auch ja niemand zum Gebet oder zur Messe verspätete. Man konnte sich noch glücklich schätzen, wenn er den Delinquenten nur scharf tadelte und nicht noch zusätzlich beim Prior anschwärzte.

Melchior zuckte die Schultern. „Er musste sich fügen. Da waren Bruder Eudo und Bruder Markus unerbittlich. Erst kamen die Tiere, dann die Menschen. Der Mensch ist für die tierischen Kreaturen verantwortlich und soll ihnen gegenüber barmherzig sein. Ganz so, wie es unser Ordensgründer, der Heilige Franziskus, lehrte."

Oleg nickte zustimmend, obwohl, ungewöhnlich war es trotzdem. Doch er würde sich eingewöhnen. Inzwischen waren die Kräuter durchgezogen und ein aromatischer Duft verbreitete sich in der Hütte. Gunther angelte vier Becher und eine Kelle vom Regal und reichte alles Oleg. Der schöpfte den Sud aus dem Kessel und Melchior trug die Becher zum Tisch. Petrus legte auf einem hölzernen Schneidbrett Brot und Käse bereit.

„Unser erstes Mahl an unserem neuen Wirkungsort", sagte Oleg bedächtig und sprach dann mit seinen Brüdern ein Gebet, in dem sie dem Allmächtigen für seine Gaben dankten.

Während Oleg anschließend schweigend an seinen Bissen kaute, fand er erstmals nach all den neuen Eindrücken Zeit, über das eine oder andere nachzudenken. Dabei sprangen Freude und Zweifel in seinem Kopf wild durcheinander.

Vielleicht könnten sie zu einer der Mahlzeiten eine Tischlesung durchführen. Er hatte seinen Psalter mitgenommen, den ihm sein väterlicher Freund, Bruder Kilian, vor vielen Jahren hinterlassen hatte. Welche Arbeiten standen als nächstes an? Wie sollte er nur diese kleine Gemeinschaft anleiten, wo er doch so gar keine Ahnung von der Schafhaltung hatte?

Dann setzte sich ein Gedanke in ihm fest und gewann die Oberhand: Sie waren ihre eigenen Herren, zwar den Ordensregeln nach wie vor unterworfen, doch sie würden selbst entscheiden, wie sie ihren Tag außerhalb der Gebetszeiten einteilten. Sie mussten niemanden um Erlaubnis bitten, dieses oder jenes tun zu dürfen.

Oleg tupfte mit dem Finger letzte Brotkrumen auf, setzte sich dann aufrecht hin und sah in die Runde. Die anderen blickten erwartungsvoll zurück.

„Bruder Melchior wird mir am Nachmittag zeigen, wie die Herde ausgetrieben wird. Und wie man sie zurückbringt, ohne dass ein Schaf verloren geht. Bruder Petrus, dich bitte ich, mit Gunther unsere Bündel und Packen in die Hütte zu tragen und alles an den rechten Ort zu räumen."

Oleg warf einen fragenden Blick zu Melchior und der nickte, überlegte einen kleinen Augenblick und sagte dann: „Da gibt es noch eine dringende Arbeit."

„Sprich nur, Bruder Melchior."

„Im Nachtstall und im Außenpferch müssen die Köttel zusammengefegt und auf den Dunghaufen im Garten gebracht werden. Ich vermute, dass die Tiere die letzten zwei, drei Tage nicht ausgetrieben wurden. Im Stall stehen zu diesem Zweck hinten in der Ecke ein Eimer, ein kleiner Handrechen und eine Schaufel."

Oleg musste nicht lange nachdenken. „Darum kann sich Gunther kümmern."

Der zog zwar ein langes Gesicht, unterließ aber irgendwelche Widerworte. Er würde alle Arbeiten gewissenhaft erledigen. Vielleicht durfte er dann auch bald mit der Herde mitziehen.

„Gut, dann wollen wir anfangen." Oleg stemmte beide Handflächen auf den Tisch und stand tatendurstig auf.

Die anderen taten es ihm nach. Doch bevor Oleg Bruder Melchior folgte, trat er noch zu einem Regal, zog die Pergamentrolle des Guardians aus seinem Beutel und verstaute sie auf dem obersten Regalbrett. Seinen Beutel hängte er an einen der Wandhaken.

Als sie im Pferch angekommen waren, reichte Melchior Oleg eine lange Haselrute. „Wir müssen nur auf den Bock aufpassen und ihn in die Richtung leiten, die wir wünschen. Der Rest der Herde folgt größtenteils. Hin und wieder versucht aber doch das eine oder andere Schaf, eine andere Richtung einzuschlagen. Es ist vorerst deine Aufgabe, Bruder Oleg, das zu verhindern."

Oleg nahm die Rute und Bruder Melchior öffnete eine Pforte an der Seitenwand des Pferchs. Mit einem langen, gebogenen Stab dirigierte er den Schafbock hinaus. Oleg betrachtete das nicht allzu große, aber mit einem wuchtigen Schneckengehörn geschmückte Tier mit einigem Respekt. Unzweifelhaft würde der Bock, sofern ihm etwas nicht passte, mit diesem Gehörn recht schmerzhafte Püffe austeilen können. Leise blökend folgte der Rest der Herde. Erst jetzt sah Oleg, dass auch die Schafe kleine, vielleicht fingerlange Hörner trugen. Und neben den halbwüchsigen Tieren, die wohl im Frühjahr geboren worden waren, liefen auch drei Lämmer neben den Muttertieren her.

Anfangs äugte Oleg noch zu jedem Gebüsch, hinter dem es raschelte und horchte jedem Knacken hinterher. Vielleicht pirschte sich ja doch ein Wolf oder womöglich ein ganzes Rudel an. Ein Blick auf den vorausgehenden Melchior beruhigte ihn jedes Mal. Sicher und ohne zu zögern setzte der die Schritte und lenkte den Bock mit sanftem Druck.

Nach einer guten Stunde geruhsamen Wanderns kamen sie auf einem abgeernteten Feld an. Oleg gesellte sich zu Melchior. Die Schafe bedurften nun keiner weiteren Lenkung. Sie begannen letzte liegengebliebene Körner und spärlich sprießendes Gras zu fressen. Bereitwillig beantwortete der Ältere die Fragen seines Begleiters, soweit er sich denn auskannte.

Ja, da gab ein paar Lämmer, die im Sommer oder sogar im Frühherbst geboren worden waren. Die Schafe, aus denen ihre Herde bestand, konnten das ganze Jahr über empfangen. Manche brachten gar zweimal im Jahr Lämmer zur Welt. Für diese Spätgeborenen würden sie den Winter über besonders sorgen müssen.

Das Feld, auf das sie die Herde geführt hatten, gehörte dem Dorf. Und ja, sie hatten die Erlaubnis des Dorfschulten.

Denn die Schafe fraßen nicht nur die letzten Körner und Halme vom Acker, sie düngten mit ihren Hinterlassenschaften gleichzeitig den Boden für die nächste Aussaat. Ein Gewinn sowohl für die Schafhirten als auch für die Dorfleute. Sie hatten fast drei Stunden, bevor sie sich auf den Rückweg machen mussten, um rechtzeitig vor der Dunkelheit den Pferch zu erreichen. Oleg, der als Kräutermönch in den Gärten zwar auch unter Gottes freiem Himmel gearbeitet hatte, zog die hier viel frischere Luft in tiefen Zügen ein. Er genoss den weiten Blick, der nicht durch Mauern oder Häuserwände begrenzt wurde. Der Herrgott war ihnen gnädig gesonnen und es wurde ein milder, trockener Spätherbstnachmittag.

Als sie in der Dämmerung die Tiere in den Pferch trieben, war Oleg wohlig erschöpft vom Nichtstun. Von der Kochstelle her duftete es nach frischem Fladenbrot, das Bruder Petrus eben von den flachen Steinen fischte, und im Topf köchelte eine sämige Suppe mit wachteleigroßen Mehlklüten.

Das Pergament auf dem Regal war um eine Winzigkeit verrutscht, so dass man jetzt das Siegel des Abtes erkennen konnte. Da war wohl jemand neugierig gewesen. Oleg tat, als bemerke er es nicht.

3. Kapitel

In der ersten Woche nach seiner Ankunft hatte Oleg das Schreiben von Vater Odo hin und wieder mit einem Blick gestreift und mit einer gewissen Ungeduld die nächste Woche erwartet, um endlich das Siegel aufbrechen zu können. Doch auch diese schien verstreichen zu wollen, ohne dass Oleg seine Neugier befriedigen konnte.

Sie hatten sich kaum vier Tage in ihrem neuen Heim eingelebt, als Bruder Melchior ihnen am Morgen des fünften eröffnete, dass übermorgen Schlachtetag sei und sie alles vorbereiten müssten. Schließlich begann nach dem Tag des Apostels Philippus die vierzigtägige, vorweihnachtliche Fastenzeit und bis dahin sollte die Verarbeitung abgeschlossen sein.

In den Folgetagen hatten sie alle Hände voll mit den Vorbereitungen zu tun. Zwei Fässer, in denen schon an die dreißig Pfund steinhartes Salz lagerten, wurden vom Heuboden geholt. Die Fässer wurden sorgfältig mit Aschelauge ausgewaschen und anschließend gründlich mit Salzlake nachgespült. Das Salz wurde zu feinen Kristallen zerklopft und zerrieben. Weiterhin mussten die Messer geschärft und Haken, Schnüre und allerhand andere Utensilien gesäubert und bereitgelegt werden.

Die Schlachtung der ausgewählten fünf Jungschafe übernahmen Melchior und Petrus, wofür Oleg recht dankbar war. Gunther hingegen wurde zum Rühren des Blutes eingeteilt, dass den Tieren aus der geöffneten Halsschlagader strömte. Oleg beneidete den Jungen nicht, der abwechselnd blass und krebsrot im Gesicht wurde und mit abgewandtem Blick dennoch seine Aufgabe zuverlässig erfüllte. Auch die Häutung und Zerteilung der Tiere übernahmen die beiden Älteren.

Oleg und Gunther mussten dann nur noch die zugereichten Fleischteile dick mit Salz einreiben und sie in die Fässer schichten oder an Haken über der Feuerstelle zum Räuchern aufhängen. Aus den Innereien und Markknochen kochte Petrus allerlei schmackhafte Fleischtöpfe, auf denen eine fast fingerdicke Fettschicht schwamm. Und als Oleg dem Koch das Säckchen mit exotischen Gewürzen überreichte, das ihm sein Freund, der Magdeborcher Gewürzhändler Witho Schwertner mitgegeben hatte, wurden die Eintöpfe und gerösteten Innereien noch köstlicher.

Die Schlachterei dauerte fünf ganze Tage vom ersten Morgengrauen bis spät in den Abend hinein. Abends fiel Oleg todmüde auf sein Bett – er hatte sich den Liegeplatz an der Lattenwand zum Schafstall gewählt. Seine Erschöpfung war nicht nur der ungewohnten Arbeit geschuldet, sondern auch einem mehr als nur vollen Magen. Lag er auf seiner Bettstatt, dachte er allabendlich, er könne drei Tage lang nichts mehr essen. Aber spätestens am nächsten Vormittag machte er den Hals lang, um zu sehen, was Petrus Leckeres in seinem Topf hatte.

Jetzt war die fette Zeit vor den mageren Fastenwochen und da war es ratsam, sich für die kalten Monate einen kleinen Vorrat anzufuttern. So taten es die tierischen Kreaturen und der Mensch war gut beraten, wenn er sich auch daran hielt.

Schließlich war alle Arbeit getan. Melchior und Gunther machten sich gleich am Morgen mit einem Karren auf den Weg ins Dorf, um dort die Häute, Klauen, einen Großteil der Knochen sowie Därme und Sehnen bei einem Gerber abzuliefern. Aus den Häuten würden in den nächsten Wochen wärmende Felle werden. Alles andere verwertete der Gerber zum Kochen von Seife.

Bruder Petrus rührte in seinem Topf und Oleg fand endlich Zeit, sich dem Pergament des Abtes zu widmen. Er angelte es vom obersten Regalbrett herunter, was ihm von Petrus einen schrägen Blick einbrachte.

„Ich dachte schon, du willst es gar nicht mehr lesen", grummelte der Koch. Oleg hob nur unbestimmt die Schultern und verließ die Hütte. Die kleine Bank zwischen den Kräuterbeeten erschien ihm als rechter Ort, ungestört den Brief zu studieren.

Die matte Sonne des Schlachtemonats blinzelte eben um die Südecke des Stalls. Oleg lehnte den Rücken an die Bretterwand und legte die Hände mit dem Schreiben in den Schoß. Auf einmal drängte es ihn gar nicht mehr so sehr, den Inhalt zu erfahren. Er rechnete mit neuen Ermahnungen, sich aus allem herauszuhalten und seine vorwitzige Nase nicht in anderer Leute Angelegenheiten zu stecken.

Und nichts lag ihm ferner. Er wollte hier einfach nur unter Gottes freiem Himmel seinen Aufgaben nachgehen. Unwillkürlich drehte er den Kopf nach links und sah zum Schafpferch. Am Nachmittag wollte Bruder Melchior wieder die Herde austreiben. Die war nun auf zweiundzwanzig Tiere zusammengeschrumpft: der Bock, vierzehn Mutterschafe, vier Jungschafe vom Frühjahr und die drei Lämmer, die den Sommer über zur Welt gekommen waren. Bruder Melchior hatte gesagt, dass sie im nächsten Frühjahr mit zehn bis zwölf Lämmern rechnen konnten. Etliche würden jedoch schon im Alter von sechs bis acht Wochen geschlachtet werden, um die Milch der Mutterschafe für die Butterherstellung nutzen zu können.

Das alles ging Oleg durch den Kopf, konnte ihn aber nicht davon ablenken, dass da noch immer das Pergament in seinen Händen wartete. Mit einem demütigen Seufzen erbrach er das Siegel des Abtes und wickelte die rote Schnur vom Pergament.

In Bruder Jordanus' kleiner akkurater Schrift stand dort, was der Abt seinem Schreiber diktiert hatte.

Bruder Oleg,
mögen der Schutzpatron unserer Stadt Magdeborch, der Heilige Mauritius, und unser Ordensgründer, der Heilige Franziskus, auch in der Ferne über dich wachen, deine Schritte lenken und dein Tun leiten.
Ich weiß, dass du mit meinem Entschluss, dich in die Schafhürde zu entsenden, haderst. Doch sei gewiss, du gehst nicht dorthin, weil ich dein Verhalten bei den jüngsten Ereignissen tadelnswert fand. Ich habe dich entsandt, weil ich deinen Spürsinn und dein Denkvermögen schätze. Auch deine Schilderung, wie du im Verein mit deinen Reisegenossen vor Jahren ein Sumpfungeheuer zur Strecke gebracht hast, sagt mir, dass du dort am rechten Ort bist.

An dieser Stelle zog Oleg überrascht die Luft ein. Vater Odo hatte ihn also nicht von ungefähr oder aus lauter Neugierde vor wenigen Wochen erneut zu diesem Abenteuer befragt, das er mit seinen Freunden Pater Kilian, Witho und Hildegard vor nunmehr achtzehn Jahren bestanden hatte. Aufgeregt las er weiter.

Auch dort, wo du dich nun befindest, treiben scheinbar finstere Mächte ihr Unwesen. Der Dorfschulte, Kuno Ährenreich, ließ Bruder Hubertus einen Brief an mich schreiben. Darin bittet der Dorfschulte um Hilfe, da jedes Jahr in den Raunächten sein Dorf von teuflischen Dämonen, Hexenzauber und der Wilden Jagd heimgesucht wird. Zum letzten Jahreswechsel kamen nun Menschen, Vieh und Vorräte schwer zu Schaden. Kuno Ährenreich bittet mich, ihm einen Dämonenaustreiber oder Inquisitor zu schicken, um dem unheiligen Treiben ein Ende zu setzen.

Diese Heimsuchung wird jedoch eher aus Bosheit, Blendwerk und Mummenschanz bestehen, welche den heidnischen Aberglauben des einfachen Volkes ausnutzt.

Ich beauftrage dich, Bruder Oleg, dich umzuhören, zu beobachten und Schlussfolgerungen zu ziehen, um das Dorfvolk zu gegebener Zeit vor neuerlichem Schaden zu bewahren.

Gottes Segen auf dich, Bruder Oleg, und auf deine Mitstreiter. Möge eurem Tun Erfolg beschieden sein.

Gegeben zu Magdeborch am Tag des Apostels Simon vom Guardian der Barfüßermönche Abt Odo

Oleg ließ das Pergament wieder sinken und blinzelte mit seinem Auge in die Ferne. Wie jetzt? Keine Ermahnungen? Keine Vorhaltungen? Keine vorausschauende Maßregelung?

Mit einem Ruck hob Oleg das Schreiben wieder, hielt es dicht vor sein Auge, las hier eine Passage nach und dort eine andere. Schließlich studierte er den Brief im Ganzen, prüfte genau jedes Wort, jede Formulierung, ob er beim ersten hastigen Überfliegen nicht doch etwas missverstanden hatte.

Es bestand kein Zweifel. Abt Odo hatte seinen treuen und nicht minder scharfsinnigen Bruder mit einem eindeutigen Auftrag an diesen Ort geschickt. Und dieser Auftrag bestand darin, rätselhaften Vorkommnissen nachzuspüren und aufzudecken, wer oder was dahintersteckte. Die Schafhaltung war gewissermaßen nur dazu gedacht, einen äußeren Schein zu wahren, hinter dem er seine Erkundigungen einziehen konnte.

Oleg setzte sich aufrecht hin, lehnte Rücken und Hinterkopf an die sich langsam erwärmende Stallwand und blinzelte einen Augenblick in die milchige Sonne. Ein Anflug von Stolz erfasste ihn, ein Hauch von Eitelkeit. Aber genauso schnell wie diese Anwandlungen gekommen waren, verflüchtigten sie sich auch wieder.

Ein anderer Gedanke gewann die Oberhand. Vater Odo hatte ihn auf eine Mission geschickt. Nun verstand er auch, warum er den Brief erst in der zweiten Woche hatte lesen dürfen. Er sollte sich zuvor in aller Ruhe und Besinnlichkeit ein erstes Bild von seinem neuen Lebensumfeld machen und sich in den Alltag hier einfinden, ohne gleich Allem und Jedem mit Misstrauen und Wachsamkeit zu begegnen.

Der Vater Abt war wirklich über alle Maßen weise. Oleg gestattete sich ein vergnügliches Grinsen. Schließlich hatte Abt Odo *ihn* für diese Mission ausgewählt. Und das erforderte gewiss ein Höchstmaß an Weisheit. Dem Grinsen folgte ein belustigtes Kichern.

Doch dann wurde er ernst und sein Blick saugte sich am Thymian fest, der in dichten Kissen zu seinen Füßen wuchs. Hätte man ihn jedoch gefragt, was er dort so intensiv betrachte, hätte er nur verwundert mit dem Auge geblinzelt. In seinem Kopf nahmen die unterschiedlichsten Gedanken und Bilder Form an, wurden von allen Seiten begutachtet und verworfen oder zur späteren Verwendung in einer Lade verstaut. Oleg machte sich einen Plan, wie es vorzugehen galt.

Zuerst musste er entscheiden, ob er seinen Mitstreitern hier in der Scharfhürde vom geheimen Auftrag des Abtes erzählen sollte. Er kam zu dem Ergebnis, dass selbst, wenn er versuchte, seine Befragungen und Erkundigungen geheimzuhalten, seine Brüder ihm früher oder später auf die Schliche kommen würden. In einer so kleinen Gemeinschaft ließ sich auf die Dauer ein solches Geheimnis nicht bewahren. Spätestens mit Beginn der Raunächte müsste er mit der Sprache herausrücken. Und womöglich brauchte er ja auch die Hilfe der anderen. Außerdem, so kam ihm plötzlich in den Sinn, war es nicht auszuschließen, dass dieser Wolfsangriff auch auf das Kerbholz der geheimnisvollen Wilden Jagd ging.

Gut, nachdem er beschlossen hatte, seine Brüder einzuweihen, schob er dieses Vorhaben gleich wieder auf. Seine Kameraden würden allerhand Fragen haben, die er vorerst nicht beantworten konnte. Also musste er sich einen ersten Überblick verschaffen, was in den Nächten des Jahreswechsels der Vorjahre passiert war, insbesondere des letzten Jahres. Und wer war dazu besser geeignet als der Dorfschulte. Schließlich hatte er veranlasst, dass Bruder Hubertus den Bittbrief an den Guardian der Barfüßer verfasste.

So weit mit seinen Überlegungen gekommen, rollte Oleg das Pergament wieder auf und band den roten Faden darum. Zurück in der Hütte, verstaute er das Schreiben erneut auf dem Regal. Petrus schaute ihn fragend an.

Oleg sagte nur: „Später", und der Koch gab sich damit zufrieden. „Ich muss ins Dorf zum Schulten", fuhr Oleg fort. „Sicher werden Bruder Melchior und Gunther vor mir zurück sein. Der Junge soll Bruder Melchior heute beim Austrieb der Herde begleiten."

„Na, da wird er herumhüpfen wie eine Handvoll Flöhe", brummte Petrus gutmütig und widmete sich dann wieder dem Kohlkopf, den er mit drei wohlgezielten Messerhieben viertelte.

Auf dem Weg ins Dorf erinnerte sich Oleg an einige Begebenheiten während ihrer Ankunft vor fast zwei Wochen, die ihm damals noch rätselhaft erschienen waren: Die gemurmelten Worte der Bauersleute, als sie mit dem Karren durch das Dorf zogen, ihre bescheidenen Gaben, die sie auf den Karren legten, und der hämische Abschiedsgruß von Bruder Hubertus, das alles ergab jetzt einen Sinn.

Olegs Mundwinkel verzogen sich leicht nach oben. Die Dörfler hatten in Bruder Petrus denjenigen gesehen, der sie von der Plage befreien würde. Nun ja, Petrus war in der Tat eine eindrucksvolle Gestalt. Was würden sie enttäuscht sein, wenn sie erst erfuhren, dass der kleine, schmächtige und einäugige Mönch derjenige war, der sich der Wilden Jagd entgegenzustellen gedachte. Wobei Oleg nur recht vage Vorstellungen von der berüchtigten Wilden Jagd und dem damit einhergehenden Treiben in den Raunächten hatte. Er hatte Zeit seines Lebens in der Stadt gelebt, von seinen Reisen einmal abgesehen. Dieser heidnische Aberglaube war eher bei der Landbevölkerung verbreitet. Nun, der Schulte würde ihm schon alles genau erklären können.

Das Dorf war wohl noch hundert Schritt entfernt, als Oleg von einem aufmerksamen Knaben erspäht wurde, der im Verein mit einem braunweißen, kleinen Hund auf ihm zugesprungen kam. Gerade noch rechtzeitig konnte der Junge abbremsen. Der Hund schoss um einiges weiter, drehte um und umsprang Mönch und Jungen aufgeregt kläffend, wobei er hektisch mit seinem kurzen Ringelschwanz wedelte.

„Kann ich Euch helfen, guter Bruder?" Der vielleicht zehnjährige, magere Junge verneigte sich tief, wobei er versuchte, den Hund am Schlafittchen zu packen. Doch der entwand sich geschickt wie ein glitschiger Aal immer wieder dem Griff.

„Wie heißt du, mein Sohn?"

„Ich bin Franz. Und mein Hund heißt Ratte. Er ist der beste Rattenfänger des ganzen Dorfes", sprudelte der Junge eifrig hervor.

„So trägst du den Namen des Gründers meines Ordens. Auch der Heilige Franziskus war den Tieren sehr zugetan. Also Franz, kannst du mich zum Haus des Schulten bringen?"

„Natürlich, Bruder ..."

„Entschuldige, ich habe mich nicht vorgestellt. Ich bin Bruder Oleg."

„Dann folgt mir bitte, Bruder Oleg." Eine erneute tiefe Verbeugung folgte. „Unser Schulte bewohnt das große Haus am Anger."

Auf dem Weg durch das Dorf schlossen sich drei weitere Kinder an. Doch stolz behauptete Franz seinen Platz an der Seite des Mönchs, wobei er eifrig weiter plapperte und nach rechts und links zeigte und erklärte, welche Familie in welchem Haus wohnte.

Schließlich kamen sie am Heim des Schulten an. Wie alle anderen Häuser des Dorfes und wie auch die Schafhürde bestand es aus einem ebenerdigen, langgestreckten und mit Stroh gedeckten Gebäude, dessen Dach weit herunterhing. Und wahrscheinlich diente auch hier der weitaus größere Teil der Unterbringung des Viehs und der Aufbewahrung der landwirtschaftlichen Gerätschaften. Doch war das Haus breiter und länger als alle anderen im Dorf und besaß drei Fenster, deren Läden mit kunstvoller Schnitzerei versehen waren.

Nachdem sich Oleg von Franz verabschiedet hatte, öffnete er die Tür des Flechtzauns, der das Anwesen umgab.

Kaum dass Oleg Gelegenheit hatte seinen Blick schweifen zu lassen, als um die Ecke des Hauses auch schon ein hoch aufgeschossener junger Mann auf ihn zu kam, dessen strohgelbes Haar wirr nach allen Seiten abstand. Die Verbeugung fiel nicht halb so tief aus wie bei Franz, war aber hinreichend ehrerbietig.

„Gott zum Gruße, Bruder. Ihr müsst einer der neuen Brüder beim Schafpferch sein und wollt sicher zum Herrn." Täuschte sich Oleg oder musterte ihn der Bursche, der wohl gerade die Mitte Zwanzig erreicht hatte, ablehnend? Er hätte ihm jetzt sagen können, wenn er zum Herrn wolle, würde er ein Gotteshaus aufsuchen. Aber der ein wenig finster aus seinem abgetragenen Kittel schauende Knecht würde die Anspielung kaum verstehen. Außerdem sollte man mit dem Namen des Herrn keinen Spott treiben.

„Gott zum Gruß, wie heißt du, mein Sohn?"

„Ich bin Jan. Und? Wollt Ihr nun zum Schulten?"

Bevor Oleg antworten konnte, wurde Jan von einem Mann, der eben aus dem Stall trat, angeranzt: „Ein bisschen mehr Demut dem guten Bruder gegenüber würde dir gut anstehen, Bursche."

Oleg erkannte den Dorfschulten, der sich die Hände an einem Strohwisch säuberte und sich ihm nun zuwandte. „Was kann ich für Euch tun, Bruder? Braucht Ihr Hilfe? Oder eine Fuhre Brennholz? Oder etwas anderes?"

„Wir haben selber kaum was", knurrte der junge Mann und Oleg zweifelte langsam daran, dass es sich bei ihm um einen Knecht handelte. Welcher Bauer würde schon einen dermaßen aufmüpfigen Kerl in Dienst behalten.

Ährenreich beachtete den Burschen nicht weiter und lud Oleg mit einer Handbewegung zum Haus hin ein. „Kommt doch herein. Martha hat sicherlich etwas Warmes auf dem Herd."

Martha, eine ältliche, rotgesichtige Magd mit breiten Händen und ausladendem Hinterteil wirtschaftete an der gemauerten Herdstelle in der Mitte des Raumes. Mit zufriedenem Gesicht tischte sie dem Schulten und seinem Gast eine kräftige Brühe aus Markknochen auf. Auch hier hatte es ein Schlachtefest gegeben. Ein Krug Dünnbier wurde dazu gestellt.

Der Raum, in dem sie saßen, ähnelte dem in der Schafhürde, war aber weit wohnlicher eingerichtet. An den Wänden standen einige Truhen, ebenfalls mit Schnitzwerk verziert. Die Regale und Borde, welche an den Wänden angebracht waren, enthielten buntbemalte irdene Becher und Schüsseln und waren mit Webborten geschmückt. Durch die mit Schweinsblasen bespannten Fenster fiel ausreichend Tageslicht in den Raum, ohne dass die Tür offenstehen musste. An der Wand, die dem Viehabteil gegenüberlag, gab es zwei schmale Türen, die wahrscheinlich in kleine Kammern führten.

Ährenreich bemerkte Olegs beifälligen Blick, zeigte auf die zwei Türen und erläuterte stolz: „Ich habe das einzige Haus, in dem es noch zwei Extrakammern gibt. Früher haben in der einen Kammer meine Eltern auf dem Altenteil gesessen und meine Frau und ich haben die andere bewohnt. Vor fünf Jahren ist meine Frau, Gott hab sie selig, im Kindbett mit unserer Tochter gestorben."

Der Mönch sprach ein kurzes Gebet für die Frau des Schulten und der schloss sich murmelnd an, fuhr aber gleich darauf fort: „Jetzt wohnen meine zwei Söhne in der Kammer meiner Eltern, die der Herrgott auch schon zu sich genommen hat."

Oleg musste sich geradezu dazu zwingen, nicht beständig auf die wulstigen Narben im Gesicht des Schulten zu starren. Sicher würde sich im Verlaufe des Gesprächs die Gelegenheit zu einer diesbezüglichen Frage ergeben.

Kuno Ährenreich war ein angenehmer Gesprächspartner und so tauschte er sich mit Oleg ein wenig über das noch angenehme Wetter zu so später Jahreszeit aus. Sie sprachen über die vergangenen Schlachtetage und die bevorstehende Adventszeit.

Beim letzteren Thema wurde der Schulte unruhig. Die Raunächte begannen zum Ende der Adventszeit, in der Thomasnacht, der Nacht vom zwanzigsten auf den einundzwanzigsten des Christmonats. Allein schon die Vorstellung, dass sich Ähnliches wie im Vorjahr wiederholen könnte, schien dem vierschrötigen Mann geradezu körperliches Unbehagen zu bereiten. Seine Hände fuhren unstet über den Tisch. Plötzlich erschien Ährenreich klein und bänglich.

Oleg fand es an der Zeit, auf den Grund seines Besuches zu sprechen zu kommen.

„Ihr habt von Bruder Hubertus einen Brief an den Guardian der Magdeborcher Barfüßer schreiben lassen."
„Ja, das habe ich. So hat Euer Bruder Euch also eingeweiht, welcher Auftrag ihn hierherführt." Unzweifelhaft meinte der Schulte Bruder Petrus. Es waren einige klärende Worte nötig, welchen der Brüder der Guardian für die Dämonenaustreibung vorgesehen hatte.

„Der Abt unseres Klosters, Vater Odo, hat entschieden, mich zu beauftragen, Euch in Eurer Bedrängnis beizustehen und dem unheiligen Treiben ein Ende zu setzen."
„Ihr?", kam es zweifelnd von der Tür her, durch die eben Jan eingetreten war. „Dann können wir unser Dorf ja gleich selbst abfackeln." Unaufgefordert angelte er sich einen Tonbecher vom Bord, goss sich aus dem Krug Bier ein und setzte sich Oleg gegenüber an den Tisch. Er legte die Unterarme auf die Tischplatte, streckte den Kopf ein wenig vor und musterte skeptisch die schmächtige Gestalt des einäugigen Mönchs.

„Meinen Ältesten, Jan, habt Ihr ja schon kennengelernt." Der Schulte zog ein entschuldigendes Gesicht. „Und dir", fuhr er seinen Sohn an, „würde es gut anstehen, unserem Gast den notwenigen Respekt zu erweisen."

Jan verdrehte die Augen gen Himmel und beschäftigte sich dann mit seinem Bierbecher.

„Ihr müsst den Jungen entschuldigen", versuchte Ährenreich das ablehnende Verhalten seines Sprösslings zu erklären. „Aber mit Eurem Bruder Hubertus hat er ungute Erfahrungen gemacht. Mit Bruder Eudo und Bruder Markus sind wir immer gut ausgekommen und haben einander in der Not beigestanden. Bruder Hubertus hat das eine und andere Mal den Gottesdienst in unserer Kirche abgehalten und erging sich dann darin, das seiner Meinung nach gottlose Leben der jungen Leute im Dorf zu geißeln. Dabei hat Jan immer am meisten abbekommen. Nun ja, die Jugend ist nun mal so. Wir waren ja auch nicht anders in dem Alter."

Oleg neigte den Kopf, wobei er das Zucken um seine Mundwinkel verbergen konnte. „Ich verstehe. Bruder Hubertus schießt mitunter in seinem Eifer und seiner Frömmigkeit ein wenig über das Ziel hinaus."

„Ein wenig ist gut", eiferte sich der junge Mann. „Unseren Mittsommertanz wollte er uns verbieten und wollte bestimmen, dass die jungen Männer nicht mit den Jungfern scherzen dürfen. Mit züchtig gesenktem Kopf sollten wir schweigend aneinander vorbeigehen. Hat man so was schon gehört?"

Ja, Oleg konnte sich das empörte und hoffärtige Gehabe von Bruder Hubertus gut vorstellen, wenn zwischen der Dorfjugend freizügige Scherzworte hin und her flogen.

„Ich bin nicht hier, um den Zwist zwischen Bruder Hubertus und der Dorfjugend zu schlichten", stellte Oleg klar und blickte dem Dorfschulten in die Augen. „Mein Abt hat mich geschickt, damit ich Euch in den nächsten Raunächten beistehe. Also, guter Mann, wollt Ihr mir bitte erzählen, was sich alljährlich zum Jahreswechsel zugetragen hat und warum es im letzten Jahr so schlimm war, dass Ihr bei meinem Abt um Hilfe nachgesucht habt?"

„Wo soll ich anfangen?" Ährenreich rieb die Hände aneinander und dachte einen Moment nach. „Kleine, harmlose Streiche haben sich die Dorfbewohner in dieser dunklen Zeit schon immer gespielt. Wenn die jungen Männer die Jungfern abends von der Spinnstube nach Hause begleiteten, erschreckten sie sich schon mal gegenseitig. Die Maiden drückten sich nur fester an die Schultern der Burschen. Aber es blieb alles im Rahmen des Schicklichen."

Von Jan kam ein belustigtes Hüsteln.

„Habt Ihr auch heidnische Bräuche ausgeübt?", warf Oleg ein.

„Was man halt so tut. Nichts Schlimmes. Alles mit der Mutter Kirche vereinbar", beeilte sich der Schulte zu versichern, bevor er fortfuhr: „Vor sieben, acht Jahren wurde es dann anders mit dem Spuk. Es blieb nicht bei dem kindlichen Schabernack. Aber es wurde auch noch kein wirklicher Schaden angerichtet. Da wurde mitten in der Nacht unter höllischem Gelächter ein Zaun umgeworfen oder eine Wäscheleine, die ein unachtsames Weib draußen gelassen hatte, zerrissen. Dabei wissen doch alle, dass man die Wäscheleinen in den Raunächten reinholen muss, damit sich die Wilde Jagd nicht darin verfängt. Oder das Vieh wurde aus dem Stall in die Stube getrieben, wo es sich über das Verhalten seiner Herrschaft beschwerte. Also, das hat einige doch schon erschreckt. Weiß doch jedermann, dass diejenigen, die das Vieh zu dieser Zeit sprechen hören, also, dass die im folgenden Jahr sterben werden. So ging das ein paar Jahre und wir hatten uns damit abgefunden. Es ist ja auch nicht wirklich etwas Schlimmes passiert und gestorben ist auch niemand, zumindest keiner, der die Tiere angehört hatte."

„In den Nächten auf das neue Jahr ist die Wilde Jagd durchs Dorf galoppiert. Gräuliche Gestalten mit Hörnern und Fellen", ergänzte Jan mit glänzenden Augen. „Die haben geheult und gejault, dass sich das halbe Dorf unter der Decke versteckt hat."

„Und seid Ihr Euch sicher, dass nicht doch einige Eurer Dorfbewohner hinter diesen deftigeren Streichen steckten?" Oleg schob zweifelnd die Unterlippe vor.

Kuno Ährenreich schüttelte entschieden den Kopf. „Wir haben in der Dorfversammlung gesessen und haben auch einige der Wirrköpfe aus dem Dorf in-qui-si-ta-torisch befragt. Sie konnten alle glaubwürdig beweisen, dass sie zu den Zeiten, wo was passierte, zu Hause oder mit anderen zusammen waren. Jan hat sich unter seinen Genossen umgehört. Keiner wusste was." Der Dorfschulte seufzte bekümmert. „Wir kamen dann zu dem Schluss, dass die höllischen Dämonen, die mit der Wilden Jagd aus dem Geisterreich in die Welt der Lebenden strömen, über unsere kindischen Streiche erbost waren und nun ihrerseits in unserem Dorf ihr Unwesen trieben."

Oleg hätte über so viel heidnischen Aberglauben am liebsten den Kopf geschüttelt, doch wollte er den Schulten nicht vergrätzen, indem er dessen Schilderung als Hirngespinste und Irrglauben abtat. Irgendetwas war ja geschehen, etwas dass den Leuten einen gehörigen Schrecken eingejagt hatte. Und im letzten Jahr war zu dem Schrecken halt noch ein größerer Schaden hinzugekommen. Dem galt es auf den Grund zu gehen.

„Erzählt mir nun, was sich im letzten Jahr zugetragen hat."

Ährenreich schluckte angestrengt. Unwillkürlich stahl sich seine eine Hand zu seiner zerstörten Gesichtshälfte und strich über die Wülste der Brandnarbe. Oleg begann zu ahnen, was in jenen Nächten geschehen war.

„Also, im letzten Jahr ...", begann der Dorfvorsteher und wischte sich die Schweißtropfen fort, die sich auf seiner Stirn gebildet hatten. „Anfangs war noch alles wie immer. Mal hier eine umgestoßene Milchkanne, mal da eine eingestürzte Holzmiete. Aber dann in den drei Nächten um den Jahreswechsel herum, kam die Wilde Jagd über unser Dorf, wie wir sie noch nie erlebt hatten. Man sagt ja, es wären die Geister von vor ihrer Zeit verstorbenen Männern, Frauen und Kindern, von denen man sich nur fernhalten und im Haus eingeschlossen beten müsse, dann würde einem schon nichts passieren. Nur die, die neugierig nach dem Heerzug Ausschau halten, werden mitgezogen und müssen sich dem Zug anschließen. Unheimlich ist es trotzdem, das Geheule und Gejaule, das Gerassel, Jammern und Stöhnen. Aber es geht vorbei." Wieder folgte ein tiefes Ächzen des Schulten, dass man fast schon hätte meinen können, die Wilde Jagd sitze mit am Tisch.

Jan legte eine Hand auf den Arm seines Vaters. „Ich werde den Rest erzählen", sagte er. „Im letzten Jahr galoppierte die Wilde Jagd nicht nur einmal durch das Dorf, sondern in drei aufeinanderfolgenden Nächten um den Jahreswechsel herum. Es waren mehr Reiter als sonst, alle gehörnt und in Fellen, mit Schwertern und Spießen."

Oleg hob die Hand und unterbrach den jungen Mann. „Woher wisst Ihr das, wenn sich doch alle im Haus verstecken?"

„Also Bruder, wart Ihr nie jung und neugierig?" Unmittelbar nach der Frage verzog Jan spöttisch die Mundwinkel. „Aber nein, wart Ihr nicht, so als Mönch."

Oleg hob die Augenbraue über seinem gesunden Auge. „Ich bin noch heute neugierig, mein Sohn. Darum bin ich hier." So, das sollte reichen.

Wie erwartet musterte Jan den unscheinbaren Mönch mit neuem Interesse. „Na, dann wisst Ihr ja, wie das ist. Es ist verboten, alle warnen einen davor und trotzdem tut man es. Also, ich und Kaspar, was mein jüngerer Bruder ist, wir haben uns hinter der Kirche versteckt. So konnten wir Anger und Dorfstraße im Auge behalten. Und da haben wir die Jagd gesehen. Sie galoppierten durch die Lüfte heran, wilde Gestalten. Ihr eiskalter Todesatem ließ uns das Blut in den Adern erstarren."

„Sie galoppierten durch die Luft heran?"

„Nun ja, von den Feuchtwiesen zog dichter Nebel auf. Und auf dessen Schwaden ritten sie ins Dorf."

Oder in dessen Schwaden versteckten sich die Unholde, dachte Oleg, ohne es laut auszusprechen, und erschienen den abergläubischen Burschen in ihrer Bängnis um so dämonenhafter.

Jan, der nichts von den Gedanken des Mönchs ahnte, fuhr fort: „In der zweiten Nacht haben sie die Scheune in der Dorfmitte in Brand gesteckt. Unser Saatgetreide für das neue Jahr lagerte dort. Mein Vater und einige andere haben noch versucht, so viel Getreide herauszuholen, wie möglich. Mein Vater wurde von einem herabstürzenden, brennenden Balken getroffen."

Mit zusammengepressten Lippen barg Kuno Ährenreich sein Gesicht in die Handflächen und stöhnte mit geschlossenen Augen gequält auf.

Oleg wusste, was entsetzlicher Schmerz war. Ein Schmerz, der einem den Atem von den Lippen raubt und die Sinne schwinden lässt. Er erinnerte sich noch immer, wie der Schmerz seinen ganzen Körper in Brand gesetzt hatte, als ihm bei klarem Bewusstsein sein braunes Auge ausgestochen wurde. Manchmal wachte er nachts schreiend auf und hörte wieder sein eigenes Kreischen, als sich die Messerklinge in sein Auge bohrte.

„Es war viel zu wenig, viel zu wenig, was wir retten konnten", klagte der Schulte. „Wir mussten viele Säcke von dem Getreide, das uns und unser Vieh eigentlich über den Winter bringen sollte, für die nächste Aussaat zurücklegen. So konnten wir wenigstens einen Teil der Felder im Frühjahr bestellen. Trotzdem ist es eine magere Ernte geworden und wir werden auch im kommenden Winter wieder hungern müssen."

„Hilft Euch Euer Burgherr nicht", fragte Oleg.

Jan spie verächtlich auf den gestampften Lehmboden, was ihm von seinem Vater einen Katzenkopp einbrachte.

„Von unserem Burgherrn brauchen wir keine Hilfe erwarten. Aber wenn Ihr ihn für uns bitten würdet, guter Bruder, vielleicht erbarmt er sich." Ährenreich sah erwartungsvoll zu Oleg.

„Ich kann es zumindest versuchen. Und in der dritten Nacht, geschah da auch noch etwas?"

Jan nahm die Erzählung wieder auf: „In der dritten Nacht haben sie Vieh aus den Stallungen getrieben und mit Pfeilen drauf geschossen. Drei Schweine und eine Kuh sind verreckt."

Oleg richtete sich kerzengerade auf. Da war doch etwas Handfestes. „Die Pfeile, habt Ihr herausfinden können, wem sie gehören oder wer solche Pfeile herstellt?"

Die beiden Männer schüttelten einvernehmlich die Köpfe. „Nichts Außergewöhnliches. Einfache Schäfte aus Haselnuss, Krähenfedern und eiserne Spitzen." Der Schulte drehte seine Hände mit den Innenseiten nach oben. „Wie sollte uns das auch weiterhelfen? Wollt Ihr ins Geisterreich, guter Bruder, und den Schmied zur Rede stellen, der diese Spitzen hämmerte? Wir haben die Pfeile verbrannt und die eisernen Spitzen hat Pater Sebastian mit Weihwasser besprengt und unser Schmied hat dann Nägel draus gemacht."

Oleg hätte am liebsten ungehalten geknurrt. Aber das würde ihm jetzt auch nicht weiterhelfen. Der einzige Beweis für die Umtriebe dieser Heimsuchung war unwiederbringlich vernichtet. Nun, dann galt es eben, neue Beweise zu suchen. Hoffentlich konnte er die Bösewichte vor dem nächsten Jahreswechsel ausfindig machen. Ansonsten würden die Dörfler wohl von ihm erwarten, dass er sich mit einem großen Holzkreuz in der Hand der grimmigen Reiterschar entgegenstellte.

„Ihr da draußen seid ja auch heimgesucht worden", meinte der Schulte nun.

„Wie meint Ihr das?"

„Die Hundemeute der Wilden Jagd hat einige Eurer Schafe gerissen. Wisst Ihr das noch nicht?"

„Bruder Melchior sprach von einem Wolfsrudel."

„Wölfe? Dass ich nicht lache. Wölfe hatten wir hier schon lange nicht mehr. Das waren die Höllenhunde. Da könnt Ihr Euch sicher sein."

„Was sitzt ihr denn am hellerlichten Tag in der Stube?", kam es von der halb offen stehenden Tür her und wie an Strippen gezogen gingen aller Augen zu dem Fragenden.

Ein junger Bursche, wohl Anfang Zwanzig, stieß die Tür vollends auf und blinzelte ins Halbdunkel. Mit drei langen Schritten war er am Tisch, sah dann den Mönch und hielt inne. Hatte Oleg erwartet, der Neue würde ihn jetzt ehrerbietig grüßen, so sah er sich getäuscht. Der andere musterte ihn neugierig und meinte dann munter: „Gott zum Gruße, guter Bruder. Ihr seid sicher einer der neuen Mönche von der Schafhürde." Dann angelte er sich einen Becher vom Bord, zog mit dem Fuß einen Hocker heran und ließ sich darauf plumpsen.

Schon streckte er die Hand nach dem Bierkrug aus, als ihn sein Vater anfuhr: „Wo warst du den ganzen Vormittag?

Wir schuften uns hier den Rücken krumm und der feine Herr geht in der Welt spazieren." Und zu Oleg gewandt, entschuldigend: „Mein Jüngster, Kaspar, der letzte Nagel zu meinem Sarg."

„Nun übertreib nicht, Vater, so schlimm ist es auch nicht. Ich leiste meinen Teil der Arbeit. Bin halt nur schneller fertig. Was kann ich dafür, dass Jan immer herumtrödelt."

Die freche Rede brachte ihm von seinem Bruder eine so deftige Kopfnuss ein, dass dem Jüngeren fast der Krug aus der Hand gefallen wäre.

„Werde unserem Vater gegenüber nicht aufsässig, du Tagedieb! Wirst wohl wieder auf der Burg gewesen sein, wo du um Fräulein Ida herumscharwenzelt bist. Oder du hast dich mit den Gauklern gemein gemacht. Zu denen passt so ein Windei, wie du!"

Während des Streits konnte Oleg Ährenreichs Jüngsten ausgiebig mustern. Kurzgeschnittene, rotblonde Haare schmiegten sich wie ein dichter Pelz an seinen Kopf. Grüne Augen blickten wach, selbstbewusst und herausfordernd in die Welt. Der junge Mann war von schlanker, sehniger Gestalt. Unter dem von zahlreichen, sorgfältigen Flicken besetzten Kittel zeichneten sich kräftige Arme und Beine ab.

Bevor der Zwist in weitere Beschuldigungen und Beschimpfungen ausarten konnte, brachte sich Oleg wieder in Erinnerung: „Wenn sich Euer Sohn Kaspar gut auf der Burg auskennt, Meister Ährenreich, kann er mich vielleicht dorthin führen. Ich gedenke, in den nächsten Tagen dort meinen Antrittsbesuch zu machen."

„Es wäre mir eine Ehre", kam Kaspar seinem Vater zuvor und neigte nun doch den Kopf, was das lausbübische Zucken um seine Mundwinkel kaum verbergen konnte.

„Natürlich, guter Bruder", beeilte sich der Schulte hinzuzufügen. „Wann wäre es Euch denn passend?"

„Ich denke, dass der Tag nach Philippus angemessen wäre, also in drei Tagen, zur Sext. Vielleicht kann mich Euer Sohn Kaspar schon einen oder zwei Tage zuvor anmelden."

„Natürlich, Bruder Oleg. Ich werde den Burschen gleich losschicken."

Jan konnte sich ein missfälliges Brummen nicht versagen. Kaspar hingegen grinste jetzt breit. Dieser Mönch gefiel ihm.

Und Oleg? Der hatte auf dem Rückweg zur Schafhürde einiges zu bedenken.

4. Kapitel

Drei Tage später begann die vorweihnachtliche Fastenzeit. Oleg wollte sich gleich nach dem Aufstehen auf den Weg ins Dorf machen. Gerade war er im Begriff aufzubrechen, als Melchior vom morgendlichen Melken mit einer Schale Milch aus dem Schafstall kam.

Oleg beäugte kritisch, wie Melchior vorsichtig die Milch in die Becher goss.

„Bruder Melchior, heute beginnt die Fastenzeit und es ist uns nur noch eine Mahlzeit am Tag gestattet." In Olegs Stimme schwang ein leichter Tadel mit.

Melchior musterte seinen Bruder verständnislos. „Wäre es nicht eine Sünde gegen den himmlischen Vater, wenn wir törichten Menschen verschwenden würden, was der Allmächtige in seiner Gnade seinen Kindern schenkt?", fragte er dann.

Bevor Oleg auf den Vorwurf angemessen reagieren konnte, knurrte Petrus: „Bruder Hubertus hätte seine helle Freude an dir, Bruder Oleg."

Nun sperrte Oleg doch den Mund auf und klappte ihn dann zu, ohne ein Wort hervorzubringen. Mit dem sauertöpfischen und frömmelnden Hubertus wollte Oleg auf gar keinen Fall auf eine Stufe gestellt werden. Entschlossen griff er nach seinem Becher und leerte ihn auf einen Zug.

Er war schon in der Tür, als er hinter sich Petrus gutmütig grummeln hörte: „Geht doch."

Schmunzelnd schlug Oleg den Pfad zum Dorf ein. Doch die leichte Stimmung verließ ihn nach wenigen Schritten. Ein wenig plagte ihn das schlechte Gewissen, dass er seine Kameraden weitestgehend darüber im Unklaren gelassen hatte, was ihn umtrieb. Er hatte ihnen zwar gesagt, dass es Zeit für einen Antrittsbesuch auf der Burg war, doch dass er dabei alle seine Sinne aufsperren wollte, um womöglich der Heimsuchung der Dörfler auf die Spur zu kommen, ver-

58

schwieg er. Ja, er hatte sie noch immer nicht über den Inhalt des Abtbriefes in Kenntnis gesetzt.

Gunther hatte ihn mit einem Welpenblick angebettelt, ihn begleiten zu dürfen. Oleg hatte nur stumm den Kopf geschüttelt und den Blick dann schnell abgewendet. Vielleicht würde er den Novizen beim nächsten Mal mitnehmen. Oleg erinnerte sich noch gut daran, wie er im Alter von sechzehn Sommern das erste Mal auf einer Burg gewesen war und wie aufregend er das alles gefunden hatte. Wenige Wochen zuvor hatten sie das Sumpfmonster besiegt. Und – nun ja – er hatte seine Unschuld auf der Quitzowburg verloren. Es war eine unglaublich aufregende Zeit gewesen. Und... das Ergebnis jener unkeuschen Tat lebte nun bei Hildegard und Witho. Oleg gestattete sich ein sanftes Lächeln, als er an Frieder dachte.

Im Ergebnis dieser Abgelenktheit rutschte er im lehmigen Boden des schmalen Pfades, der Dorf und Schafhürde verband, aus und hätte sich fast auf sein Hinterteil gesetzt. Erst jetzt bemerkte Oleg, dass ein feiner Sprühregen eingesetzt hatte, der den Weg schmierig machte. Er zog die Kapuze über den Kopf und setzte nunmehr aufmerksamer seine Füße voreinander.

Er hatte nur eine gute halbe Stunde zu gehen. War er anfangs noch durch feuchte Wiesen und ein kahles Birkenwäldchen gewandert, so erstreckten sich schon bald die Wiesen und schmalen Felder des Dorfes links des Pfades. Hagebuttengestrüpp und Holundersträucher säumten die Feldraine, hin und wieder unterbrochen von einer ausladenden Linde, die ihre noch immer gelb belaubten Äste gen Himmel streckte.

Olegs Gedanken schweiften erneut ab, nicht zu seinem siebzehnjährigen Sohn – der Gedanke, einen Sohn zu haben, erfüllte ihn noch immer mit andächtigem Staunen – sondern zu seinen gegenwärtigen Angelegenheiten.

Er stimmte mit seinem Abt überein, dass es sich bei dieser Wilden Jagd und deren Dämonen und Hexenvolk um geschicktes Blendwerk höchst lebendiger Menschen handelte musste. Doch wer sollte einen Grund haben, dem Dorfvolk solch grausame Streiche zu spielen? Ehemals hatten sie selbst harmlosen Schabernack getrieben, dann wurden die Possen ein wenig derber, aber noch immer entstand kein wirklicher Schaden.

Im letzten Jahr war es dann im Dorf zugegangen, als befände es sich im Krieg. Wieder geriet Oleg ins Straucheln. Diesmal war es ein faustgroßer Stein, der seiner Aufmerksamkeit entgangen war. Plötzlich hatte ein Gedanke Form angenommen, der womöglich eine einfache, wenn auch schwer zu beherrschende Lösung anbot.

Konnte es sein, dass der Burgherr mit einem anderen Ritter in Fehde lag? Es war gang und gäbe, dass die Herren nicht nur gegenseitig ihre Burgen belagerten, sondern auch Dörfer und Felder zerstörten, um dem Feind nachhaltigen Schaden zuzufügen.

Aber warum kamen die feindlichen Mannen dann in den Raunächten? Warum versteckten sie sich unter der Maske der Wilden Jagd? Wäre es nicht zweckdienlicher, wenn der Burgherr wüsste, dass sein Gegner einen Schlag gegen ihn ausgeführt hatte? Dass der dann vielleicht einlenken würde in dem Zwist, um neuerlichen Angriffen aus dem Wege zu gehen?

Ein Mönch würde womöglich einlenken, ein Ritter würde zum Gegenschlag rüsten. So könnte das über Jahre hin und hergehen und die Leidtragenden wären hauptsächlich die Landleute, was die Herren reichlich wenig interessierte. Das würde sich erst dann ändern, wenn die Abgaben der Bauern ausblieben und die ritterliche Tafel nur noch trocken Brot zu bieten hatte.

Olegs Gedanken gewannen an Kraft und verzweigten sich, wie die Äste eines Baumes. Es könnte auch sein, dass ein anderer Ritter sich von dem hiesigen beleidigt fühlte und einen heimlichen Groll gegen diesen hier hegte. Dann hatte er vielleicht im letzten Jahr einen ebenso heimlichen Racheakt durchgeführt. Was zählten schon arme Bauern, die weiß Gott keinen Anteil an den Streitigkeiten der hohen Herren hatten? Sie waren das Eigentum der Burg, genauso wie die Häuser des Dorfes, das Vieh oder die edlen Pferde, die der Burgherr in seinen Ställen hegen und pflegen ließ.

Blieb zu hoffen, dass alle erhitzten Gemüter nun hinreichend abgekühlt waren, so dass das Dorf in diesem Jahr unbehelligt blieb.

Mit einem zufriedenen Nicken setzte Oleg seinen Weg fort. Da hatte er ein paar gute Gedanken gehabt. Auf der Burg würde er Augen und Ohren offenhalten. Natürlich würde kein Ritter einem dahergelaufenen, fremden Mönch gegenüber von Fehden und Streitereien sprechen, es sei denn, der Herr neigte zur Schwatzhaftigkeit. Aber es konnte nichts schaden, mal ein wenig auf den Busch zu klopfen. Und Oleg hatte noch einen guten Gedanken. Wenn er hier nicht weiterkam, könnte er immer noch Ritter Notger fragen, ob der Schartauer Burgherr mit einem anderen irgendwelche Zwistigkeiten hatte.

Der Himmel schien Mitleid mit dem Wanderer zu haben. Der Regen hörte auf und durch das eine oder andere Wolkenloch schickte die Sonne ein paar verstohlene Strahlen auf den Mönch, der sich aufgemacht hatte, den geplagten Bauersleuten beizustehen.

Der Pfad wurde breiter und nach der nächsten Biegung kam das Dorf in Sicht. Oleg schritt kräftiger aus. Sicher könnte ihm Kaspar auf ihrem Weg zur Burg einige Auskünfte über die Herrschaftsverhältnisse geben. Der Rüge seines Bruders Jan nach zu urteilen, hielt sich der Jüngere des Öfteren dort auf.

Doch bevor Oleg mit seinem Führer den Weg fortsetzen konnte, wurde er vor dem Anwesen des Schulten Zeuge eines handfesten Streits, der sich zwischen Jan und einem Hünen von Mann zutrug, hinter dessen Rücken sich Oleg getrost zweimal hätte verstecken können. Letzterer hatte den Sohn des Schulten eben mit beiden Händen am Schlafittchen gepackt und schüttelte ihn kräftig hin und her. Im Takt dazu stieß er abgehackt hervor: „Und wage es nicht noch mal, Trude Blicke hinterher zu werfen, du halbes Handtuch!"

Mit den letzten Worten schleuderte er Jan in den Schlamm der Dorfstraße, auf der sich in angemessener Entfernung etliche Gaffer eingefunden hatten.

Näher heran traute sich eine Horde barfüßiger Jungen, die die beiden Kampfhähne umsprang und höchst belustigt sang: „Engelklein – Bengelpein – Engelklein – Bengelpein ..."

Noch ehe Oleg, Kraft seiner Mönchskutte, dazwischen gehen konnte, war der Dorfschulte zur Stelle und schubste den Angreifer zwei Schritte zurück. Das brachte ihm von seinem Sohn jedoch keine Liebe ein. Der hatte sich inzwischen aufgerappelt und giftete seinen Vater an: „Ich kann meinen Zwist alleine regeln." Und zu seinem Kontrahenten: „Wenn ich der Trude Blicke hinterherwerfen will, dann tu ich das auch! Vielleicht ist ihr das ja lieber als von solch einem Erbsenhirn wie dir angelallt zu werden."

Schon machte der Geschmähte Anstalten erneut vorzupreschen. Doch ein Wasserschwall, der ihn über den Flechtzaun des Anwesens hinweg mitten ins Gesicht traf, hielt ihn abrupt auf. Wutschnaubend sah er sich nach dem neuen Widersacher um.

Die kleine Pause nutzte Ährenreich. „Hast du in deiner Schmiede nichts zu tun, Volkmar", fuhr er den Hünen an und zu seinem Sohn: „Und du, ab auf den Hof. Das Pferdegeschirr muss geflickt werden."

Brummend und sich noch einige giftige Blicke über die Schulter hinweg zuwerfend trollten sich die beiden jungen Männer in entgegengesetzte Richtungen.

Oleg trat zum Schulten und grüßte ihn. Der sah noch immer dem Schmied hinterher und grüßte zerstreut zurück.

„Gott zum Gruße auch Euch, guter Bruder. Das war unser Schmied, Volkmar Engelklein."

Unwillkürlich musste Oleg belustigt glucksen. „Engelklein? Ist das Euer Ernst? Fürwahr ein *trefflicher* Name für dieses scheue, zarte Reh von einem Schmied."

Der Dorfvorsteher ging nicht auf den Spaß ein. „Das wird noch mal ein schlimmes Ende nehmen."

„Mit Eurem Sohn oder mit dem Schmied?"

„Was? Ach nein, die beiden meine ich doch nicht. Mit Trude wird das noch mal ein schlimmes Ende nehmen. Jedem Mannsbild wirft sie kecke Blicke zu und hat freche Worte parat. Und wenn die sich dann gegenseitig an die Gurgel gehen, feixt sie sich eins. Irgendwann wird ihr einer bei ihrem gewagten Spiel auf die Schliche kommen und dann möchte ich nicht in ihrer Haut stecken."

„Ist niemand da, der ihr den rechten Weg weist?"

„Etliche haben es schon versucht. Ich selbst habe ihr nicht nur einmal ins Gewissen geredet. Vater Sebastian hat sie zur Beichte einbestellt und ihr sanfte Vorhaltungen gemacht. Nichts hat gefruchtet. Ihre Mutter ist vor vielen Jahren gestorben und sie führt ihrem Vater Haus und Wirtschaft. Der ist Wagner und hat eine kleine Gaststube. Und die Mannsleute sind da gern zu Gast, seit Trude alt genug ist, die Bierkrüge zu stemmen." Der Schulte seufzte verhalten. Ob auch er in der Wirtschaft häufiger zu Gast war?

Kaum war der Schmied weit genug entfernt, tauchte hinter dem Flechtzaun Kaspar auf, der grinsend ein leeres Wasserschaff an der Hand schlenkerte. Jan warf ihm im Vorbeigehen einen finsteren Blick zu und ranzte seinen Bruder an: „Deine Hilfe brauche ich erst recht nicht!"

Kaspar stellte das Schaff an der Pforte ab, zupfte seinen Kittel zurecht und sah Oleg frohgemut an. „Wollen wir, Bruder Oleg? Bis zur Burg ist es nur eine knappe Stunde." Oleg stimmte mit einem Nicken zu und wenige Augenblicke später waren sie unterwegs. Hätte ihr Weg schnurgerade zu ihrem Ziel geführt, hätten sie keine halbe Stunde gebraucht. Doch der Karrenweg schlängelte sich durch die Felder. Rechts und links zweigten hin und wieder schmalere Wege ab.

„Du bist häufiger zu Gast auf der Burg?", begann Oleg das Gespräch, nachdem sie eine kleine Weile schweigend nebeneinander hergelaufen waren.

„Also, Gast bin ich da beileibe nicht." Kaspar zupfte einen gelben Grashalm vom Wegesrand und schob sich das noch immer süße Ende in den Mund. „Ich tu da schon die eine oder andere Arbeit oder bringe Dinge hin, übermittle hin und her Nachrichten oder mache mich anderweitig nützlich. Dreimal durfte ich schon als Treiber bei der Jagd helfen. Nur auf die Hunde muss man aufpassen. Wenn die die Wildsau gestellt haben, darf man ihnen nicht zu nahe kommen. Es ist ja nicht so, dass ich ein Tagedieb bin, der mit Müßiggang seine Zeit totschlägt."

„Wie kam es denn dazu, dass ausgerechnet du diese Botengänge übernommen hast."

„Meine Mutter stammt von der Burg. Ihre Mutter war da Köchin und ihr Vater war Stallmeister. Jetzt ist meine Mutters Schwester die Köchin. Meine Mutter hat mich immer mitgeschleppt, wenn sie Eltern und Schwester besuchte. Oder sie hat aufgepasst, wenn Waren hin und her gingen. Schließlich war sie die Frau vom Dorfschulten. Von daher kenn ich die Burg und die Leute da, solange ich denken kann."

Oleg beglückwünschte sich, dass er diesen kundigen Führer gefunden hatte. Wenn ihm einer Auskunft geben konnte, dann dieser junge Mann.

„Wer ist der Herr von dieser Burg?"

„Das ist Otto von Waldeser. Doch der ist seit dem Sommer ziemlich krank. Die Leute sagen, dass ihn der Schlag getroffen hat, nachdem er vom Tod seines Sohnes erfahren hat." Kaspar gab ein bedauerndes Geräusch von sich.

„Kanntest du den jungen Herrn?"

„Und ob. Christian ist ... war ein Jahr älter als ich und seine Schwester Ida ist ein Jahr jünger als ich. Wir haben als Kinder zusammen gespielt, sind durch die Burg geschlichen, haben gemeinsam der Köchin süße Kuchen stibitzt oder die Schweine mit Bier besoffen gemacht. Das war ein Gaudi!" Noch in der Erinnerung lachte Kaspar laut auf. „Stellt Euch das mal vor, Bruder. Die da oben", er wies mit dem Kopf zur Burg, „die haben da große, braune, wollige Schweine. Keiner hat sich auf den Hof getraut, bis die Schweine von allein umgekippt sind und laut schnarchend ihren Rausch in der Sonne ausgeschlafen haben."

„Und der Streich blieb folgenlos?"

Kaspar zog ein komisch gequältes Gesicht. „Für die Schweine schon. Uns hatte man schnell beim Wickel. Der Waffenmeister, den die Schweine über den Hof gejagt hatten, versohlte uns eigenhändig den Hintern, dass wir drei Tage nicht sitzen konnten. Also, Christian und mir. Da spielte es keine Rolle, dass er der Herrensohn war und ich nur der eines Bauern. Ida musste zwei Wochen in der Küche arbeiten. Was sie halt so machen kann mit ihrer rechten Hand."

Oleg konnte sich das Kleeblatt gut vorstellen, wie es Streiche ausheckte und dann irgendwo auf der Lauer lag und sich vor Lachen kringelte, wenn der Schabernack aufging. Als Straßenbengel hatte er mit der Fischmaulbande mehr als einmal andere Leute gefoppt. Nur ging es bei diesen Streichen darum, anderen den Geldbeutel abzujagen. Hätte man sie erwischt, wären sie nicht mit einer Tracht Prügel davongekommen. Irgendein Körperteil hätte nachhaltigen Schaden erlitten: eine abgetrennte Hand oder ein abgeschnittenes Ohr. Auch verpasste der Henker Dieben gern ein Brandzeichen auf die Wange. Was auch immer, der Dieb war, egal welchen Alters, für den Rest seines Lebens gezeichnet.

„Wie ist er denn zu Tode gekommen, der junge Herr?"

„Er ist von einem Schiff gefallen." Kaspar spuckte den Grashalm aus, bekreuzigte sich flüchtig und beschleunigte den Schritt. Das Schicksal seines einstigen Spielkameraden ging ihm noch immer nahe. Doch darauf konnte Oleg keine Rücksicht nehmen. Der gewaltsame Tod des Erben könnte ein weiterer Fingerzeig sein. Zumindest wollte er alles genau wissen. Ob es dann zur Lösung des Problems beitragen konnte, würde sich weisen.

„Von einem Schiff? Konnte er nicht ans Ufer schwimmen? So breit ist die Elbe nun auch wieder nicht", stieß Oleg ein wenig atemlos hervor, nachdem er Kaspar eingeholt hatte.

Kaspar blieb stehen und sah den Mönch kopfschüttelnd an. „Doch nicht auf der Elbe. Auf dem Ostmeer wurde er von einem Sturm über Bord gespült. Keiner konnte ihm helfen." Er setzte langsamer seinen Weg fort. „Die Leute sagen, dass er einen schlimmen Streit mit seinem Vater hatte, im Frühjahr. Ein paar Wochen später ist er aufgebrochen, um gegen die Heiden zu kämpfen. Und im Sommer kam die Nachricht, dass er die Fahrt ins Heidenland nicht überstanden hat. Dann traf den Alten der Schlag und seitdem ist er schwachsinnig, für nichts mehr zu gebrauchen."

Oleg verdaute das Gehörte eine Weile, dann fragte er: „Und wer hat jetzt das Sagen auf der Burg? Der Erbe tot, der Alte unfähig. Gibt es einen fähigen Burghauptmann?"

„Randolph", spuckte Kaspar den Namen aus. „Der ist der Verlobte von Jungfer Ida und spielt sich jetzt als Burgherr auf. War früher Knappe auf der Burg, als wir Kinder waren. Nach der Schwertleite war er fast zehn Jahre fort. Voriges Jahr, im Sommer, tauchte er mit drei Gefolgsleuten hier wieder auf und hielt um Idas Hand an. Der Alte war froh, dass sie einer haben wollte und hat gleich zugestimmt. Aber Randolph ist ein bösartiges Schwein. Ich lass nicht zu, dass er ihr was tut."

Das war nun wirklich interessant. Gern hätte Oleg noch mehr über diesen Randolph erfahren, doch ihr Karrenweg mündete auf einer breiteren Straße, die sich an der Burg vorbei von Ost nach West erstreckte. Hier trafen sie auf eine Pilgergruppe, die nach Rogätz unterwegs war, um von dort mit einem Schiff Richtung Magdeborch zu fahren. Die Leute schienen wohlhabend zu sein. Ihr Schuhwerk war in ausgezeichnetem Zustand, was bei einer Pilgerreise von entscheidender Bedeutung sein konnte. Außerdem führten sie einen Maultierkarren mit sich, der allerhand Habseligkeiten barg, die auf dem langen Weg der Bequemlichkeit der Pilgersleute dienen würden.

Oleg gesellte sich zu ihnen, bekannte mit einem sehnsüchtigen Blick, dass sein Heimatkloster in Magdeborch war, und gab den Reisenden einige Hinweise in welchen Klöstern sie um Obdach bitten konnten und wo die heilkräftigsten Reliquien zu finden waren. Schließlich verabschiedeten sie sich mit gegenseitigen Wünschen für Gottes Segen. Während die Pilger ihren Weg auf der Landstraße fortsetzten, bogen Oleg und Kaspar nach rechts ab und begannen den seichten Aufstieg zum Burgberg. So nannte man hier großspurig den flachen Hügel, wie Kaspar augenzwinkernd mitteilte.

„Wen schleppst du uns denn da an?", wurde Kaspar von einem der Wächter begrüßt. Neugierig und mit einer gehörigen Portion Mitleid musterte der Wachmann den schmächtigen, kleinen Mönch.

„Bruder Oleg wird von Ritter Randolph erwartet", teilte Kaspar mit und der Spießträger nahm unwillkürlich Haltung an.

Er winkte einen Stallburschen heran, der beauftragt wurde, den Mönch zum Ritter zu führen. Kaspar blieb zurück und als Oleg sich noch einmal umwandte, sah er, wie der junge Mann den Weg zu den links gelegenen Stallungen einschlug.

Der Ritter, welcher sich selbst zum Burgherrn aufgeschwungen hatte, war in der großen Halle eben dabei, einem Dienstmann Anweisungen zu erteilen. Oleg wartete in einiger Entfernung und hatte so Gelegenheit, den Herrn zu betrachten und sich ein erstes Urteil zu bilden.

Die gerade, schlanke Gestalt kündete von hoher Geburt. Schwarzes, leicht welliges Haar fiel ihm bis auf die Schultern und umrahmte ein ebenmäßiges, männliches Gesicht und einen kräftigen, sehnigen Hals. Das Kinn war stolz ein wenig vorgereckt, die Handbewegungen fielen sparsam aus. Gewandet war der Ritter in einen schwarzen Wappenrock aus gutem Wollstoff, den er über einem leichten Kettenhemd trug. Ein breiter, dunkler Ledergürtel legte das Gewand in reichlich Falten.

Hier kam alles zusammen, was die Minnesänger einem edlen Ritter andichteten. Wenn nur der stechende Blick aus kalten, berechnenden Augen und das dünkelhafte Herabziehen der Mundwinkel nicht gewesen wären.

Schnell ließ Oleg noch seinen Blick durch die Halle schweifen. Sie war einigermaßen sauber und hinlänglich wohnlich eingerichtet. Die Binsen auf dem Boden waren nicht älter als eine Woche. Dafür hätten die wenigen Wand-teppiche ein bisschen Abstauben gebrauchen können.

Nachdem er mit dem Dienstmann fertig war, wandte sich Randolph Oleg zu und lud ihn mit einer Handbewegung ein, näher zu treten.

„Ihr seid also einer der guten Brüder, die in der Schafhür-de jenseits meines Dorfes eingezogen sind", begrüßte er Oleg freundlich. Seine Freundlichkeit war jedoch von der Art, in der ein Höhergestellter sich herablässt, einem Unter-gebenen Zeit und Gehör zu schenken. Der andere soll sich der Gnade bewusst werden und sich entsprechend demütig zeigen.

Oleg lächelte sein sanftes Lächeln. „Ich bin Bruder Oleg von den Barfüßern zu Magdeborch. Gemeinsam mit einigen meiner Brüder wurde ich geschickt, mich um den Gedeih unserer Tiere zu kümmern."

„Oh, verzeiht, ich vergaß, mich vorzustellen." Ein finger-breites Neigen des Kopfes folgte und ein Lächeln, das nicht die Augen erreichte. „Randolph von den Linden, Burg-hauptmann auf der Schartauer Burgwardei."

„Gottes Segen über Euch, Randolph von den Linden." Das passte immer und würde den Hauptmann zwingen, als Nächster zu sprechen.

„Was führt Euch zu mir, Bruder Oleg?"

„Wir sind nun gewissermaßen Nachbarn und da schien es mir angemessen, einen Antrittsbesuch zu machen. Dar-über hinaus kann ich sagen, dass ich in der Kräuterkunde recht gut bewandert bin. Falls also Ihr, einer Eurer Leute oder irgendwelches Vieh Beistand benötigt, bin ich gern be-reit, diesen zu leisten."

„Das ist sehr christlich von Euch, guter Bruder, aber wir kommen schon zurecht. Sollte Eure Hilfe dennoch nötig sein, so lasse ich Euch Nachricht zukommen."

Damit war eigentlich alles gesagt und der Höflichkeit Ge-nüge getan. Der Burghauptmann hatte ihm keinen Platz und keinen Trunk angeboten und Oleg hätte sich nun verabschieden und gehen sollen. Wenn, ja wenn er dem Dorfschulten nicht versprochen hätte, auf der Burg um Hilfe für die Bauern nachzufragen.

„Da ist noch etwas", hielt Oleg den Ritter auf, der sich schon abwenden wollte.

„Ja?" Eine Spur Ungeduld klang mit.

„Gestern habe ich mit dem Schulten Eures Dorfes gesprochen." Die Ungeduld des anderen wandelte sich in Ablehnung. Unbeirrt trug Oleg sein Anliegen weiter vor: „Eure Bauern wurden zum letzten Jahreswechsel von einem schlimmen Unglück heimgesucht. Ihr Saatgetreide wurde fast vollständig vernichtet. Sie mussten einen Teil ihrer Vorräte für die diesjährige Aussaat abknapsen. Seitdem leiden sie beständig Hunger."

„Ja und? Das Bauernpack klagt immer. Mal ist der Sommer zu trocken, mal zu nass. Mal ist das Vieh krank, mal zerbricht das Ackergerät. Die kommen schon zurecht. Müssen sie sich eben einschränken." Kalt musterte der Ritter den einäugigen Mönch, der zu ihm aufsehen musste.

„Es ist zu befürchten, dass womöglich einige der schon geschwächten Alten oder der kleinen Kinder einen erneuten Hungerwinter nicht überleben werden."

„Seid Ihr der Advocatus des Gesindels? Was kümmern Euch die unnützen Alten? Und die Bauernweiber werfen ohnehin jedes Jahr aufs Neue. Doch wenn Euch das Pack dauert, dürft Ihr gern Eure Vorräte mit ihm teilen. Und nun Gott auf Euren Weg, Bruder."

Das war mehr als nur die Aufforderung zum Gehen, das war ein Hinauswurf. Entsetzt ob dieser Rohheit den leidgeplagten Bauern gegenüber und ohne den Gruß zu erwidern, wandte sich Oleg zum Gehen. Den verärgerten Blick des Ritters spürte er geradezu zwischen seinen Schulterblättern.

Das war ja nicht so gut gelaufen. Wenn sich dieser Randolph von den Linden seinen Standesgenossen gegenüber ebenso herablassend und unduldsam verhielt, dann konnte es schon sein, dass das dem einen oder anderen sauer aufstieß und ihn zu heimlicher Rache verleitete.

Nach wenigen Schritten hielt Oleg inne und drehte sich wieder um.

„Es sind Eure Bauern. Ihr habt eine Verantwortung für sie. So hat es der Gottvater zwischen Herren und Knechten geregelt. Der Knecht arbeitet für den Herrn und erhält dafür dessen Schutz."

„Was maßt Ihr Euch an, mich über meine Pflichten belehren zu wollen!", drohend machte der Ritter zwei Schritte auf Oleg zu. Der war sich sicher, dass ihn seine Mönchskutte besser als ein Schild schützen würde und wich kein Fingerbreit. Er reckte die schmalen Schultern.

„Ich erinnere Euch nur daran, dass das Gut, das Ihr schon bald Euer Eigen nennen werdet, Euch übergeben wird, auf dass Ihr es klug verwahrt und mehrt. Ich vermute, dass Ihr Euch Euer Lehen vom Magdeborcher Erzbischof Albrecht III. bestätigen lassen müsst."

„Ihr wollt mir doch nicht etwa drohen?"

„Ich habe weder die Macht noch den Willen, Euch oder jemandem anderen zu drohen. Ich weise Euch nur auf die Auswirkungen hin, die eine unangemessene Härte den Bauern gegenüber haben kann."

Die Argumentation schien nicht ungehört zu verklingen. Der Ritter starrte Oleg mit grimmigem Blick an.

„Und was hattet Ihr da so im Sinn? Ihr erwartet doch wohl nicht, dass ich dem Pack einen Teil seiner Abgaben zurückgebe?"

„Das wäre sicher ein gottgefälliges Werk, wenn Ihr aus christlicher Nächstenliebe heraus handeln würdet und nicht um Eures eigenen Vorteils willen. Doch es würde wohl schon ausreichen, wenn Ihr dieses Jahr einige Eurer Mannen ins Dorf auf Wacht schickt. So würde kein neues Unglück durch fremde Reiter geschehen."

„Ihr wollt, dass meine Männer der Wilden Jagd gegenübertreten?"

Oleg lächelte mitleidig. „Ihr werdet kaum an diesen Geisterspuk glauben."

„Das Bauernpack war sich da ganz sicher. Was soll es denn sonst sein?" Randolph konnte das Lauern in seiner Stimme nur schlecht verbergen.

„Ich habe mir meine Gedanken darüber gemacht. Da ich nicht viel von diesem heidnischen Aberglauben halte, kam mir in den Sinn, dass die Vorkommnisse zum letzten Jahreswechsel irdischen Ursprungs sein müssen. Sagt, Ritter Randolph, liegt ihr mit einem Eurer Nachbarn in Fehde oder hegt einer einen tiefen Groll gegen Euch?"

Randolph schien überrascht. „Das ist natürlich eine Überlegung wert, guter Bruder. Danke, dass Ihr mich darauf hingewiesen habt. Ich war etwas grob. Ich werde sehen, was sich für das Bauernpack tun lässt, obwohl die es kaum verdient haben."

Hatte des Ritters offenkundige Härte den Bauern gegenüber Oleg zuvor schon abgestoßen, so behagte ihm die plötzliche Freundlichkeit ebenso wenig.

Und dann fügte Randolph mit einem unguten Lächeln hinzu: „Bevor Ihr kamt, gab ich Anweisungen zur Jagd. Ihr könnt Euch gern anschließen, wenn Ihr Euch auf einem Pferd halten könnt." Oleg blinzelte irritiert. „Es geht auf Wilderer. Da muss jeder Schuss sitzen." Rauh auflachend verließ der Ritter vor Oleg die Halle und begab sich zum Wehrturm

Oleg war sprachlos, was bei ihm recht selten vorkam. Wie konnte in einer so schönen und edlen Gestalt nur ein derartig roher Geist wohnen? Es war an der Zeit, mit Kaspar diesen Ort zu verlassen.

Am Brunnen standen zwei giggelnde Mägde. Sie wiesen Oleg den schmalen Pfad zwischen zwei Ställen hindurch. Dahinter erstreckte sich ein großer Küchengarten, dessen eine Hälfte verwildert war. Drei, vier Männer waren dabei, sich in allerlei Künsten zu üben. Das mussten die Gaukler sein, von denen der Schulte gesprochen hatte.

Kaspar jonglierte eben recht geschickt mit drei Stoffbällen. Als ihm ein vierter zugeworfen wurde, kam er jedoch durcheinander. Einer nach dem anderen landeten die bunten Bälle im Gras. Missmutig starrte Kaspar zu Boden, als könne er die Bälle Kraft seiner Gedanken wieder in die Luft steigen lassen.

„Das war doch schon ganz gut", lobte ihn ein spindeldürrer Mann mit flachsblondem, schütterem Haar. So dürr er war, so lang war er und überragte alle anderen um Haupteslänge.

„Ja, mit dreien geht es. Aber sowie noch einer dazu kommt, ist es aus", brummte Kaspar unzufrieden und klaubte die Bälle aus dem Gras auf.

Oleg trat näher und im Aufrichten sah ihn Kaspar. Seine Wangen färbten sich rot und er versuchte die Stoffbälle hinter seinem Rücken zu verbergen.

„Dass Ihr davon bloß nichts meinem Vater erzählt", beschwor er den Mönch.

„Wovon?", fragte Oleg schulterzuckend und trat an ihm vorbei. Interessiert verfolgte er, wie ein anderer Gaukler aus allen möglichen Körperverrenkungen heraus Messer auf eine Scheibe warf, auf der in groben Strichen ein kleiner Körper aufgemalt war. Die Messer bohrten sich dicht neben dem Körper ins Holz. Auf seinen Zuruf hin versetzte ein anderer die Scheibe in eine rotierende Bewegung. Wieder trafen alle

Messer haarscharf neben der Zeichnung. Oleg war beeindruckt.

„Willst du mir deine Freunde nicht vorstellen?", fragte Oleg über die Schulter hinweg.

„Ähm... ja, natürlich", besann sich Kaspar. „Also, das da ist der Jongleur Bertram. Er hat mir schon eine Menge beigebracht ..."

„... von dem dein Vater nichts wissen darf", ergänzte Oleg.

„Richtig. Und das sind Ratzfatz, der Messerwerfer, und der Musikus", stellte Kaspar die anderen beiden vor, die herangekommen waren. „Der Musikus spielt die Fidel und die Flöte und singt ganz passabel dazu."

Ratzfatz lächelte Oleg breit an und zeigte ein tadelloses, schneeweißes Gebiss, das in seinem dunklen Gesicht geradezu leuchtete. Schwarze, lockige Haare fielen ihm bis auf die Schultern. Die fast ebenso dunklen Augen im Verein mit einem dicken Schnurrbart, dessen Enden über die Mundwinkel herabhingen, gaben ihm etwas Verwegenes. Die bloßen Arme wiesen ausreichend Muskeln auf, um die Messer kraftvoll und treffsicher werfen zu können.

Der Musikus war das genaue Gegenteil, gerade mittelgroß, von zartem Körperbau und mit einem Bart, der über den ersten Flaum nie hinausgekommen war. Seine Augen funkelten lustig aus einem schmalen Gesicht.

„Und das ist Bruder Oleg von den Barfüßermönchen zu Magdeborch", stellte Kaspar nun auch seinen Begleiter vor. „Er und einige andere Mönche wohnen in der Schafhürde jenseits von Schartau."

„Bruder Oleg von den Barfüßern zu Magdeborch, so so", erklang es in Olegs Rücken. Er wandte sich um und sah sich einem älteren Mann gegenüber, an dessen Seite ein kleinwüchsiger Mohr in bunter Flickenkleidung stand.

„Prinzipal Vincent Ohnegleichen", stellte sich der Ältere vor. „Zu Euren Diensten, Bruder Oleg."

Täuschte sich Oleg oder hatte der Prinzipal das Wort Bruder spöttisch betont? Er nahm den Mann genauer in Augenschein. Der hatte die Mitte Vierzig bestimmt schon erreicht, war von kräftiger Gestalt und mit pockennarbigem Gesicht. Seine blonden, sich sanft wellenden Haare waren bei genauerem Hinsehen von etlichen grauen Strähnen durchzogen. Dunkelblaue Augen unter langen, dunklen

Wimpern musterten Oleg aufmerksam. Bevor die Pocken seine Züge entstellt hatten, musste der Prinzipal durchaus ansehnlich gewesen sein.

Irgendwo regte sich in Oleg eine verschwommene Erinnerung. Aber das konnte eigentlich nicht sein. Mit Gauklern oder Possenreißern hatte er sein Lebtag nichts zu tun gehabt. Vielleicht hatte er die Truppe einmal zur Messe auf dem Markt gesehen oder ihre Wege hatten sich auf einer seiner ausgedehnten Reisen gekreuzt.

„Und? In welchen Künsten seid Ihr bewandert", fragte Oleg, um den Prinzipal vom interessierten Starren abzubringen.

Ein kurzes Lächeln war die Antwort, bevor Ohnegleichen auf die Frage einging: „Meine Kunst besteht im Verhandlungsgeschick. In einer Stadt die Zusage für Auftritte bei der Messe oder einem Jahrmarkt zu erhalten. Eine Burgherrin neugierig zu machen auf unsere Darbietung oder hier alljährlich Winterquartier beziehen zu können."

„Ihr umgarnt die Leute also, um sie Euren Wünschen geneigt zu machen."

„Besser, als ihnen mit allerlei Drangsal und Pein zu drohen, um sie gefügig zu halten." Der Prinzipal musterte die Mönchskutte einmal runter, einmal rauf, bis sein harter Blick am Auge seines Gegenübers hängenblieb.

„Nun, solcherart Drohungen würde von Euch auch kaum jemand ernst nehmen."

„Anders als von Euch."

Oleg kniff sein Auge zu einem schmalen Spalt zusammen und beschloss, darauf nicht einzugehen. Dieser Prinzipal hatte ihn zu einem Disput herausgefordert. Er dachte nicht daran, diese Herausforderung anzunehmen. Erst musste er mehr über diese Truppe und vor allem über ihren Anführer herausfinden. Reichlich leichtsinnig von dem Mann, einem fremden Klerikalen gegenüber so offen zu reden. Dafür musste es einen Grund geben. Oleg hielt Ohnegleichen nicht für einfältig oder leichtsinnig.

„Komm Kaspar, es ist an der Zeit, den Heimweg anzutreten. Dein Vater wird sonst über dein langes Ausbleiben ungehalten sein."

Kaspar warf Bertram mit einem bedauernden Blick die Stoffbälle zu und schloss sich Oleg an. Sie hatten den Gauklern kaum den Rücken gekehrt, als Oleg hörte, wie der

Zwerg mit erstaunlich tiefer Stimme grollte: „Reichlich leichtsinnig von dir, Prinzipal. Leg dich nie mit dem Klerus an."

Was Ohnegleichen erwiderte, konnte Oleg nicht mehr verstehen.

Hinter dem Burgtor wurden sie noch einmal aufgehalten. Eine junge Maid trat mit einem Ruf an sie heran. Oleg hatte zwar allem Weiblichen abgeschworen, doch das bedeutete nicht, dass er wahre Schönheit nicht bewundern konnte. Er vermochte kaum, sein Auge von dieser Anmut zu lösen. Der weite Umhang, in den die Jungfer gewickelt war, konnte nicht ganz ihre hohe Gestalt verbergen. Vergeblich hatte sie versucht, ihre rotblonde Haarflut in einem dicken, strengen Zopf zu bändigen. Er befand sich schon wieder in Auflösung. Unzählige Löckchen ringelten sich daraus hervor. Grüne Augen blickten munter in die Welt und gingen unbefangen zwischen dem Mönch und seinem Begleiter hin und her. Ihr Gesicht war von gesunder Farbe und nicht von der vornehmen Blässe, wie sie adligen Damen oft zu eigen ist.

Die Jungfer schien sich ihrer Vorzüge nicht bewusst zu sein und bewegte sich vollkommen ungezwungen, ohne jedwede Eitelkeit. Sie trat näher und Oleg bemerkte die Ausbeulung ihres Umhangs. War sie gesegneten Leibes? Dann war sie wohl doch keine Jungfer, sondern das Eheweib eines Burgbewohners.

„Ich habe hier schon ewig gewartet. Wo warst du denn so lange?", fuhr sie Kaspar an und bevor der antworten konnte, fuhr sie schon fort: „Sag nichts, bestimmt wieder bei den Gauklern."

Dann griff sie unter ihren Umhang. Die vermutete Schwangerschaft entpuppte sich als Bündel, aus dem es verführerisch nach frischem Brot duftete. Erfreut und mit einem dankbaren Strahlen nahm Kaspar die Gabe entgegen.

Die Maid wandte sie sich mit einem zurückhaltenden Lächeln dem Mönch zu. „Da der Bursche nicht in der Lage ist, sich zu artikulieren, möchte ich mich selbst vorstellen: Ida von Waldeser." Sie neigte den Kopf eine Handbreit vor dem unscheinbaren Mönch.

„Gottes Segen auf Euren Weg, Jungfer Ida. Ich bin Bruder Oleg von der Schafhürde."

„Also, Bruder Oleg von der Schafhürde, was führt Euch auf meine Burg?"

„Ich habe meinen Antrittsbesuch gemacht. Ritter Randolph hat mich empfangen."

„Er hätte es mir sagen müssen." Idas Gesicht verfinsterte sich augenblicklich. Sie starrte zu Boden. Es hätte sich wohl gehört, dass der Burghauptmann die Tochter des Burgherrn benachrichtigte, wenn der Herr selbst verhindert ist. Dann atmete sie tief aus.

„Bruder Oleg, ich hoffe, es ist alles wohlbestellt in Eurer Schafhürde und Ihr leidet keinen Mangel."

„Es ist ein angenehmer Ort. Wir kommen gut zurecht."

Ida nickte zufrieden.

„Solltet Ihr dennoch etwas benötigen, lasst es mich wissen. Es wird ein langer, harter Winter werden." Auf Olegs verständnislosen Blick hin erklärte sie: „Um das zu erkennen, muss man keine hellsichtige Zaubersche sein. Seht, es ist noch viel Laub an den Bäumen, teilweise noch grün und das mitten im Schlachtemonat. Und es gab eine kaum zu bewältigende Menge an Nüssen, Eicheln und Kastanien. Der Gottvater in seiner Güte gibt allen Kreaturen einen ausreichenden Vorrat mit, auf dass sie durch strengen Frost und tiefen Schnee kommen."

Oleg nickte bewundernd. Das war eine interessante Erkenntnis für einen Stadtmenschen wie ihn und wert, aufgeschrieben zu werden. Zu eben diesem Zwecke hatte er sich einige leere Pergamente und Tinte aus dem Kloster mitgebracht.

Eine Windbö fauchte um die Burgmauer herum, blähte Idas Umgang auf und zerrte ihn auseinander. Flink griff sie mit der rechten Hand zu und raffte das Tuch wieder zusammen.

Nicht flink genug. Oleg hatte die linke verkrampfte Hand gesehen, ohne jedoch Genaueres erkennen zu können.

„Ihr seid verletzt?", fragte er deshalb neutral.

Kaspar nickte ihr zu und sie zog die Hand unter dem Umhang hervor. Die Finger waren wie zu einer Klaue gebogen. Oleg betrachtete die Hand von allen Seiten, ohne sie zu berühren.

„Das ist keine neue Verletzung", stellte er fest.

„Vor fünf, sechs Jahren hat es angefangen", erzählte Ida teilnahmslos, als spräche sie von einer Fremden. „Ich war die Treppe hinuntergestürzt und so unglücklich aufgekommen, dass sich die Finger weit nach hinten bogen. Im Verlaufe der folgenden Monate krümmten sie sich dann schmerzhaft nach innen."

„Habt Ihr jetzt Schmerzen?"

„Nur hin und wieder und wenn ich wo anstoße. Mein Vater ließ einen Medikus aus Magdeborch kommen. Doch der konnte auch nicht helfen."

Oleg schob die Unterlippe vor. „Ich werde darüber nachdenken, ob ich Euch helfen kann. Und nun Kaspar", wandte er sich an den jungen Mann, „ist es wirklich an der Zeit zu gehen."

Ohne auf ihn zu warten, schlug Oleg den Weg hinunter vom Burgberg ein. Die jungen Leute wechselten noch einige wenige Worte, bevor sich Kaspar mit rosig überhauchten Wangen dem Mönch anschloss.

Gleich am Dorfeingang verteilte Kaspar die zwei Brote an eine hungrige Kinderschar, die schon auf ihn gewartet hatte. Oleg verabschiedete sich von Kaspar und hatte während des Heimwegs einiges zu bedenken. Dieser Randolph war ein grausamer Kerl. Wenn der erst der Herr auf der Burg war, würden die Bauern nichts zu lachen haben. Schon jetzt gebärdete er sich hart und unnachgiebig. Seiner Zusage, den Dörflern zu helfen, traute Oleg nicht einen Augenblick. In Anbetracht der Tatsache, dass Ida diese verkrüppelte Hand hatte, hatte Otto von Waldeser wahrscheinlich keinen Augenblick gezögert, die Werbung des Ritters um seine Tochter anzunehmen.

Idas Hand bereitete ihm einiges Kopfzerbrechen. Er hatte da mal etwas in einer alten Schrift im Kloster gelesen. Galen hatte über Klumpfuß-Deformationen geschrieben. Auch Hände und Arme sollten mitunter befallen sein. Die Krankheit trat hauptsächlich im Kindesalter auf. Zwar überlebten viele die Krankheit, doch wuchsen ihre erkrankten Glieder nicht mehr in dem Maße wie der Rest des Körpers. Idas Hand und Arm waren jedoch nicht zurückgeblieben. Sie konnte nur die Finger nicht strecken. Womöglich half es, Hand und Finger mit einer öligen Einreibung zu massieren. Gern hätte Oleg sich dazu mit Bruder Kamillus beraten oder in der Klosterbibliothek nachgelesen. Doch das Kloster war fern und wollte Oleg helfen, so musste er selbst eine Behandlung finden.

5. Kapitel

Die folgenden Wochen gingen ohne besondere Ereignisse ins Land und die Mönche in der Schafhürde hatten sich so in ihr neues Leben gefügt, dass es ihnen deuchte, als hätten sie nie etwas anderes getan. Oleg war noch zweimal im Dorf gewesen. Wie erwartet war von der Burg keine Hilfe für die Bauern gekommen. Blieb abzuwarten, ob der Ritter zum Jahreswechsel, wenn mit dem Erscheinen der Wilden Jagd zu rechnen war, einige Männer zum Schutz abstellen würde.

Eigentlich hatte sich Oleg vorgenommen, auch die Burg noch einmal aufzusuchen und zu fragen, ob er sich Otto von Waldeser ansehen dürfe. Vielleicht fand er ein Mittel, das Idas Vater so weit herstellte, dass er die Herrschaft wieder übernehmen konnte. Zu diesem Besuch kam es jedoch vorerst nicht.

Idas Vorhersage hatte sich bestätigt. Zum Beginn des Christmonats, also vor knapp zwei Wochen, hatte heftiger Schneefall eingesetzt. Der Frost war noch nicht allzu grimmig, aber die täglich rieselnden Flocken ließen jeden längeren Weg zu einer Gefahr für Leib und Leben werden. Dort, wo der Schnee unberührt lag, reichte er Oleg bis übers Knie. So beschränkten sich die Tätigkeiten der Mönche auf den nahen Umkreis, was nicht hieß, dass sie Zeit für Müßiggang hatten. Die Schafe mussten tagsüber im Pferch bleiben. Das bedeutete, dass Gunther jeden Morgen den über Nacht gefallenen Schnee oder den, den die Tiere am Vortag festgetreten hatten, über den Zaun schaufeln musste. Damit war er meist den Großteil des Vormittags beschäftigt.

Petrus ging allmorgendlich mit einem Beil zum Bach, um ein Loch in das Eis zu hacken, damit Melchior die Tiere tränken konnte. Heu und Stroh mussten vom Zwischenboden heruntergeschafft werden. Ein Eimer mit frischem Schnee stand immer neben der Feuerstelle. Oleg hatte schon nach dem ersten Schneefall die wollenen Fußlappen und die festen Lederstiefel hervorgeholt, die nun auf dem äußeren Ring der Feuerstelle warm und trocken auf einen Benutzer warteten.

Anfangs hatte Oleg noch mit sich gehadert, dass er seinen Kameraden nichts von dem Brief des Abtes erzählt hatte. Doch dann setzte er sich selbst eine Frist. Und so konnte er den Gedanken an das notwendige Gespräch beiseiteschieben und musste nicht allabendlich mit einem schlechten Gewissen auf seiner Bettstatt liegen.

An Santa Luzia, dem dreizehnten Tag des Christmonats, wollte er den Gefährten von seinem geheimen Auftrag berichten. Und – nun ja – Santa Luzia war heute.

Den ganzen Tag über war Oleg ein wenig gereizt, zermarterte er sich doch schon seit dem Aufstehen den Kopf, welche Worte er wählen sollte. Würden die anderen ihn nicht scheel ansehen, weil er ihnen den Auftrag des Abtes solange vorenthalten hatte?

Die einzige Mahlzeit des Tages am Abend war aufgrund des Adventsfastens zwar bescheiden, aber dennoch schmackhaft. Petrus hatte auf den Steinen frische Fladen gebacken und dazu ein Mus aus Rüben und in Honig gedünsteten Zwiebeln aufgetischt. Nachdem auch das letzte Krümchen mit angelecktem Finger aufgetupft war, suchte Oleg noch immer krampfhaft nach Worten.

Schließlich entschied er sich spontan für den einzigen Weg, der ihm alle langen Vorreden ersparen würde. Er angelte das Pergament des Guardians vom Regal und las es seinen Gefährten vor.

Danach herrschte Schweigen, bis Petrus knurrte: „Und ich dachte schon, du willst es uns gar nicht mehr sagen."

Kurz flog Oleg der Gedanke an, Petrus habe schon heimlich das Schreiben angesehen, aber genauso schnell verwarf er diese Überlegung wieder. Gewiss hätte sich der Koch dann in all den Wochen durch eine Bemerkung verraten. Darüber hinaus vertraute ihm Oleg unbesehen.

Melchior wiegte nachdenklich den Kopf auf und nieder. „Ja, diese Brandruine mitten im Dorf und das ängstliche Starren der Bauern darauf. Sie haben mit Fremden nicht darüber gesprochen. Und sollten Bruder Markus und Bruder Eudo etwas gewusst haben, so haben sie mir nichts davon erzählt. Die Bauern wagten wohl nicht, Hand an die niedergebrannte Scheune zu legen und den Schandfleck abzutragen. Sicher fürchten sie, dass sich da ein paar von den Geistern eingenistet haben."

„Und? Was machen wir?", fragte Gunther aufgeregt. „Verteidigen wir das Dorf mit Mistforken und Dreschflegeln oder treten wir der Wilden Jagd mit Gebeten und dem Kreuz entgegen?"

„Weder das eine noch das andere", zügelte Oleg den Tatendurst des Novizen. „Zumindest, wenn es sich irgendwie vermeiden lässt. Ich habe dazu schon einige Überlegungen angestellt."

Und er führte aus, was er bei seinen Besuchen im Dorf und auf der Burg erfahren hatte und was ihm zu dem Sachverhalt in den Sinn gekommen war.

„Eine Fehde zwischen verfeindeten Herren." Petrus wiegte bedenklich den Kopf. „Da werden wir nur schwerlich etwas ausrichten können. Womöglich hat der Brandleger ja inzwischen sein Mütchen gekühlt und es kommt zu keinen neuerlichen Übergriffen."

„Darauf können wir uns nicht verlassen", hielt Oleg dagegen und war unbewusst vom „Ich" zum „Wir" übergegangen. Wenn den Bauern Hilfe zuteil werden sollte, musste die kleine Gemeinschaft der Mönche gemeinsam handeln.

„Wenn wir bis zum Christfest nur hier in unserem Schafstall sitzen, werden wir gar nichts bewirken können", meinte Petrus und die anderen nickten zustimmend.

„Ich weiß", gab Oleg bekümmert zu. „Aber der Schnee hat uns hier gewissermaßen festgenagelt."

„Dich vielleicht, mich noch lange nicht", brummte Petrus. „Gestern und heute hat es kaum noch geschneit und der Himmel scheint aufzuklaren. Wir brauchen nur einen schmalen Pfad bis zum Dorf und weiter bis zur Burg treten. Das können Bruder Melchior und ich übernehmen. Einer geht vor, der andere tritt in seine Stapfen. Wir wechseln uns ab."

Melchior nickte bekräftigend. „Und auf dem Rückweg treten wir dann alles richtig fest."

Oleg gab einen unbestimmten Laut von sich und Petrus fuhr ihn an: „Wenn du jetzt daran denkst, zu sagen, dass ich schon die Fünfzig erreicht habe, dann freunde dich für die nächsten Wochen schon einmal mit altbackenem Brot an."

„Nie im Leben würde mir einfallen, dir dein Alter vorzuhalten." Oleg wedelte beschwichtigend mit den Händen.

„Wenn der Weg zur Burg frei ist, könnte ich mich dort noch einmal umsehen. Ich werde ein Einreibeöl für Jungfer Idas Hand zubereiten. So haben wir einen Grund für einen erneuten Besuch."

„Auf die Burg gehst du nicht allein. Ich werde dich begleiten", bestimmte Petrus. „Da wird der Ritter es sich dreimal überlegen, ob er wieder so anmaßend auftritt."

Oleg musterte Petrus mit schief gelegtem Kopf und presste schließlich hervor: „Ich brauche keine Kinderfrau."

„Nein, sicher nicht, Bruder Oleg. Aber seien wir einmal ehrlich. Du bist eher fürs Denken da, für die Kopfarbeit. Ich bin der Mönch für das Grobe. Und grob muss man diesem selbsternannten Burgherrn wohl kommen."

Dagegen hatte Oleg nichts einzuwenden, obwohl ihm der Gedanke nicht behagte.

„Ich möchte auch was tun", brachte sich Gunther schüchtern in Erinnerung.

„Bist du mit der Versorgung der Schafe nicht ausgelastet?", fragte Oleg, der den Novizen, obwohl der mit am Tisch saß, völlig vergessen hatte. „Da hast du wohl genug zu tun."

„Ich könnte ein paar Kinder im Dorf fragen, was im letzten Jahr passiert ist."

„Und du meinst, die erzählen dir einfach so, was sie wissen? Zumal alle Kinder ja wohl drinnen in der Stube gehockt haben."

„Die Buben vom Gerber haben nicht drinnen gehockt. Die waren draußen in der Nacht, als das Vieh geschossen wurde."

Oleg runzelte die Stirn. „Und woher willst du das wissen?", fragte er ein wenig ungeduldig. Als Gunther den Kopf zwischen die Schultern zog, taten ihm seine Worte leid. Der Junge wollte doch nur helfen. Als er in dem Alter war, war er auch in seinem Tatendrang kaum zu bremsen gewesen. Unglaubliche Abenteuer hatte er als Novize bestanden und auf Reisen war er gewesen. Und wenn ihn Pater Kilian, sein väterlicher Mentor, sanft getadelt und gebremst hatte, dann hatte er sich mitunter ungerecht behandelt gefühlt. So, wie sich auch Gunther jetzt fühlen musste.

Mit einem Lächeln wandte sich Oleg dem Novizen zu. „Worauf wartest du noch? Erzähl uns, was du herausgefunden hast?"

Alle Blicke richteten sich auf den Jungen und dessen Wangen färbten sich rosig ob der unerwarteten Aufmerksamkeit. „Als Bruder Melchior und ich nach dem Schlachten die Häute und das andere Zeugs zum Gerber gefahren haben, hatten die beiden viel zu besprechen. Ich habe mich ein bisschen umgesehen. Da waren die beiden Söhne, Jakob und Martin, die sind ein bisschen jünger als ich. Erst wollten sie mich in den Pissebottich stecken, aber dann haben wir uns angefreundet. Sie sind dreimal hier gewesen." Das Rot auf Gunthers Wangen vertiefte sich. „Ich habe ihnen was von unserem Brot gegeben." In Erwartung der Schelte zog er erneut den Kopf ein.

Petrus brummte aber nur: „Und ich dachte schon, du wärst so verfressen."

„Und die haben erzählt, dass sie sich raus geschlichen haben, als die Wilde Jagd kam", fuhr Gunther fort, als der Tadel ausblieb. „Und sie haben danach etwas gefunden."

„Was?", fragten die Zuhörer im Chor.

„Einen fehlgegangenen Pfeil. Den haben sie versteckt."

Oleg klopfte dem Novizen auf die Schulter. „Das hast du ganz ausgezeichnet gemacht, Gunther. Frage die Buben, ob sie dir den Pfeil geben. Wir würden uns den gern anschauen."

„Mach ich." Gunther strahlte in die Runde.

„Na, dann werde ich jetzt wohl jeden Tag einen Fladen mehr auf die Steine legen." Petrus rieb sich zufrieden die Hände, hatte er doch vormals für ein ganzes Kloster gekocht, gesotten und gebacken. Dieses kleine Grüppchen, das er hier zu verköstigen hatte, lastete ihn nicht wirklich aus.

„Gut, lasst uns noch einmal festhalten, wie unsere nächsten Schritte aussehen", fasste Oleg zusammen. „Bruder Melchior und Bruder Petrus legen den Pfad zum Dorf an und, wenn nötig, weiter bis zur Landstraße. Von der Burgwardei bis zur Straße haben die Burgleute den Weg sicher längst frei geräumt. Haben wir erst wieder die Verbindung zum Dorf, werden sich sicher auch die Gerbersöhne einfinden. Ich kümmere mich um das Einreibeöl für Ida. Habe ich etwas vergessen?"

Einhelliges Kopfschütteln bekundete ihm, dass er alles bedacht hatte.

Oleg stemmte die Hände auf den Tisch. „Morgen gehen wir an die Arbeit."

Während sich Petrus und Melchior gleich am nächsten Morgen aufmachten, um den Pfad zum Dorf zu treten, trieb Gunther mit dem Beil über der Schulter die Schafe zum Bach hinunter. Oleg saß sinnierend am Tisch. Was konnte Ida bei ihrer Krallenhand helfen?

Er musste selbst etwas finden, konnte niemanden fragen und nirgends nachlesen. Und er konnte nicht auf die umfangreichen Vorräte der klösterlichen Kräuterwerkstatt zurückgreifen.

Als erstes fiel ihm der Thymian ein, der im Garten unter dem Schnee ruhte. Dieses Kraut entfaltete seine schleimlösende Wirkung hauptsächlich bei schlimmem Husten. Doch hatte er auch schon davon gehört, dass ein Umschlag aus überbrühten Blättern bei Gicht helfen sollte. Nun, an Gicht litt Ida sicherlich nicht, doch waren ihre Fingergelenke und wahrscheinlich auch die Sehnen betroffen. Schaden würde es sicher nicht.

Was könnte noch helfen? Einreibungen aus Kiefernnadelöl hatten sich immer als durchblutungsfördernd erwiesen. Mehr als einmal hatte Oleg den alten, siechen Brüdern in der Krankenstube des Klosters mit diesem Öl die steifen Schultern massiert. Die behandelten Körperteile kribbelten, als liefe ein ganzer Ameisenhaufen darüber, und wurden warm und geschmeidig. Einige Kiefern hatte Oleg auf einem sandigen Hügel zwischen Schafstall und Dorf gesehen.

Am liebsten hätte sich Oleg gleich auf den Weg gemacht. Doch sie hatten nur drei paar Lederstiefel und die waren zurzeit unterwegs. So stieg er die Leiter zum Zwischenboden hinauf, warf mehrere Armvoll Heu hinunter, stopfte es in die Futterraufen und begann anschließend, die Schafsköttel zusammenzurechen.

Als Gunther mit der Herde zurück war, musste er Stiefel und Fußlappen gegen den Rechen eintauschen.

Die Kiefern fand Oleg dort, wo er sie vermutet hatte. Er musste sich von dem Pfad, den Bruder Petrus und Bruder Melchior getreten hatten, nur etwa fünfzig Schritt durch den Schnee kämpfen. Dann sah er sich dem Problem gegenüber, dass er nur an die tief herunterhängenden, alten Zweige reichte. Sehnsüchtig streckte er beide Hände zu den Zweigen mit den jungen Nadeln aus. Doch die wuchsen in unerreichbarer Höhe.

„Segnest du die Bäume?", erklang in Olegs Rücken eine spöttische Stimme. Er wandte sich um und sah seine Brüder, die tüchtig vom Schnee bestäubt waren. Interessiert verfolgten sie vom Pfad aus sein Tun.

Oleg räusperte sich. Ja, er musste einen seltsamen Anblick bieten, wie er da mit ausgestreckten Händen stand. „Ich wollte einige Nadeln pflücken", grummelte er laut genug, dass ihn Petrus und Melchior gerade noch so hören konnten. „Leider reiche ich nur an die alten, trockenen Nadeln hier unten heran."

Melchior schob sich durch den Schnee zu Oleg, stellte sich ebenfalls unter den Baum und sah prüfend hinauf. „Trete zurück", wies er Oleg an. Dann streckte er beide Arme aus und zog sich mit Schwung auf den untersten kräftigen Ast. Von da aus kletterte er Etage für Etage höher.

Gut, dass Oleg der Anweisung gefolgt war, denn Melchiors Kletterei schüttelte den Schnee von den Ästen, der in dicken Klumpen herunter rauschte. Dann war es still und nur leichtes Rieseln zeigte, dass sich dort oben noch immer jemand regte. Kurz darauf stand Melchior wieder auf dem Erdboden und klopfte auf den prallen Beutel, der an seinem Zingulum hing.

Oleg starrte den anderen mit offenem Mund an. „Wo hast du das denn gelernt?", fragte er schließlich bewundernd.

„Bei dem Schäfer, wo ich als junger Bursche war. Da musste ich immer die Nester der großen Raben ausräumen, damit die sich nicht für ihre Brut über die ganz jungen Lämmer hermachen. So etwas verlernt man nicht."

Oleg nickte anerkennend. Dann wechselte er das Thema. „Ihr habt den Weg doch nicht etwa schon fertig?"

Petrus winkte ab. „An einigen Stellen hatte der Wind den Schnee schon fortgeweht. Vom Dorf zur Straße haben die Bauern einen ordentlichen Weg mit einem Ochsengespann geräumt und die Strecke bis zur Burg ist auch frei." Dann fügte er beiläufig hinzu: „Dem Schmied schulden wir übrigens eine gepökelte Schafschulter."

„Ach ja?" Mehr fiel Oleg dazu nicht ein.

„Für diesen kleinen Kupfertopf." Petrus präsentierte einen Topf, der knapp zwei Kannen fasste. „Konnte ich ihm abhandeln, obwohl seine Köchin zeterte. Wir haben schließlich nur einen Kessel und ...", setzte er halbherzig zu einer Rechtfertigung an, doch Oleg entriss ihm den Topf.

Er strahlte Petrus an. „Das ist ja ganz wundervoll! Genau so einen Topf brauche ich jetzt." Sprach's und beschleunigte seinen Schritt, als könne er es gar nicht erwarten, den Topf auf das Feuer zu setzen.

„Siehst du, ich habe doch gleich gesagt, dass er es verstehen wird", raunte Melchior Petrus zu.

In der Hütte angekommen, nahm sich Oleg kaum die Zeit, die nassen Stiefel gegen seine Strohschuhe zu tauschen. Er fachte das Feuer leicht an, goss etwas Wasser in den Kessel und begann dann, in einem Mörser die Kiefernnadeln zu zerreiben. Dann goss er etwas von ihrem Lampenöl aus Leinsamen in den neuen Topf und stellte ihn in den Kessel mit dem erwärmten Wasser. In das Öl schüttete er die gemörserten Kiefernnadeln und rührte mit einem Holzspan um, wobei er sorgsam darauf achtete, dass weder Wasser noch Öl zu heiß wurden.

Interessiert beobachteten seine Brüder seine Tätigkeiten.

„Ist das das Einreibeöl für Jungfer Ida", fragte Gunther schließlich.

„Ja, mein Sohn, genau dafür ist es gedacht. Ich hoffe, du hast dir alles gut gemerkt. Wenn wir wieder im Kloster sind, kannst du Bruder Kamillus damit beeindrucken. Das Öl aus Kiefernnadeln entfaltet eine durchblutungsfördernde Wirkung bei Zerrungen, Prellungen und Verstauchungen."

Gunther murmelte die Rezeptur und Olegs Ausführungen dazu leise vor sich hin. Von draußen klangen schwere Beilhiebe herein, mit denen Bruder Melchior einige Holzkloben zu Feuerscheiten aufspaltete, und Bruder Petrus hatte begonnen, den Brotteig zu kneten.

Oleg rührte gleichmäßig in seiner Ölzubereitung und zog den Kessel mal höher oder ließ ihn etwas tiefer hinab.

„Hole mir von den Kräuterbeeten eine Handvoll Thymianzweige", beauftragte er Gunther und Petrus fügte hinzu: „Und für mich einen Rosmarinzweig. Die kleingehackten Nadeln können im Brot mit durchrösten."

„Eigentlich müsste das Öl jetzt noch drei, vier Tage durchziehen. Doch die Zeit haben wir nicht. Nach dem Mittagsgebet gehen wir zur Burg", sagte Oleg in Petrus' Richtung. Der nickte grimmig und klatschte den Brotteig mit Inbrunst auf die bemehlte Arbeitsfläche.

Eine milchige Sonnenscheibe hatte eben den Zenit überschritten, als Oleg und Petrus, fest in ihre warmen Kukullen gewickelt, aus der Hütte traten und fröstelnd die Hände in die weiten Kuttenärmel steckten. Öl und Thymian waren in Olegs Beutel sicher verstaut.

„Was machen wir eigentlich, wenn dieser Ritter es nicht gestattet, dass du seine Braut behandelst?", fragte Petrus, als sie das Dorf hinter sich gelassen hatten.

Oleg blieb stehen und sah seinen Begleiter verblüfft an. „Warum sollte er nicht? Es wird doch auch in seinem Interesse sein, dass sein zukünftiges Weib mit beiden Händen anpacken kann."

Petrus zuckte die Schultern und lief bis zur Landstraße schweigend neben Oleg her. „Wenn sie wieder gesund ist, kann ihr Vater sie auch einem anderen geben und nicht diesem hartherzigen Kerl", sagte er dann.

Erneut blieb Oleg stehen und kratzte sich überlegend am Ohr. „Ich glaube nicht, dass ihre Hand wieder vollkommen genesen wird. Vielleicht werden die Gelenke etwas beweglicher, die Sehnen könnten sich womöglich ein wenig dehnen und die Muskeln geschmeidiger werden. Doch ich halte es für unmöglich, die Hand nach so langer Zeit wieder in einen völlig gesunden Zustand zu bringen."

„Das ist schade", meinte Petrus bekümmert und setzte sich wieder in Bewegung.

Kurz darauf erreichten sie das Burgtor. Der Wachmann schien Oleg zu erkennen. Wie auch nicht? So viele schmächtige, einäugige Barfüßermönche liefen hier bestimmt nicht herum. Noch bevor Oleg sein Begehr vortragen konnte, trat der Mann ihm schon entgegen und beschied ihm kurz: „Der Herr von den Linden ist ausgeritten. Ihr seid umsonst gekommen."

Oleg frohlockte innerlich. Das lief ja besser als gedacht. So musste er nicht den Umweg über den Ritter machen. Laut sagte er: „Das ist bedauerlich. Doch ich will zur Herrin Ida von Waldeser. Ich bringe ein Einreibeöl für ihre kranke Hand."

Der Dienstmann stellte sich mit vorgereckter Pike vor den Mönchen auf. „Ich habe vom Ritter strickte Anweisung, keine Fremden in die Burg zu lassen, wenn er nicht da ist."

Olegs heimliches Frohlocken wandelte sich in sichtbare Verärgerung.

Petrus schob Oleg liebenswürdig einen Schritt zur Seite und baute sich dann finster vor dem Wachmann auf, der zu dem vierschrötigen Koch aufsehen musste.

„Höre zu, Kerl, du willst doch nicht etwa den Zorn des Gottvaters auf dich ziehen, indem du zwei seiner treuen Diener von der Schwelle weist?", grollte Petrus den Mann an, der sich zusehends unwohler in seiner Haut fühlte, aber trotzdem nicht wich. Hilfesuchend sah er sich nach dem Wachführer um, doch der verkrümelte sich gerade in den Zwinger, als gäbe es da sonst etwas zu beaufsichtigen.

„Ihr müsst hier vor dem Tor warten, bis der Herr zurück ist." Schweißtropfen sammelten sich auf der Stirn des Mannes.

Oleg und Petrus wechselten einen ratlosen Blick. Sie konnten sich den Zugang ja schlecht erzwingen. Und wer weiß, wann der Ritter zurückkam.

„Wir warten", bestimmte Oleg trotzdem.

Sie zogen sich in den Windschatten des Torturmes zurück und behielten den Weg, der von der Burg fortführte, im Auge. Der Wächter blieb breitbeinig mitten in der Tordurchfahrt stehen.

Unerwartet wurde er von einer ärgerlichen Stimme in seinem Rücken angefahren – von einer weiblichen Stimme. „Was geht hier vor? Warum werden die guten Brüder nicht eingelassen?"

Oleg reckte den Kopf, um am Wächter vorbeizusehen. Der drehte sich verlegen um und stammelte: „Herrin, der Herr hat angeordnet, dass keine Fremden in die Burg dürfen, solange er weg ist."

„Der Herr liegt oben in seinem Gemach und erholt sich von seiner Krankheit", fauchte die Jungfer.

„Ähem ... ja, also der Ritter, der Ritter Randolph, der hat ..."

„Überlege dir, was du das nächste Mal sagst. Und nun lass die guten Brüder durch."

Widerwillig machte der Wächter Platz und die Mönche konnten an ihm vorbei in den Zwinger treten.

„Kommt in die Halle und an den Kamin, Brüder. Bei diesem Frost sollte man nicht länger draußen bleiben als unbedingt erforderlich."

Oleg schloss zu ihr auf. „Da hat Euch der Herrgott gerade im rechten Augenblick geschickt."

„Nun, der Herrgott war es nicht, der meine Schritte lenkte. Der Prinzipal der Gaukler sah Eure Not und berichtete mir davon."

In der Halle angekommen fanden sie einen Platz am Feuer und auch zwei Becher mit heißem Würzwein wurden umgehend gebracht. Oleg wärmte sich die klammen Finger am Becher und sog den Duft nach Muskat, Nelken und Zimt tief ein.

„Was führt Euch bei diesem unwirtlichen Wetter den langen Weg von Eurem Heim hierher auf die Burg?", fragte Ida, nachdem die Mönche die ersten Schlucke genommen hatten.

„Die Schilderung von Eurem Leiden hat mich nicht losgelassen", sagte Oleg und holte den kleinen Ölkrug und die Thymianzweige aus seinem Beutel. „Ich bin in der Kräuterkunde bewandert und habe ein Einreibeöl für Eure Hand zubereitet. Zusammen mit einem Umschlag aus dem Aufguss des Thymiankrauts kann es Euch womöglich Erleichterung bringen."

„Ihr meint, die Hand wird wieder gesund?" Ida richtete sich kerzengerade auf. Aufgeregt ging ihr Blick zwischen dem kleinen Mönch und den Arzneien, die auf dem Tisch standen, hin und her.

Oleg druckste ein wenig herum. Er würde ihrer frohen Erwartung einen Dämpfer versetzen müssen. „Nun, ob Eure Hand jemals wieder so werden wird wie vor dem Unglück, vermag ich nicht zu sagen. Mit Gottes Hilfe und den Kräutern, die der Allmächtige hat wachsen lassen, ist eine Besserung des jetzigen Zustandes jedoch wahrscheinlich."

Ida kaute auf der Unterlippe und fuhr mit dem Zeigefinger ihrer gesunden Hand eine Maserung auf dem Holz nach. „Eine Besserung also, keine Heilung." Dann sah sie Oleg an. „Eine Besserung ist doch auch erstrebenswert. Ich wäre schon zufrieden, wenn die Finger nicht bei jedem versehentlichen Anstoßen schmerzen würden."

Petrus wurde von Oleg genau unterwiesen, wie der Thymian aufzubrühen und ein sauberes Tuch mit dem Aufguss zu tränken sei. Die kleinen Blättchen mussten in das Tuch mit eingewickelt werden. Während sich Petrus auf den Weg zur Küche machte, band Oleg den Pergamentfetzen vom Ölkrug, wärmte sich ausgiebig die Hände am Kaminfeuer und begann dann, ein wenig vom Öl in Idas Hand und Finger zu reiben.

Anfangs stöhnte sie noch über die zwar sanfte, nichtsdestotrotz feste Massage. Doch dann entspannte sie sich, schloss die Augen und ertrug die Behandlung. Hin und wieder zuckte es schmerzvoll um ihre Mundwinkel, wenn Oleg sich ein neues Fingergelenk vornahm.

Schließlich wischte Oleg Hand und Finger gründlich mit einem Leinentuch ab.

„Wenn Bruder Petrus mit dem warmen Umschlag zurück ist, lege ich Euch den noch an. Ich würde Euch empfehlen, mindestens einmal am Tag die Einreibung mit dem Öl vorzunehmen. Und seid nicht zimperlich bei der Massage. Vor allem aber haltet die Hand warm, dass sich die Gelenke nicht erneut versteifen. Ich würde Euch ja selbst behandeln, doch habe ich in der Schafhürde noch allerhand andere Aufgaben zu erledigen."

Zaghaft versuchte Ida, die massierte Hand zu bewegen. Und tatsächlich gelang es ihr, die gekrümmten Finger um eine Winzigkeit zu strecken.

Da Oleg nun schon einmal mit der jungen Frau allein war, beschloss er, sie ein wenig auszufragen. Er hatte ihr geholfen, hatte ihr Hoffnung gegeben. Da wäre es verwunderlich, wenn sie seinen Fragen gegenüber nicht aufgeschlossen wäre.

Gleichwohl musste er einen unverfänglichen Anfang finden und konnte nicht unversehens mit der Tür ins Haus poltern. „Wenn Ihr es wünscht, kann ich mir auch Euren Vater ansehen. Womöglich kann ich ihm helfen."

Ida blinzelte mehrmals. Dann lächelte sie Oleg an. „Das würdet Ihr tun? Aber ja, gern könnt Ihr zu ihm. Doch bevor Ihr kamt, ist mein Vater gerade eingeschlafen. Wenn man ihn aufweckt, stöhnt und jammert er immer, als würden ihn schlimme Traumgespinste bis in den hellen Tag hinein verfolgen. Wenn er von allein aufwacht, ist er meist freundlich und nur ein wenig quengelig ob der Umstände."

„So ist er also bei klarem Verstand?"

Nach kurzem Zögern erwiderte Ida: „Nun ja, er erkennt mich oft, aber nicht immer. Er kann sich auch nur schwer artikulieren und seine Beine versagen ihm den Dienst."

„Hattet Ihr einen Medikus kommen lassen?"

Ida wand sich ein wenig. „Solch einen gelehrten Mann wollte mein Vater nie an sich heranlassen. Wir haben da eine alte Kräuterfrau, die in einer Hütte eine Stunde Fußmarsch entfernt lebt. Sie hat täglich zwei Becher mit einem Aufguss aus Weißdornbeeren und Ackerveilchen verordnet."

„Das wäre auch meine Wahl gewesen", bekräftigte Oleg nach kurzem Nachdenken. Dann fiel ihm etwas anderes ein: „Und für Eure Hand hatte die alte Frau kein Mittel?"

„Anfangs hat sie Umschläge mit warmen Tüchern verordnet und ich musste die Hand in einem Schlamm aus warmem Heilton baden. Aber ob der zunehmenden Versteifung der Finger war sie dann recht ratlos."

Oleg nickte verstehend. Es gab sicher eine Unzahl von Krankheiten, für die er auch keine Behandlung wüsste. Dann stießen einige Mosaiksteinchen in seinem Kopf aneinander und fügten sich zu einem Bild, das zwar nur ein winziger Teil vom Großen und Ganzen war, ihn aber trotzdem weiterbringen würde.

„Hat die Kräuterfrau auch den Dorfschulte behandelt, als er sich zum vorigen Jahreswechsel die schlimme Verbrennung im Gesicht holte?"

„Ihr meint, als ihn die Unholde der Wilden Jagd ins Feuer der brennenden Scheune geschleudert haben?"

Oleg musterte die Jungfer mit schief gelegtem Kopf. War sie wirklich so unbedarft, dass sie an diesen heidnischen Spuk glaubte? Andererseits, wenn sie es von Kindesbeinen an gelernt hatte, wäre es nicht weiter verwunderlich. Darum beschränkte er sich auf ein Kopfnicken.

„Ich denke, sie werden die oll Brigitta geholt haben. Sicher gab es noch andere Blessuren nach diesen schrecklichen Nächten."

„Wisst Ihr, was im Dorf geschehen ist?" Oleg beugte sich ein wenig vor.

„Nur das, was alle erzählen. Die Wilde Jagd ist über das Dorf gekommen, wie noch nie zuvor. In drei aufeinanderfolgenden Nächten sollen dort grausige Dinge geschehen sein. Kaspar hat davon erzählt."

„So habe ich es auch gehört", gab Oleg zu, wobei er offenließ, ob er an das Wirken des Geisterheeres glaubte oder nicht.

Ida blickte eine Weile ins Feuer und Oleg ließ ihr die Zeit, ihre Gedanken zu ordnen.

„Christian hat nicht recht an diese bockshörnigen Geister geglaubt", sagte sie schließlich zögernd.

„Christian ist Euer Bruder?"

„Er war mein Bruder." Ein tiefes, gramvolles Seufzen folgte.

„Ich hörte, er wäre auf dem Meer umgekommen."

„Er ist fortgegangen, nach diesem schrecklichen Streit mit meinem Vater. Wollte sich im Kampf gegen die Heiden beweisen. Er ist dort nie angekommen. Vor der Küste zu Usedum, das soll eine Insel im Ostmeer sein, wurde er bei einem furchtbaren Sturm über Bord gespült. Als uns im Sommer die Nachricht erreichte, traf meinen Vater der Schlag."

„Ein Streit? Wisst Ihr, worum es dabei ging?"

Ida schüttelte bekümmert den Kopf. „Ich habe nur das gegenseitige Brüllen gehört, ohne auch nur ein Wort verstehen zu können. Auch als ich Christian später fragte, schüttelte er nur mit verkniffenem Mund den Kopf. Und nun ist er tot. Ich werde es wohl nie erfahren."

Oleg sprach ein kurzes Gebet für den toten Erben. Dieses Haus war wahrlich vom Leid geplagt. Bevor er weitere Fragen stellen konnte, betrat Bruder Petrus mit einer irdenen Schüssel, in der ein Leinentuch lag, die Halle und setzte sich zu ihnen.

„Der Umschlag", sagte er und reichte Oleg die Schüssel.

Das hat ja reichlich lange gedauert, dachte Oleg. Es würde ihn nicht wundern, wenn Petrus versucht hätte, der Köchin eine Pfanne oder ein paar Würzkräuter abzuluchsen. Zumindest würde er aber in alle Töpfe geguckt und das eine oder andere gekostet haben.

Oleg betastete Idas steife Fingergelenke, um sich zu vergewissern, dass durch seine Behandlung keine Schwellungen hinzugekommen waren, bevor er den warmen Umschlag anlegte.

„Muss ich mir Gedanken darüber machen, wenn ein Mönch mit meinem zukünftigen Weib Händchen hält?", tönte es laut vom Eingang der Halle her. Alle Köpfe fuhren herum. Niemand hatte bemerkt, dass Randolph eingetreten war.

Er trat sich den Schnee von den Stiefeln und streckte dann seine klammen Hände dem wärmenden Feuer entgegen.

„Ich habe Jungfer Ida ein Einreibeöl für ihre steifen Finger gebracht und lege ihr jetzt einen Umschlag um die Hand", erklärte Oleg und ärgerte sich im Stillen. Er hatte es nicht nötig, sich zu rechtfertigen.

„Das ist löblich, guter Bruder. Und? Hilft es?" Randolph winkte eine Magd heran und beauftragte sie, ihm einen Krug warmen Wein zu bringen.

„Ob es hilft, wird die Zeit zeigen. Die Behandlung muss über Wochen hinweg fortgesetzt werden. Ich werde regelmäßig den Fortgang überprüfen und gegebenenfalls ..."

„Schon gut, schon gut", unterbrach ihn Randolph. Die Heilungsaussichten für seine Braut schienen ihn nicht sonderlich zu interessieren. „Im Übrigen war ich im Dorf und habe mich ein wenig umgehört, was den letzten Jahreswechsel betrifft. Ihr seht also, ich habe mich an das Versprechen gehalten, dass ich Euch gab", plauderte er selbstgefällig weiter. „Und ich bin tatsächlich fündig geworden. Erst war das Bauernpack ja reichlich verstockt. Aber dann stießen meine Männer auf diese zwei Gerberblagen. Die hatten es doch tatsächlich gewagt, beim Treiben der Wilden Jagd den verlausten Kopf aus ihrer Hütte zu stecken. Sie haben einen Pfeil gefunden, der den anderen entgangen war."

Randolph legte eine bedeutungsschwere Pause ein, goss sich von dem inzwischen aufgetischten Wein ein und trank schlückchenweise das heiße Getränk.

Oleg hätte den selbstverliebten Ritter am liebsten zum Weiterreden gedrängt. Zweifelsfrei handelte es sich um den Pfeil, von dem Gunther gesprochen hatte.

Schließlich stellte Randolph den Becher ab und zog einen auf den ersten Blick unscheinbaren Pfeil aus seinem Stiefel. Er legte ihn triumphierend auf die Tischplatte und sah erwartungsvoll in die Runde. Oleg tat dem Ritter den Gefallen, ergriff den Pfeil und drehte den Schaft in seinen Händen.

„Hier ist ein Zeichen drauf", stellte er fest und sah den Ritter erwartungsvoll an. Es sollte ihn doch sehr wundern, wenn der nicht wusste, zu wem das Geschoss gehörte.

„Ja, ich wollte es anfangs auch nicht recht glauben. Aber unzweifelhaft ist dies das Zeichen, dass der Alvenslebener auf Burg Nigrebe verwendet." Randolph lehnte sich zurück und sah nach Beifall heischend von einem zum anderen.

Überrascht senkte Oleg den Blick auf die Tischplatte, griff nach seinem Becher, in dem der Wein inzwischen kalt geworden war, und nahm einen langsamen Schluck. Das wollte erst einmal verdaut werden. Unter dem Tisch stupste ihn Bruder Petrus mit dem Fuß an. Oleg war ihm dankbar, dass Petrus nicht gleich damit herausgeplatzt war, dass sie dort auf ihrem Herweg Rast eingelegt hatten. Auch, dass Oleg mit Ritter Notger bei dieser Gelegenheit ein längeres Gespräch geführt hatte, brauchte Randolph nicht zu wissen.

„Seid Ihr Euch sicher? Gibt es einen Grund, dass der Alvenslebener Euer Dorf angreift?", fragte Oleg endlich, um überhaupt etwas zu sagen.

Der Ritter schien nur auf diese Frage gewartet zu haben. „Ein schon seit langem schwelender Streit um einen ertragreichen Acker mag der Anlass gewesen sein. Letztendlich wurde das Stück uns zugeschlagen. Das hat wohl die Feindseligkeit ausgelöst."

„Aber wie kommt das Geisterheer der Wilden Jagd an diesen Pfeil?", fragte Ida. „Ich kann nicht glauben, dass Ritter Notger sich zu so etwas hinreißen lässt. Er war uns, bis auf diesen Ackerstreit, immer ein guter Nachbar. Und selbst da hatte er sich mit meinem Vater gütlich geeinigt. Ich will und kann es nicht glauben. Wir müssen mit ihm reden."

„Keinesfalls." Randolph warf seiner Braut einen Blick zu, der deutlich machte, was er davon hielt, wenn sich Weibsleute in die Politik einmischen wollten. „Ein guter Nachbar, der den endgültigen Verlust des Ackers nicht verwinden konnte. Jeder weiß, was der Alvenslebener für ein finsterer Mann ist."

„Ihr meint, er hat sich mit der Wilden Jagd zusammengetan?" Ida war noch nicht vollends überzeugt.

„Wenn Ihr so wollt." Randolph konnte ein abfälliges Zucken um die Mundwinkel nicht unterdrücken, wollte es wahrscheinlich auch gar nicht.

Oleg war im Verlaufe des Gesprächs mit dem Anlegen des Umschlags fertig geworden. Darüber hinaus hatte er nun genug gehört. So verabschiedete er sich fast überstürzt. Kurz darauf standen die beiden Mönche wieder vor dem Burgtor.

Bis zum Weg, der zum Dorf hin von der Landstraße abzweigte, liefen Oleg und Petrus schweigend nebeneinander her. Dann blieb Oleg stehen und betrachtete den festgetretenen Schnee vor seinen Füßen.

„Hatte der Herr von den Linden nicht gesagt, er wäre im Dorf gewesen und hätte sich dort umgehört? Warum sind wir ihm dann nicht begegnet, als wir auf dem Weg zur Burg waren? Er müsste doch um diese Zeit ins Dorf geritten sein?"

Petrus trat neben Oleg und betrachtete den Schnee eben-falls. „Nun, dann wird er schon im Dorf gewesen sein, bevor wir hier durchkamen."

„Sind dir vorhin Hufspuren von mehreren Pferden aufge-fallen? Der Ritter sagte, er hätte Männer bei sich gehabt."

Petrus musste nicht lange nachdenken. „Von einer gan-zen Reitergruppe? Nein, keinesfalls. Da waren nur noch ein paar Tritte von dem Ochsengespann, mit dem die Bauern den Weg frei geräumt hatten. Und etliche Schuhabdrücke und ein einzelner Reiter ist hier wohl auch durchgekommen. Aber ein ganzer Trupp? Nein, daran könnte ich mich erin-nern."

„Und nun schau her. Die Hufabdrücke, die wir jetzt se-hen und die den Schnee geradezu aufwühlen, führen alle vom Dorf weg und hin zur Landstraße und dann sicher wei-ter zur Burg. Und es sind drei, vier Reiter gewesen."

Petrus schob die Kapuze ein wenig zurück und kratzte sich am Ohr. „Und was soll uns das sagen?"

„Das weiß ich noch nicht. Nur so viel, dass der Ritter auf dem Hinritt einen anderen Weg genommen hat."

„Nun, vielleicht war er zuvor auf der Jagd."

„Hoffentlich nicht wieder auf Wilderer."

Den Rest des Weges legten sie schweigend zurück. Auf dem schmalen, festgetretenen Pfad vom Dorf zur Schafhür-de mussten sie ohnehin hintereinander gehen.

Dort angekommen, machte sich Petrus sogleich ans Auf-wärmen der dicken Gemüsesuppe und ans Brotbacken.

Eine gute Stunde später hatte die kleine Gemeinschaft der Mönche das Abendmahl beendet und Melchior und Gunther warteten gespannt darauf, was Oleg und Petrus von ihrem Besuch auf der Burg zu berichten hatten.

Oleg erzählte zuerst von der Behandlung Idas, was bei den anderen zwar auf Mitgefühl, aber wenig Interesse stieß. Erst als Oleg die Ankunft des Ritters Randolph von den Lin-den erwähnte, spitzten Melchior und Gunther die Ohren. Ei-nen Pfeil hatte der also aufgetrieben, der von der Wilden Jagd stammen sollte.

„Nicht von der Wilden Jagd, der Pfeil trägt das Zeichen von Notger von Alvensleben", stellte Oleg klar. „Es soll da einen alten Streit um einen ertragreichen Acker geben."

„Dann hat er ja jetzt einen handfesten Beweis, mit dem er seinen Mitbewerber um diesen Acker ausstechen kann", stellte Melchior fest. „Seltsam, dass er erst jetzt damit herausrückt."

„Du meinst, er hätte sich erst jetzt diesen Pfeil irgendwie besorgt?"

Melchior nickte. „Wäre das nicht möglich? Ihm wird nicht verborgen geblieben sein, dass du viele neugierige Fragen stellst."

„Das hätte er gar nicht mehr nötig gehabt, denn der Streit um den Acker ist inzwischen zu Gunsten der von Waldeser entschieden." Oleg zupfte sich am Ohrläppchen. „So sagte Randolph zumindest. Aber wir können mit Sicherheit davon ausgehen, dass der Pfeil echt ist. Der Ritter hat ihn von den Gerbersöhnen und die haben ihn ja schon nach den Vorkommnissen zum letzten Jahreswechsel im Dorf gefunden."

Diesmal nickte Gunther eifrig. „Die haben mir von dem Pfeil schon erzählt, bevor dieser Ritter auch nur ahnen konnte, dass es den gibt."

„Es hilft alles nichts, wir müssen mit dem Alvenslebener reden. Es wäre interessant, zu erfahren, was er dazu zu sagen hat. Ich werde mich morgen oder übermorgen zu seiner Burg aufmachen."

„Aber, Bruder Oleg, du kannst nicht allein, zumal bei diesem Wetter, diese Reise unternehmen." Petrus schüttelte ganz entschieden den Kopf.

Doch was das Wetter und auch die Reisegesellschaft anbelangte, sollte sich schon bald eine Gelegenheit für diese Unternehmung ergeben.

6. Kapitel

Am nächsten Morgen wehte den Mönchen, als sie die Nasen aus ihrer Hütte steckten, ein laues Lüftchen aus südlicher Richtung entgegen. Den ganzen Tag und auch die Nacht hielt das Tauwetter an. Am darauffolgenden Morgen hatte sich der Schnee in grauen Matsch verwandelt, so dass alle Wege zu einer einzigen, lange Schlammpfütze geworden waren. Oleg beschloss, noch einen Tag zu warten, bevor er aufbrach.

Am späten Nachmittag bekamen sie unerwarteten Besuch. Gunther trieb eben die Schafe vom Pferch in den Stall, als er Stimmen und Rumpeln, wie von einem schweren Wagen, vom Pfad her hörte. Er scheuchte das letzte Schaf in den Stall, durchquerte ihn denn eilig und stand wenige Augenblicke später am Feuer.

„Da kommt wer vom Dorf her", berichtete er aufgeregt.

Neugierig wie junge Katzen liefen alle hinaus und spähten in die zunehmende Dunkelheit. Als erstes sahen sie einen kräftigen Ochsen, der einen einachsigen Karren zog. Dann bemerkten sie die zwei Männer, die auf dem Kutschbrett saßen. Sie trugen die braunen Kutten der Barfüßer.

„Gott zum Gruße, Brüder. Und wir dachten schon, wir würden es heute nicht mehr bis zu euch schaffen", erklang eine Stimme, der die Erleichterung anzuhören war, das Ziel doch noch erreicht zu haben.

„Bist du das, Bruder Ignatius?", fragte Petrus in die Dunkelheit.

„Richtig, Bruder Petrus, ich und Bruder Hubertus. Er kennt ja schon den Weg zu euch und Vater Odo hat ihn mir als Führer mitgegeben."

Die beiden Mönche kletterten steifbeinig vom Wagen.

Hatte sich Oleg noch gefreut, Bruder Ignatius, der als Helfer des Cellerars arbeitete, zu sehen, so wurde sein Gesicht lang, als er Hubertus' Namen hörte.

Dessen ungeachtet bat er die Gäste in die Hütte und ans Feuer, dass sie sich aufwärmen konnten. Melchior und Gunther spannten den Ochsen aus, führten ihn in das Gatter und versorgten ihn mit Wasser und Heu. Petrus war schon dabei, Brot, Zwiebeln und Salz aufzutischen, derweil Oleg den Kessel übers Feuer hängte und eine Handvoll getrockneter Kräuter in das Wasser warf. Bald verbreitete sich der Duft nach Kamille und Salbei, Thymian und Hagebutte.

Die beiden Neuankömmlinge hielten die Hände den Flammen entgegen und kneteten die feuchte Kälte aus ihnen heraus. Ignatius sah sich interessiert um, während Hubertus' Blick zur Decke hinwanderte. Als er dort etliche Keulen der geschlachteten Schafe im Rauch über der Feuerstelle hängen sah, nickte er zufrieden.

Schließlich kellte Oleg den Aufguss in Becher und auch Melchior und Gunther waren zurück. Oleg bat die Besucher an den Tisch.

„Was führt euch den langen Weg von Magdeborch hierher, noch dazu bei diesen unwirtlichen Wegverhältnissen", fragte Oleg, nachdem sich die Gäste gestärkt hatten.

„Dachtet ihr etwa, ihr könntet das ganze gute Fleisch hier allein fressen?", fragte Hubertus grob und zog die Mundwinkel hämisch herab.

„Der Bruder Cellerar schickt uns, um das eingepökelte und geräucherte Schafleisch zu holen", sagte Ignatius weit freundlicher. „Das unerwartete Tauwetter schien uns geeignet, den weiten Weg zu wagen. So können wir zu den Weihnachtstagen die Früchte genießen, die dieser Ort hier abwirft."

„Das Pökelfleisch ist noch nicht genügend durchgezogen und die Räucherschinken da oben", Petrus machte eine Kopfbewegung zu den Deckenbalken hin, „brauchen auch noch ihre Zeit." Angriffslustig sah er in die Runde, als wolle er Schinken und Pökelfässer mit einem seiner Rührlöffel verteidigen.

„Das kann auch bei uns im Kloster nachreifen", wedelte Hubertus Petrus' Einwände fort.

„Und wird dann von diesen zahnlosen Aushilfsköchen dort verdorben." Petrus' Gesicht verzog sich kummervoll.

„Die zwei Brüder, die während deiner Abwesenheit der Küche vorstehen, haben unvermutet kundigen Beistand bekommen", versuchte Ignatius Petrus zu besänftigen.

Doch dessen Gesicht verfinsterte sich zusehends. „Es gibt einen neuen Koch im Kloster?"

Ignatius schüttelte belustigt den Kopf. „Da musst du dich nicht sorgen, Bruder Petrus. Deine Küche wartet auf dich. Doch Bruder Eudo, der ja vor einigen Wochen mit Bruder Markus zu uns kam, hat sich als ausgesprochen erfindungsreich erwiesen, was das Kochen anbelangt."

„Dann braucht mich ja im Kloster keiner mehr." Petrus starrte bedrückt auf die Tischplatte.

„Also Bruder Petrus, eins kann ich dir versichern", Ignatius lächelte breit. „Wir brauchen und vermissen dich ganz schrecklich. Bruder Eudo kann leidlich kochen und er verdirbt und verschwendet auch nichts, aber die Genüsse, die du uns mit deinen Speisen bereitest hast, kann er uns nicht im Mindesten bieten."

Hubertus verdrehte ob der Nettigkeiten, die ausgetauscht wurden, die Augen gen Himmel. Das war ja nicht auszuhalten. Um auf das eigentliche Anliegen zurückzukommen und auch, um seine eigene Bedeutung zu unterstreichen, zog er einen geschnitzten Federkasten aus seinem Beutel und legte die Schreibutensilien – ein gefaltetes Pergamentblatt, Tintenhorn und Feder – auf dem Tisch bereit.

„Welchen Ertrag kann ich also notieren, den die herbstliche Schlachterei für das Kloster abwirft?", fragte er in die Runde.

Schweren Herzens musste Petrus die Fässchen mit dem Pökelfleisch und all die Schinken, die über dem Feuer unter dem Dach hingen, Hubertus in die Feder diktieren.

„Ist das alles? Keine Felle, keine Häute? Was ist mit dem Fett, den Knochen, Sehnen und Knorpeln geworden?" Als Schreiber des Priors wusste Hubertus genau, welche Erzeugnisse zu erwarten waren.

„Der Gerber braucht halt seine Zeit", beschied ihm Melchior ungerührt. „Wir sind nicht die einzigen, die geschlachtet haben." Keineswegs würde er den Tontopf mit der Seife hergeben und auch der Weidenkorb mit den Unschlittlichtern, den sie für all die tierischen Abfälle erhalten hatten, stand gut verwahrt im Stall hinter der seitlichen Abtrennung.

Hubertus brummte unzufrieden. Er hätte sich gewünscht, eine längere Liste schreiben und somit auch mehr mit ins Kloster nehmen zu können. Zumindest ließ er sich von Bruder Melchior noch genau erklären, aus wie vielen Tieren die Herde nun bestand. Eifrig kratzte die Feder über das Pergament.

„Dann laden wir morgen bei Tagesanbruch alles auf und fahren gleich zurück. Keiner kann wissen, wie lange das offene Wetter andauert", bestimmte Hubertus.

„Alles? Ihr nehmt alles mit?", fragte Oleg fassungslos. Wovon sollten sie denn im Winter leben? Sie hatten keine Münzen, um sich mal eben einen Sack Mehl im Dorf oder auf der Burg zu kaufen. Hubertus gebärdete sich schlimmer als ein Raubritter.

„Ihr werdet schon über die Runden kommen." Genüsslich musterte Hubertus den ungeliebten einäugigen Bruder.

Oleg spürte eine Hand auf seinem Unterarm. „Das werden wir, Bruder Hubertus, das werden wir." Melchior verstärkte den Druck seiner Hand auf Olegs Arm und der entspannte sich. Bruder Melchior hatte anscheinend Vorsorge getroffen.

„Haben wir jetzt im Kloster auch ein Ochsengespann?", fragte Petrus und Oleg war dem Koch dankbar für den Themenwechsel. Sonst hätte er diesem Wiesel Hubertus womöglich noch ein paar harsche Worte gesagte.

Bruder Ignatius winkte ab. „Es reichen schon die zwei Schafe, die Bruder Markus und Bruder Eudo mitgenommen haben. Bruder Simon hat ihnen einen Verschlag in seinem Stall frei gemacht." Ignatius stockte einen Moment. „Also, den Verschlag hat Bruder Simon für die beiden Schafe geräumt. Das Ochsengespann haben wir bei einem Fuhrmann ausgeliehen, der zu dieser Jahreszeit keine langen Fahrten unternimmt."

„Ich werde morgen mit euch reisen", verkündete Oleg plötzlich.

Petrus und Melchior guckten überrascht. Ignatius nickte zufrieden. Allein mit dem sauertöpfischen Hubertus mehrere Tage unterwegs zu sein, war keine Freude. Da kam ihm Oleg als Reisekamerad gerade recht.

„Was?", japste Hubertus hingegen. „Du kannst nicht einfach zurück nach Magdeborch. Der Vater Abt hat dich bis zum Frühjahr hierher verbannt. Wage es nicht, dich seinen Anweisungen zu widersetzen."

Oleg betrachtete interessiert Hubertus, der puterrot angelaufen war. Um seine Mundwinkel zuckte es belustigt. Dann stand er auf, trat zum Regal und kam mit dem Brief des Abtes zurück.

„Ich wurde nicht verbannt", sagte er knapp, setzte sich wieder und legte die Hand mit der Pergamentrolle auf den Tisch.

„Natürlich wurdest du verbannt", ereiferte sich Hubertus. „Für deine fortgesetzten Eigenmächtigkeiten und deine respektlosen Widerworte."

„Nun muss ich erneut Widerworte geben, doch in allem Respekt dir gegenüber, Bruder Hubertus. Ich wurde nicht verbannt." Und bevor ihm Hubertus dazwischenfahren konnte, fuhr Oleg auch schon fort. „Der Vater Abt hat mich mit einem Auftrag hierhergeschickt."

Hubertus klappte der Unterkiefer herunter und wenig geistreich starrte er Oleg an.

„Auftrag? Was für ein Auftrag?", stammelte er schließlich.

Oleg legte den Brief so auf den Tisch, dass zwar das Siegel des Abtes zu sehen war, nicht aber, was im Brief geschrieben stand.

„Und darum werde ich euch morgen begleiten", wiederholte Oleg seinen Entschluss. „Aber seid getrost, nicht bis Magdeborch. Ich steige an der Burg in Nigrebe von eurem Wagen." Und jetzt war es an ihm, Hubertus herablassend zu mustern. „Für den Rückweg wird der Ritter Sorge tragen."

Und er hoffte inständig, dass dem auch so sein möge.

Melchior, Petrus und auch Gunther nickten erleichtert. Wenn Oleg mit dem Ochsengespann reiste, dann mussten sie sich nicht um ihren Bruder sorgen. Sie waren schon begierig darauf, was Oleg für eine Nachricht von dem Alvensleber bringen und wie der auf die Anschuldigungen des hiesigen Ritters reagieren würde. Hoffentlich ließ er seinen Unmut nicht an ihrem Bruder aus. Aber davon sprachen sie in Hubertus' Anwesenheit natürlich nicht.

Am nächsten Morgen, kaum dass das erste Dämmerlicht den neuen Tag ankündigte, beluden die Mönche den Ochsenkarren. Melchior nahm Oleg beiseite, als sie die Schafe vom Stall in den Pferch trieben.

„Du musst dich nicht bekümmern, Bruder Oleg, dass wir all das gute Fleisch hergeben müssen. Wir haben ja noch die drei Lämmer, die im Sommer zur Welt gekommen sind. Sie waren noch zu jung, um vom Bock gedeckt zu werden, und würden im nächsten Jahr nur unnütz mit der Herde mitlaufen. Die können wir den Winter über schlachten und haben somit genügend frisches Fleisch für Bruder Petrus' Kessel."

„Hat Hubertus sie nicht in seiner Liste mit aufgeschrieben? Er wird im Frühjahr Rechenschaft über jedes fehlende Tier fordern."

Melchior zwinkerte Oleg zu. „So junge Tiere überleben den Winter häufig nicht. Gestorben wird immer."

Oleg zwinkerte erleichtert zurück. „Dann wollen wir Bruder Hubertus auch in dem Glauben lassen, wir würden die nächsten Monate von Getreidebrei und trocken Brot leben."

Die beiden Mönche nickten sich einvernehmlich zu und Oleg setzte sich alsbald zu Bruder Ignatius auf das Kutschbrett. Dass Hubertus sich grummelnd zwischen die Fässer und die in Leinentücher eingeschlagenen Räucherkeulen hocken musste, übersahen sie geflissentlich.

Die Fahrt bis zur Burg des Alvenslebeners gestaltete sich kurzweilig. Bruder Ignatius hatte allerhand aus dem Klosteralltag zu berichten und auch Grüße von Bruder Kamillus und etlichen anderen Brüdern auszurichten.

Der Vormittag war schon reichlich fortgeschritten, als sie an dem Abzweig ankamen, der zu Ritter Notgers Burg führte. Hier verabschiedete sich Oleg, nicht ohne Ignatius noch Grüße für die Brüder im Kloster aufzutragen. Hubertus kletterte nach vorn und nahm den nun leeren Platz ein, ohne Oleg noch eines Blickes zu würdigen. Wahrscheinlich dachte er schon darüber nach, was er dem Prior über den aufmüpfigen Bruder berichten musste.

Der Weg zur Burg verlief auf einem vielleicht zwei Fuß hohen Damm. Das Schmelzwasser hatte nach rechts und links ablaufen können und nur einige große Pfützen waren zurückgeblieben.

Nachdem Oleg sein Begehr am Tor kundgetan und auf seine langjährige Bekanntschaft mit dem Ritter verwiesen hatte, wurde ein Bursche herbeigerufen, der den Mönch zur Halle begleiten sollte.

Dort war Ritter Notger in ein Gespräch mit einem redseligen kleinen Mann vertieft, dessen Kleidung von ausgemachter Güte und mit allerlei Zierrat versehen war. Gespräch konnte man das, was dort am langen Tisch vor sich ging, eigentlich nicht nennen. Hauptsächlich sprach der kleine Mann, wobei er ausholende Handbewegungen machte, die seine Rede unterstützten und immer wieder auf die zwei Tuchballen wiesen, die auf dem Tisch lagen.

Der Hausherr fühlte sich offensichtlich ausgesprochen unwohl in seiner Rolle als Zuhörer. Er bedachte sein Gegenüber mit finsteren Blicken, was den jedoch nicht im Geringsten zu beeindrucken schien.

Oleg wartete in angemessener Entfernung. Auch wenn er kein Wort verstand, so war ersichtlich, dass ein Handelsmann dem Ritter etwas verkaufen wollte. Notger bemerkte den eingetretenen Mönch und winkte ihn erleichtert näher.

„Wie schön, Euch auf meiner Burg begrüßen zu dürfen, Bruder Oleg. Ich möchte Euch Robert von Ypern empfehlen, wenn Ihr einmal etwas anderes als Eure kratzige Kutte tragen wollt." Notger wies auf den Händler. „Meister Robert ist Tuchmacher aus Burg mit flämischen Vorfahren, wie er immer wieder stolz betont."

Überrascht ob der langen Rede des Ritters neigte Oleg grüßend den Kopf vor dem Tuchmacher. Der schaute mit einem gemurmelten Gruß abweisend auf die braune Barfüßerkutte und wandte sich dann wieder seinem vorherigen Gesprächspartner zu. Doch kam er nicht dazu, seine weitschweifige Lobrede auf sein Tuch erneut aufzunehmen.

„Leider muss ich Euch jetzt verabschieden, Meister Robert. Ich habe mit Bruder Oleg einige wirklich wichtige Angelegenheiten zu bereden. Ein Bursche wird Euch zur Hauswirtschafterin bringen. Mit ihr könnt Ihr weiter verhandeln."

Notger rief einen Jungen herbei. Der Tuchmacher verabschiedete sich mit vielen Verbeugungen.

„Ich dachte schon, ich werde den geschwätzigen Kerl gar nicht mehr los. Da kamt Ihr gerade zur rechten Zeit, Bruder." Notger maß den Mönch mit einem strengen Blick und dann schlich sich doch so etwas wie ein Hauch von Belustigung in seine Augenwinkel. „Es ist nun schon einige Woche her, dass Ihr und Eure Brüder Nachtquartier auf meiner Burg bezogen hattet. Ich habe mich schon gefragt, wann Ihr hier wieder auftauchen würdet."

„So habt Ihr mit meinem Besuch gerechnet?" Zwischen Olegs Augenbrauen bildete sich eine Falte.

„So sicher wie mit dem Erscheinen der Sonne jeden Morgen." Notger machte eine einladende Handbewegung zum Feuer hin, wo ein kleiner Tisch und einige Hocker standen.

Dann schickte er einen Jungen, der eben einen Korb Feuerholz herbeitrug, nach Würzwein in die Küche.

„Nun, was führt Euch zu mir", fragte der Ritter, nachdem eine Magd Becher und einen Krug Wein herbeigetragen hatte.

Oleg drehte seinen Zinnbecher in den Händen und streckte die Stiefel dem Feuer entgegen. Er konnte nicht so einfach mit Randolphs Anschuldigungen herausplatzen. Also begann Oleg mit dem Auftrag, den er von seinem Abt erhalten hatte. Notger nickte mehrmals. Die Vorkommnisse, welche sich zum letzten Jahreswechsel im Nachbardorf zugetragen hatten, waren ihm selbstredend nicht entgangen. Hatte er doch, wie er nun sagte, auch mit einem Angriff auf seine Bauern gerechnet und seine Mannen mehrere Nächte zum Schutz ins Dorf beordert. Aber bei ihm war alles still geblieben. Einmal abgesehen von dem Schabernack, den die Dorfjugend ausheckte. Nach einigem Zögern gab er zu, dass die Bauern auch noch den einen oder anderen heidnischen Brauch pflegten, aber da mischte er sich nicht ein. Das war Sache des Dorfpfarrers.

So weit, so gut, dachte Oleg und hielt sich an seinem Becher fest. „Ich habe mich ein wenig umgehört, habe diese oder jene Frage gestellt. Das führte mich letztens auch auf die Burg Eures Nachbarn."

„Konntet Ihr mit Otto von Waldeser sprechen? Ich kannte Christian, seinen Sohn. Ein guter Mann, wir waren befreundet, sind hin und wieder gemeinsam zur Jagd geritten. Im Schachspiel waren wir ebenbürtige Gegner. Schade um ihn. Es hat den Alten sehr getroffen, als er vom Tod seines einzigen Erben erfuhr."

„Den Alten habe ich nicht gesehen. Er schlief gerade. Aber ich habe mit seiner Tochter Ida gesprochen. Ich hatte ein Einreibeöl für ihre kranke Hand dabei und Kräuter für einen Umschlag."

Täuschte sich Oleg oder wurde die Miene des Ritters lebendiger? Schlich sich gar ein Lächeln in seine Augenwinkel?

„Und konntet Ihr wenigstens der Herrin Ida helfen?"

„Das wird die Zeit zeigen. Ihr kennt die Kinder des von Waldeser?"

„Das bleibt bei guten Nachbarn nicht aus. Ich hatte das Vergnügen, Jungfer Ida bereits vor ihrem Unfall kennenzulernen. Schon in jungen Jahren war sie recht belesen und besaß einen offenen Geist."

„So wart Ihr und der von Waldeser friedfertige Nachbarn, die im Einvernehmen miteinander lebten?" Gespannt beobachtete Oleg den Ritter.

„Otto von Waldeser beteiligte sich an der Befreiung meiner Burg, als die von der Söldnerbande besetzt war." Notger schluckte schwer. Doch bevor er sich in Erinnerungen verlieren konnte, fuhr er fort: „So etwas verbindet. Selbst den Ackerstreit konnten wir gütlich beilegen."

„Ihr hattet einen Ackerstreit?" Oleg schämte sich eine Winzigkeit, weil er den Unwissenden spielte.

„Nun ja, es gibt da diesen fruchtbaren Acker, direkt im Grenzland zwischen unseren Ländereien. Ewig gab es Streit darum. Der alte Gisilbert von Nigrebe, der Vater meines Weibes, stritt sich schon mit Ottos Vater. Otto und ich waren des ewigen Streits leid und haben den Zank schließlich beendet. Jeder durfte den Acker drei Jahre nutzen. Zwei Jahre wurde etwas angebaut. Im dritten Jahr lag der Acker brach, bevor er im Jahr darauf an die andere Seite ging, die ihn wieder drei Jahre nutzen durfte. So wechselten wir uns über viele Jahre hinweg ab und jeder war zufrieden mit dieser Regelung. Bis im letzten Sommer, diese uralte Besitzurkunde auftauchte, die besagt, dass dem Waldeser der Acker als Erblehen gehörte."

„Und was sagte Otto dazu?"

„Der war wenige Wochen zuvor vom Schlag getroffen worden, als er vom Verlust seines Jungen erfuhr."

Oleg fand, dass das schon ein bemerkenswerter Zufall war, schwieg aber dazu. Er stieß die Luft durch die vorgestülpten Lippen aus. Jetzt musste er wohl zu dem eigentlichen Anliegen seines Besuches kommen.

„Bruder Oleg, nun heraus mit der Sprache." Der Ritter beugte sich vor und musterte den Mönch streng. „Ihr habt den weiten Weg doch nicht grundlos auf Euch genommen. Nachdem Ihr mir vom Brief Eures Abtes erzählt und mich ein bisschen über dieses und jenes ausgehorcht habt, werdet Ihr nun meine Neugier befriedigen müssen. Was führt Euch her?"

„Also gut. Ich muss Euch gestehen, dass ich bereits von Eurem Zwist um diesen Acker gehört hatte." Oleg forschte im Gesicht seines Gegenübers. Doch das blieb unbewegt, wenn man einmal von der Falte zwischen den Augenbrauen absah, die sich vertiefte.

„Der Burghauptmann, Ritter Randolph, sprach davon."

Die Falte zwischen Notgers Augen wurde tiefer. Unbeirrt fuhr Oleg fort: „Ich hatte ihn gebeten, im Sinne der christlichen Nächstenliebe sich der Not seiner Bauern anzunehmen. Er zog Erkundigungen im Dorf ein, just an jenem Morgen, als ich Jungfer Ida behandelte. Bei seinen Nachforschungen kam Erstaunliches zu Tage. Die Söhne des ortsansässigen Gerbers hatten sich dazumal ins Dorf geschlichen, als dort die Wilde Jagd wütete. Sie fanden einen Pfeil, der von der wilden Horde abgeschossen worden war, und versteckten ihn. Randolph hat ihn an sich genommen und mit auf die Burg gebracht."

„Ja und? Kommt schon, Bruder, da ist doch noch was. Ansonsten würdet Ihr nicht so sorgenvoll aus der Kutte schauen."

Wieder stieß Oleg lange die Luft aus. „Randolph sagt, das Zeichen auf dem Pfeil sei das Eure." So, nun war es heraus, mochte ihm der Ritter auch den Kopf abreißen ob dieser Anschuldigung.

Der fuhr auch in der ersten Empörung über die Unterstellung auf und sein Gesicht verzerrte sich zu einer zornigen Fratze. Der Hocker polterte nach hinten und der Ritter stemmte sich schwer atmend auf den Tisch.

„Ihr wagt es, damit auf meine Burg zu kommen? So vergeltet Ihr die Gastfreundschaft, die ich Euch angedeihen ließ?"

Ja, mit solch einem Ausbruch hatte Oleg gerechnet. Er war schon froh, dass der Ritter nicht umgehend seine Mannen sammelte, um gegen die Nachbarburg zu ziehen oder ihn in den Kerker werfen ließ.

„Ich beschuldige Euch keinesfalls dieses Übergriffes", versuchte Oleg zu beschwichtigen. „Ich teile Euch nur mit, was Randolph in Erfahrung gebracht hat."

Notger stellte den Hocker wieder auf seine Füße und ließ sich darauf nieder. Nach einigem Überlegen sagte er, wobei der Groll noch immer seine Stimme beherrschte: „Ich sollte Euch wohl dankbar sein, dass Ihr damit zu mir gekommen seid." Er atmete einmal tief durch. „Konntet Ihr den Pfeil selbst in Augenschein nehmen?" Und als Oleg nickte. „Beschreibt mir das Zeichen auf dem Pfeil."

„Ein gleichseitiges Dreieck, durch das von oben nach unten ein Strich geht."

„Mein Zeichen." Notger trommelte mit den Fingerspitzen auf die Tischplatte. „Einen entsprechenden Pfeil kann sich jeder nach der Jagd im Wald suchen. Nicht alle fehlgegangenen Geschosse werden wieder gefunden und eingesammelt. Seid Ihr Euch sicher, dass diese Gerberburschen den Pfeil gleich nach diesem Überfall gefunden hatten?"

„Unser Novize Gunther hat sich mit den Söhnen des Gerbers angefreundet. Sie haben ihm von dem Pfeil erzählt. Noch bevor ich die Buben befragen konnte, hatte Randolph sie am Wickel."

„Ich kann Euch versichern, dass ich mit den Übergriffen auf die Bauern nichts zu tun habe. Auch für meine Männer verbürge ich mich."

„Glaubt Ihr, ich hätte mich mit dieser Nachricht hierhergewagt, wenn ich Euch der Tat für schuldig hielte?"

Der Ritter verzog belustigt einen Mundwinkel, wurde aber gleich wieder ernst. „Das Wirken eines Geisterheeres können wir wohl getrost ausschließen. Selbst wenn man annimmt, dass diese Wilde Jagd durch die Dörfer zieht, so habe ich doch noch nie davon gehört, dass sie mit Pfeil und Bogen und brandschatzend ihr Unwesen treibt."

„Wisst Ihr von jemandem, der einen Händel mit Eurem Nachbarn hat?"

Notger zuckte die Schultern. „So gut bekannt sind wir nun auch nicht, dass mir Otto von seinen Zwistigkeiten erzählen würde. Es sei denn, er hätte Beistand benötigt. Nein, ich weiß nichts."

Oleg kaute nachdenklich auf der Unterlippe. „Oder hat jemand einen Streit mit Euch?"

„Aber ich wurde doch nicht angegriffen", hob Notger an. Dann umwölkte sich sein Gesicht abermals. „Der Pfeil, natürlich. Da will mir einer was am Zeuge flicken", fuhr er auf und ballte die Fäuste.

„Oder", Oleg spann den Faden weiter, „da will euch einer aufeinanderhetzen. Einer, der seinen Nutzen aus einem solchen Zwist zu ziehen gedenkt."

„Bruder, Ihr denkt wirklich verwinkelt. Da schwirrt einem ja fast der Kopf. Ich bin von Euren Gedankengängen beeindruckt, das muss ich ehrlich zugeben. Euer Abt tat gut daran, ausgerechnet Euch zu schicken."

Oleg senkte den Blick und sonnte sich einen Augenblick in dem Lob. „Damit kommen wir schon zum Nächsten. Jemand muss die Männer haben, einen solchen Überfall durchführen zu können."

„Oder die Mittel, sich verschwiegene Männer zu kaufen. Die sollten dann aber weiterziehen, um sich hier in der Gegend nicht unversehens zu verplappern."

„Ihr denkt an Söldner?"

„Oder anderes Strauchgesindel."

„Das würde bedeuten, dass es in diesem Jahr ruhig bleibt."

„Man kann auch neue Männer anwerben."

„Da wir nicht wissen, welcher Zweck mit diesem Angriff verfolgt wurde, ist das nicht auszuschließen. Setzen wir voraus, jemand will den Waldeser und Euch gegeneinander aufbringen. Dann hat er bis jetzt sein Ziel nicht erreicht."

„Oder er will nur dem Waldeser Schaden zufügen – oder nur mir."

„Jetzt schwirrt *mir* der Schädel." Oleg knetete mit drei Fingern seine Nasenwurzel. „Was habt Ihr denn sonst noch so für Nachbarn?"

Notger berichtete von den Ländereien, die im Nordosten, im Osten und im Süden an seine Besitztümer grenzten. „Es sind redliche Männer. Wenn wir auch keinen engen Umgang miteinander pflegen, so respektieren und achten wir einander. Sollte es zu Unstimmigkeiten kommen, schaffen wir sie mit Verhandlungen aus der Welt und nicht mit nächtlichen Brandanschlägen."

„Es hilft alles nichts. Wir kommen so vorerst nicht weiter. Ich wage es kaum zu sagen, aber unter Umständen müssen wir auf den kommenden Jahreswechsel warten und sehen, was geschieht." Oleg setzte sich unversehens kerzengerade hin und legte die Hände flach auf den Tisch. „Oder wir warten ab, was Randolph unternimmt."

„Ihr meint, ob er sein Dorf in zwei Wochen bewacht?"

„Nein, er muss jetzt bald handeln. Er hat Euren Pfeil gefunden und meint, damit einen Beweis für Eure Täterschaft in Händen zu halten. Dass kann er doch nicht so einfach übergehen."

„Soll er nur kommen. Er wird sich an meiner Burg und meinen Mannen die Zähne ausbeißen und mit blutigen Beulen nach Hause schleichen müssen."

„Ich glaube kaum, dass Randolph es zu einem offenen Kampf kommen lässt. Darum solltet Ihr Burg und Dorf vor heimtückischen Übergriffen schützen."

Notger nickte nachdenklich. „Ja, so schätze ich ihn auch ein. Mit meinem Pfeil glaubt er die Berechtigung zu haben Gleiches mit Gleichem zu vergelten."

Eine dralle, ältere Magd näherte sich dem Tisch, blieb aber zehn Schritt davor stehen und wartete ab, bis sie bemerkt wurde.

„Was gibt es?" blaffte Notger sie an.

Die Magd ließ sich nicht einschüchtern, war ein solches Verhalten wohl gewohnt und guckte unbeeindruckt zurück.

„Das Mahl ist fertig, Herr."

„Na dann tragt auf."

Sie drehte sich um und winkte zur Tür hin. Zwei Küchenmägde trugen zwei große Schüsseln herein, aus denen es verführerisch nach Stockfisch, Knoblauch, Zwiebeln und Milch duftete. Dazu gab es einen Korb mit frischem, knusprigem Brot.

Oleg langte tüchtig zu. „Köstlich", nuschelte er zwischen zwei Bissen. „Wir haben keinen Backofen und Bruder Petrus, unser Koch, kann nur Fladen auf den Steinen der Feuerstelle backen."

„An Brot soll es nicht mangeln. Ich werde unsere Köchin anweisen, Euch morgen einen Beutel mit einigen Laiben mitzugeben."

„Ich habe nicht die Absicht, bis morgen zu bleiben."

„Ihr wollt doch nicht durch den Schlamm zurück stapfen? Da werdet Ihr vor dem Dunkelwerden nicht Euer Heim erreichen. Morgen gebe ich Euch ein Pferd. Ihr könnt doch reiten?"

„Vor vielen Jahren, als wir hinter diesem vermaledeiten Arno von Quitzow her waren, habe ich etliche Wochen auf dem Rücken eines Pferdes verbracht. So etwas verlernt man nicht."

Und damit waren sie bei den Erinnerungen angelangt, die in einer glücklicheren Zeit angesiedelt waren. Sich gegenseitig anspornend, erzählten sie von ihren Heldentaten und wie es ihnen gelungen war, den bösen Arno und seinen Handlanger zur Strecke zu bringen. Der Ritter lachte sogar das eine oder andere Mal auf, als Oleg von seinen ersten Reitversuchen berichtete oder davon, wie er und seine Reisegefährten mit Witz und Einfallsreichtum den Gefahren getrotzt hatten.

Als Oleg am nächsten Morgen aus dem winzigen Fenster seiner Schlafkammer in den Burghof spähte, war alles von einer dicken Schicht frischen Schnees überpudert. Oleg verdrehte ein wenig den Kopf. Über den Burghof führten kreuz und quer Spuren. Der Schnee musste mehr als knöchelhoch liegen und fiel noch immer in Flocken, groß wie Daunen.

Schnell erfrischte er sich Hände und Gesicht in der Waschschüssel, sprach sein Morgengebet und eilte dann in die Halle. Dort standen schon ein Kanten Brot und ein großer Becher Dünnbier für ihn bereit. Am liebsten wäre Oleg ohne Frühmahl aufgebrochen. Der Verstand siegte. Bei einem solchen Wetter war es unklug, sich mit leerem Magen hinaus zu wagen. Also stopfte er im Stehen das Brot in sich hinein. Allerdings hatte er nicht mit der Köchin gerechnet, die nun eine dampfende Breischüssel neben seinen Becher stellte und neben dem Tisch stehen blieb. Zufrieden brummend zog sie erst ab, nachdem Oleg sich gesetzt hatte. Irgendwie erinnerte sie ihn an Petrus.

Der Brei war köstlich und Oleg ignorierte die Butter, die obenauf schwamm und eigentlich während der Fastenzeit untersagt war. Doch draußen war es frostig, der Schnee würde sich bald auftürmen und da durfte man die Fastengebote schon etwas großzügiger auslegen.

Die Tür nach draußen ging auf und ließ einen Schwall Kälte und eine Handvoll Flocken herein. Notger stampfte sich die Schneeklumpen von den Stiefeln und trat zu Oleg.

„Einen gesegneten guten Morgen, Bruder Oleg. Ich habe Euch ein Pferd satteln lassen. Sicher wollt Ihr baldmöglichst aufbrechen."

Oleg nickte und würgte den letzten Löffel Brei hinunter. Er warf sich seinen Beutel über die Schulter und war bereit.

Das Pferd war auf den ersten Blick nicht als solches zu erkennen. Eher erinnerte es an ein Maultier. Es war klein und zottig. Kurze, stämmige Beine stampften ungeduldig im Schnee. Das dichte Winterfell war dunkelbraun, am Bauch unter dem Sattel etwas heller. Das Auffälligste aber war der weiße Ring um Maul und Nüstern. Doch es fehlten die überlangen Ohren und somit war es wohl doch ein Pferd.

Oleg klopfte dem Tier den breiten, kräftigen Hals unter der schwarzen, langen Mähne. Es drehte den Kopf und schnoberte an der Kutte dieses freundlichen Menschen. Oleg zog aus dem Ärmel ein Stückchen Brotrinde, das er aufgespart hatte. Er wusste, womit er einem Pferd eine Freude bereiten konnte.

„Die Stute heißt Animo. Ich habe sie als Jährling gekauft, als mein Sohn geboren wurde. Es sollte sein erstes Pferd werden." Der Blick des Ritters ging in die Ferne, als sähe er einen dreijährigen Buben, der jauchzend zum ersten Mal auf seinem Pferd saß.

Notger räusperte sich. „Es ist ein gutes Pferd, ausdauernd und trittsicher und kommt mit solchem Wetter bestens zurecht. Es wird Euch sicher nach Hause tragen. Behaltet es, so lange Ihr es braucht."

Oleg bedankte sich, sprach einen Segen über die Burg und die Menschen darin und stieg dann in den Sattel. Er probierte, das Tier mal in die eine, mal in die andere Richtung zu lenken. Er hatte von seinen Reitkenntnissen über die Jahre hinweg nichts eingebüßt.

Bevor er endgültig losreiten konnte, reichte ihm die Köchin noch einen kleinen Sack, aus dem es köstlich nach frischem Brot duftete.

Kaum war Oleg durch das Burgtor hindurch, hörte der Schneefall auf. Es war nicht allzu kalt. Die Landschaft, durch die er kam, war vollends unter dem frischen Schnee begraben. Nichts Schmutziges, nichts Schlammiges zeigte sich. Nur hin und wieder liefen Tierfährten über den Weg. Gemächlich setzte das Pferd Huf vor Huf. Wenige Male musste Oleg lenkend eingreifen und konnte sich ansonsten an der weißen Pracht erfreuen.

Der Schnee, der in der Stadt fiel, wurde für gewöhnlich schon am nächsten Tag von Ochsengespannen, Pferdehufen und unzähligen Karren zu einem braunen Matsch zerwühlt. Schneebretter rutschten von den hohen Häuserdächern und konnten einem unachtsamen Fußgänger schon eine rauchgeschwärzte Ladung Feuchtigkeit auf Kopf, Schultern und in den Kragen befördern.

Doch hier leuchtete das unschuldige Weiß selbst bei bedecktem Himmel. Mit einem reinen Mantel hatte der Gottvater all die Pflanzen zugedeckt, auf dass sie bis zum nächsten Frühjahr behütet schlafen konnten.

In einem Schlehengebüsch am Wegesrand ließen sich einige braungraue Vögel mit schwarzer Kappe nicht von dem einsamen Reiter stören. Zwischen den Dornen fühlten sie sich sicher und naschten arglos von den trockenen, blauen Beeren.

Es begann wieder in dicken Flocken zu schneien. Doch Oleg besaß ein gutes Pferd, seine dicke Kukulle wärmte ihn und die Füße steckten in mit Stroh ausgefütterten guten Lederstiefeln. Es gab keinen Grund zur Klage.

Nach einer guten Stunde kam die Schartauer Burg in Sicht. Links zweigte ein schmaler Pfad von der Straße ab. Hätten an dieser Stelle nicht mehrere im Neuschnee kaum noch wahrnehmbare Reitspuren in den Wald geführt, wäre Oleg achtlos vorbeigeritten. Schon nach wenigen Schritten verloren sich die Spuren um eine scharfe Kehre. Oleg hielt sein Pferd an und überlegte, wer wohl schon so früh dort unterwegs gewesen sein mochte. Nun gut, er war ja auch früh unterwegs und gewiss würde sich niemand über seine Spuren den Kopf zerbrechen. Also drückte er Animo die Fersen in die Seiten und machte ein schnalzendes Geräusch, um die Stute wieder anzutreiben.

„Wer seid Ihr und was führt Euch über mein Land, Mönch?", wurde er angerufen.

Oleg stutzte und drehte sich auf dem Pferderücken um. Aus dem Wald waren drei Reiter hervorgekommen. Sie mussten den Pfad genommen haben.

Langsam wendete Oleg sein Tier. Hatte er sich dermaßen und vor allem unbemerkt verirrt, dass das da vorn gar nicht die Schartauer Burg war? Dann erkannte er Randolphs Stimme. Da war der Ritter wohl etwas voreilig, wenn er die Ländereien Otto von Waldesers als die seinen bezeichnete.

Wenige Schritt vor Randolph hielt Oleg sein Pferd an. Schon drängte sich die Frage auf seine Zunge, ob der Ritter inzwischen die Jungfer geehlicht hätte. Aber er widerstand der Versuchung.

Stattdessen, zog er seine Kapuze etwas nach hinten und gab sich zu erkennen. „Bruder Oleg von der Schafhürde. Ich befinde mich auf dem Heimweg."

„Bruder Oleg!" Randolph kam näher, bis die beiden Pferde Seite an Seite standen. Natürlich war der Rappe des Ritters weitaus größer. So konnte er auf den Mönch herabsehen. „Ihr seid bei diesem unwirtlichen Wetter weit von Eurem Heim entfernt. Passt auf, dass Ihr Euch nicht verirrt." Er schnupperte in die Luft. „Ihr seid mit frischem Brot beladen. Kommt Ihr von Freunden?" Dann drückte er seinem Ross die Hacken in die Seiten und umrundete das Kleinpferd des Mönchs langsam.

„Ein absonderliches Tier, das Ihr da reitet. Einem Mönch angemessen, will mir scheinen. Ein Kinderpferd. Aber mit einem interessanten Brandzeichen. Ich wünsche noch einen guten Weiterritt, Bruder Oleg."

Damit gab er seinen zwei Begleitern ein Zeichen und sie trabten gen Burg davon.

Oleg ärgerte sich ein wenig, dass ihm auf die Schnelle keine passende Antwort eingefallen war. Und was meinte der Ritter mit dem interessanten Brandzeichen?

Es brauchte noch eine weitere Stunde, bis er ächzend und ein wenig steifbeinig vor der Schafhütte vom Pferderücken kletterte. Er besah sich das Tier von allen Seiten und bemerkte erst jetzt das Brandzeichen auf der rechten Hinterhand. Ein gleichseitiges Dreieck mit einem Strich mitten durch. Das Zeichen von Notger von Alvensleben. Das Zeichen, das auch auf diesem Pfeil zu finden war. Wäre Oleg kein Mönch gewesen, hätte er jetzt laut geflucht.

Stattdessen öffnete er die Hüttentür und rief hinein: „Ich habe einen Gast mitgebracht. Sie heißt Animo."

Seine Kameraden kamen heraus, und es gab ein großes Ah und Oh. Oleg war sich nicht sicher, ob die Begeisterungsrufe dem Pferd oder vielleicht doch eher dem frischen Brot galten. Wie dem auch war, beides wurde erfreut aufgenommen.

Melchior und vor allem Gunther konnten gar nicht von der kleinen Stute lassen. Sie wurde in den Pferch zu den Schafen geführt, trockengerieben und von Gunther mit einem Schaff Wasser und einer großen Portion Heu versorgt. Im Gemüsegarten wühlte er unter dem Schnee ein paar letzte Möhren hervor.

Oleg zog einen Hocker ans Feuer und wärmte sich auf, derweil Petrus den Sack mit dem Brot inspizierte. Er zog einen handspannengroßen Krug aus dem Beutel, den Oleg zuvor nicht bemerkt hatte. Petrus drehte den Stopfen heraus und schnupperte an dem Inhalt.

„Leinöl", sagte er andächtig, hängte den Brotsack an einen Haken unter die Balkendecke und bestimmte: „Gibt es heute Abend." Dann machte er sich daran, einen Kräuteraufguss zuzubereiten. Als alle ihren dampfenden Tonbecher in den Händen hielten, berichtete Oleg von seinem Aufenthalt auf der Burg des Alvenslebeners.

7. Kapitel

„Dann hast du also nichts erfahren, was wir nicht schon zuvor wussten", fasste Petrus zusammen, nachdem Oleg seinen Bericht beendet hatte. Oleg schob die Unterlippe vor. So würde er es nicht unbedingt beschreiben. Er hatte mit dem Ritter verschiedene Überlegungen angestellt, was mit den Schandtaten bezweckt werden könnte. Aber, wenn er es genau bedachte, dann hatte Petrus wohl recht.

„Wenn du auch keine neuen Erkenntnisse gewonnen hast, so hat uns dein Ausflug zumindest einen Beutel Brot und ein kleines Pferd eingebracht." Melchior grinste breit und klopfte Oleg auf die Schulter.

Gunther scharrte mit den Füßen unter dem Tisch und setzte mehrmals zum Sprechen an.

Schon wollte ihn Oleg anfahren, dass er, wenn er etwas zu sagen hätte, das dann auch tun solle. Stattdessen verdrehte er nur sein Auge. Er würde den kleinen Ärger über den gutmütigen Spott seiner Brüder nicht an dem Novizen auslassen. Außerdem konnte er sich schon denken, was den Jungen bewegte.

„Wenn das Wetter wieder offener ist, bringe ich dir das Reiten bei." Dem begeisterten Leuchten in Gunthers Augen konnten auch die folgenden Sätze nichts anhaben, lösten eher weitere Freude aus. „Bis dahin wirst du die Pflege des Tieres zusätzlich zu deinen anderen Aufgaben übernehmen. Ich zeige dir nachher, wie das Fell zu bürsten ist und die Hufe ausgekratzt werden."

Darüber ging der Nachmittag hin. Oleg ermahnte Gunther, sein Herz nicht zu sehr an das Pferd zu hängen. Schließlich mussten sie es an den Ritter zurückgeben. Es war nur eine Leihgabe, kein Geschenk.

Die Ermahnungen perlten an Gunther ab wie Wasser von einer Ölhaut. Er sah sich schon auf dem Pferd stolz wie ein siegreicher Feldherr durch das weit offene Tor des Klosters reiten. Die anderen Novizen hatten Augen und Münder sperrangelweit aufgerissen und konnten nicht den Blick von seiner hehren Gestalt wenden. Niemand würde ihn mehr wegen seiner Lippenspalte hänseln.

„Du musst immer mit dem Strich bürsten, nicht gegen den Strich", rissen ihn die ermahnenden Worte Olegs aus seinen Träumereien. Gunther nickte eifrig. Er würde die kleine Stute hegen und pflegen und auch ein wenig verwöhnen, als wäre es das edle Streitross eines Königs.

Natürlich führte er, als die Dämmerung am Abend einsetzte, seinen neuen Liebling als erstes in den Stall, band das Pferd mit einem längeren Strick an einer Futterraufe fest, kletterte auf den Zwischenboden und warf Heu für Animo und die Schafe hinunter.

Dabei geriet er erneut ins Träumen. Animo, so hatte ihm Bruder Oleg erklärt, war Lateinisch und bedeutete soviel wie Mut. Und mutig würde er mit seinem neuen Freund allen Gefahren trotzen. Furchtlos würde er durch das Dorf galoppieren und sich entschlossen der Wilden Jagd entgegenstellen. Er griff sich einen Stecken, der auf dem Heuboden an der Wand lehnte, und führte ihn als scharfe Klinge gegen einen imaginären Feind.

Sollten die bloß kommen. Er war bereit. Keiner kam an ihm vorbei. Keiner konnte ihn aufhalten. Auch die Schafe nicht.

Gunther zwinkerte irritiert. Was hatten die Schafe in seiner Heldentat zu suchen? Dann drang das aufgeregte Blöken in seine Wahrnehmung.

Eilig kletterte er die steile Leiter hinunter und hastete in den Pferch, wo es inzwischen vollends dunkel geworden war. Angstvoll drängten sich die Schafe in einer Ecke zusammen. Dann schoss ein grauer Schatten an Gunther vorbei, der ihm wohl bis an den Bauch reichte, und stürzte sich auf die Herde.

Die Tiere stoben auseinander und panisch nach einem Ausweg suchend rannten die Schafe gegen die Umzäunung. Sie fanden ein Loch an einer morschen Stelle. Sofort zwängten sich etliche Tiere durch den engen Fluchtweg. Allein der Bock stellte sich mit gesenkten Hörnern zwei Angreifern entgegen.

Ohne auch nur einen Gedanken auf sein eigenes Wohl und Wehe zu richten, stürzte sich Gunther mit lautem

Schreien und mit dem erhobenen Stecken wild herumfuchtelnd auf die grauen Schatten. Das konnten doch nur Wölfe sein. Die ließen von dem Bock ab und wandten sich mit zurückgelegten Ohren und entblößtem Gebiss dem neuen Gegner zu. Sich in den zertrampelten Schnee duckend, begannen sie knurrend und geifernd den Jungen zu umrunden. Bevor sie jedoch zum Sprung ansetzen konnten, stürzten aus dem Schafstall drei brüllende Furien, Hacke und Spaten und eine lodernde Fackel schwingend.

Ein letztes Knurren, das fast enttäuscht klang, ein letztes Zähneblecken, das im Fackelschein gespenstisch aufleuchtete, dann war der Spuk vorbei. Lautlos huschten die Schatten den fliehenden Schafen hinterher.

Zurück blieb nur ein Teil der ehemals zahlreichen Herde, die sich nun zitternd hinter dem Bock zusammendrängte. Und drei Mönche und ein Novize, die sich mit entsetzt aufgerissenen Augen anstarrten.

Oleg gewann als erster seine Sprache zurück. „Bist du von allen guten Geistern verlassen, dass du dich allein und nur mit einem läppischen Stecken bewaffnet den Bestien entgegenstellst?", fuhr er Gunther an. Der Zorn in seiner Stimme konnte nicht die Angst verbergen, die er um den Jungen ausgestanden hatte. „Hat dir der Gottvater nicht mehr Verstand in deinen Schädel gegeben? Ein Kleinkind würde mehr Klugheit besitzen. Aber du ..."

Melchior legte ihm die Hand auf den Arm. „Es ist gut, Bruder Oleg. Es ist ausgestanden." Und nach einer kleinen Pause. „Schauen wir uns an, welchen Schaden die Untiere angerichtet haben."

Von den im Pferch verbliebenen Tieren war keines ernsthaft verletzt. Als sie versuchten, den Zähnen der Angreifer auszuweichen, hatten sie sich in ihrer Todesangst mit ihren Hufen gegenseitig einige Schrammen zugefügt.

Nach einer ersten Sichtung befanden sich mindestens acht Tiere auf der Flucht. Ihnen jetzt im Dunkeln nachzusetzen, wäre ein aussichtsloses und gefährliches Unterfangen. Keiner wusste, ob die Wölfe, denn von solchen Untieren gingen die Mönche aus, noch in der Nähe waren und wie viele womöglich in der Dunkelheit lauerten.

Nachdenklich blickte Melchior zum klaren Sternenhimmel empor. „Es schneit nicht mehr. Wir werden morgen mühelos den Spuren folgen können. Doch wie es aussieht, wird es in der Nacht strengen Frost geben, der auch die nächsten Tage anhalten wird. Und Schnee wird es bestimmt auch wieder geben."

Die Mönche trieben den Rest der sich ängstlich aneinanderdrängenden Herde in den Stall, verriegelten die Tür sorgsam und rückten noch allerlei Gerätschaften davor. Heute Abend würde niemand mehr einen Fuß vor die Hütte setzen.

Melchior hatte mit seiner Wettervorhersage recht behalten. Als die Mönche am nächsten Morgen vorsichtig die Köpfe aus der Hütte steckten, zwackte ihnen Eiseskälte in Ohren und Nasen. Der Schnee ließ glücklicherweise noch auf sich warten.

Petrus und Oleg besahen sich den Schaden am Pferch aus der Nähe und konnten erfreut feststellen, dass zwei Schafe den Weg allein zurückgefunden hatten. Eilends wurden auch sie in den Stall geschafft.

Darin waren sich die Schafhirten einig. Heute würden sie keines der Tiere in den Pferch treiben. Zum einen musste zuvor die schadhafte Stelle ausgebessert werden und zum anderen saß ihnen der Schreck vom Vorabend noch zu sehr in den Knochen.

Als sie mit einem heißen Tonbecher, aus dem es nach Hagebutte und Kamille duftete, am Tisch saßen, um sich zu beraten, stellte Petrus einen Korb mit Brot und ein Schälchen Leinöl dazu. Auf Olegs fragenden Blick hin begehrte er auf: „Ja, was denn? Wir haben einen anstrengenden Tag vor uns. Wir müssen vielleicht stundenlang den Schafen bei dieser Hundekälte durch den Schnee nachlaufen und sie dann ja auch noch einfangen und zurückbringen. Das kann man nicht mit leerem Magen durchstehen, egal was die Fastengebote vorschreiben."

Oleg hob beschwichtigend die Hände. „Die Fastenvorschriften gestatten eine satte Mahlzeit am Tag. Wir können ja dann am Abend auf das Mahl verzichten."

Petrus' Grummeln ließ keinen Zweifel daran, dass er das Abendmahl keinesfalls auslassen würde. Um nicht weiter darüber disputieren zu müssen, unterbreitete Oleg seinen Kameraden den Plan, den er sich schon zurechtgelegt hatte: „Da wir nur drei Paar Stiefel haben, muss einer hierbleiben. Die anderen drei gehen gemeinsam den Spuren nach. Haben sie ein Tier gefunden, bringt es einer zurück, während die anderen zwei weitersuchen."

„Wäre es nicht besser, wenn wir uns aufteilen und unterschiedlichen Spuren folgen?", wandte Melchior ein, zerpflückte seine dicke Brotscheibe in kleine Stücke und tupfte einen Bissen in das goldgelbe Öl.

„Wir wissen nicht, ob die Untiere noch in der Nähe sind. Eine Gruppe von drei gestandenen Männern werden sie nicht angreifen."

„Und der, der ein gefundenes Schaf zurückbringt? Der ist doch auch allein", wagte sich Gunther zu Wort zu melden. Er war noch immer bedrückt, dass durch seine Unaufmerksamkeit dieses Unglück über sie gekommen war. Hätte er nicht auf dem Heuboden herumgeträumt, sondern die Tiere rechtzeitig in den Stall getrieben, wären die Wölfe leer ausgegangen.

„Dieses Wagnis müssen wir eingehen", bestimmte Oleg und Petrus und Melchior nickten zustimmend.

„Vielleicht sollten wir den Dorfschulte um Hilfe bitten", schlug Melchior vor. „Er hatte versichert, uns in Notfällen beizustehen."

Oleg wiegte nachdenklich den Kopf. „Dann müssten zwei ins Dorf gehen. Der Hin- und Rückweg würde an die zwei Stunden vergeuden, in denen wir schon mit der Suche beginnen könnten. Andererseits", fügte er hinzu, als Melchior etwas einwenden wollte, „gibt uns Kuno Ährenreich bestimmt ein paar Männer mit, die helfen. Ja, so machen wir es. Bleibt nun nur noch die Frage, wer ohne Stiefel hierbleiben muss."

Olegs Blick wandte sich Gunther zu, der augenblicklich noch unglücklicher aus seiner Kutte schaute.

„Bitte, Bruder Oleg, ich möchte mich an der Suche beteiligen, wo ich doch schon schuld bin, dass die Schafe weg sind."

„Wovon redest du?", fragte Oleg überrascht.

„Wenn ich gestern nicht auf dem Heuboden herumgetrödelt hätte, wären die Schafe rechtzeitig in ihren Stall gekommen und wir wären von dem Unheil verschont worden", bekannte Gunther kleinlaut.

Noch bevor Oleg antworten konnte, hieb Petrus dem Novizen seine Pranke auf die Schulter. „Rede nicht solchen Unsinn, Junge. Die Höllenbrut wäre dann an einem anderen

Tag über unsere Tiere hergefallen. Die haben uns bestimmt schon längere Zeit belauert."

„Also kann ich mitgehen?"

„Nein, Gunther, ich möchte, dass du hierbleibst", sagte Oleg und bemühte sich um einen sanften Ton. „Ich will nicht, dass du dich draußen in Gefahr begibst."

„Aber ..."

„Es ist beschlossen!"

„Bruder Oleg." Petrus wand sich ein wenig. „Ich fände es ja besser, wenn du hierbleibst."

Der Vorschlag machte Oleg sprachlos.

„Petrus hat nicht ganz unrecht", sprang Melchior dem Koch bei. „Stell dir vor, wir finden ein verletztes Schaf und bringen es hierher. Du bist der Einzige, der das Tier dann retten kann, Bruder Oleg. Ich kann dem Schaf nur gut zureden und Bruder Petrus kann sein Leiden mit dem Messer beenden. Aber du allein weißt, wie ein gebrochener Knochen zu richten oder eine offene Wunde zu versorgen ist."

Solcherart Argumenten konnte sich Oleg nicht vollständig verschließen. Was nutzte es, ein Schaf zurückzubringen, wenn es dann hier verendete, weil sich niemand seiner Blessuren annahm.

„Nun gut", stimmte er nach einigem Zögern zu. „Aber dass ihr zwei mir ja auf den Jungen aufpasst. Und du, Gunther, hältst dich strikt an die Anweisungen, die dir Bruder Melchior oder Bruder Petrus geben."

Kurz darauf machten sich Melchior und Petrus nach Schartau auf, derweil sich Gunther um die Fütterung der Tiere kümmerte. Oleg schaffte Wasser vom nahen Bach heran, wobei er misstrauisch auf jedes Knacken in den Büschen und jedes Rascheln an der Uferböschung lauschte. Doch von den Wölfen war weit und breit nichts mehr zu sehen. Anschließend besahen sich die beiden Zurückgebliebenen das Loch in der Umzäunung und beratschlagten, wie dieses zu reparieren sei.

Der Vormittag war schon zur Hälfte herum, als Melchior und Petrus mit drei weiteren Männern an der Schafhürde eintrafen. Umgehend begaben sie sich, bewaffnet mit derben Knüppeln und Seilen, auf die Suche nach den verlorenen Schafen. Oleg musste Gunther schweren Herzens die Stiefel überlassen und harrte nun darauf, dass die entsprungenen Tiere zurückgebracht wurden.

In der Zwischenzeit kümmerte er sich um die verbliebenen Tiere, wobei auch seine besondere Aufmerksamkeit Animo galt. Er bürstete der Stute einige Knoten aus der Mähne und dachte daran, wie ein ähnliches kleines Pferd ihn wochenlang zuverlässig und ausdauernd durch seine damaligen Abenteuer getragen hatte.

Dann holte er seine Schreibutensilien, setzte sich an den Tisch, schnitt die Feder sorgfältig zurecht und notierte, was er bisher, den Auftrag seines Guardians betreffend, in Erfahrung gebracht hatte.

Letzter Jahreswechsel: Brand der Scheune mit Saatgetreide, Tötung von Vieh mit Pfeilen stand als erstes auf seiner Liste.

Einer der Pfeile trägt Ritter Notgers Zeichen ... es gab einen Streit um einen Acker... Notger verlor den Acker folgte in der Aufzählung. Oleg machte ein weiterführendes Zeichen und schrieb: *Notger streitet jede Beteiligung an den Vorkommnissen ab.*

Nach einigem Überlegen fügte er hinzu: *Ich glaube ihm*

Das war dann auch schon alles. Oleg kaute gedankenversunken auf der Feder. Als er sich dessen bewusst wurde, spuckte er angewidert die kleinen Daunen aus, die ihm auf die Zunge geraten waren. Im Grunde genommen hatte er rein gar nichts herausgefunden, was nicht schon zuvor bekannt gewesen war. Und es war Eile geboten. Übermorgen war der Thomastag. In der Thomasnacht begann die Zeit der Raunächte.

Und nun war ihnen auch noch dieser Wolfsüberfall dazwischengekommen, der ihn daran hinderte, weitere Erkundigungen einzuziehen oder Vorkehrungen zu treffen. Andererseits wusste er überhaupt nicht, wo er mit seinen Nachforschungen ansetzen sollte.

Nur um noch etwas aufzuschreiben, ergänzte er auf seinem Pergament: *Otto von Waldeser kann sich nicht kümmern, Randolph von den Linden hat Herrschaft über Burg und Dorf übernommen.*

Wie ihm das weiterhelfen sollte, wusste er noch nicht. Aber es gehörte wohl in die allgemeine Lage hinein.

Oleg schob das gut eine Handspanne im Quadrat messende Blatt zur Seite und griff sich ein neues. Es könnte hilfreich sein, aufzuschreiben, was ihm unklar war oder welche Fragen geklärt werden mussten.

Verbrannte Pfeilschäfte ... auch Notgers Zeichen? Dorfschulte fragen

Die Gaukler befragen
Unbedingt mit Otto von Waldeser sprechen
Können die Bauern ihr Dorf verteidigen? Trauen sie sich?

Trotz allen Nachdenkens fiel Oleg nichts mehr ein. Er wischte die Feder gründlich an einem Läppchen sauber und räumte seine Schreibsachen auf das obere Regalbrett.

Es gab jetzt nichts weiter zu tun als zu warten. Etwas, das Oleg überhaupt nicht behagte. Er fegte die Stube, rechte den Schafskot im Stall zusammen, wobei sich auch einige Pferdeäpfel dazu gesellten, und trug einige Armvoll Holzscheite von der überdachten Miete ins Haus. Das konnte er alles in seinen Strohschuhen bewältigen. Ein wenig haderte er mit Bruder Benno, dem Kleidermönch, dass der so knauserig gewesen war und ihnen nur drei Paar Stiefel mitgegeben hatte.

Zwischendurch steckte er immer wieder den Kopf aus der Tür oder lief sogar den festgetretenen Pfad einige Schritte entlang, um Ausschau nach seinen Kameraden oder den Helfern aus dem Dorf zu halten.

Sicher würden alle durchgefroren sein, wenn sie ein Schaf heimbrachten. Also setzte Oleg den Kessel auf und streute eine Handvoll Kräuter hinein.

Die Mittagszeit war schon überschritten, als erneuter Schneefall einsetzte. Oleg war abermals vor die Tür getreten. Fröstelnd trat er sich die Füße warm und vergrub die Hände in den Kuttenärmeln. Was, wenn keines der Schafe gefunden wurde oder die Tiere von den Wölfen zerrissen worden waren? Das wäre ein herber Verlust. Bruder Hubertus würde nicht mit Missbilligung oder Vorhaltungen geizen, wären sie erst wieder im Kloster. Nicht, dass sich Oleg viel aus Hubertus' Maßregelungen machte, aber ärgerlich wäre es trotzdem. Außerdem dauerten Oleg die armen Tiere, die ihm in den Wochen seines Hierseins ans Herz gewachsen waren.

„Guter Bruder, könnt Ihr mir sagen, wo ich Bruder Oleg, den Kräutermönch, finde?"

Oleg fuhr herum und stand einer wuchtigen Gestalt mit einer schiefen Schulter gegenüber, die ehrerbietig den Kopf gesenkt hielt. Gekleidet war der Mann wie ein Bauer. Noch ein Helfer?

„Ich bin Bruder Oleg. Was kann ich für Euch tun, guter Mann."

Erleichtert kam der Fremde einige Schritte näher und Oleg sah tiefe Kümmernis in seiner Miene. Aufgeregt knetete der Mann seine Hände.

„Es ist ein Unglück geschehen", sprudelte er hervor und Oleg sah schon einen seiner Freunde im Rachen eines Wolfs. „Mein Bruder Hans und ich haben im Dorf von Eurem Verlust gehört. Wir haben uns auch auf die Suche nach Euren Schafen gemacht. Vielleicht entlohnt ihr es uns, dachten wir. Wir leiden ganz schrecklichen Hunger, seit Wochen."

Olegs Augenbraue zuckte kurz. Nach wochenlangem schrecklichen Hunger sah die kräftige Gestalt nun wirklich nicht aus. Aber der Mann hatte von einem Unglück gesprochen, also schob Oleg alle anderen Gedanken beiseite und hörte weiter aufmerksam zu.

„Also, Hans und ich sind losgegangen, am Bach lang. Und wir haben eins Eurer Schafe gefunden." Jetzt strahlte der Fremde Oleg an, als würde der augenblicklich den gefüllten Brotkorb herausrücken. „Wir wollten das Schaf die Böschung raufschieben und dann herbringen. Am Bach lang würde es mit dem störrischen Tier zu lange dauern, weil, der macht ganz viele Schlingen. Aber Hans ist ausgerutscht und die Böschung wieder runtergekullert. Und so ein Stück Ast steckt jetzt in seinem Bein. Guter Bruder, bitte, Ihr müsst gleich mitkommen und ihm helfen. Er blutet ganz dolle" Flehentlich sah der Mann Oleg an und verbeugte sich immer wieder demütig.

Jetzt hätte Oleg am liebsten einen saftigen Fluch wegen Bruder Bennos Sparsamkeit ausgestoßen. Doch damit wäre dem Verletzten auch nicht geholfen. Sicher hatte Hans viel Blut verloren. Bei diesem Frost konnte das schnell lebensbedrohlich werden.

„Kommt erst einmal herein, wärmt Euch ein wenig auf." Drinnen drückte Oleg dem Mann einen Becher Kräuteraufguss in die Hand und begann zusammenzusuchen, was er für die Versorgung des Verletzten benötigte. Glücklicherweise hatte er aus der Kräuterwerkstatt des Klosters etliche Heilkräuter mitgebracht, die ihm nun gute Dienste leisten würden. Einiges davon hatte er ohnehin schon bereitgelegt, um eventuell verletzte Schafe versorgen zu können. Bruder Theobald, dem Spitalmeister des Klosters, hatte er vor dem Aufbruch etliche reine Leinenstreifen abgeschwatzt, die er jetzt ebenfalls in einen Beutel steckte.

„Wir werden Hilfe benötigen, um Euren Bruder hierher oder ins Dorf zu tragen. Ich bin nicht besonders kräftig." Oleg verzog entschuldigend das Gesicht.

„Ach, der Hans ist nur son halber Hahn. Den schaffen wir. Aber ich könnte ja ins Dorf und noch einen Nachbarn und ein Brett zum Tragen holen. Wenn Ihr immer am Bach lang geht, da findet Ihr Hans. Der Schnee ist da ganz blutig."

Oleg sah bekümmert auf seine Füße. „Ich habe nur diese Strohschuhe oder Sandalen. Da komme ich im Schnee nicht weit mit", bekannte er kleinlaut.

In dem Moment hörte er von draußen Geräusche. Doch nicht etwa ein weiteres Unglück? Mit wenigen Schritten war Oleg vor der Tür. Lautes Rufen tönte vom Pferch zu ihm, lautes freudiges Rufen. Schnell lief Oleg zu der Umzäunung, und sah Gunther, der eben ein Schaf an einem Strick durch die Lücke im Zaun bugsierte.

„Dich schickt der Himmel, mein Junge", begrüßte ihn Oleg. Mit wenigen Worten erklärte er dem Novizen die Lage und schloss: „Komm ins Haus. Ich brauche sofort deine Stiefel."

Der zögerte, im Angesicht der bedrohlichen Lage für einen verletzten Helfer, nicht einen Augenblick, sein festes Schuhwerk an Oleg abzutreten. Als sich Oleg die Fußlappen umwickelte, hielt er kurz inne. „Hoffentlich denken Bruder Melchior und Bruder Petrus jetzt nicht, dass dir etwas zugestoßen ist, wenn du nicht zurückkommst."

Gunther schüttelte den Kopf. „Die beiden haben gesagt, ich soll hierbleiben. Sie haben noch zwei andere Schafe entdeckt, hinter denen sie jetzt her sind. Die bringen sie erst hierher und dann gehen wir gemeinsam wieder los." Gunther sah auf seine Füße, die jetzt in den Strohschuhen steckten. „Na, ich dann wohl eher nicht mehr."

Kurz darauf standen der fremde Helfer und Oleg vor der Tür. Sie nickten sich noch einmal kurz zu und entfernten sich dann in entgegengesetzten Richtungen. Der Bauersmann lief zum Dorf. Oleg griff sich einen schulterhohen Stock und eilte zum Bach hinunter. Dort fand er die Spuren der Männer, die sich am Wasserlauf entlang durch den Schnee gekämpft hatten, um nach den Schafen zu suchen. Und eins hatten sie tatsächlich aufgespürt. Zwei hatten am Morgen allein zurückgefunden und eines hatte Gunther gebracht. Mit den beiden, denen Petrus und Melchior jetzt folgten, hätten sie insgesamt sechs der acht abgängigen Tiere zurück. Das war doch ein gutes Ergebnis.

Die Flocken fielen dichter. Der strenge Frost machte sie klein und hart. Ein eisiger Wind kam auf und fegte die scharfkantigen Körner unter Olegs Kapuze, bis seine Wangen taub und gefühllos wurden.

Doch unverdrossen stapfte der kleine Mönch weiter durch das Schneetreiben. Das harte Knirschen unter seinen Stiefeln kündete davon, dass die Kälte zunahm. Eile war geboten. Der Verletzte würde nicht mehr lange durchhalten.

Oleg schirmte die Augen gegen das Schneetreiben mit der Hand ab und ließ die Uferböschung linker Hand nicht einen Moment aus dem Auge. Nicht, dass er an dem Hilfsbedürftigen vorbeieilte. Er solle auf die Blutspuren im Schnee achten, hatte der andere gesagt. Aber diese Spuren würden unter der zunehmenden Schneedecke schon bald verschwunden sein.

Unvermittelt blieb Oleg stehen und sah sich um. Er konnte im Flockenwirbel keine zehn Schritt weit sehen. Vielleicht war er an dem armen Mann vorbeigelaufen. Der war vielleicht schon zu schwach zum Rufen. Hatte nur verzweifelt die Hand nach ihm ausgestreckt. Unschlüssig machte Oleg zwei Schritte zurück, blieb wieder stehen, lauschte, ob hinter dem weiß fallenden Vorhang etwas zu hören war. Es war unheimlich still. Selbst jedwedes Getier hatte sich verkrochen.

Rechter Hand eilte der Bach über eisverkrustete Steine. Hier schoss er über fünfzehn Schritt hinweg durch eine Enge. Vom Ufern her schob sich eine dünne Eisschicht gen Mitte, die immer wieder weggerissen wurde. Ob der Mann hier die Böschung hinunter zum Wasser gekrochen war? Vielleicht hatte ihn ob des hohen Blutverlustes der Durst geplagt? Dann war nur zu hoffen, dass er nicht in das wild dahinschießende Wasser gestürzt war. Das wäre bei dem klirrenden Frost sein Todesurteil.

Oleg stützte sich auf seinen Stock und beugte sich etwas vor, um besser sehen zu können. Es ging da noch einmal einige Schritte einen sanften Hang hinunter.

Unmittelbar am Ufer hockte neben einem Gebüsch tatsächlich ein regloser Schemen. Vorsichtig, um nicht auch noch auszugleiten, kämpfte sich Oleg zu der zusammengesunkenen Gestalt. Jeden Schritt ertastete er zuvor mit dem

Fuß. Er konnte nicht riskieren, mit dem Stiefel in einer Wurzelschlinge hängen zu bleiben oder auf einem glatten Stein auszugleiten. Unvorsichtige Eile war jetzt fehl am Platze. Als er auf Armeslänge heran war, erkannte Oleg ein dunkelblaues Gewand.

Er rief den Mann an. Der rührte sich nicht. Oleg schluckte angestrengt. Sollte er zu spät gekommen sein? Dann war er bei der schneebedeckten Gestalt. Behutsam, um den Verletzten nicht zu erschrecken und zu einer unvorsichtigen Bewegung zu veranlassen, legte ihm Oleg die Hand auf die Schulter und zuckte im gleichen Augenblick zurück.

Das war kein menschliches Wesen. Was er als Schulter angesehen hatte, erwies sich als knorriger Baumstumpf, dem der Schnee das Aussehen eines Menschen gegeben hatte. Er zerrte an dem Gewand und hielt einen großen Fetzen Tuch in der Hand. Oleg stöhnte gequält auf. Seine Sinne hatten ihm einen Streich gespielt. In der Hoffnung, den Verletzten aufgespürt zu haben, hatte er zudem wertvolle Zeit vertrödelt. Enttäuscht wandte er sich um. Er musste zurück zum Uferweg und seine Suche fortsetzen.

Hinter ihm stand jemand. Oleg wich zurück und wäre um ein Haar in den Bach gestolpert. Dann erkannte er die wuchtige Gestalt und atmete erleichtert auf. Das war Hans' Bruder. Oleg spähte an ihm vorbei und hielt Ausschau nach dem Helfer, den er aus dem Dorf mitgebracht hatte. Da war niemand.

Oleg fühlte ein gewisses Unbehagen in sich aufsteigen, als der andere ihn nur schweigend betrachtete.

„Ich sehe, Ihr habt meinen Bruder gefunden." Die Stimme des Mannes klang gar nicht mehr demütig. Eine gehörige Portion Spott schwang mit.

Oleg versuchte langsam zur Seite hin auszuweichen. Hatte der Hunger dem Mann die Sinne verwirrt? War das ein Wahnsinniger, der ihn geschickt in eine Falle gelockt hatte? Oleg fiel ein, dass der andere recht wohlgenährt war. Womit füllte der sich den Bauch, wenn alle anderen Hunger litten und sogar daran starben?

Die bittere Galle stieg Oleg in die Kehle und wieder machte er einen Schritt zur Seite. Der da würde ihn doch wohl nicht auffressen? Unwillkürlich schob sich ein Bild vor Olegs inneres Auge. Der andere saß irre kichernd an einem Feuer. In dem Topf darüber schwamm sein Kopf und bei jedem Umrühren starrte er den Menschenfresser mit seinem einen Auge an.

Zwei weitere schnelle Schritte vergrößerten den Abstand. Der andere rührte sich noch immer nicht und sah Oleg mit schiefgelegtem Kopf nach. Vielleicht gelang es ja, ihn in dem Schneetreiben abzuhängen, spornte eine kleine Hoffnung Oleg an. Wenn er erst außer Sichtweite war, versanken seine Spuren womöglich schneller unter der Schneelast, als der andere folgen konnte.

Jemand packte seinen Arm und die Hoffnung verendete, bevor sie überhaupt richtig zu leben begonnen hatte.

„Wo soll's denn so schnell hingehen, guter Bruder?"

Oleg fuhr herum. Unbemerkt hatte sich hinter dem weißen Vorhang ein zweiter Mann angeschlichen und hielt seinen Arm fest.

Mit einem entschlossenen Ruck riss sich Oleg los, wich gleichzeitig zurück und packte seinen Stock mit beiden Händen. Er würde sich nicht kampflos ergeben.

Der erste war gemächlich nähergekommen. So musste sich wohl ein Raubtier bewegen, dessen Beute nicht mehr entfliehen konnte.

„Darf ich Euch meinen Bruder Hans vorstellen", höhnte er. „Allein schon Eure Nähe muss eine wundertätige Heilung vollbracht haben. Man wird Euch dereinst als Heiligen verehren, Bruder Oleg."

„Schwatz nicht so viel", fuhr ihn der zweite an, der seinem Auftreten nach zu schließen der Anführer war. „Um es kurz zu machen Mönch, Ihr habt Eure Nase zu auffällig und zu neugierig in Sachen gesteckt, die Euch einen Dreck angehen. Dafür dürft Ihr jetzt ein Bad nehmen."

Noch bevor Oleg den Sinn des letzten Satzes richtig erfasst hatte, gab ihm der Mann einen derben Stoß, so dass er seinen Stock fahren ließ und zurücktaumelte. Ohne sich halten zu können, rutschte er auf den überfrorenen Ufersteinen aus und setzte sich mit einem Plumps in das eisige Wasser des Baches. Augenblicklich sogen sich die dicke wollene Kukulle und die Kutte darunter mit Nässe voll. Umständlich kam Oleg wieder auf die Beine und watete zum Ufer.

„Seid Ihr von allen Heiligen verlassen", fuhr Oleg den Mann an und die Verärgerung über die grobe Tat machte ihn einfach nur wütend. „Bei diesem klirrenden Frost kann das eines Mannes Tod sein."

Der erste hatte sich zu seinem Kumpan am Bachufer gesellt und versperrte mit ihm den Weg. Er grinste breit. „Das ist der Plan, guter Bruder." Er ergriff Olegs Stock und gab ihm einen kräftigen Stoß vor die Brust.

Oleg kam auf den rundgeschliffenen Bachkieseln abermals ins Straucheln und klatschte erneut in den Bach. War er anfangs noch ungehalten gewesen, so wandelte sich dieses Gefühl jetzt in Todesangst. Die beiden Kerle wollten ihn umbringen!

Die Männer am Ufer lachten roh auf, als Oleg zähneklappernd auf die Beine kam.

„Ich glaub, der hat genug", sagte derjenige, der Oleg um Hilfe gebeten hatte.

„Von dem bleibt nur ein übergroßer Eiszapfen, ein übergroßer heiliger Eiszapfen", stimmte der andere zu und wieherte vor Vergnügen.

8. Kapitel

Nur zwei, drei Wimpernschläge und Oleg war allein. Fassungslos stand er noch immer inmitten des dahineilenden Baches. Er hatte den Mund geöffnet, als wolle er seinen Peinigern nachrufen, sie sollten ihn doch hier nicht allein zurücklassen. Die Gewissheit, dass er nur Hohnworte ernten würde, lähmte jedoch seine Zunge.

Steifbeinig watete Oleg zum Ufer. Die Gedanken schossen in dieser kurzen Zeitspanne wild in seinem Kopf hin und her. Er war bis zum Bauch hin triefend nass. In den Stiefeln schwappte das Wasser. Er war verloren. Niemals würde er es bis zur Schafhürde oder zu einer anderen menschlichen Behausung schaffen. Seine Kameraden würden vergeblich auf ihn warten.

Er brauchte ein Feuer!

Am Ufer angekommen ergriff Oleg seinen Stab und stapfte zu dem Baumstumpf, den er für Hans gehalten hatte. Vielleicht, wenn er tief genug grub, waren dort ein paar trockene Zweige und Äste verborgen. Allein schon die wenigen Schritte genügten, um das ablaufende Wasser an seinen Kuttenärmeln zu kleinen Eiszapfen gefrieren zu lassen.

Hastig begann Oleg mit erstarrenden Fingern unter dem Baumstumpf zu wühlen. Und tatsächlich stieß er auf einiges an trockenem Brennmaterial. Unten, wo sich Erdreich und Baumstamm trafen, gab es sogar eine kleine Höhle in dem morschen Stumpf. Dort hatte vormals wohl ein Tier gehaust. Das Loch war nicht größer als ein Männerkopf. In fliegender Hast kratzte Oleg den Schnee rund um den Bau beiseite.

Mit neuem Mut kramte er aus seinem Beutel das Kästchen zum Feuermachen hervor. Der Zunderschwamm war an einer Ecke nass geworden. Egal, das verbliebene trockene Stück würde ausreichen. Mit schon steifen Fingern, die kaum noch die Bewegungen ausführen konnten, die der

Kopf ihnen befahl, schlug er Feuerstein und Stahl aneinander. Endlich nistete sich ein Funken in dem Zunder ein. Ein dünner Rauchfaden stieg auf.

Oleg barg den kleinen Hoffnungsfunken vor der Höhle, legte trockene Halme und Zweige auf. Der Funke wurde zu einer kleinen Flamme. Zu langsam. Die Füße steckten noch immer in den Stiefeln. Das nasse Leder hatte sich mit einer harschen Eisschicht überzogen. Die lähmende Kälte kroch nach innen. Mit einer titanischen Kraftanstrengung zog sich Oleg das Schuhwerk aus. Er zerriss den Tuchfetzen, der ihm Hans' Gewand vorgegaukelt hatte, und wickelte die Füße darin ein. Unkontrolliert zitternd kauerte er sich vor das Loch, von dem die lebensspendende Wärme aufstieg.

Alles Denken war aus seinem Kopf gefegt. Der blanke Überlebenswille führte seine Hände, bestimmte sein Handeln. Das Feuer reichte noch immer nicht, ihn ausreichend zu wärmen und seine Kutte zu trocknen. Oleg zerrte kräftiger an dem Astgestrüpp, das den Stumpf umwucherte. Das ganze Gebüsch kam ins Beben, gab aber schließlich ein armdickes Aststück frei. Vorsichtig, um ja nicht die kostbare Flamme zu ersticken, schob er den Ast in die Glut, die das trockene Holz sogleich entflammte.

Oleg kroch noch näher. Dass ihm die Lohe Augenbrauen und Wimpern versengte, bemerkte er nicht. Und wenn er von vorn auch geradezu geröstet wurde, so war seine gesamte rückwärtige Seite noch immer eiskalt und dem frostigen Wind ausgesetzt.

Vorsichtig drehte er sich etwas und die Flammen leckten schon fast an seinem Hintern, aber das spürte er gar nicht. Hauptsache es gelang, einigermaßen trocken zu werden. Er zupfte das Stroh aus den Stiefeln und legte sie so nah ans Feuer, wie es irgend möglich war.

Wieder drehte er sich etwas und musste unwillkürlich kichern, was in seinen Ohren schon ein wenig irre klang. Er kam sich vor, wie ein Rollbraten auf Petrus' Bratspieß.

Mit der zunehmenden Hoffnung, dem Verderben doch noch entkommen zu können, setzte auch Olegs Denken wieder ein. Die Kerle hatten es gar nicht nötig gehabt, ihm den Schädel einzuschlagen oder ihm ein Messer zwischen die Rippen zu stoßen. So musste jeder von einem Unfall ausgehen, der ihn Tage später mit eisiger Kutte, steifgefroren am Ufer des Baches fand.

Und was hatte der Anführer der Kerle gesagt? Er täte seine Nase zu auffällig und zu neugierig in Sachen stecken, die ihn einen Dreck angingen? Da war er anscheinend jemandem so gründlich auf die Zehen getreten, dass der vor Mord nicht zurückschreckte. Er hatte doch bloß ein wenig wegen der Vorkommnisse bei den letzten Raunächten herumgefragt. Steckte da womöglich mehr dahinter, als es den ersten Anschein hatte? Wer hatte die Galgenvögel ausgeschickt?

Doch so schlau sich die Mordbuben mit ihrer Falle auch angestellt hatten, eines hatten sie nicht bedacht. Bei solch klirrendem Frost verließ niemand, der auch nur einen Funken Verstand im Kopf hatte, ohne Zunderkasten das Haus. Wütend zerrte Oleg heftiger an dem Astgestrüpp, um seinem Feuer neue Nahrung zu geben.

Zu wütend. Zu heftig. Zu unvorsichtig.

Von Baumstumpf und Gestrüpp lösten sich zuerst einige Schneeklumpen. Dann folgte die ganze Last, die sich im Verlaufe der letzten Stunden dort angesammelt hatte. Mit einem Rutsch verschloss sie das Feuerloch.

Ungläubig starrte Oleg einen Augenblick auf den Schneehaufen, der sich dort auftürmte, wo eben noch die belebenden Flammen gezüngelt hatten. Dann begann er in dem Haufen zu wühlen. Es musste doch noch einen Funken geben, einen Rest Glut, den er neu entfachen konnte. Doch je mehr er wühlte, desto tiefer sackte der Schnee in seine Feuerstelle. Das eine oder andere Aufzischen kündete davon, dass hier nichts mehr brennen würde.

Aufheulend schlug Oleg beide Fäuste in das Gemisch aus Schnee und Asche – wieder und wieder.

Als er sich seines Tuns bewusst wurde, sackte er zusammen und schluchzte verzweifelt auf. Da war er seiner Rettung schon so nahe gewesen und hatte sie dann durch eigenes Ungeschick zunichte gemacht.

„Gottvater im Himmel, warum prüfst du mich so sehr!", schrie er mit in den Nacken gelegtem Kopf in die stetig fallenden Flocken. Dann ließ er den Kopf wieder auf die Brust sinken.

„Mein Gott, mein Gott, warum hast du mich verlassen,
bleibst fern meiner Rettung, den Worten meines Schreiens?

Mein Gott, ich rufe bei Tag, doch du gibst keine Antwort."

Die ersten Zeilen des 22. Psalms schenkten Oleg ein wenig Trost. Der Gottessohn hatte diese Worte am Kreuz gerufen und der Gottvater hatte ihn nach seinem Tode zu sich genommen. So würde es auch ihm ergehen. Der Allmächtige würde seinen treuen Diener Oleg Buntauge an die Hand nehmen und in den himmlischen Garten führen. Oleg lächelte, als sähe er schon den Ort, wo Lamm und Löwe friedlich nebeneinander lagen.

Dann riss er den Kopf hoch. So weit war es noch lange nicht. Noch war Leben in ihm. Noch konnte er seine Glieder regen.

Taumelnd kam Oleg auf die Füße. Seine Kutte war an einigen Stellen angesengt, doch dort wenigstens halbwegs trocken. Von den Oberschenkeln abwärts hatte sich der dicke Wollstoff jedoch in einen froststeifen Panzer verwandelt. Oleg wühlte die Stiefel unter der herabgefallenen Schneelast frei. Zum Glück hatte er sie hingelegt, mit den Sohlen zum Feuer.

In dem verlassenen Tierbau fand Oleg noch einiges an trockenem Heu, welches das Tier wohl als Polsterung in seine Höhle geschleppt hatte. Damit stopfte er die Stiefel aus.

Noch einmal fuhren seine Hände durch die erkaltende Asche. Ein winziges Stückchen Zunder förderte er zu Tage, zu klein, um mit ihm noch ein Feuer entfachen zu können. Der Zunder wäre verglimmt, bevor der Funke auch nur das kleinste Zweiglein entfacht hätte. Ja, wenn er eines der Zündhölzer hätte, die der Cellerar im Kloster unter strenger Verwahrung hielt und nur stückweise herausgab. Dann könnte er die Schwefelspitze an den Zunder halten. Der Schwefel würde sich augenblicklich entzünden, das Hölzchen in Brand setzen und Oleg könnte die kleine Flamme auf seine Feuerstelle übertragen. Doch er hatte kein Zündholz. Also war der Wunsch danach nur Zeitvergeudung. Und wenn Oleg eines ganz sicher nicht hatte, dann war es Zeit.

Er ergriff seinen Stab und wandte sich dem Weg zu, auf dem er gekommen war. Nach wenigen Schritten blieb er stehen. Am Bachufer gab es einen inzwischen festgetretenen Pfad, denn auch die beiden Mordbuben hatten diesen für den Rückweg gewählt. Doch schlängelte sich der Bach in immer neuen Windungen durch Wiesen und Felder. Wenn er den direkten Weg zurück zur Schafhürde wählte, wäre er sicher schneller. Zwar musste er sich durch den Schnee kämpfen, doch bestand die Möglichkeit, dass er dort auf dem flachen Land seine Brüder oder die Bauersleute traf, die den noch fehlenden Schafen hinterher spürten.

Beherzt schlug Oleg diese Richtung ein und hoffte, die Entscheidung wäre sinnvoll. Verzagt verhielt er noch einmal den Schritt und sah sich um. Was, wenn er sich noch weiter von seinem Ziel entfernte, statt ihm näher zu kommen? Egal, er musste in Bewegung bleiben. Jeder Atemzug, den er länger in Untätigkeit hier verweilte, würde ihn dem Kältetod näherbringen.

Als hätte der Gottvater die Entschlossenheit und den Überlebenswillen seines treuen Dieners prüfen wollen, ließ der eisige Wind nach. Die Schneeflocken wurden größer und fegten nicht mehr als scharfkantige Kristalle unter Olegs Kapuze, sondern senkten sich als weiche Daunendecke auf die Landschaft. Nach einiger Zeit lichtete sich der dichte Vorhang des Schneegestöbers und Oleg konnte weiter sehen. Doch alles war weiß in weiß. Alle scharfen Konturen waren sanften Rundungen gewichen, aus denen Bäume wie Riesen in weißen, weiten Umhängen herausragten.

Das kräftezehrende Waten durch den kniehohen Schnee brachte das Blut in Olegs erstarrten Gliedern wieder zum Fließen. Unter der weit ins Gesicht gezogenen Kapuze stand ihm sogar der Schweiß auf der Stirn. Doch konnte das nicht darüber hinwegtäuschen, dass er nicht ewig so laufen konnte. Die Füße in den eisigen Stiefeln wurden gefühllos. Da halfen auch die Tuchfetzen und die zwei Handvoll Heu nicht. Er musste bald ein Obdach erreichen, sonst würden ihn seine Brüder erst bei der nächsten Schneeschmelze finden.

Noch gestern hatte Oleg – war das wirklich erst gestern gewesen – die schneebedeckte Landschaft vom Pferderücken aus genießen können und sich an dem makellosen Weiß erfreut. Heute kam es ihm vor, als wäre die Welt von einem weißen Leichentuch bedeckt, das auch ihn bald einhüllen würde.

Doch unverdrossen stapfte er weiter. Was blieb ihm auch sonst zu tun übrig?

Ohne dass er es wollte, schweiften seine Gedanken ab. Wer nur, wer hatte ihm diesen mörderischen Streich gespielt? Die beiden Galgenstricke hatten sicher nicht aus eigenem Antrieb gehandelt. Jemand musste dahinterstecken. Aber wer? Wer war so niederträchtig, einen so feigen Plan zu ersinnen? Ungewollt fanden Olegs Gedanken zu Ritter Notger. Sollte sich der ehemals stolze und auf seine Ritterehre bedachte Mann in einen solchen Bösewicht verwandelt haben? Der hatte ihm doch vertrauensvoll von seinem Harm erzählt. Konnte der leidvolle Verlust von Frau und Kindern aus diesem Mann einen arglistigen und grausamen Menschen gemacht haben? Sie hatten beieinandergesessen und über Ursachen und Nutznießer der Vorkommnisse während der letzten Raunächte nachgedacht. Alles nur Verstellung? Hatte der Ritter da schon heimlich nachgesonnen, wie er diesen neugierigen Mönch aus dem Weg schaffen könnte?

Wieder war Oleg unachtsam, achtete nicht darauf, wohin er die Füße setzte und landete prompt in einer bauchhohen Schneewehe. Der scharfe Wind, der noch bis vor Kurzem über das Land gefegt war, hatte den Schnee an dem kleinen Hang zusammengetragen. Bei offenem Wetter wäre diese kaum zwei Fuß hohe Landwelle kaum ins Auge gefallen. Dem Wind hatte sie ausgereicht, um den Schnee aufzuhäufen.

Mühsam wand sich Oleg aus der Wehe. Endlich war es geschafft. Erschöpft blieb er auf dem Bauch liegen. Fast hätte er einen der Stiefel verloren. Das hatte doch alles keinen Zweck. Er würde hier und heute sterben. Es war an der Zeit seinen Frieden mit Gott zu machen. Er war müde, so schrecklich müde. Nur einen Moment liegen bleiben. Nur einen Augenblick Atem schöpfen. Langsam fiel Oleg sein Auge zu.

Seine Gedanken gingen auf die Reise, sahen all die Stationen seines Lebens vor sich. Er hatte seine Zeit auf Erden nicht vergeudet. Hatte versucht, den Menschen beizustehen. Frieder schob sich vor sein Auge und Olegs verzerrte Züge glätteten sich. Lächelnd betrachtete er die Erinnerung. Seinen Sohn. Ja, den hätte er gern noch einmal gesehen, hätte gern aus der Ferne verfolgt, wie aus dem Burschen ein Mann wurde, wie er eine eigene Familie gründete. Gut, dass er dem Jungen nicht gestanden hatte, dass er sein Vater war. So würde Frieder ihn nicht vermissen.

Aber er selbst, er würde seinen Sohn vermissen! Mit ersterbender Kraft stemmte sich Oleg auf die Knie. Dort, keine zwanzig Schritt entfernt erstreckte sich eine dichte Hecke. Oder das, was unter der Schneedecke als Hecke zu erahnen war. Wenn er sich dort eingrub, könnte er vielleicht wieder zu Kräften kommen. Inzwischen senkte sich die Dämmerung über das Land. Bis zu der Hecke würde er es noch schaffen. Ganz sicher. Mit letzter Kraft richtete sich der zähe, kleine Mönch an seinem Stab auf. Taumelnd setzte er einen Fuß vor den anderen, den Blick fest auf das Gesträuch gerichtet, als erwarteten ihn dort ein Daunenbett und ein flackernder Kamin.

Er wurde nicht enttäuscht. Nicht, dass unter der Hecke der Eingang zu einer gastfreundlichen Herberge auf ihn wartete. Nein, das nun nicht. Doch hatte er dort eine andere, völlig unerwartete Begegnung.

***

„Bruder Melchior, es wird schon dunkel und Bruder Oleg ist noch immer nicht zurück." Gunther kam vom Schafstall in den Wohnraum und ließ den besorgten Blick von Melchior zu Petrus und wieder zurück wandern.

„Der wird schon kommen, wenn er mit dem fertig ist, was er gerade zu tun hat", brummte Petrus und zerteile eine Schafkeule mit wenigen, hundertfach geübten Schnitten. Eines der entsprungenen Schafe war mit einem gebrochenen Bein zurückgebracht worden. Petrus hatte es am späten Nachmittag geschlachtet. Nun zerlegte er das Tier und schichtete die Fleischteile mit viel Pökelsalz in ein Fass. Dieses Fass würde ihnen Bruder Hubertus nicht wieder wegnehmen können.

Melchior wies auf die Bank. „Komm, setzt dich, Junge." Und als Gunther sich widerstrebend niedergelassen hatte, fuhr der Ältere fort. „Du hast doch gesagt, dass Bruder Oleg zu einem Verletzten gerufen wurde." Gunther nickte, wollte etwas einwenden, doch Melchior redete schon weiter: „Wahrscheinlich haben sie den Kranken ins Dorf getragen und Bruder Oleg begleitet ihn und versorgt ihn dort in seinem sicheren Obdach. Und inzwischen wird es auch schon dunkel, wie du selbst sagst. Da wäre es doch sehr dumm, wenn sich Bruder Oleg noch allein auf den Weg zu uns machen würde. Sicherlich wacht er die Nacht über noch bei seinem Patienten."

Gunther seufzte. „Ja, weiß ich. Trotzdem. Irgendwas war komisch." Wenn ihn Melchior jetzt fragen würde, was ihm seltsam vorgekommen war, könnte er es nicht benennen. Nur so ein unbestimmtes Gefühl. Hätte der Fremde nicht besorgter sein müssen, wenn er seinen Bruder verletzt in Schnee und Kälte zurückgelassen hatte? Aber er hatte ganz ruhig am Tisch gesessen, als Gunther die Stube betreten hatte. Bruder Oleg war der Aufgeregte gewesen, als er ihm die Stiefel geradezu von den Füßen gerissen hatte.

„Ich verstehe ja deine Unruhe. Aber du musst dir wirklich keine Sorgen machen." Und als Gunther noch immer nicht beruhigt war, versicherte ihm Melchior: „Wir warten morgen bis es hell ist und dann gehe ich ins Dorf und frage nach." Der Novize nickte, wenn das auch bedeutete, dass er noch eine ganze Nacht im Ungewissen bleiben musste. „Ich könnte natürlich auch auf unserem Pferd reiten, dann geht es noch viel schneller." Melchior puffte Gunther leicht gegen die Schulter und der rang sich ein Lächeln ab.

„Genug der Unkerei", bestimmte Petrus, stellte einen Topf mit dicker Milchsuppe auf den Tisch und kellte die Einbrennsuppe in die Holzschüsseln. „Und wehe, Bruder Melchior, du mäkelst jetzt wegen der zweiten Mahlzeit und kommst mir wieder mit den Fastenvorschriften. Bei all der Schinderei in der Kälte haben wir uns das heute verdient."

Niemand widersprach dem Koch. Nur das Scharren der Holzlöffel in den Schüsseln und das genussvolle Schmatzen waren zu hören.

Melchior hielt Wort. Kaum zeigte sich am nächsten Morgen der erste Lichtstreifen am Horizont, sattelte er Animo und ritt ins Dorf. Das Klügste war wohl, beim Dorfvorsteher nachzufragen. Der würde wissen, wo der vermisste Bruder zu finden war.

Im Hause des Schulten saß man eben beim Morgenmahl und der frühe Gast wurde aufgefordert, sich dazu zu setzen. Noch bevor Melchior protestieren konnte, stand schon eine Schüssel mit Brei vor ihm, über die Martha noch einen Löffel gehackter Walnüsse streute. Es duftete köstlich und Melchior beschloss zur Buße später zehn Ave-Marias und zehn Vaterunser zu beten. Aber jetzt wäre es einfach unhöflich, die Gastfreundschaft der Bauersleute abzulehnen.

Das hinderte ihn nicht daran, nach dem dritten Löffel zu fragen: „In welchem Haus finde ich Bruder Oleg?"

Kuno Ährenreich ließ seinen Löffel sinken und sah den Mönch verständnislos an. Schließlich sagte er: „Nun, in dem Euren, nehme ich an."

Melchiors Hand, die eben einen weiteren Happen zum Mund führen wollte, erstarrte mitten in der Luft. Dann sank sie herab und der Löffel tauchte unbeachtet im Brei unter.

Die Geschichte, die Gunther den beiden Mönchen berichtet hatte, war schnell erzählt.

Der Schulte war ein Mann der Tat und kaum war Melchior dabei angelangt, dass Bruder Oleg zu einem Verletzten namens Hans gerufen worden war, unterbrach er den Mönch auch schon.

„Wir haben zwei „Hans" in unserem Dorf. Hätte es bei einem ein Unglück gegeben, hätte ich eigentlich davon hören müssen. Jan, du läufst zu dem Hafner Hans und Kaspar, du zu dem Hans vom Winkelacker. Ihr fragt nur nach, ob einer einen Unfall hatte und ob Bruder Oleg bei ihm ist. Ihr haltet euch nicht auf und kommt sofort zurück."

Die beiden jungen Männer warfen sich ihre Umhänge über die Schultern, fuhren in ihre Holzpantinen und waren im nächsten Augenblick auch schon unterwegs. Nun doch auf das Höchste beunruhigt wartete Melchior auf die Nachricht, die Jan und Kaspar bringen würden.

In der Zwischenzeit musste er dem Dorfvorsteher noch einmal in allen Einzelheiten erzählen, was vorgefallen war und wohin sich Bruder Oleg gewandt hatte.

Als erster war Jan zurück und berichtete, dass beim Hafner Hans alles bestens bestellt war und man dort von keinem Unfall wusste. Auch Kaspar, der kurz darauf eintraf, musste mitteilen, dass niemand den Kräutermönch um Beistand gebeten hatte.

„Das bedeutet , dass Euer Bruder von einem Fremden zu einem Verunglückten gerufen wurde, den es nicht gegeben hat", fasste Kuno Ährenreich zusammen. „Zumindest war es niemand aus unserem Dorf. Und Euer Bruder ist in der Nacht nicht zurückgekommen." Der Schulte kaute auf der Unterlippe. „Wir werden ihn suchen. Ich werde einige Männer versammeln und dann gehen wir den Weg am Bach ab."

Melchior schluckte trocken. „Das heißt, dass Bruder Oleg die ganze Nacht allein dort draußen in Schnee und Kälte war? Gibt es dort eine andere Ansiedlung, wo er eventuell Schutz gefunden haben kann?"

Ährenreich schüttelte bekümmert den Kopf. „Da gibt es rein gar nichts außer Felder und Wald. Sicherheitshalber werde ich einen Mann auf die Burg schicken. Vielleicht ist Euer Bruder ja dort. Womöglich hat der Novize etwas falsch verstanden."

Die Worte konnten Melchior nicht trösten. Gunther war sich ganz sicher gewesen, dass es ein Mann aus dem Dorf war. Und warum sollten auch Männer von der Burg nach ihren verlorenen Schafen suchen? Nein, irgendein böswilliger Mensch hatte Bruder Oleg von seinem Heim fortgelockt und nur der Allmächtige im Himmel wusste, wo er sich jetzt befand.

„Ihr reitet jetzt zurück zu Eurer Schafhürde", bestimmte der Schulte. „Wir kommen so bald als möglich nach und gemeinsam werden wir Euren Bruder schon finden."

Dass er sich in Anbetracht der eisigen Kälte in der letzten Nacht nicht viel Hoffnung machte, den vermissten Mönch bei guter Gesundheit zu finden, behielt er für sich. Stattdessen schickte er seine Söhne aus, einige kräftige Männer des Dorfes zusammenzurufen, um sich ohne Verzögerung auf die Suche zu begeben.

Hatte Melchior das Pferd auf dem Weg zum Dorf noch angetrieben, so ließ er Animo auf dem Rückweg im Schritt gehen. Trotzdem war er für sein Empfinden viel zu schnell wieder bei der Hütte angelangt. Wie sollte er Bruder Petrus und Gunther nur erklären, dass Bruder Oleg bei diesen Wetterunbilden irgendwo da draußen verschollen war?

Er musste nicht viel sagen. Als Petrus und Gunther das unglückliche Gesicht ihres Bruders sahen, wussten sie, dass etwas Schreckliches geschehen war. Stockend und mit belegter Stimme berichtete Melchior, was er im Dorf in Erfahrung gebracht hatte.

Bruder Petrus ging vor die Hütte. Die wütenden Axtschläge, mit denen er den Holzkloben zu Leibe rückte, sagten mehr als hundert Worte.

Gunther schluchzte auf und floh dann in den Schafstall. Als ihm Melchior wenig später nachging, fand er den Novizen bei Animo. Der Junge hatte das Gesicht in der Mähne der Stute vergraben und weinte still. Melchior stand wortlos neben ihm und hatte keinen Trost für den Jungen.

Die Axtschläge draußen verstummten und Petrus kam herein. „Die Männer sind da", verkündete er kurz.

„Du musst jetzt allein bleiben." Melchior legte eine Hand auf Gunthers Schulter und drückte sie fest. „Bruder Petrus und ich gehen mit. Wir bringen Bruder Oleg nach Hause, versprochen."

Dass sie den Bruder lebendig nach Hause bringen würden, getraute er sich nicht zu versprechen, glaubte er doch selbst nicht recht daran.

Im kniehohen Schnee am Bachufer war trotz des vergangenen Schneesturms noch immer zu erkennen, dass hier jemand gegangen war. Die ansonsten makellose Schneedecke war von halb zugewehten Dellen unterbrochen. Die Einsenkungen waren in regelmäßigen Abständen zu sehen. Hier mussten mindestens eine, wahrscheinlicher aber mehrere Spuren entlangführen.

Der Dorfschulte hatte seine beiden Söhne und vier weitere Männer geschickt. Sobald es den Anschein hatte, dass von der ersten Spur eine andere abzweigte, würden ihr zwei Männer folgen. Jeder noch so kleinen Möglichkeit würden sie nachspüren.

Gern hätten sich weitere Dorfleute der Suche angeschlossen, berichtete Kaspar. Doch nur die wenigsten besaßen so festes Schuhwerk, um damit stundenlang durch den Schnee zu stapfen. Im Winter gehen Bauersleute nur vor die Haustür, wenn es sich gar nicht vermeiden lässt. Zum Holzhacken vielleicht oder um dem Nachbarn einen dringlichen Besuch abzustatten. Und dafür genügen Fußlappen und Holzpantinen. Die paar Hühner oder Ziegen, die sie besitzen, leben den Winter über mit in der Kate. Wer unüberlegt rausgeht, vergeudet Kraft. Sie hocken in ihren Hütten eng beieinander und hoffen, dass der Winter nicht zu streng wird, dass der Holzvorrat nicht ausgeht und die Vorräte reichen, erzählte der junge Mann weiter.

Zwei der Dorfleute trugen ein breites Brett zwischen sich. Darauf wollten sie den Vermissten zurückbringen. Auf der Trage waren zwei Decken festgebunden. Bruder Petrus hatte noch ein paar Schaffelle von ihrer Schlafstatt dazu gelegt. Seine Lippen bewegten sich in einem lautlosen Gebet. Mögen alle Heiligen geben, dass die Felle Bruder Oleg auf dem

Heimweg wärmen und nicht sein Leichentuch werden, richtete Petrus seine Bitte an den himmlischen Vater.

Hin und wieder kreuzten halb verwehte Tierspuren ihren Weg. Die Bauersleute prüften jede Spur gründlich, ob sie nicht doch vielleicht von einem Menschen herrühren könnte. Doch jedes Mal schüttelten sie bedauernd die Köpfe. So kamen sie langsam aber stetig voran.

Wieder blieb der Erste in der Reihe stehen. Schnuppernd reckte er die Nase in die Höhe.

„Hier hat vor Kurzem etwas gebrannt", stellte er fest. Und als ihn die anderen fragend ansahen, fügte er hinzu: „Ein Feuer. Jemand hat ein Feuer entfacht. Unten am Bach."

Ein kurzer Blick der Verständigung genügte und alle schwärmten aus. Ein lauter Schrei und wildes Armfuchteln rief alle zum Bachufer. Hier zeichnete sich nicht nur eine gerade Spur im Schnee ab, hier war er geradezu zerwühlt. Ein wenig ratlos besahen sich die Männer die Stelle. Einer trat so dicht als möglich an das schnell fließende Wasser.

„Das Moos ist an ein paar Stellen von den Steinen gekratzt." Er zupfte sich an der Nase. „Sieht aus, als wäre einer in den Bach gefallen und die anderen hätten ihn rausgefischt."

„Und dann haben sie ein Feuer entzündet, damit sich der arme Mann aufwärmen und seine Kleider trocknen konnte", folgerte Jan.

„Die Feuerstelle habe ich schon gefunden", sagte Melchior und wies in die Richtung, wo ein klobiger Baumstumpf zwischen Astgestrüpp herausragte. „Ich wollte euch gerade rufen."

Wenige Augenblicke später umstand die Gruppe den Holzkloben. Melchior wühlte im Schnee. „Hier war das Feuer. Es hat aber nur kurz gebrannt. Es gibt nur wenig Asche. Es wurde unter Schnee begraben." Ratlos hob er die Hände.

Einer der Männer hockte sich neben Melchior. „Der hier ein Feuer entzündet hat, war ... hm, nun ja ... er war ein wenig dumm. Hat das Holz aus dem Gestrüpp gezerrt und damit den Schneeabgang ausgelöst. Der hat sein Feuer erstickt." Er richtete sich wieder auf. „Und wenn ich die Spuren richtig lese, dann hat hier auch nur einer gesessen."

„Aber am Bachufer waren es doch noch mehrere." Auch Melchior stand auf. „Das ergibt doch alles gar keinen Sinn. Warum sollten die anderen den Halberfrorenen hier allein am Feuer zurücklassen. Selbst wenn sie Hilfe holen wollten, hätte einer genügt. Und dann hätten sie doch in unserer Schafhürde oder im Dorf ankommen müssen."

„Dieses Rätsel werden wir lösen, wenn wir Bruder Oleg gefunden haben." Petrus sah sich suchend um, als müsse der Vermisste jeden Moment hinter einem der Bäume hervortreten. „Vorausgesetzt, diese Sache hier hat überhaupt etwas mit ihm zu tun."

„Nun, zumindest endet die Spur, die uns bisher führte an dieser Stelle. Weiter den Bach entlang ist nur noch unberührter Schnee. Wenn der Mönch bis hierher gekommen ist, dann muss er jetzt irgendwo da lang sein." Einer der Männer, der ein Stück vorausgegangen war, wies mit ausgestreckter Hand vom Bach weg hinein ins flache Land.

„Dann muss doch eine Spur vom Bach wegführen." Melchior würde nicht aufgeben, bevor er seinen Bruder gefunden hatte.

Es dauerte nicht lange und sie kamen zu der Stelle, an der Bruder Oleg den Heimweg angetreten hatte. Mit neuem Eifer folgten die Sucher den fast vollständig zugewehten Stapfen.

Als Bruder Oleg am Morgen wach wurde, empfand er es noch immer als Wunder, dass er überlebt hatte. Ihm war nicht einmal sonderlich kalt, obwohl er nur mit seiner noch immer etwas klammen wadenlangen, wollenen Bruche bekleidet war. Aber er fieberte, das konnte er nicht abstreiten. Und er fühlte sich matt und ausgelaugt.

Am vorangegangenen Abend war es ihm gerade noch so gelungen, sich bis zur Hecke durchzukämpfen. Der Sturm hatte an diesem natürlichen Windfang den Schnee hoch aufgetürmt. Mit tauben Fingern hatte Oleg versucht, unter der Hecke ein Loch in den Schnee zu graben, das groß genug war, um ihn vollständig zu bergen.

Mit fortschreitender Dämmerung nahm die Kälte zu. Die Wolken hatten sich vollständig verzogen und der sternenklare Himmel versprach eine eisige Nacht.

Olegs heißer Atem gefror als Raureif auf seinen Wangen. Augenbrauen und Wimpern zierten Eiskristalle. Und wären sie nicht Vorboten des nahen Endes gewesen, hätte sich das Auge eines Betrachters daran erfreuen können. Die blaugefrorenen Hände konnten sich nicht mehr regen, sanken herab und ruhten nun in der weißen Pracht. In diesem Moment, den unausweichlichen Tod vor Augen, gestattete sich Oleg ein, zwei Gedanken daran, wie sein Leben hätte verlaufen können, wäre er als Junge nicht im Kloster geblieben. Der Gottvater würde ihm diese Abschweifung verzeihen. Das Tor zum Garten Eden ward im aufgesperrt und schon hörte er das Blöken der Lämmer, die wohl mit den Löwen über die Wiese tollten. Ein warmes Lächeln vertrieb die Furcht vor dem Tod aus dem Gesicht des Mönchs und selig erwartete er, dass die Sonne über Gottes Garten seine erstarrten Glieder auftauen und ihn wärmen möge. Nichts dergleichen geschah. Stattdessen rieselte ihm Schnee in sein Auge, das er in Erwartung all der Herrlichkeiten weit aufgerissen gen Himmel gerichtet hatte. Hätte ihn nicht schon alle Kraft verlassen, hätte er enttäuscht aufgeschrien. Nur ein Trugbild, eine Wahnvorstellung. Vielleicht prüfte ja der Allmächtige die Festigkeit seines Glaubens, bevor er ihn zu sich nahm. Oleg versuchte zu beten.

Das Blöken störte. Hätten die Lämmer sich nicht mit dem Garten Eden in Luft auflösen sollen? Oder narrten ihn gar irgendwelche Dämonen, indem sie ihm Erlösung vorgaukelten, nur um ihn hernach in noch tiefere Trostlosigkeit zu stürzen? Dämonen? Jetzt glaubte er auch an Dämonen? Oleg kicherte, gluckste in die vorgehaltene Hand und warf sich dann laut lachend und vor Vergnügen japsend auf den Rücken, bis das Lachen sich in verzweifeltes Weinen wandelte. Oder beides in einem war.

Etwas stupste ihn an.

„Jetzt ist aber genug", wollte er schon rufen, doch aus seiner Kehle kam nur noch heiseres Stöhnen. Also wandte er den Kopf, um zu sehen, was ihn beim Sterben störte. Gegen den Sternenhimmel hob sich ein Kopf mit abstehenden Ohren und kleinen Hörnern ab. Der Leibhaftige!

Der Schreck genügte, dass Oleg sich auf die Ellenbogen aufstemmte. Dann bemerkte er seinen Irrtum. Das war nicht der Leibhaftige. Das war ein Schaf. Wo, um aller Heiligen willen, kam um diese Zeit und bei diesem Wetter ein Schaf her? Sollten die nicht alle in ihrem heimatlichen Stall sein? Oleg stutzte. Womöglich eines der ihren, eines dass verloren gegangen war.

„Bist du auch fehl gegangen auf dem Weg nach Hause?", krächzte Oleg und streckte die Hand nach dem Tier aus. Es würde ihn trösten, wenigstens eine Kreatur an seiner Seite zu fühlen, wenn der letzte Lebensfunke verlosch.

Das Erstaunen über dieses unerwartete Zusammentreffen gab ihm ein wenig Kraft zurück. Gerade genug, um auf die Knie zu kommen. Das Schaf entfernte sich schon wieder. Ohne zu überlegen, kroch ihm Oleg hinterher. Es waren keine zehn Schritte, dann roch er frisches Heu.

Das Tier musste wohl Schutz vor den Wetterunbilden gesucht haben und war dabei auf einen kaum schulterhohen Unterstand gestoßen, der bis unters Dach mit letztjährigem Heu vollgestopft war.

Ungläubig streckte Oleg die Hand aus, sicher, dass sich Tier und Unterstand wie Rauch auflösen würden und alles nur eine neuerliche Halluzination war, die sein naher Tod ihm vorgaukelte. Doch er konnte alles berühren. Nichts verflüchtigte sich.

Eigentlich war die Zuflucht nur ein niedriges Dach mit vier Pfosten und vier geflochtenen Wänden. Eine hing an Lederscharnieren und stand einen Spalt offen. Windschief lehnte sich der Unterschlupf gegen die Hecke. Doch Oleg kam es vor, als täten sich ihm die Pforten zum Himmelreich auf.

Die Körperwärme des Tieres, das hier wohl schon längere Zeit ausgeharrt hatte, hatte die Kälte aus der kleinen Höhle im Heu vertrieben. Oleg wühlte sich hinein, grub seine erstarrten Hände in die warme Wolle und schmiegte seinen ganzen Körper an das Schaf.

So lag er einige Zeit, bis er spürte, dass das Blut in Händen und Füßen wieder floss. Es bedurfte noch einmal aller Willensanstrengung, sich die froststeife, schwere Oberbekleidung vom Leib zu zerren. Zähneklappernd kroch Oleg hinaus, schüttelte den Schnee von einigen Zweigen der Hecke und hängte Kukulle und Kutte darüber. Der strenge Frost würde die Nässe aus seiner Kutte beißen. Und morgen würde er sich auf den Heimweg machen.

Sein tierischer Retter hatte eine weitere Überraschung für den geschundenen Menschen parat. Es war eines der Muttertiere, das im Spätsommer ein Lamm zur Welt gebracht hatte und das Bruder Melchior bis zu dem Wolfsüberfall noch jeden Morgen gemolken hatte. So konnte sich der Mönch an der warmen, fetten Schafsmilch laben und nie hatte ihm etwas köstlicher geschmeckt.

Er schlief mit der Gewissheit ein, dass er mit Gottes Hilfe und kraft seiner eigenen Beharrlichkeit noch einmal davongekommen war. Und durch die Barmherzigkeit der Kreatur, die ihm den Weg zu seinem Obdach gewiesen, es mit ihm geteilt und ihm Wärme und Nahrung in allergrößter Not gespendet hatte.

Sie kamen auf dem weiten Feld keine hundert Schritte weit. Dann blieben sie stehen und sahen ratlos in die Runde. Weit und breit erstreckte sich eine nahezu unberührte Schneedecke, die nur hin und wieder durch kleine Dellen oder Kuhlen unterbrochen wurde. Dort hatte der Wind womöglich kräftiger geblasen oder die Flocken aufgewirbelt. Eine durchgängige Schnur von Einsenkungen, die erahnen ließ, wohin sich der Mönch gewandt hatte, war jedoch, soweit das Auge reichte, nirgends auszumachen.

„Am Bach war der Weg ein bisschen durch die Böschung geschützt", wandte sich Jan an Melchior. „Aber hier auf dem flachen Land hat der Wind alles zugeweht."

„Es würde schon an ein Wunder grenzen, wenn wir irgendwo über Euren Bruder stolpern", ergänzte ein anderer.

„Und selbst wenn wir ihn fänden", ergänzte ein Dritter, „wäre er ohne Schutz hier draußen in der letzten Nacht so steif wie ein Stockfisch geworden."

Melchior wollte schon über die herzlosen Worte auffahren, schwieg dann aber mit zusammengepressten Lippen. Der Mann hatte ja recht und in seiner unkomplizierten Art das Wahrscheinliche mit derben Worten ausgesprochen. Der Bauersmann hatte im letzten Winter nach den verheerenden Vorfällen miterleben müssen, wie der Hungertod den einen oder anderen aus der Mitte der Dorfgemeinschaft riss. So etwas stumpft ab.

„Ohne Schutz", murmelte Kaspar, ging drei, vier Schritte, legte die flache Hand über die Augen und blickte angestrengt über die Schneefläche. Dann drehte er sich zu dem Bach um, der in ihrem Rücken lag, spähte danach wieder über das Land und wandte sich schließlich den anderen zu.

„Aber es gibt einen Schutz!" Er strahlte seine Mitstreiter an.

„Fasel kein dummes Zeug?", fuhr ihn sein älterer Bruder an. „Außer ein paar Heckensträuchern gibt es hier weit und breit keine Ansiedlung."

„Doch, doch!", Kaspar ließ sich nicht beirren. „Zwar keine Ansiedlung, aber einen Schutz, um zumindest die eine Nacht zu überstehen." Kaspar drehte seinem Bruder den Rücken zu und sprach beschwörend auf Melchior ein. „Ich habe ein paar Mal bei der Jagd des Ritters als Treiber helfen dürfen..."

„... anstatt auf dem Feld zu arbeiten", warf Jan bissig ein.

Kaspar winkte nur ab. „Und der Randolph von den Linden hat zwei Heuschütten anlegen lassen mit einem Dach drüber. Mit dem Heu will er zur Winterjagd Rehwild und Hirsche anfüttern lassen. Die eine ist ungefähr da lang und die andere da lang." Kaspars Zeigefinger pikste nah beieinander zweimal in die Luft.

Melchior packte Kaspar bei den Schultern. „Und du meinst, Bruder Oleg könnte es bis dahin geschafft haben?"

Der junge Mann zuckte mit den Schultern. „Es ist schon ein Stück und er musste durch den hohen Schnee. Ich weiß nicht, wie kräftig er ist, groß ist er ja nicht gerade."

„Groß nicht, aber unglaublich zäh." Petrus blickte jetzt auch angestrengt über das Land. „Wo geht's lang?"

„Sollten wir uns nicht besser aufteilen?"

„Nein, brauchen wir nicht. Wir gehen zuerst zu der nahen Heuschütte. Ist Euer Bruder da nicht, müssen wir nur ein wenig schräg weitergehen. Aber das ist schon im Sommer ein Marsch von einer guten halben Stunde."

Kaspars Stimme war anzuhören, dass er es für unwahrscheinlich hielt, dass es der Mönch in dem tiefen Schnee und sicherlich von der Kälte schon entkräftet und halb erfroren bis dahin geschafft haben könnte.

Er setzte sich an die Spitze. Zuvor blickte er noch einmal zum Bach zurück und vergewisserte sich, welche Richtung er einschlagen musste. In der Ferne hob sich eine Bodenwelle ab.

„Und woher soll der Mönch von der Heuschütte gewusst haben?", knurrte Jan mehr für sich. Dass der Jüngere jetzt den Anführer mimte, passte ihm nicht recht in den Kram. Der war doch nur ein Bruder Leichtfuß, machte sich mit diesen Gauklern gemein und stahl ansonsten dem lieben Herrgott die Zeit.

Kaspar ging vorneweg und sollten ihn die zweifelnden Worte seines Bruders erreicht haben, hielten sie ihn doch nicht auf. Lieber eine kleine Hoffnung als gar keine. Und lieber alles gewissenhaft absuchen, als später den Vorwurf hinnehmen zu müssen, nicht gründlich genug gewesen zu sein.

Im Näherkommen entpuppte sich die Bodenwelle als langgestreckter Heckenstreifen. Er grenzte die Felder voneinander ab und brach den Wind, der ansonsten über das ungeschützte Land brausen und die fruchtbare Krume abtragen würde.

Und noch etwas erblickten sie. Da hing etwas Dunkles in der Hecke. Fast hätte man meinen können, es wäre die Gestalt eines Menschen, der sich in den Zweigen verfangen hatte.

Es war die Gestalt eines Menschen. Melchior ruderte mit den Armen, um im Schnee schneller voranzukommen, überholte Kaspar, der vor ihm ging, und war als Erster bei dem Reglosen, der es bis zur Hecke geschafft hatte und keinen Schritt weiter. Er packte den Armen bei den Schultern, um ihn zu sich umzudrehen. Doch der sackte einfach in sich zusammen und blieb zu Bruder Melchiors Füßen liegen.

Inzwischen waren die anderen hinzugekommen und wollten hilfreich zugreifen. Melchior zog das dunkelbraune Bündel auseinander. Dann sah er verzweifelt auf.

„Es ist nur Bruder Olegs Kleidung. Das verstehe ich nicht. Warum hat er bei dieser Kälte seine Kutte ausgezogen?"

Petrus besah sich die Kleidungsstücke genauer, befühlte besonders den unteren Teil. „In der unteren Hälfte ist die Kutte bocksteif gefroren. Das kann nicht nur davon kommen, dass er durch den Schnee gelaufen ist. Wir sind jetzt auch schon eine ganze Weile unterwegs und keiner sieht so aus wie Bruder Olegs Kutte." Er blickte von einem zum anderen. „Bruder Oleg ist in den Bach gefallen und er hat versucht, sich an dem Feuer zu wärmen."

„Dann ist es durch die Schneeklumpen erloschen und er hat versucht, trotzdem nach Hause zu kommen. Darum ist er dann übers Land gelaufen und hat nicht den viel weiteren Weg am Bach entlang genommen. Aber ich verstehe noch immer nicht, warum er seine Sachen ausgezogen hat. Das ist doch sein sicherer Tod." Anklagend reckte Melchior die Hand mit der Kutte in die Höhe.

Einer der Bauern nahm den Saum des Kleidungsstücks auf und betrachtete ihn nachdenklich. Dann blickte er Melchior fest in die Augen. „Man sagt, dass manch einer, wenn er am Erfrieren ist, also kurz bevor er stirbt, dann wird ihm noch mal so heiß, dass er seine Kleider von sich wirft und nackt davonläuft. Er kommt aber nicht weit, weil er dann gleich tot ist."

„Dann soll das heißen, dass unser Bruder hier irgendwo unter dem Schnee begraben liegt?"

Der Bauersmann zuckte die Schultern. Für ihn war die Sache klar. Da war einer unvorsichtig in den Bach gefallen. Dann hatte er sich ein Feuer gemacht, aber so unklug, dass es wieder verloschen war. Ein Mönch eben, noch dazu einer aus der Stadt. Und dann war er hier gestorben. Den Leichnam würden sie wohl erst beim nächsten Tauwetter finden, wenn denn das Raubzeug etwas von ihm übriggelassen hatte. Ein bedauerlicher Todesfall, zumal die Mönche und die Dorfleute immer gut miteinander ausgekommen waren. Aber so etwas passierte eben und es machte keinen Sinn, dagegen die Augen zu verschließen.

„Gibt es keine Spuren?", fragte Petrus.

„Da wo die Kutte hing, gab es ein paar Dellen im Schnee", sagte Melchior. „Doch sonst." Ratlos hob er die Schultern.

„Aber hier an der Hecke muss der Unterstand sein", mischte sich Kaspar ein. „Ich weiß nicht genau, wo. Es ist alles zugeschneit. Wir brechen uns lange Äste von der Hecke und stochern so lange die Schneewehen ab, bis wir die Heuschütte finden."

Sie mussten nicht lange suchen. Noch bevor sich alle ihren Stecken abgebrochen hatten, stieß Kaspars Stock unmittelbar neben der Kutte auf einen Widerstand. Als er nachstieß, klang es hölzern.

„Ich habe sie! Ich habe sie!", rief er aufgeregt und begann sogleich im Schnee zu wühlen. Die anderen schlossen sich an, warfen den Schnee in großen Brocken hinter sich und legten in Windeseile den Unterstand frei. Dann zögerten sie, die Wand an den Lederscharnieren aufzuziehen.

Petrus drängte mit seinem massigen Körper alle anderen zur Seite, atmete einmal tief durch, wie vor einem Sprung in unbekanntes Wasser, und zog die Wand beiseite. Wohlige Wärme schlug ihm entgegen und das leise Blöken eines Schafes.

Doch wie erstaunte er, als er nicht nur das letzte entsprungene Schaf fand, sondern dicht in dessen warme Wolle geschmiegt einen halbnackten Menschen, in dem er sogleich seinen verlorenen Bruder erkannte.

9. Kapitel

Dass ihn seine Retter in Decken und Felle hüllten und auf dem Brett festbanden, spürte Oleg nicht. Weder bemerkte er die Erleichterung Gunthers, dass sie ihn lebend nach Hause brachten, noch die Besorgnis seiner Brüder darüber, dass seine Stirn glühte und er nicht die Augen aufbekam. Erst recht nahm er nicht das uralte, gebeugte Weiblein wahr, das an seinem Lager saß und seine Brüder anwies, ihm kalte Wadenwickel anzulegen und einen fiebersenkenden Aufguss aus Weidenrinde zuzubereiten. Sie flößte ihm warmen Holundersaft ein und betupfte die Wunden der Erfrierungen an Nase und Ohren, Füßen und Händen mit einem Aufguss aus Kastanien. Danach strich sie eine Salbe aus Schweineschmalz und Ringelblume auf die wunden Stellen und band reine Leinenstreifen darüber.

Inzwischen hatte ihm Petrus einige erwärmte Steine zwischen die Decken geschoben.

„Das wird schon wieder", nuschelte die Alte und stemmte sich mühsam hoch. „Du, Junge", ranzte sie Gunther an und zeigte mit ihrem knochigen Finger auf ihn, „bring mich ins Dorf."

„Ich werde Euch ins Dorf begleiten, gute Frau." Melchior schob Gunther beiseite. Er würde dem Novizen nicht allein den Rückweg zumuten, nicht jetzt, wo es schon dunkel wurde, und nach allem, was in den letzten Tagen passiert war.

„Auch recht", brummte die Alte. „Ich komm morgen wieder."

Auf einem Esel, begleitet von einem Bauern zu Fuß, war sie am Nachmittag bei den Mönchen eingetroffen. Sie solle sich um einen Eiszapfen kümmern, hatte sie dem verunsicherten Gunther mitgeteilt und war, ohne auf seine Einladung zu warten, auf einen knotigen Stock gestützt in die Hütte der Mönche gehinkt. Dort hatte sie sich auf die Bank gesetzt und geschwiegen, bis die Helfer Oleg brachten. Und auch dann hatte sie nur wenige Anweisungen zwischen ihren lückenhaften Zähnen hervor gepresst.

Doch sie hielt Wort. Am Vormittag des Folgetages brachte ein Bauersmann das Grautier mit der alten Kräuterfrau darauf zurück zur Schafhürde. Sie warf Petrus einen kleinen Sack zu. „Für den Kranken. Von der Herrin Ida", brummte sie. Petrus zog das Band auf, mit dem das Säckchen verschlossen war, und brachte ein fettes Suppenhuhn zum Vorschein. Seine Augen wurden groß. Das würde Bruder Oleg guttun. Bei Krankheit, egal welcher Art, gab es zur Kräftigung nichts Besseres als Hühnerbrühe und weißes Fleisch. Sogleich schürte er das Feuer unter dem Kessel und zerlegte das Huhn. Die Fastenregeln wurden außer Kraft gesetzt, wenn es um die Genesung schwer Erkrankter ging.

„Richtet bitte der Herrin Ida unseren herzlichen Dank aus", sagte Melchior mit einem freudigen Lächeln.

„Kann der da selber machen", sie zeigte auf Oleg, „wenn er wieder beieinander ist. War er schon wach?"

Melchior schüttelte den Kopf. „Aber er schläft jetzt ruhiger. In der Nacht hat er wirres Zeug geredet und war sehr unruhig. Und mir will scheinen, dass das Fieber nicht mehr gar so arg in ihm brennt."

„Seid Ihr etwa ein Medikus?", fauchte ihn die Alte an.

Bruder Melchior war von Natur aus ein ruhiger und freundlicher Mensch, aber jetzt reichte es selbst ihm. „Seid *Ihr* etwa ein Medikus?", fauchte er zurück.

Die Kräuterfrau musterte ihn mit schief gelegtem Kopf. Schon tat es Melchior leid. Wenn die Alte ging, wären sie mit Bruder Oleg allein. Keiner von ihnen verstand genügend von der Krankenpflege.

Entgegen seiner Erwartung keckerte die Alte amüsiert. „Doch noch ein bisschen Feuer unter der Kutte, Mönch?"

Ohne auf eine Antwort zu warten, wandte sie sich dem Krankenlager zu. Sie legte Oleg die Hand auf die Stirn und nickte zufrieden. Dann zupfte sie mit kundigen Fingern die Leinenstreifen von Händen und Füßen, beugte sich tief über die Wunden und schnupperte daran.

„Ein Licht, Junge", forderte sie, ohne sich umzudrehen.

Petrus entzündete einen Kienspan, steckte ihn in einen tönernen Halter und drückte ihn Gunther in die Hand. Der wollte das Licht auf einem Hocker neben dem Krankenlager abstellen, doch wurde er sogleich angewiesen: „Halte es hierher und jetzt leuchte hier." Sie betrachtete die Zehen am linken Fuß gründlich. „Halte das Licht ruhig und zittere nicht so", fuhr sie Gunther an, dessen Hand natürlich sogleich stärker bebte.

„Was ist los mit dir? Hast du noch nie einen Kranken gesehen? Kennst die Leiden der Menschen wohl nur aus gelehrten Büchern?"

Gunthers Unterlippe begann zu zittern und die Tränen füllten schon seine Augen, doch tapfer entgegnete er: „Bruder Oleg ist mein Freund und ich bin sein Adlatus. Ich sorge mich ganz schrecklich um ihn. Und was die Leiden der Menschen anbetrifft, ich habe auf eigenen Wunsch im Herbst viele Wochen im Sondersiechenhaus in Magdeborch geholfen."

Die Alte beäugte den Novizen genauer. „Im Sondersiechenhaus, so so. Und auf eigenen Wunsch. Was hattest du ausgefressen?"

„Lasst ihn in Ruhe. Er ist ein guter Junge." Kaum mehr als ein Flüstern unterbrach den kleinen Streit.

Beide wandten sich augenblicklich der Bettstatt zu, Gunther aufgeregt, die Kräuterfrau mit einem zufriedenen Brummen.

„Wurde auch Zeit", grummelte sie. „So schlimm seid Ihr nun auch nicht zugerichtet, dass Ihr hoffen könnt, den Winter auf dem Siechenlager verbringen zu dürfen."

Oleg hob die bandagierten Hände vor sein Auge und drehte sie hin und her, sah dann zu der Frau. „Ihr habt mich gefunden?"

„Sehe ich so aus, als würde ich mich auf meine alten Tage in den Schneesturm stürzen, um einen verlaufenen Mönch zu suchen?"

Oleg betrachtete die Alte im flackernden Lichtschein eine ganze Weile und auch sie schwieg, ließ die Musterung wortlos über sich ergehen.

„Ja." Und als sie noch immer nichts sagte, fügte er hinzu: „Ihr habt die Augen einer Heilerin."

„Ihr könnt schon wieder schön daherreden. Da braucht es mich nicht mehr. Die Salbe auftragen kann auch Euer Adlatus. Hat ja gestern im Schatten gestanden und sich keine Handbewegung entgehen lassen. Ich komme morgen noch mal."

Gestützt auf ihren Stock hinkte die Alte zur Tür, gewiss, dass ihr einer der Mönche folgen würde, um sie sicher ins Dorf zu bringen. Melchior hatte sich schon die wollene Kukulle übergeworfen und balancierte nun auf einem Bein, um in die Stiefel zu kommen.

„Was für ein Grantelweib." Petrus trat an das Krankenlager, sah aber noch einmal über die Schulter, ob das Kräuterweib womöglich seine leisen Worte gehört hatte. Doch sie war schon zur Tür hinaus und Melchior stolperte eben hinterher, wobei er noch im Laufen den Schaft des zweiten Stiefels hochzog.

„Wer ist sie?", flüsterte Oleg und versuchte, sich ein wenig aufzurichten.

Petrus zuckte die Schultern. „Sie war gestern schon hier, als wir dich gebracht haben. Jetzt wohnt sie beim Schulten im Dorf. Und ein Huhn von Jungfer Ida von der Burg hat sie für dich gebracht. In einer Stunde bekommst du eine kräftige Hühnerbrühe. Bis dahin wird dich Gunther unterhalten. Und wenn du gegessen und wieder geschlafen hast, dann kannst du uns erzählen, was dir zugestoßen ist."

Oleg nickte matt. Die wenigen gesprochenen Worte und das Zuhören hatten ihn schon wieder so ermüdet, dass er sein Auge schloss und geduldig Gunthers Behandlung über sich ergehen ließ. Nur als der Novize die Salbe vorsichtig auf die Finger schmierte, hob Oleg die Hände, drehte sie vor seinem Auge und betrachtete sie eingehend. Dann schnupperte er an der Salbe.

„Schmalz und Ringelblume", murmelte er. „Hätte ich auch genommen." Er sah zu Gunther, der seine Arbeit unterbrochen hatte. „Sind die Zehen schwarz?", fragte er besorgt.

Gunther schüttelte den Kopf. „Nichts Schwarzes. Nur blaurot mit Blasen. Manche sind aufgeplatzt. Die Alte sagt, Ihr werdet an Eurer Nase und am linken Ohr aussehen, als hätte Euch ... ähm ... etwas angenagt. Aber nur ganz wenig", fügte er eilig hinzu.

„Das wird deiner Schönheit keinen Abbruch tun", rief Petrus von der Feuerstelle her. „Wird dich noch abenteuerlicher wirken lassen."

Doch das hörte Oleg schon nicht mehr. Sein gleichmäßiger Atem kündete davon, dass er unter Gunthers Händen eingeschlafen war.

Eine knappe Stunde später war Melchior zurück, trat zum Feuer und entledigte sich der warmen Kleidung. Dann rieb er die Hände aneinander und schnüffelte zum Kessel hin.

„Nichts da", wies ihn Petrus zurecht. „Die Suppe ist für Bruder Oleg."

„Sicher, aber schnüffeln wird man ja noch dürfen. Sich an Wohlgerüchen zu laben, verbieten die Fastenregeln nicht." Die Wohlgerüche schienen auch ins Bewusstsein des Schlafenden gedrungen zu sein. Er wurde unruhig und seine Lippen machten schmatzende Geräusche. Die Brüder sahen sich an und brachen in Gelächter aus.

Petrus schnitt eine Hühnerbrust in mundgerechte Stücke und füllte die Schüssel mit fetter Brühe, in der zerdrückte Möhren schwammen. Kaum hatte er sich auf einen Hocker neben das Bett gesetzt, schlug Oleg auch schon sein Auge auf. Gunther schob ihm ein zweites Kissen unter den Rücken und Melchior reichte ihm den Holzlöffel. Mit anfangs großen Pausen löffelte Oleg kleinste Happen aus der Schüssel, die ihm Petrus hinhielt. Doch nachdem die heiße Suppe sein Inneres zu wärmen begann, erwachte in ihm geradezu ein Heißhunger. Im Handumdrehen war die Schüssel leer.

Oleg ließ sich wieder in die Kissen sinken und seine Brüder dachten schon, er wäre erneut eingeschlafen. Aber dann fragte er: „Wie habt ihr mich gefunden?"

Sie erzählten es ihm und beim Zuhören stellten sich auch wieder seine eigenen Erinnerungen ein, die ihm bis dahin wie ein verschwommener Traum erschienen waren.

„Und die Alte?", fragte er schließlich.

„Die kam schon, bevor die anderen Euch gebracht haben", berichtete Gunther. „Sie sagte, sie solle sich um einen Eiszapfen kümmern. Ob sie eine Hellseherin ist?"

„Red nicht so ein abergläubisches Zeugs daher", wies ihn Petrus zurecht.

„Das muss die oll Brigitta sein, von der Jungfer Ida sprach." Oleg richtete sich wieder ein wenig auf. Das Gespräch hatte ihn angeregt und die Müdigkeit vertrieben. „Aber woher wusste sie, dass sie hier gebraucht wird?"

„Das fragst du sie morgen am besten selbst. Sie will noch mal kommen. Und jetzt, Bruder Oleg, falls du nicht doch zu müde bist, erzählst du uns bitte, wie du in so eine missliche Lage geraten konntest."

Melchior setzte sich auf das andere Bettgestell und Gunther machte es sich neben ihm bequem. Schweigend hörten sie zu, was ihr Bruder von Heimtücke und Mordgelüsten zu berichten hatte. Ganz ihrem jeweiligen Naturell entsprechend fielen ihre stummen Reaktionen aus. Petrus ballte die Hände und sein Gesicht verzog sich zornig. Gunther riss Augen und Mund sperrangelweit auf und rang die Hände. Aber auch in seine Augen trat ein rachsüchtiges Funkeln. Selbst Melchior, der Ruhige, der Freundliche, konnte ein wütendes Knurren nicht unterdrücken.

„Und die Barmherzige, habt ihr euch angemessen um sie gekümmert", fragte Oleg, als er am Ende seines Berichts angekommen war.

Die Mönche sahen sich ratlos an. War da noch jemand bei ihrem Bruder gewesen? Jemand, den sie übersehen und den sie in der Eiseskälte zurückgelassen hatten?

„Die Barmherzige?", fragte Melchior mit belegter Stimme.

„Meine Retterin", erklärte Oleg. „Das Schaf."

Melchior atmete auf. „Natürlich, das Schaf haben wir selbstredend mitgenommen und es hier angemessen versorgt. Es geht ihm gut."

Oleg ergriff Melchiors Hand. „Wenn Bruder Petrus, Gunther und ich im Frühjahr ins Kloster nach Magdeborch zurückkehren, wirst du, Bruder Melchior, für die nächsten Jahre hier an diesem gesegneten Ort bleiben. Versprich mir, dass dieses Schaf nie geschlachtet wird und es ihm immer gut ergeht."

„Das verspreche ich dir in die Hand, Bruder Oleg." Und mit diesem Versprechen fiel Oleg nun doch das Auge zu und er sank in einen ruhigen Schlaf, der ihm der endgültigen Gesundung einen weiteren Schritt näherbrachte.

Den Rest des Tages verbrachte Oleg mit einem Wechsel aus Schlaf und kurzen Phasen des Wachseins. Doch wann immer er zu sich kam, sann er darüber nach, wer ihm diesen üblen Streich gespielt haben könnte. Einen Streich, der sein vorzeitiges Ende zum Ziel gehabt hatte. Wem war er mit seinen Fragen so gefährlich geworden, dass er vor Mord nicht zurückschreckte? Denn dass ihn jemand aus purer Bösartigkeit in diese Falle gelockt hatte, konnte er nicht glauben. Und er war gutmütig hineingetappt. Jemand musste sie beobachtet haben und den Wolfsüberfall als willkommene

Gelegenheit genutzt haben, den allzu neugierigen Mönch aus dem Weg zu schaffen. Doch er hatte dank der Hilfe seiner Freunde und der Anteilnahme der Bauern überlebt. Sicher wusste sein Widersacher schon, dass sein Plan nicht aufgegangen war. Sann er schon über eine neue Möglichkeit nach, sein Ziel zu erreichen? Oder glaubte er, die überstandenen Schrecken hätten den Mönch so verängstigt, dass er jede weitere Nachforschung unterließ und sich furchtsam in der Schafhürde verkroch? Im Moment blieb ihm jedoch nichts anderes, als seinen noch immer schläfrigen Kopf zu bemühen und sich ansonsten in Geduld zu fassen.

Der Dorfschulte persönlich führte den Esel mit der alten Heilerin am nächsten Vormittag zur Schafhürde. Zum einen wollte er sich nach dem Befinden des Mönchs erkundigen, den er schätzen gelernt hatte. Und zum anderen interessierte es ihn, wie sich alles zugetragen hatte und wie die einzelnen Vorkommnisse womöglich miteinander verwoben waren. Denn auch er hatte sich seine Gedanken gemacht.

„Gott zum Gruße, gute Brüder." Mit diesen Worten trat er ein und stellte einen Korb auf den Tisch, aus dem es verführerisch nach frischem Brot duftete. „Von der Herrin Ida."

Gunther machte sogleich den Hals lang und leckte sich in der Vorfreude auf den Genuss die Lippen. Melchior sah zu Oleg und der schüttelte leicht den Kopf.

„Guter Mann", Melchior schob den Korb wieder zu Kuno Ährenreich, „wir sind hier gut versorgt und hatten gestern schon ein Huhn für unseren Kranken, von dem er auch heute und morgen noch zehren kann. Nehmt das Brot wieder mit und verteilt es unter den Kindern."

Ein knappes Nicken des Schulten zeigte, dass er darüber nicht zu streiten gedachte. Die Kräuterfrau brummte etwas, das sich anhörte wie: „Lauter Heilige hier." Dann sah sie das enttäuschte Gesicht des Novizen und keckerte leise. „Nein, nicht alle, was für ein Glück."

Sie wandte sich Oleg zu und begann, die Bandagen von seinen Gliedern zu wickeln. Währenddessen erzählte Oleg dem Dorfschulten, wie er von seinem Heim fortgelockt worden war und wie ihn die beiden Mordbuben zweimal in den eisigen Bach gestoßen hatten.

Auch die Alte ließ sich kein Wort entgehen, derweil ihre Hände tätig waren. Mit lauwarmem Wasser tupfte sie die Heilsalbe des Vortages ab. Dann trug sie eine stark nach Kamille duftende Honigpaste auf die Frostwunden auf. Als sie frische Leinenstreifen um Hände und Füße wickelte, war Oleg mit seiner Erzählung dort angelangt, wo er sich durch den Schnee kämpfte und ihn das Schaf zu dem Heuschober führte.

„Würdet Ihr die Kerle wiedererkennen?", fragte Ährenreich schließlich.

Oleg wiegte den Kopf. „Also, den einen, den, der mich hier um Hilfe bat, den würde ich ganz bestimmt erkennen, wenn ich wüsste, wo ich suchen muss. Der andere war dick vermummt."

„Und der hat gesagt, Ihr hättet Eure Nase in Sachen gesteckt, die Euch nichts angingen?" Ohne auf die Antwort zu warten, fuhr der Schulte fort: „Ich weiß ja nicht, was Ihr sonst noch so gemacht habt, seit Ihr hier angekommen seid. Aber mir scheint es, als hinge dieser hinterhältige Anschlag mit Eurer Fragerei wegen der Sache zusammen, derentwegen Euer Abt Euch hierhergeschickt hat."

Hatte die Kräuterfrau bisher keine sonderliche Anteilnahme an dem Gespräch gezeigt, hob sie jetzt überrascht den Kopf und warf Oleg einen prüfenden Blick zu. Mit einem kaum hörbaren Brummen senkte sie die Augen wieder auf die Bandagen, die sie fester verknotete, als es nötig gewesen wäre.

„Den Eindruck hatte ich auch", gestand Oleg. „Irgendwem muss ich auf die Zehen getreten sein und zwar so gewaltig, dass er mich unbedingt loswerden wollte. Das bedeutet aber auch, dass ich der Lösung des Rätsels recht nahegekommen bin, wenn ich auch nicht die geringste Ahnung habe, worin diese Lösung bestehen soll."

Oleg warf der Alten einen überlegenden Blick zu, entschloss sich dann aber dem Schulten trotz ihrer Anwesenheit die Frage zu stellen, die er sich auf ein Pergament notiert hatte: „Ihr habt doch die Pfeilschäfte verbrannt, die die Wilde Jagd voriges Jahr verschossen hatte." Von der Alten kam ein belustigter Laut. „Sicher habt Ihr Euch die Schäfte zuvor gut angesehen. War da irgendein Zeichen drauf?"

Unwillkürlich fuhr des Schulten Hand zu seiner vernarbten Gesichtshälfte, als er an die vorjährigen Ereignisse dachte. Dann verflocht er die Finger ineinander und wich Olegs Blick aus. „Warum fragt Ihr?"

„War ein Zeichen drauf?", beharrte Oleg.

Ährenreich räusperte sich mehrmals. „Wir haben zwölf Pfeile gefunden. Acht steckten im Vieh, vier waren fehlgegangen. Davon trugen drei ein Zeichen. Ich habe es gleich erkannt. Es war das von dem Alvenslebener auf der Nigreber Burg. Ich habe nichts gesagt. Wie sollte auch die Wilde Jagd an die Pfeile von dem Ritter kommen?"

„Also, Kuno, jetzt hör aber auf", fuhr ihn die Kräuterfrau energisch an. „Du glaubst doch nicht ernsthaft an den Unfug?"

„Was soll es sonst gewesen sein?", hielt der Dorfschulte dagegen und räusperte sich erneut umständlich. „Was sollen wir einfachen Leute denn glauben? Wir sind leibeigene Bauern. Wir können nur unseren Grundherrn um Schutz bitten. Wenn der sich verweigert, haben wir nichts. Darum haben wir den Abt der Magdeborcher Barfüßer in einem Brief um Hilfe gebeten."

Diesmal kam von der Alten ein abfälliges Geräusch. „Was können die schon tun außer zu beten?"

„Wenn Bruder Oleg nur gebetet hätte, müsstest du ihn jetzt nicht versorgen."

„Wer sagt denn, dass das eine mit dem anderen zu tun hat?"

„Das liegt doch auf der Hand."

„Denk nach, Kuno. Wenn es danach ginge, was du glaubst, dann müssten zwei von der Wilden Jagd gekommen sein, um den Mönch in den Bach zu werfen. Sagt, Mönch", wandte sie sich an Oleg, „hatten die zwei Kerle irgendetwas Geisterhaftes?"

Oleg, der erstaunt und interessiert zugehört hatte, schüttelte den Kopf.

„Also?" Die Alte sah den Dorfschulten herausfordernd an.

„Ich kann doch keinen der adligen Herren beschuldigen", gab der schließlich kleinlaut nach. Dann stand er ruckartig auf. „Ich würde mir gern mal draußen den Schafpferch ansehen, da wo die Wölfe eingebrochen sind. Hier hat es nämlich schon seit Jahren keine Wölfe mehr gegeben."

„Aber voriges Jahr sind sie doch auch über die Schafe hergefallen", hielt ihn Oleg auf.

„Ja, das war da auch schon seltsam. Ich schau mich draußen mal um. Vielleicht gibt es ja noch Spuren. Würdet Ihr
mir bitte zeigen, wo es sich zugetragen hat", wandte er sich
an Melchior. Gemeinsam verließen die beiden Männer durch
den Schafstall den Wohnraum.

Die Alte band einen Pergamentfetzen über das Tontöpf-
chen mit der Honigmischung und verstaute es mit den restlichen Leinenbinden in ihrem Beutel.

„Woher wusstet Ihr, dass Eure Hilfe hier gebraucht
wird", fragte Oleg sie. „Unser Novize sagte, Ihr wäret schon
gekommen, bevor ich gefunden wurde."

Sie ließ ihre Hände im Schoß ruhen und blinzelte Oleg
aus ihren trüben Augen schelmisch an. „Der Schnee kann
gar nicht so hoch liegen und der Frost kann gar nicht so sehr
beißen, dass die Nachrichten nicht zu mir finden."

„Seid Ihr eine Zaubersche?" Die Frage kam schüchtern
aus dem Schatten.

„Hast du wieder gut aufgepasst, Junge, wie ich deinen
Freund versorgt habe? Vielleicht kannst du dein Wissen einmal anwenden. Ist der Mönch nicht ein Kräuterkundiger?
Und sagtest du nicht, du wärest sein Adlatus? Seid ihr des-
wegen Zauberer, weil ihr Kranke heilen könnt? Die Menschen, Junge, haben viele Namen für das, was sie nicht verstehen."

„Wie die Wilde Jagd?"

„Wie die Wilde Jagd."

„Hm."

„Und, verratet Ihr uns nun, woher Ihr wusstet, dass ich
Eurer Hilfe bedurfte?"

„Der Kuno hatte einen Mann zur Burg geschickt, um
nachzufragen, ob Ihr Euch dort um einen Kranken kümmert.
Die Herrin Ida hat davon erfahren und konnte eins und eins
zusammenzählen. Ein Mönch, der zu einem Verletzten gerufen wurde, den es anscheinend nicht gab und der wahrscheinlich die Frostnacht im Freien verbracht hatte. Sie
schickte mir den Esel, dass ich hier auf einen Eiszapfen warten solle."

Die Tür öffnete sich und Melchior und Ährenreich brachten einen Schwall Kälte mit herein. Oleg, hinten in der
Schlafecke, zog fröstelnd die Schultern hoch. Petrus schob
drei, vier Steine, die er an der Feuerstelle erwärmt hatte, unter Olegs Decke und zog ihm das Schaffell bis unters Kinn.

Oleg dankte ihm mit einem Blick, strampelte sich dann aber wieder frei. Er war doch kein Wickelkind. Es war schon misslich genug, hier tatenlos herumliegen zu müssen. Da mussten ihn nicht auch noch alle betüteln, als wäre er ein Greis auf dem Siechenlager.

Er richtete sich ein wenig auf und sah dem Dorfschulten neugierig entgegen. „Habt Ihr etwas herausgefunden?"

„Nun ja." Der Schulte ließ sich auf der freien Bettstatt nieder. „Im Pferch ist natürlich alles von den Schafen zertrampelt, die in ihrer Angst wild herumgesprungen sind. Und danach hat es ja kräftig geschneit. Bisher sind Eure Brüder noch nicht dazu gekommen, den Schaden an der kaputten Stelle zu beheben. Erst haben sie nach den Tieren gesucht und dann nach Euch."

„Also habt Ihr nichts gefunden?"

„Das will ich nicht sagen. Also, der Zaun ist ja nicht so hoch, dass da ein Wolf nicht bequem drüber springen könnte. Dann würde er unter den Schafen wüten und die würden den Zaun nach außen drücken, um ins Freie zu gelangen. Euer Zaun ist nach innen gedrückt."

„Was wollt Ihr damit sagen?"

„Gar nichts. Ich habe nur gesehen, dass es ungewöhnlich ist. Und Ihr sagtet, es wären zwei Wölfe gewesen? Im Winter jagen die aber für gewöhnlich in Rudeln, die zehn, zwölf und mehr Tiere zählen können. Als kleines Kind habe ich erlebt, dass die Wölfe in einem strengen Winter bis ins Dorf gekommen sind und das Vieh in den Ställen erwürgt haben. Die haben sofort die Bäuche der Tiere aufgerissen und die Eingeweide runtergeschlungen. Das ist an die vierzig Jahre her. Damals haben die Herren unter dem Raubzeug aufgeräumt und seither hat sich hier kein Wolfsrudel mehr blicken lassen. Und nun auf einmal zwei einzelne, die einen ganzen Schafstall angreifen, wo die Menschen in unmittelbarer Nähe sind." Ährenreich schüttelte zweifelnd den Kopf. „Könnte es sein, dass es wilde Hunde waren?"

Die Mönche wechselten unsichere Blicke. Keiner von ihnen hatte zuvor einen lebendigen Wolf gesehen.

„Gunther", Oleg winkte den Novizen näher. „Du hast doch die Wölfe als Erster gesehen und sie sind um dich rumgeschlichen. Als wir dann dazu kamen, waren sie gleich darauf weg. Kannst du sagen, ob es vielleicht doch nur Hunde waren?"

„Ich weiß nicht", bekannte Gunther unglücklich. „Ich dachte es wären Wölfe, weil die ja voriges Jahr auch schon die Herde überfallen haben."

Ährenreich nickte nachdenklich und kratzte sich im Nacken. „Habt Ihr alle Tiere wohlbehalten wiedergefunden, oder war eins tot und angefressen?", wandte er sich an Melchior.

„Bis auf eines, das sich ein Bein gebrochen hatte, waren alle Tiere unverletzt. Das eine mussten wir schlachten und einpökeln." Petrus sah zu Oleg. „Zum Weihnachtsfest und danach werden wir viele leckere Eintöpfe haben. Dieses Fass ist nur für uns und nicht für Bruder Hubertus."

Olegs Augen leuchteten auf. Sie würden keine Not leiden den Winter über. Dann fiel ihm etwas anderes ein. „Ist heute nicht der zweiundzwanzigste Tag des Christmonats? Dann haben die Raunächte schon begonnen. Habt Ihr Vorkehrungen im Dorf getroffen, um neuerlichen Übergriffen entgegentreten zu können?", wandte er sich an den Schulten.

Der zuckte nur die Schultern. „Was können wir schon tun? Wir werden wachsam sein, damit es kein Unglück gibt. Ansonsten vertrauen wir auf Gott und beten."

„Das wird vielleicht nicht reichen. Ihr müsst euch vorbereiten, euer Dorf zu verteidigen."

Ährenreich ließ den Blick von einem zum anderen wandern. Er sah nicht besonders glücklich aus bei der Vorstellung, seine Leute mit Sensen und Dreschflegeln gegen eine unbekannte und unbegreifliche Macht zu führen.

„Hier gibt es wohl nichts weiter für mich zu tun", sagte er dann und wandte sich an die Kräuterfrau: „Kaspar kann dich auf dem Esel zurück zu deiner Hütte bringen und das Tier dann auf der Burg abliefern. Ansonsten müssen wir es nehmen, wie es kommt und darauf hoffen, dass wir in diesem Jahr verschont bleiben."

Petrus legte die Leber und das Herz des geschlachteten Tieres in eine Holzschale, band ein Tuch darüber und reichte sie der Heilerin. „Für Eure Mühe mit unserem Bruder."

Die Alte nahm die Gabe mit einem zufriedenen Nicken, gönnte Oleg noch einen prüfenden Blick und verabschiedete sich mit einem gebrummten Gruß von den Mönchen.

10. Kapitel

Am Nachmittag begannen die Mönche, den Zaun des Pferchs zu reparieren. Es war eine mühselige Arbeit, denn bevor sie überhaupt mit der Instandsetzung beginnen konnten, mussten sie den Schnee beiseite schaufeln. Zwar hatte Kuno Ährenreich schon einiges mit den Füßen weg gescharrt, doch reichte das bei weitem nicht, um das Loch im Zaun zu flicken.

Oleg hütete in der Stube weiterhin das Krankenlager. Er hatte kaum noch Fieber und die kräftigende Hühnerbrühe hatte die tiefe Erschöpfung aus seinem Körper vertrieben. Trotzdem döste er die Hälfte des Nachmittags vor sich hin. Das Gespräch mit der Alten und dem Dorfschulten hatte ihn ermüdet.

Eine gute Stunde vor Beginn der Dämmerung kehrten die Mönche in die Hütte zurück. Während sie sich am Eingang den Schnee von den Stiefeln traten, galt ihr erster Blick ihrem kranken Bruder. Der hatte sich auf seinem Lager aufgerichtet und war eben dabei, die Beine über die Bettkante zu schwingen.

Mit wenigen Schritten war Bruder Petrus bei ihm. „Was soll das denn werden?"

„Ich habe genug geruht. Es wird doch wohl etwas geben, wobei ich wenigstens hier drinnen helfen kann."

„Am meisten hilfst du uns, wenn du dich wieder hinlegst." Mit festem Griff, dem Oleg nichts entgegenzusetzen hatte, drückte ihn der Koch zurück auf das Lager. „Deine Füße und Hände sind noch bandagiert. Warte noch ein, zwei Tage, bis die offenen Stellen abgeheilt sind. Dann sehen wir weiter."

„Aber ...", wollte Oleg einwenden, doch Petrus drehte ihm schon den Rücken zu. Er hängte den großen Kessel mit den vorgekochten Bohnen über das Feuer und beauftragte Gunther, eine Handvoll Möhren und Pastinaken zu putzen.

Derweil knetete er selbst einen festen Teig aus Mehl, Wasser und einer Prise Salz. Die Hälfte drückte er zu vier Fladen und legte sie zum Ausbacken auf die großen Steine des Herdfeuers. Aus dem Rest formte der Koch Klößchen, welche zum Schluss in der Suppe garziehen würden. Am Rande des Feuers wärmte die Hühnersuppe für Oleg. Der setzte sich wieder auf und ließ die Beine von der Bettkante baumeln. Am liebsten hätte er die Verbände abgewickelt und sich seine Füße eingehend betrachtet. Aber wenn die Heilsalbe wirken sollte, war das wenig ratsam. Er seufzte tief. Wie sollte er jetzt weiter ermitteln? Wenn der Plan der Mordbuben auch nicht aufgegangen war, so hatten sie doch zumindest erreicht, dass er hier in der Hütte festsaß.

Ein bisschen neidisch beobachtete Oleg seine Brüder. Dabei entging ihm nicht, dass Gunther mit einem Mal unruhig wurde und immer wieder zur Tür sah. Hatte der Junge draußen etwas gehört? Stand ein neuerlicher Angriff der Raubbestien bevor?

„Was ist denn, Gunther?", fragte er.

„Ähm, nichts." Gunther guckte unschuldig aus seiner Kutte, wandte aber gleich den Blick ab. „Ich muss mal raus", fügte er schnell hinzu und war auch schon auf dem Weg zur Tür, die in den Schafstall führte.

Oleg wollte ihm noch nachrufen, dass er ja nicht ins Freie gehen solle, doch Melchior winkte ab. Dann schlenderte er dem Novizen lächelnd hinterher. Kurz darauf kam er mit einem kleinen Gefolge zurück. Nicht nur Gunther, der mit schuldbewusst gesenktem Kopf hinter ihm herschlich, trat in den Wohnraum, sondern noch zwei weitere, nicht allzu große Gestalten. Unter den Tüchern, die die Neuankömmlinge um den Kopf geschlungen hatten, war nicht auszumachen, ob es sich um Männer, Kinder oder Frauen handelte. Auf alle Fälle entströmte den beiden ein strenger Geruch.

„Du hast Gäste mitgebracht?", fragte Oleg von seiner Bettstatt her.

Gunther schickte ihm einen schnellen Blick aus halb gesenkten Augen. Dann hob er den Kopf und sagte mit fester Stimme: „Das sind Martin", er deutete auf den Älteren, „und Jakob, die Gerbersöhne."

„Aha." Oleg klang streng. „Das sind sie also, die beiden, die sich die Wilde Jagd angesehen und sogar einen Pfeil erbeutet haben. Treibt euch der Appetit auf Bruder Petrus' Fladenbrot her?"

Die Jungen wickelten sich die Tücher vom Kopf und zum Vorschein kamen zwei Lausbubengesichter unter flachsblonden Haaren. Die beiden ließen sich von einem einäugigen Mönch nicht einschüchtern und grinsten breit, wobei der Ältere eine Lücke in seinen oberen Schneidezähnen entblößte.

„Ihr seid reichlich mutig, euch in dieser Zeit auf den langen Weg von eurem Dorf zu uns zu machen." Oleg musterte die Jungen genauer. Auch wenn die beiden sich bemühten, unbekümmert drein zu blicken, so konnte das doch nicht darüber hinwegtäuschen, dass ihre Gesichter schmal und die Augen hungrig waren. „Fürchtet ihr euch nicht, irgendwelchen Geistern oder Irrwichten zu begegnen?"

Martin und Jakob zuckten nur mit den Schultern. Ihr Blick hing inzwischen an Petrus, der die Brotfladen auf den Steinen wendete und so tat, als bemerke er die Buben nicht.

„Nun hockt euch schon auf die Bank, wenn ihr denn schon da seid, und steht mir nicht im Wege rum", knurrte der Koch über die Schulter. Die Jungen huschten zur Bank, ließen Petrus aber keinen Wimpernschlag aus den Augen.

Schließlich fasste sich Martin ein Herz. „Gunther hat gesagt, dass wir nicht ins Kloster müssen und Mönch werden, wenn wir Euer Brot essen."

„So, hat er das." Melchior sah von den Gerbersöhnen zu Gunther. „War das nicht ein wenig voreilig von dir?"

Gunther riss Augen und Mund auf. Bevor er etwas stammeln konnte, hob Melchior die Hand. Er sah wieder zu den Buben und zwinkerte ihnen zu. „In Magdeborch, wo unser Heimatkloster steht, speisen unsere Brüder regelmäßig die Armen. Wenn die alle ins Kloster müssten, könnten wir da schon nicht mehr treten. Also, seid ganz unbesorgt. Niemand muss in unser Kloster, nur weil er unser Brot isst."

„Es dauert aber noch und ich weiß auch nicht, ob wir jetzt alle satt bekommen", brummte Petrus und ließ die Mehlklöße vorsichtig in die Suppe gleiten.

Gunther verteilte in der Zeit Schüsseln und Holzlöffel auf dem Tisch. Sie hatten nur vier Schüsseln und vier Löffel. Dann mussten seine Freunde eben bei ihm mitessen. Es machte ihm nichts aus, zu teilen.

„Kommt doch einmal her und setzt euch zu mir." Oleg war ein kluger Gedanke gekommen. Wenn die Jungen schon einmal hier waren, konnte er sie auch ein bisschen ausfragen.

Zögernd setzten sich die beiden auf die vorderste Kante der anderen Bettstatt. Scheu musterten sie den einäugigen Mönch.

„Seid Ihr der, der die Nacht bei der schlimmen Kälte draußen war?", fragte Martin.

„Und dann bei dem Schaf in der Heukrippe gelegen hat?", fügte Jakob zweifelnd hinzu.

„Ja, der bin ich", bestätigte Oleg lächelnd. Seine Geschichte hatte selbstredend schon die Runde im Dorf gemacht und würde zweifelsfrei von jedem, der sie weitererzählte, lustvoll ausgeschmückt werden.

„Wie beim Jesuskind", flüsterte Jakob ehrfürchtig.

Nun, beim Jesuskind hatte es sich ein wenig anders zugetragen, doch Oleg hatte nicht vor, die Buben jetzt darüber zu belehren.

„Und seid ihr diejenigen, die im vorigen Jahr die Wilde Jagd beobachtet haben?", fragte er stattdessen.

Die beiden gaben ihre Schüchternheit sogleich auf und nickten eifrig.

„Wie viele waren es denn?"

„Es war dunkel." Martin hob unschlüssig die Schultern. Als er Olegs enttäuschtes Gesicht sah, sagte er schnell: „Mindestens hundert."

„Hundert?" Oleg konnte es nicht glauben und auch seine Brüder sahen erstaunt von ihren Arbeiten auf. Hundert berittene Kämpfer waren ein kleines Heer, mit dem man eine Burg erobern könnte. Dann ging ihm auf, dass der Junge keine Vorstellung von der Zahl Hundert hatte. Er wird die Zahl mal irgendwo aufgeschnappt haben, dachte er, ohne mit dem Begriff eine genaue Menge zu verbinden. Oleg hatte einen Einfall.

„Bruder Melchior und Gunther, setzt euch doch bitte zu Jacob und Martin. Gut, und nun streckt ihr alle eure Finger aus, ich auch. Seht ihr", wandte sich Oleg an die Gerbersöhne, „das sind jetzt fünfzig Finger und fünfzig ist die Hälfte von hundert. Es müssten also doppelt so viele Reiter mit ihren Pferden gewesen sein, als wir insgesamt Finger haben."

Die beiden Jungen sperrten die Münder auf und sahen Oleg sprachlos an, dann ging ihr Blick zu all den Fingern zurück. Martin ballte schließlich die Hände zu Fäusten und sah trotzig zu Boden.

Melchior stupste Oleg an und schüttelte tadelnd den Kopf. Die Jungen waren mit dieser Rechenaufgabe hoffnungslos überfordert. Sie würden in ihrem Leben gerade so viel von ihren Eltern lernen, dass sie sich in ihrem Gewerbe zurechtfanden, ohne dass sie von Hinz und Kunz übers Ohr gehauen werden konnten. Aber das war dann auch schon alles. Schon bei der Berechnung der Abgaben würden sie sich auf die Ehrlichkeit ihres Grundherren verlassen müssen.

„Die sind ganz schnell durcheinander geritten und haben geschrien. Das waren viele", versuchte Jakob eine Erklärung.

„Aber ein bisschen habt ihr doch gesehen?" Oleg sah ein, dass er einen anderen Weg finden musste. „Beschreibt mir doch, wie sie ausgesehen haben."

„Da war einer mit einem Geweih auf dem Kopf." Martin sah wieder auf und seine Augen glänzten vor Eifer. Diese Frage konnte er beantworten.

„Und einer hatte Hörner", ergänzte Jakob. „Und dann war noch einer, da waren Fuchsschwänze an seinem Sattel."

„Aber die Fuchsschwänze hatte der mit dem Geweih am Sattel."

„Stimmt, aber einer war noch mit einer Lanze und der hatte so ein Fell über dem Kopf mit der Schnauze und den Zähnen wie ein großer Hund."

„Ja, von dem hatte das Pferd ein Eisengesicht."

„Und die hatten alle Pfeil und Bogen."

„Ich habe auch einen gesehen, der hatte lauter Knochen auf seinem Umhang und die haben geklappert, als er dicht an uns vorbeigeritten ist. Ich hätt bloß die Hand ausstrecken brauchen und hätt sein Pferd anfassen können." Mutig reckte Martin das spitze Kinn in die Höhe.

Jakob wollte seinem älteren Bruder in nichts nachstehen. „Aus den Nüstern von den Pferden da kamen Funken und Rauch und die Augen von den Reitern, die waren wie glühende Kohlen."

So ging das eine ganze Weile hin und her. Keiner unterbrach die Beschreibungen der Jungen. Es war erstaunlich, was die beiden nach und nach aus ihrer Erinnerung zu Tage förderten. Aufmerksam lauschte Oleg und schied dabei voneinander, was die Buben wirklich gesehen haben könnten und was ihnen wohl ihre Einbildung vorgegaukelt hatte.

Nahm man all die Einzelbeschreibungen für sich, kam man wohl auf einen Trupp von zehn, zwölf Reitern. Wenn man aber genauer hinhörte und die Beobachtungen richtig sortierte, dann wiesen sie auf höchstens vier oder fünf Angreifer hin. Das erschien Oleg bei weitem glaubhafter. Ein kleiner Trupp, der ordentlich Rabatz machte, konnte in der Dunkelheit viel größere Ausmaße annehmen, als es den Tatsachen entsprach.

Auch, wenn ihm diese Erkenntnis erst einmal nicht weiterhalf, so war es doch ein weiteres Steinchen, das er zu gegebener Zeit ins Mosaik einsetzen konnte.

„So, genug geschwatzt", kam es vom Feuer her. „Das Essen ist fertig."

Petrus brachte Oleg seine Schüssel mit Hühnerbrühe und weißem Fleisch ans Bett, auch wenn der protestierte und meinte, bis zum Tisch werde er es schon schaffen.

„Und die Verbände von der Kräuterfrau beschmutzen?" Petrus schüttelte entschieden den Kopf. „Außerdem haben wir Gäste und der Platz ist knapp."

Natürlich reichten Suppe und Brot, um alle satt zu bekommen. Was nicht bedeutete, dass besonders die Gerbersöhne nicht noch eine Portion hätten vertragen können.

„Habt Ihr Geschwister?", fragte Petrus, als die Suppe und drei der Brotfladen verspeist waren.

„Zwei kleine Schwestern."

„Dann nehmt ihr denen das restliche Brot mit", bestimmte Petrus und fuhr mit grimmigem Gesicht fort: „Aber wehe, ihr esst das unterwegs selber auf. Dann wird euch Gottes Blitzstrahl treffen."

Die Jungen rissen erschrocken die Augen auf und schüttelten eifrig die Köpfe. Mit Gottes Blitzstrahl wollten sie sich lieber nicht anlegen.

„Gut, dann macht euch jetzt auf den Weg. Es ist ja fast schon dunkel."

„Ich bringe euch heim", entschied Melchior und griff sich ein Paar Stiefel und seine wollene Kukulle. Schon an der Tür zögerte er einen Moment, ging dann in den Schafstall und kam wenige Augenblicke darauf zurück. Unter das weiße Zingulum seiner Kutte hatte er griffbereit ein kleines Beil gesteckt.

Petrus nickte zustimmend und verkündete dann: „Ich komme auch mit. Nicht, dass sich das Raubzeug noch immer hier rumtreibt." Wobei er offen ließ, ob er das vierbeinige oder das zweibeinige Raubzeug meinte.

Oleg und Gunther blieben zurück. Derweil Oleg vor sich hin döste, kümmerte sich der Novize um die Tiere. Sorgfältig verriegelte er die Tür, welche vom Stall in den Pferch führte. Dann beschäftigte er sich mit dem Pferd. Oleg hörte im Halbschlaf Gunthers Gemurmel durch die Bretterwand, die Wohnraum und Stall trennte. Dazwischen erreichte ihn immer wieder das schläfrige Blöken der Schafe.

Übermorgen, in der Heiligen Nacht, würde die gesamte Christenheit die Geburt des Heilands feiern. Ursprünglich hatte die kleine Mönchsgemeinschaft den nächtlichen Gottesdienst in der Dorfkirche besuchen wollen. Oleg seufzte tief. Das war ihm nun verwehrt. Doch er wollte nicht mit seinem Schicksal hadern. Er hatte den feigen und grausamen Anschlag überlebt. Das war Grund genug, den Gottvater zu preisen.

Oleg schreckte hoch. Wie lange dämmerte er schon vor sich hin? Müssten Melchior und Petrus nicht schon lange zurück sein. Er rief nach Gunther, einmal, zweimal. Keine Antwort. Oleg rief lauter, setzte sich auf der Bettkante auf und sah zum Herdfeuer, das schon reichlich heruntergebrannt war. Wo waren nur alle?

Gerade wollte er sich auf seine bandagierten Füße stellen, als die Tür zum Stall aufschwang und Gunther auf unsicheren Beinen in die Stube tapste. Augenblicklich war Oleg hellwach. Warum taumelte der Junge so? Hatte es einen neuerlichen Angriff gegeben?

Dann gähnte Gunther ausgiebig, kratzte sich am Kopf und nuschelte: „Ich bin bei Animo eingeschlafen." Nachdem er sich noch in den Schultern gereckt hatte, sah er in die Runde. „Sind Bruder Petrus und Bruder Melchior noch nicht zurück?", fragte er verwundert.

„Das beunruhigt mich auch", bekannte Oleg.

„Soll ich sie suchen gehen?"

„Sei nicht albern." Oleg schüttelte den Kopf. „Schür lieber das Feuer und lege noch ein Scheit nach. Die beiden werden durchgefroren sein, wenn sie heimkommen."

Erleichtert, dass sein Anerbieten abgelehnt worden war, machte sich Gunther sogleich an die Arbeit. Als die Flammen aufloderten, wurde die Tür aufgestoßen und in einem Flockenwirbel traten Melchior und Petrus ein.

„Es schneit wieder", sagte Melchior. „Aber es ist milder geworden. Es sollte mich nicht wundern, wenn es die nächsten Tage zu tauen beginnt."

„Ihr wart lange aus." Oleg bemühte sich, neutral zu klingen.

„Wir haben noch den Dorfschulten besucht", erklärte Melchior und fuhr sogleich fort. „Die Jungen haben uns auf dem Heimweg erzählt, dass fast alle hungern im Dorf. Aber besonders schlimm geht es zwei Alten, die am Rand von Schartau in einer winzigen Hütte wohnen. Und Bruder Petrus hatte dann einen Einfall. Darum sind wir zu Ährenreich gegangen. Der hat erzählt, dass die Kinder der Alten fortgegangen sind und so haben sie niemanden, der sich um sie kümmert. Hin und wieder bringt jemand aus der Dorfgemeinschaft etwas zu ihnen und auch Vater Sebastian versucht sie zu unterstützen. Aber es reicht eben nicht. Und da dachte Bruder Petrus, dass wir die zwei zum ersten Weihnachtstag einladen könnten. Wir haben doch jetzt das geschlachtete Schaf und Bruder Petrus wird uns ein rechtes Festmahl auftischen und da ist es doch unsere christliche Pflicht ... und ja ... wir haben dem Schulten gesagt, dass wir sie einladen ... also die Alten."

Zum Ende hin war Melchior ins Stammeln geraten. Bruder Oleg war der Vorsteher ihrer kleinen Gruppe und eigentlich hätten sie sein Einverständnis einholen müssen, bevor sie jemanden einluden.

Oleg hatte mit wachsender Anteilnahme zugehört. „Das habt ihr gut getan. Was für ein herzensguter Einfall, Bruder Petrus."

Der Gelobte, legte sein Gesicht in grimmige Falten. „Wollen bloß hoffen, dass nicht bald das halbe Dorf vor unserer Tür steht", knurrte er. „Heute die Gerberlauser, Weihnachten die Alten und zum Jahreswechsel dann der Rest." Doch keiner glaubte ihm den so demonstrativ zur Schau gestellten Unmut.

***

Am nächsten Morgen, es war der Tag vor der Geburt des Erlösers, konnten auch noch so viele gute Worte Oleg nicht mehr im Bett halten. Er ließ sich von Gunther die wollenen Fußlappen sorgfältig um die Bandagen wickeln.

„Pass auf, dass keine Falten entstehen", wies er den Novizen an. „Sonst scheuert sich an den Stellen die neue, dünne Haut wieder auf."

Dann fuhr er vorsichtig in die Strohschuhe und probierte die ersten Schritte. Es ging recht gut, auch wenn er an den Zehen und am Hacken noch immer Schmerzen verspürte. Lange Wanderungen waren vorerst unmöglich. Doch um in der Stube herumzugehen, reichte es allemal. Oleg hinkte bis zur Bank und ließ sich dann mit einem unterdrückten Seufzen darauf nieder. Die Stunden im Eis und die darauffolgenden Tage im Bett hatten ihn schlapp gemacht. Um so wichtiger war es jetzt, sich eine Tätigkeit zu suchen, die er hier im Haus verrichten konnte.

Nach dem Frühmahl begaben sich Petrus und Melchior in den Pferch, um die Instandsetzungsarbeiten am Zaun fortzusetzen. Gunther hatte mit der Versorgung der Tiere zu tun.

Oleg saß ein wenig verloren am Tisch. Schließlich begann er mit Hilfe der Zähne die Knoten der Verbände an seinen Händen zu lösen. Die Finger, die zum Vorschein kamen, sahen zufriedenstellend aus. Es gab keine schwarzen Stellen und die Blasen waren eingetrocknet. Die frische Haut fühlte sich noch wund an. Doch konnte er die Hände schon gebrauchen und solange er sie in diesem Zustand nicht erneut dem Frost aussetzte, würden sie in wenigen Tagen vollends abgeheilt sein.

Was könnte er Sinnvolles tun? Oleg sah sich in der Stube um. Sein Blick streifte die Schreibutensilien. Nein, er hatte nichts zu notieren. Aber er könnte in seinem Psalter lesen. Der Weg bis zum Regal, das Sich-Hochrecken auf die Zehenspitzen und zurück zum Tisch kamen einer Arbeit von zwei Stunden Holzhacken nahe.

Da würde es seinerseits noch eine gehörige Portion Geduld brauchen. Gerade als er das schmale Buch aufschlagen wollte, kam Gunther mit einem Weidenkorb aus dem Stall zurück. Drei Schritt vor dem Tisch blieb er stehen, sah erst in seinen Korb und dann zu Oleg. Er wirkte unschlüssig.

„Nun, mein Junge, was hast du denn da? Zeig her." Neugierig machte Oleg den Hals lang.

Gunther trat näher und stellte den Korb neben dem Älteren auf die Bank, jedoch in einem solchen Abstand, dass Oleg nicht sehen konnte, was ihm der Novize gebracht hatte.

„Also", Gunther scharrte mit dem Fuß im Bodenstroh, „ich habe in den letzten Wochen, immer, wenn ich mal ein bisschen Zeit hatte ... also ... ich habe begonnen, etwas zu schnitzen. Ich kann das nicht so gut und ich bin auch nicht fertig geworden. Es sollte eine Überraschung werden, aber ich hab's nicht geschafft." Gunther seufzte bekümmert.

Oleg zog den Korb zu sich heran und linste hinein. Holzstücke lagen darin, gebettet auf Stroh. Das größte war vielleicht eine Handspanne lang und etliche kleinere gesellten sich dazu. Auf den ersten Blick war nicht zu erkennen, woran Gunther gearbeitet hatte.

„Es ist deines. Also pack du es aus und dann lass uns sehen, was es noch zu tun gibt."

Zaghaft mit einem entschuldigenden Verziehen des Gesichts brachte Gunther zutage, womit er sich heimlich beschäftigt hatte.

„Das ist ja ... das sind ja." Oleg fehlten die rechten Worte. Ergriffen hielt er die Holzstücke in der Hand und musste einmal schlucken. „Junge, dass du daran gedacht hast, dass du uns damit das Weihnachtsfest verschönern wolltest ... und alles, ohne dass wir etwas davon bemerkt haben."

Oleg drehte die Figuren in den Händen und besah sie sich von allen Seiten. Es waren keine Meisterstücke, die in einer Kirche ausgestellt werden würden. Die Körper waren nicht wohl gerundet, sondern ein wenig eckig aus dem Holz herausgearbeitet. Doch unschwer waren Maria und Josef und das Jesuskind in der Krippe zu erkennen. Ein Ochse und ein Esel waren auch schon fertig, zwei Schafe und ein Hirte in groben Umrissen geschnitzt.

„Ich muss die hier noch fertigbekommen", sagte Gunther. „Und der Stall, wo alles aufgestellt wird, muss auch noch aufgebaut werden. Und ja, die scharfen Kanten bei den Figuren müssen mit dem Bimsstein geglättet werden. Vielleicht könnt Ihr mir ja helfen, wo Ihr draußen noch nicht herumgehen könnt."

Unsicher sah der Junge den Älteren an.

„Das ist genau das, wonach mir jetzt der Sinn steht." Oleg war sogleich Feuer und Flamme. „Du bist der Baumeister und ich dein Gehilfe. Also, Meister, was soll ich tun?"

Gunther ging zwei-, dreimal der Mund auf und zu, dann hatte er sich gefasst. „Das hier sind die Brettchen, Rindenstücke, Zweige und Ästchen, aus denen ich den Stall bauen wollte. Wenn Ihr das übernehmen könnt, dann kann ich die Schafe und den Hirten fertig schnitzen. Vorher muss ich aber noch den Kleber machen. Bruder Petrus hat mir erlaubt, Mehl zu nehmen und den kleinen Topf."

Derweil Gunther über dem Feuer Wasser erwärmte, das Mehl hineinschüttete und kräftig in der Masse rührte, nahm Oleg die fertigen Figuren neuerlich zur Hand und begann die noch scharfen Grate mit dem Bimsstein zu glätten.

„Wo hast du das nur gelernt?", fragte Oleg zum Feuer hin.

„Als ich im Sondersiechenhaus geholfen habe, da war einer, der war früher Schreineschnitzer. Der hat mir gezeigt, wie es geht."

„Hattest du nicht strikte Anweisung, dich von den Leprösen fern zu halten?"

„Wir haben aufgepasst. Sogar, aus welcher Richtung der Wind wehte, damit ich seinen Dunst nicht einatme."

„Sehr einfallsreich."

„Der Kleber ist fertig. Ihr könnt dann den Stall zusammenleimen." Gunther stockte kurz und sah zu dem Älteren. War er nicht ein wenig anmaßend?

„Ja, Meister." Oleg zwinkerte dem Jungen munter zu.

Der wurde mutiger. „Und, Bruder Oleg, könnt Ihr mir dabei die Geschichte von der ersten Krippe erzählen? Im Kloster wird sie ja jedes Jahr zum Christfest vorgetragen und ich kenne sie schon auswendig. Aber ich kann sie immer wieder hören."

Die Freude machte Oleg dem Jungen gern. Und so erzählte er vom Heiligen Franziskus von Assisi, ihrem Ordensgründer, der dem Chronisten Tomasso de Celano zufolge die erste Krippe im Jahre des Herrn 1223 in einer Grotte nahe der kleinen Stadt Greccio aufgebaut hatte. Tomasso hatte den Heiligen persönlich gekannt und war einer seiner Weggefährten gewesen.

Der Überlieferung zufolge hatte die erste Krippe aus lebendigen Menschen und Tieren bestanden. Der Adlige Giovanni Velita, seine Ehefrau Alticama sowie drei Ordensbrüder des Heiligen und einige Hirten waren die Darsteller gewesen. Auch Ochs und Esel waren dabei. Der örtliche Priester habe vor der Krippe die Eucharistie gefeiert, um an den inneren Zusammenhang mit der Menschwerdung Gottes zu erinnern. Die Bevölkerung von Greccio habe angesichts der

Darstellung der Weihnachtserzählung eine zuvor nie gekannte Freude empfunden, berichtete der Chronist.

Während ihre Hände tätig waren, entfaltete Oleg die Legende über den Heiligen und schmückte sie mit allerlei anrührenden Worten aus. So eilten die Stunden dahin und die beiden fleißigen Handwerker merkten erst, wie spät es war, als Melchior und Petrus eintraten und das Ende ihres Tagwerks verkündeten.

Sie kamen zum Tisch und betrachteten erstaunt, was hier in der Zwischenzeit entstanden war. Melchior bot sich sogleich an, sich an der Fertigstellung zu beteiligen, derweil Petrus mit der Zubereitung des Abendmahls begann.

Nach der Morgenandacht am folgenden Tag war der Leim soweit getrocknet, dass die Mönche die kleine Krippe neben ihrem Hausaltar aufbauen konnten. Es war der Tag der Heiligen Nacht und darum fehlte das Jesuskind noch. Das würden sie erst um Mitternacht in die Krippe im Stall legen. Aber alle anderen Figuren scharten sich schon in froher Erwartung der Ankunft des Heilands um die Krippe.

Wenn die Mönche auch ihre alltäglichen Arbeiten zu verrichten hatten, so wanderten ihre Blicke doch immer wieder zu der Szenerie neben ihrem Altar und so mancher anerkennende Blick streifte auch den Novizen. Dessen Rücken straffte sich und seine Schultern hingen nicht mehr gar so demütig herab.

Oleg wurde von seinen Brüdern mit diversen Arbeiten eingedeckt, die er am Tisch verrichten konnte. Für Bruder Petrus musste er eine Schale Walnüsse knacken. Die sollten am nächsten Tag, dem ersten Weihnachtstag, im Fladenbrot mitgeröstet werden.

Heute würden die Mönche den ganzen Tag fasten. Aber morgen war die magere Zeit vorbei und Petrus würde all sein Können in die Zubereitung eines Festmahls stecken. Zwar waren seine Möglichkeiten hier stark eingeschränkt und er knurrte schon den ganzen Tag, wie er nur etwas halbwegs Anständiges zuwege bringen sollte, zumal noch Gäste erwartet wurden. Doch seine Brüder waren sich sicher, dass sie morgen nach den kargen Wochen schlemmen würden.

Lange nach Einbruch der Dunkelheit machten sich Bruder Melchior und Bruder Petrus aus voller Brust das Gotteslob singend auf den Weg ins Dorf. Dort würden sie in der

Kirche dem mitternächtlichen Gottesdienst beiwohnen und Pater Sebastian beim Hochamt assistieren. Bruder Melchior hatte eine angenehme Singstimme, mit der er die Feierlichkeit des Augenblicks zu erhabener Schönheit emporheben würde.

Bruder Oleg und Gunther würden die Ankunft des Erlösers in der Schafhürde feiern. Zwar hatte Gunther einen Augenblick enttäuscht geguckt, als er erfuhr, dass er nicht mitgehen durfte, sich aber sogleich besonnen. Sie konnten ihren kranken Bruder in der Heiligen Nacht nicht allein lassen.

Darüber hinaus hatte ihm Melchior versprochen, dass er am nächsten Tag mitgehen durfte, wenn er die zwei Gäste abholen würde. Mit dem Dorfschulten war er so verblieben, dass der ihnen einen kleinen Schlitten lieh, auf dem die beiden Alten aufgeladen werden konnten. Den Schlitten konnte Animo ziehen und Gunther durfte auf deren Rücken reiten. Damit war der Junge hochzufrieden.

In dieser Nacht wurde kein Auge zugetan. Im Morgengrauen waren Petrus und Melchior zurück und obwohl sie die Nacht durchgewacht, gesungen und gebetet hatten, waren sie von der Feier so angeregt und ergriffen, dass sie keine Müdigkeit verspürten.

Gemeinsam mit den Zurückgebliebenen zelebrierten sie vor ihrem Altar die Morgenmesse und erfreuten sich an dem Jesuskind, das nun in der Krippe lag.

Anschließend machte sich Petrus sogleich an die Zubereitung des Festschmauses, derweil Melchior und Gunther mit Animo loszogen, um die Gäste abzuholen.

Wieder hatte Petrus für Oleg allerhand Handlangerdienste parat. Da mussten Zwiebeln und Knoblauch gepellt und klein gehackt und die Bohnen, die der Koch schon am Vortag eingeweicht hatte, mussten verlesen werden. Aus seinen Vorräten suchte Oleg einige Kräuter für einen wärmenden Aufguss heraus.

In der Zwischenzeit schnitt Petrus eine Schafschulter in fingernagelkleine Stücke und briet in reichlich Nierenfett Zwiebeln und Knoblauch in seinem großen Kessel an. Dann fügte er die Fleischstücke hinzu.

Auf Olegs Nachfrage, warum er das Fleisch in so winzige Stücke geschnitten habe, meinte Petrus, die Alten wären sicher schon reichlich zahnlos und da würden ihnen kleine Stücke eher zupasskommen.

Nachdem auch das Schaffleisch angeröstet war, füllte er so viel Wasser auf, dass die Fleischwürfel bedeckt waren, und schüttete die Bohnen hinzu.

Von den Würzwaren, die der Gewürzhändler Witho Schwertner seinem Freund Oleg im Herbst mitgegeben hatte, wählte Petrus nach gründlichem Überlegen Lorbeerblatt, Zimt und Paradieskörner aus. Sie würden dem fetten Gericht weiteren Wohlgeschmack verleihen.

Als es im Kessel zu köcheln begann, knetete Petrus den Brotteig. Zu dem Duft aus dem Kochkessel gesellte sich schon bald der von frischem Fladenbrot und darin gerösteten Walnüssen.

So hatten die beiden die nächsten Stunden reichlich zu tun. Als von draußen Stimmen zu hören waren, schauten sich Petrus und Oleg überrascht an. Sie hatten in ihr Tun vertieft gar nicht bemerkt, wie die Zeit verstrich.

Die Tür wurde aufgetan und Gunther führte die zwei Alten herein und geleitete sie zu der Bank, auf der Oleg saß. Petrus hatte ein Brett über zwei Holzkloben gelegt und so hatten sie eine zweite Bank, auf der Melchior, Petrus und Gunther Platz finden würden.

Gleichwohl beide Weiblein schon recht betagt wirkten, sahen sie sich neugierig in der Hütte der Mönche um, bis ihre Blicke schließlich am Kochkessel hängen blieben. Ihre Zungen fuhren flink über die Lippen und sie murmelten einen Gruß, ohne ihre Augen von dem Kessel lösen zu können.

Melchior trat vom Stall aus in die Stube. Auf seiner Schulter trug er ein kleines Fass, das wohl an die zehn Kannen fasste.

„Ein Geschenk des Dorfschulten." Melchior lud das Fass neben dem Tisch ab. „Selbstgebrautes Bier." Petrus und Oleg leckten sich die Lippen. Bier hatten sie seit Monaten nicht gehabt.

Es wurde ein recht geselliges Mahl. Hedwig und Marie waren Schwestern und konnten trotz ihrer verhutzelten Gestalten große Mengen vertilgen. Die Gastgeber sahen mit Freude, wie es den beiden schmeckte und dass sie sich nicht zierten, als Bruder Petrus ihnen den zweiten Nachschlag in ihre gemeinsame Schüssel füllte.

Die Männer der Schwestern waren schon vor Jahren gestorben. Und als die Hofstellen neu vergeben wurden, mussten die beiden in die winzige Hütte am Dorfrand ziehen. Dort kamen sie mehr schlecht als recht über die Runden. Obwohl die Dorfgemeinschaft sie unterstützte, war der Hunger ihr alltäglicher Gast. Soweit ihre gichtigen Finger es erlaubten, versuchten sie sich im Schnitzen von Holzlöffeln und im Binden von Reisigbesen.

Trotz ihrer körperlichen Beschränkungen waren die zwei noch recht rege im Geiste und unterhielten die Mönche mit allerlei Begebenheiten aus dem Dorfalltag. Sie hatten ja ansonsten, von seltenen Besuchen aus dem Dorf einmal abgesehen, nur einander zum gegenseitigen Gedankenaustausch und da waren alle Geschichten schon vor Jahren erzählt worden.

So kam man auch zwangsläufig auf die Begebenheiten zum letzten Jahreswechsel zu sprechen.

„Pah!" Hedwig machte eine wegwerfende Handbewegung und mümmelte an einem Stück Fladenbrot. „Von wegen Wilde Jagd. Die waren so lebendig wie jeder hier am Tisch."

Die Mönche merkten sogleich auf. Noch zwei Augenzeugen, die mehr gesehen hatten als der Rest der Dörfler?

„Richtig", bestätigte Marie die Worte ihrer Schwester und reichte ihr den gemeinsamen Löffel. „Die sind an unserer Hütte vorbeigekommen und einer hat in den Schnee gerotzt. Seit wann sind Geister vom Rotz geplagt?"

„Ihr wart draußen?", fragte Oleg vorsichtig, um nicht den Redefluss abzubremsen.

„Bist du jeck, Junge?" Marie hielt sich nicht mit umständlichem Respekt auf. „Unsere Hütte hat ein winziges Fenster zur Straße hin", verkündete sie stolz und sah sich erneut im Heim der Mönche um. Hier gab es kein Fenster. „Ich hab den Fensterladen einen winzigen Spalt aufgemacht und da hab ich es gehört."

„Wie viele waren es denn?"

„Vier, an unserem Haus sind vier Reiter vorbeigekommen. Ob da noch andere im Dorf waren?" Hedwig hob unschlüssig die Schultern.

Vier Berittene, das deckte sich mit der Erzählung der Gerbersöhne. Gegen vier Angreifer müsste doch das Dorf in diesem Jahr zu verteidigen sein. Vorausgesetzt, alle Bauern machten mit. Oleg überlegte schon, an welch strategisch wichtigen Punkten sein Bauernheer zu postieren war.

Er gedachte diese Quelle des Wissens weiter anzuzapfen. Die beiden waren uralt, hatten ihr ganzes Leben im Dorf verbracht und konnten sicherlich auch über andere Angelegenheiten Auskunft geben.

Randolph war noch so ein Thema, das ihn brennend interessierte und darum sagte er scheinbar nebenbei: „Diese Hochzeit wird sicher ein großes Fest werden."

„Welche Hochzeit?", fragten die beiden wie aus einem Munde.

„Nun, zwischen Jungfer Ida und Ritter Randolph." Oleg schaufelte sich mit einem Stück Fladenbrot einen Happen dicker Suppe aus der Schüssel, die er sich mit Gunther teilte. Aus dem Augenwinkel beobachtete er die beiden alten Frauen scharf.

„Ach das", murmelte Hedwig nur und zerkrümelte ein Stückchen Brot zwischen ihren knotigen Fingern.

Marie schwieg anfangs, aber Oleg entging nicht, dass da etwas unter der Oberfläche rumorte. Und richtig. Marie hielt es keine fünf Atemzüge aus, dann stieß sie heftig aus: „Der Alte von Waldeser hätt das nie erlauben dürfen! Das ist wider Gottes Gebot!"

Oleg riss sein Auge auf. Mit so einem Ausbruch hatte er nicht gerechnet. „Wider Gottes Gebot?", fragte er sanft. „Warum sollte Otto von Waldeser seine Tochter nicht dem Ritter versprechen?"

„Halt die Gusche", fuhr Hedwig ihre Schwester an. „Du bringst uns nur wieder in Schwierigkeiten."

Marie brummte ungehalten über die Zurechtweisung, schwieg aber mit verkniffenem Gesicht.

„Wenn etwas wider Gottes Gebot ist, dann ist es eure Pflicht vor Gott, es aufzuzeigen", sagte Oleg eindringlich, fügte dann aber beschwichtigend hinzu: „Nichts, was ihr uns hier anvertraut, wird diese Hütte verlassen. Das verspreche ich und das versprechen meine Brüder." Petrus, Melchior und Gunther nickten eifrig. Auch sie waren begierig zu hören, was die Alten noch zu sagen hatten.

„Also, wir waren ursprünglich drei Schwestern", begann Marie umständlich. „Und von unserer Hilde die Tochter, die Gretel, war die Amme von der Herrin Ida und blieb auch später Magd bei der Herrin Gertrude, was die Mutter von der Herrin Ida war. Als die Herrin Gertrude gestorben ist, ist Gretel mit einem Messerschleifer mitgezogen. Und die Gretel hat uns, als sie noch auf der Burg war, einiges erzählt, was sie von der Herrin Gertrude hatte. Die hatte nämlich einen ziemlichen Rochus auf den Randolph, der damals gerade als Knappe auf die Burg gekommen war. Er sollte da erzogen und ausgebildet werden, weil sein Vater zum Herrgott gerufen worden war." Marie machte eine Pause. Oleg schenkte ihr großzügig von dem Bier des Dorfschulten nach. Mit halb geschlossenen Augen ließ Marie das Gebräu die Kehle hinunter rinnen. Hedwig ermahnte ihre Schwester derweil eindringlich, die alten Sachen ruhen zu lassen. Nicht auszudenken, was ihnen der Ritter antun würde, wenn der erfuhr, dass sie hier über ihn schwatzten.

Marie winkte mit ihrer runzligen Hand ab. „Was kann der uns schon antun? Wer weiß, ob wir den Winter überhaupt überleben. Wer soll sonst von damals erzählen, wenn nicht wir Alten. Und die Mönche haben uns vorzüglich verköstigt. Kann mich nicht erinnern, wann wir das letzte Mal so geschlemmt haben. Da ist es nur recht, dass wir sie ein wenig unterhalten." Marie sah in die Runde der Mönche, die gebannt an ihren Lippen hingen. „Also, die Herrin Gertrude war nicht gut zu sprechen auf den Rattenschwanz Randolph. Gab damals eine schlimme Hungersnot. Das Korn war im Sommer auf dem Halm verfault, weil es ohne Unterlass geregnet hatte. Alle haben Hunger gelitten. Schlimmer als jetzt. Und da hat die Gretel Abfall vom Essen, das schon im Schweinetrog lag, ins Dorf gebracht. Der Randolph, dieser Mistknochen, hat sie mit der Peitsche bearbeitet, als er merkte, dass sie Essen von der Burg ins Dorf schafft. Da war er gerade zwölf Jahre alt, hat sich aber aufgespielt, als wär er der Herr auf der Burg. Ja, so war das damals."

Alle folgten mit den Blicken Petrus, der aufgestanden war und zur Herdstelle trat. Er trug den kleinen Topf zum Tisch. Zwischen den Steinen der Feuerstelle hatte er die Mehlspeise warmgehalten. Jetzt verteilte er die dicke, süße Milchsuppe mit den Mehlklieten und den Apfelstückchen darin in die Schüsseln. Wieder war für einige Zeit nur das Scharren der Löffel und das genüssliche Schmatzen zu hören.

Nachdem Marie auch das letzte Tröpfchen von ihrem Löffel geleckt hatte, fuhr sie in ihrer Erzählung fort: „Die Herrin hat sich beim Herrn Otto beschwert, dass der Rotzlöffel ihrer Leibmagd blutige Striemen geschlagen hat und da hat er ne saftige Strafe gekriegt. War schon damals ein böser Lauselümmel und ist mit den Jahren nicht besser geworden. Dann war er ja eine ganze Weile weg und ist voriges Jahr wieder gekommen. Und nun ist der junge Herr Christian tot und der Alte ist bloß noch 'nen lallender Schwachkopf. Nu hat der Haderlump freie Bahn bei der Ida. Aber das darf der nicht." Marie klopfte mit dem Löffelstiel auf den Tisch. Dann senkte sie die Stimme, als befürchte sie, dass Randolphs Schergen ihre Ohren an Tür und Wände drückten. „Die Herrin Gertrude hat der Gretel erzählt, dass ihr Gemahl, der Otto, und Randolphs Vater Halbbrüder waren." Triumphierend sah sie von einem zum anderen.

„So nahe Verwandte dürfen nicht heiraten", fasste Oleg schließlich ihrer aller Gedanken in Worte.

„Eben", Marie klopfte wieder auf den Tisch, „aber wer soll da noch Einwände vorbringen? Sind ja alle tot. Jetzt kann er sich hier einnisten, wo seine älteren Brüder auf der Vaterburg sitzen."

„Ich werde mich darum kümmern", verkündete Oleg und seine Brüder verdrehten die Augen gen Himmel. Ob sie damit den Beistand des Allmächtigen erflehen wollten oder nur neue Schwierigkeiten und Bedrängnisse aufziehen sahen, blieb ihr Geheimnis.

„Jetzt haben wir so viel erzählt", beendete Hedwig den Redefluss ihrer Schwester endgültig. „Da ist es nur recht und billig, dass ihr uns erzählt, wie Ihr", sie sah Oleg an, „also, wie Ihr es fertiggebracht habt, in den Bach zu fallen und wie es Euch gelungen ist, das bei dieser Kälte zu überleben."

Den Gefallen tat Oleg den Alten gern und gespannt hörten sie zu und geizten nicht mit „Achs" und „Ohs". Schließlich langte Oleg in seiner Erzählung dort an, wo ihn die oll Brigitta versorgt hatte. Und natürlich hatten die Schwestern auch etwas zur Kräuterfrau beizutragen.

„Die oll Brigitta war, als sie in ihre Hütte da draußen zog, noch nicht oll, aber mit Kräutern kannte sie sich schon immer aus", erzählte diesmal Hedwig. Marie hatte sich das letzte Stück Fladenbrot gegriffen und lutschte daran. „Es heißt, sie wäre dem Schäfer Heinzel, der hier zuvor wohnte, verbunden gewesen. Es ging sogar ein Steg über den Bach, weiter bachauf. Da konnten sie sich schnell mal besuchen. Das ging viele Jahre so und keinen hat's gestört. Doch dann

hat Heinzel seine Schafe und die Hütte dem Kloster übergeben und ist dort als Altenpfründner eingezogen. Und dann
kamen die ersten Mönche." Hedwig machte eine Pause und
räusperte sich umständlich. „Nu ja, die waren in der Schafhaltung nicht sehr bewandert, dafür hatten sie es mit dem
Beten um so mehr." Hedwig warf einen schnellen Blick in
die Runde. Keiner blickte missfällig ob ihrer Worte zurück,
also fuhr sie fort. „Und die Besuche eines Weibes duldeten
sie schon gar nicht. Dabei wollte sich Brigitta nur um die
kranken Schafe kümmern, die ob der Misswirtschaft in ihrer
eigenen Scheiße lagen. Irgendwann brannte in der Nacht der
Steg. Seitdem gibt es keine direkte Verbindung mehr. Kurz
darauf kamen Bruder Eudo und Bruder Markus. Die waren
weit verständiger. Aber der Steg wurde nicht wieder aufgebaut. Und nun seid Ihr hier und die oll Brigitta hat Euch gesund gemacht."

„Daher war sie auf Mönche nicht besonders gut zu sprechen", warf Melchior ein.

„Wer will es ihr schon verdenken", ergänzte Petrus.
„Wenn die ersten Mönche wie Bruder Hubertus waren ..."
Er musste nicht weitersprechen. Seine Brüder verstanden
ihn auch so.

Als Gunther nach draußen ging, um einen Armvoll Holzscheite zu holen, sahen sie durch den Türspalt, dass sich der
kurze Tag neigte und Dämmerung über das Land zog. Petrus füllte den restlichen Eintopf in einen hohen Krug und
band ein Tuch drüber.

„Gebt den leeren Krug einfach den Gerberburschen mit",
beschied der Koch den Schwestern und fügte grimmig hinzu: „Die Lauser werden früher oder später wieder hier auftauchen."

Hedwig und Marie bedankten sich vielmals für die Ver-
köstigung und lobten die christliche Gesinnung der Mönche
so ausgiebig, bis Oleg ihnen noch einen kleinen Beutel Mehl
abfüllte. Zufrieden nahmen die Weiblein auf dem Schlitten
Platz und wurden von Petrus und Melchior in wärmende
Decken gehüllt. Gunther saß schon auf Animos Rücken.
Melchior ergriff den Zaum des Pferdes und der Schlitten
setzte sich in Bewegung.

Von der Tür her sahen ihnen Petrus und Oleg hinterher.

Petrus reckte die Nase in die Luft. „Es ist milder", stellte
er fest. „Mit dem Frost ist es wohl erst einmal vorbei."

Melchior brachte bei der Rückkehr eine interessante Neuigkeit mit. Beim Dorfschulten hatten drei Waffenknechte von der Burg Quartier bezogen. Sie sollten in den nächsten Nächten darüber wachen, dass die Dörfler von Angriffen verschont blieben.

Die Mönche fanden diese Nachricht bemerkenswert. Hatte sich Randolph also doch auf seine Pflicht als Grundherr besonnen. Andererseits festigte er dadurch aber auch seine Machtstellung und seinen Anspruch auf die Burg, die ihm nach Gottes Gesetzen nicht gehören durfte.

11. Kapitel

Tatsächlich begann es am nächsten Tag zu tauen. Schon am Morgen tröpfelte es vom Dachfirst und der Schnee auf den Wegen wurde pappig und blieb klumpig an den Stiefeln haften. In der Nacht fror alles wieder und verwandelte die Pfützen des Tages in spiegelglatte Eisbahnen. Gunther bekam den Nachtfrost in der Frühe als Erster zu spüren, als er mit einem Schaff zum Bach hinunter wollte. Gleich hinter der Tür riss es ihm die Beine weg.

Nachdem er wieder auf die Füße gekommen war, massierte er mit schmerzverzerrtem Gesicht sein Hinterteil. Doch im Laufe des Tages wurden die eisigen Stellen zu schlammigen Pfützen, die auch in den folgenden Nächten nicht mehr zufroren.

Die Gerbersöhne tauchten schon am Tag nach dem Weihnachtsfest auf und lieferten den Krug ab, den Petrus Hedwig und Marie mitgegeben hatte. Sie taten zwar so, als wären sie nur wegen des Kruges gekommen, schielten aber sehnsüchtig zu den warmen Brotfladen, die Petrus eben auf den Tisch stapelte. Im Kessel simmerte eine Suppe aus Wurzelgemüse und Markknochen.

Mitte Februar begann die vierzigtägige Fastenzeit vor Ostern. Bis dahin sollte das gute Fleisch des geschlachteten Schafs verwertet sein. Also würden es sich die Mönche die nächsten sieben Wochen gut gehen lassen. Was eventuelle Besucher mit einschloss.

Aber Oleg fand, dass Martin und Jakob sich die Zuwendung auch verdienen mussten. Also forderte er sie auf, ausführlich zu erzählen, was es an Neuem aus dem Dorf gab, ob es zu irgendwelchen Übergriffen gekommen war und ob die Wachleute ihrer Aufsicht nachkamen.

„Es gab keinen Überfall, falls Ihr das meint." Jakob rutschte auf der Bank etwas näher an den Brotstapel heran.

„Alles ruhig", ergänzte Martin und folgte seinem Bruder.

„Das sind gute Nachrichten." Oleg nickte zufrieden. „Also ist es im Dorf nachts still wie auf einem Kirchhof?"

„Wart Ihr nachts schon mal auf einem Kirchhof?" Martin riss seinen Blick vom Brot los und sah Oleg schelmisch an. „Da raschelt und knackt es. Käuzchen rufen und Katzen fauchen sich an."

„Das mag wohl wahr sein. Und? Wer hat sich bei euch des Nachts angefaucht?"

Jetzt lachten die Buben laut auf.

„Letzte Nacht gab es Randale", berichtete Martin schließlich. „Aber ganz harmlos. Volkmar Engelklein, der unser Schmied ist, hat sich mit den Wachen angelegt. Hatte den Kopf vorher zu tief ins Bierfass gesteckt und randalierte auf dem Hof vom Dorfschulten rum. Ging mal wieder um die Trude. Er wollte mit dem Jan raufen. Er hat dann ein paar Maulschellen von den Wachen eingesteckt und ist krakeelend und mit blutiger Nase abgezogen. In der Zwischenzeit haben welche die Werkzeuge in seiner Schmiede in einem Hexenkreis aufgestellt. Da wird er sich heute früh gewundert haben."

Oleg maß die Jungen mit einem prüfenden Blick. „Solltet ihr etwa diese Schlingel gewesen sein, die dem Schmied den Streich gespielt haben?"

Die beiden guckten unschuldig aus der Wäsche und als der Blick des Mönchs eindringlicher wurde, schob Martin die Unterlippe vor und zuckte mit der linken Schulter.

„Es sind die Raunächte. Da passiert so was schon mal. Ist doch nur ein Spaß."

„Ihr solltet zu Hause bleiben, solange nicht geklärt ist, was im vorigen Jahr passierte", ermahnte Oleg die Brüder. „Nicht auszudenken, wenn ihr in ein Schlachtgetümmel geratet."

Jakob schnaufte empört. „Wir sehen uns schon vor, sind doch keine Hosenschisser. In der Hütte hätten wir voriges Jahr den Pfeil nicht gefunden", fügte er triumphierend hinzu. Martin nickte bekräftigend.

„Passt trotzdem auf", unterstrich Oleg seine Mahnung noch einmal, wenn er die Buben schon nicht von ihren Streifzügen abhalten konnte.

Sie versprachen es.

„Das war ja ein magerer Bericht", brummte Petrus. „Kaum einen halben Fladen wert." Noch während er sprach, füllte er eine Schüssel mit Eintopf und schob ihn zusammen mit einem Brotfladen den Jungen zu.

Kurz darauf verabschiedeten sich die Gerbersöhne. Petrus ließ sie nicht gehen, bevor er ihnen, mit einigen grimmigen Ermahnungen versehen, einen Brotfladen für ihre Schwestern zugesteckt hatte.

Schon in der Tür, drehte sich Martin noch einmal um. „Ihr solltet mal mit den Gauklern reden", rief er Oleg zu. „Die wissen auch was." Und schon war er fort, ehe Oleg weitere Fragen stellen konnte.

Die Mönche sahen sich erstaunt an.

„Ich muss zur Burg", verkündete Oleg und die anderen wussten, dass sie ihn nicht aufhalten konnten.

Gleich nach dem Frühmahl am folgenden Tag griff sich Oleg eines der Stiefelpaare, polsterte es gut mit Heu aus, wickelte sich die Fußlappen sorgfältig um die Füße und probierte in den Stiefeln einige Schritte. Schon nach der zweiten Runde, die er in der Hütte um das Feuer drehte, begann er zu humpeln.

Missmutig setzte er sich auf die Bank und musterte seine Füße, die ihm den Dienst verweigerten. Der Verstand sagte ihm, dass er sich die gerade verheilten Wunden bei seinem Gang zur Burg wieder aufscheuern würde. Doch seine Suche nach Antworten duldete keinen Aufschub.

„Es wird schon irgendwie gehen", murmelte er, griff nach seinem Stab und wollte sich auf den Weg machen. Er traf auf ein unverhofftes Hindernis. Vor der Tür stand mit verschränkten Armen Petrus. Kopfschüttelnd, mit einer Mischung aus Mitleid und Verärgerung musterte der Koch seinen Bruder.

„Bruder Oleg", begann er entgegen seiner sonstigen Veranlagung sanft, „es ist nicht recht von dir, dass du dich den Rest des Winters vor der Arbeit drücken willst."

Verblüfft ob der Anschuldigung blieb Oleg stehen und musterte den Koch verständnislos. „Vor der Arbeit drücken?", wiederholte er einfältig.

„Wie sonst sollen wir deinen Versuch verstehen, deine kaum verheilten Wunden wieder aufzureißen, dass sie womöglich gar brandig werden und dich auf Wochen hinaus ans Bett fesseln und dich somit von jedweder Arbeit befreien?", sprang Melchior dem Koch bei.

Olegs anfängliche Verwirrung wandelte sich in Belustigung. Doch dann wurde er wieder ernst. „Und wie – bitte schön – stellt ihr es euch vor, dass ich auf die Burg komme?" „Nun, wie schon? Hoch zu Ross", verkündete Gunther, hielt sich aber gleich ob seiner vorlauten Worte die Hand vor den Mund.

„Der Junge hat recht", stimmte Petrus dem Novizen zu, was dem sichtlich guttat. „Da wir dich nicht abhalten können, müssen wir einen besseren Weg finden, dich auf die Burg zu schaffen. Und was soll das Tier tagelang im Stall stehen. So ein Pferd braucht Bewegung. Also wirst du dich daraufsetzen und ich führe den Zossen am Zügel."

Oleg wollte protestieren. Er konnte allein reiten.

„So oder gar nicht." Petrus war noch keinen Schritt von der Tür gewichen und Oleg sah ein, dass er nirgendwo hin gehen oder reiten würde, sollte er sich nicht einsichtig zeigen. Natürlich könnte er versuchen sich durchzusetzen. Der Vater Abt hatte ihm die nötige Autorität über seine Brüder verliehen. Aber wenn er ehrlich zu sich war, so musste er sich eingestehen, dass ein Gang zu Fuß reine Unvernunft wäre. Schon nach hundert Schritten würde er es bitter bereuen, nicht auf den Vorschlag seiner Brüder eingegangen zu sein.

„So machen wir es", sagte er also und nickte Petrus bekräftigend zu.

Kurz darauf waren sie unterwegs. Oleg ließ die Füße rechts und links am Pferd herunter baumeln. Er hatte versucht, die Stiefel in die Steigbügel zu schieben. Aber selbst dieser kleine Druck schmerzte schon.

„Hast du dir schon überlegt, wie du deinen neuerlichen Besuch auf der Burg rechtfertigen willst?", fragte Petrus, nachdem sie das Dorf hinter sich gelassen hatten.

„Ich werde mich nach der Hand von Jungfer Ida erkundigen und sehen, inwieweit die Behandlung angeschlagen hat. Vielleicht muss ich auch neues Öl ansetzen und es dann noch einmal zur Burg bringen." Oleg hatte sich gleich nach dem Hinweis Martins auf die Gaukler eine glaubwürdige Begründung für seinen Besuch auf der Burg überlegt.

Die Wachleute am Burgtor ließen die Mönche widerspruchslos bis in den Zwinger passieren, baten sie dann aber, zu warten. Der Burghauptmann müsse, bevor sie weiter könnten, unterrichtet werden.

„Wir wollen zur Herrin Ida", bestimmte Oleg hoch vom Pferd her fest und reckte seinen Rücken kerzengerade. Er hatte bewusst die Bezeichnung Herrin gewählt. Sie wollten nicht zu irgendeiner Jungfer, sondern zur Herrin der Burg.

„Schon recht, guter Bruder", brummte der Waffenknecht und schickte einen Burschen los, der ihr Kommen ankündigen sollte. Dann durften sie weiterziehen.

Petrus führte das Pferd bis zur Treppe. Erst dort stieg Oleg ab und Petrus reichte die Zügel dem Burschen, der eben wieder aus dem Palas trat.

Ida kam ihnen auf der Treppe entgegen und begrüßte die Mönche freudig. Als sie jedoch sah, wie unsicher Oleg die Füße voreinander setzte und dass er von Petrus auf der einen Seite gestützt wurde, griff sie mit ihrer gesunden Hand sogleich zu, um den Gast in die Halle und bis zu einem Stuhl am Kamin zu führen.

„Guter Bruder, leidet Ihr noch an den Folgen Eures eisigen Ausflugs?", fragte sie besorgt, kaum dass die Gäste saßen und sie einen Jungen nach heißem Würzwein geschickt hatte.

Und so kam Oleg nicht umhin, seine Geschichte erneut zu erzählen. Er versuchte sich so kurz wie möglich zu halten, doch Idas Zwischenfragen lockten immer neue Einzelheiten aus ihm heraus, so dass sie schließlich zornig ausrief: „Ein solch feiger Anschlag auf unserem Land darf nicht ungesühnt bleiben. Ich wusste ja nicht, dass Euch so übel mitgespielt worden war."

Da Oleg die Männer, die ihn in die Falle gelockt hatten, jedoch nur recht ungenügend beschreiben konnte, waren auch ihr vorerst die Hände gebunden. Einig waren sie sich jedoch darin, dass die Nachforschungen des Mönchs jemanden aufgescheucht hatten, der auch vor Mord nicht zurückschreckte, um unerkannt zu bleiben.

Oleg hatte nun auch Gelegenheit, sich bei Ida zu bedanken, dass sie ihm die Kräuterfrau geschickt hatte. Ohne deren Hilfe würde seine Genesung wohl nicht so gute Fortschritte gemacht haben.

„Ihr habt mit Eurer Weitsicht womöglich mein Leben gerettet. Ich würde gern Gleiches mit Gleichem vergelten. Ist Euer Vater heute pässlich, dass ich ihn untersuchen kann? Möglicherweise finde ich etwas, dass ihn so weit wieder herstellt, dass er klaren Verstandes ist und zumindest vom Bett aus Anweisungen geben kann, um die Burgverwaltung wieder in die eigenen Hände zu nehmen."

Ida lächelte Oleg einen Augenblick an, dann entschuldigte sie sich bei ihm, da sie persönlich nach ihrem Vater sehen wollte, um eine Entscheidung zu treffen.

Oleg musste nicht lange warten, bis Ida sich wieder zu ihm gesellte. In ihrer gesunden Hand trug sie den kleinen Ölkrug mit dem Einreibemittel, das Oleg ihr vor Kurzem gebracht hatte.

„Das Öl ist schon fast aufgebraucht", klagte sie mit einem frohen Unterton. „Es hat mir außerordentlich gute Dienste geleistet."

Nicht nur, um den Anschein eines Krankenbesuches zu wahren, sondern aus ehrlichem Interesse heraus, erkundigte Oleg sich, wie die Behandlung der Hand vorangekommen war.

Die Jungfer schien nur darauf gewartet zu haben. Eifrig demonstrierte sie, wie sie die Finger wieder um eine Winzigkeit bewegen konnte, und bestätigte dem erfreuten Kräutermönch, dass die Hand nun weniger schmerzte. Sie beteuerte, die Massage und die Bewegungsübungen täglich durchgeführt zu haben und dass sie auch weiterhin fleißig den Anweisungen folgen wolle. Nur das Öl werde langsam knapp. Oleg versprach ihr, schon bald Nachschub zu liefern, sofern er wieder einen kleinen Krug Leinöl mitnehmen könne.

„Daran soll es nicht mangeln." Ida rief sogleich eine Magd heran, die unweit von ihnen die Binsen erneuerte, und erteilte ihr einen entsprechenden Auftrag. Dann wandte sie sich wieder Oleg zu. „Und nun, guter Bruder, erzählt, was Euch wirklich hierherführt. Die Sorge um meine Hand hätte auch noch ein, zwei Wochen warten können, bis Ihr wieder vollends hergestellt seid."

„Ja, ich dachte mir schon, dass Ihr das fragen würdet. Da soll noch einer der Weiber Witz in Frage stellen. Meist verstecken sie sich nur hinter ihrer Unbedarftheit und verstehen es aus dieser Position heraus, die Mannsleute zu lenken und zu leiten."

Ida konnte nicht verhindern, dass ihr Mund und Augen offenstanden. Schließlich fasste sie sich wieder. „Was wisst denn Ihr von Weibern, guter Bruder", fragte sie amüsiert.

„Wir Mönche vom Orden des Heiligen Franziskus sind der Welt zugewandt und pflegen im Rahmen unserer Ordensregeln Umgang mit den Menschen außerhalb der Klostermauern. Da bleibt es nicht aus, sofern man mit offenen Augen umhergeht, dass man als Mönch Erkenntnisse sammelt, die gestandenen Mannsbildern verborgen bleiben." Auch Oleg verzog leicht amüsiert die Mundwinkel.

„Gut, das werde ich mir unbedingt merken. Und nun, was also führt Euch hierher?"

„Ich muss den Prinzipal der Gaukler sprechen. Und wenn es sich irgend einrichten lässt, würde ich ihn gern allein sprechen."

„Den Prinzipal der Gaukler?", fragte Ida ungläubig. Aber wenn der Mönch meinte, dass es seinem Anliegen dienlich war, dann sollte es so sein. „Und allein? Hm, Ihr könnt nicht weit gehen, guter Bruder. Da kommt wohl am ehesten die kleine Kammer dort hinter dem Vorhang in Frage."

Ida wies zum Ende der Halle, wo etliche Wandbehänge das kalte Mauerwerk verbargen.

„Hinter dem linken Behang, dem mit der Jagdszenerie, führt eine Tür in eine kleine Gästekammer. Das wird ausreichend sein. Ich werde den Prinzipal selbst herbitten. Und Ihr, guter Bruder", sie wandte sich Petrus zu, der zwar schweigend nichtsdestotrotz wachsam zugehört hatte, „Ihr möchtet Euch vielleicht ein wenig in der Küche umsehen und mit unserer wirklich begnadeten Köchin über die Zubereitung diverser Speisen disputieren?"

Petrus nickte zufrieden. So konnte Randolph nicht zufällig über ihn stolpern und neugierige Fragen stellen. Wo steckte der eigentlich? Erstaunlich, dass er nicht schon aufgetaucht war, um herauszufinden, was die Mönche neuerlich auf die Burg geführt hatte. Der Torwächter musste ihn doch inzwischen über den Besuch der Mönche unterrichtet haben.

Petrus half Oleg in die Gästekammer und begab sich dann Hände reibend in die Küche, wo es nach dem Weihnachtsfasten wieder nach Gebratenem und Gesottenem duftete. Die Zeiten von Stockfisch und eingesalzenen Heringen waren vorerst vorbei.

Derweil Ida den Prinzipal suchte, sah sich Oleg in der Kammer um. Diese maß kaum fünf mal drei Schritte. Ein kaum handbreiter Schlitz im Mauerwerk sorgte für Frischluftzufuhr. Jetzt war die Spalte mit Stroh verstopft. Den größten Teil des Raumes nahm eine breite Bettstatt ein. Stuhl

184

und Truhe vervollständigten die Einrichtung. Mehr gab es nicht. Und mehr brauchte es auch nicht. Diese, für höhergestellte Gäste bestimmte Kammer, war weit besser, als die große Halle, wo sich all das gemeine Volk des Nachts in die Binsen legte.

Oleg stellte die mitgebrachte Kerze auf die Truhe und setzte sich auf den einzigen Stuhl. Die Wartezeit nutzte er, sich noch einmal zurechtzulegen, wie er das Gespräch mit Vincent Ohnegleichen beginnen sollte, ohne dass der sich sogleich verschloss und seinen Fragen durch nichtssagende Antworten auswich.

Allein schon, dass sie hier ein gewissermaßen heimliches Gespräch führten, musste den Mann misstrauisch machen. Er würde sich nicht in fremde Händel hineinziehen lassen. Was das Gespräch zusätzlich schwierig gestalten würde, war die Tatsache, dass Oleg keinen Schimmer davon hatte, worauf es eigentlich hinauslaufen sollte. Er ging hier nur einem vagen Hinweis des Gerbersohnes nach.

Es klopfte und Oleg machte sich bereit dem Prinzipal freundlich gegenüber zu treten. Es war aber nur Petrus, der einen neuen Krug mit Würzwein, zwei irdene Becher und ein Holzbrett mit Käsewürfeln auf der Truhe abstellte. Er nickte Oleg schweigend zu und verließ die Kammer wieder.

Sehr klug, dachte Oleg. Hätte eine Magd Speise und Getränk gebracht, würde sie womöglich anschließend in der Küche darüber tratschen, dass der einäugige Mönch ein heimliches Stelldichein in der Gästekammer hatte.

Es klopfte erneut und diesmal trat Ohnegleichen ein. Überrascht zog er eine Augenbraue hoch. Mit dem einäugigen Mönch hatte er wohl nicht gerechnet und Oleg fragte sich, was Ida dem Prinzipal erzählt hatte.

Doch der Gaukler fasste sich schnell wieder. Sich auf wechselnde und überraschende Veränderungen einzustellen, gehörte sicherlich zu einer überlebenswichtigen Fähigkeit eines Anführers dieser Zunft.

„Was kann ich für Euch tun, guter Bruder?", fragte er scheinbar unbeeindruckt und setzte sich auf die Bettstatt. „Ihr werdet mich doch wohl nicht zu einem Schäferstündchen eingeladen haben. Dazu tauge ich, seid versichert, in dieser Konstellation rein gar nicht."

Nun war es an Oleg, einen Augenblick verblüfft zu sein. Dass ihrer beider Zusammenkunft in dieser Kammer für den

Gaukler etwas Anrüchiges haben könnte, war ihm gar nicht in den Sinn gekommen. Gut, dass die Kerze nur ein schwaches Licht spendete und so seine Verlegenheit verbarg.

„Und ich versichere Euch, dass mir weder in dieser noch in jedweder anderen Konstellation an einem Schäferstündchen gelegen ist." Oleg beglückwünschte sich still zu seiner Schlagfertigkeit.

„Gut, da wir uns das nun gegenseitig versichert haben, könntet Ihr über Euer Anliegen sprechen, Bruder Oleg." Ohnegleichen beugte sich etwas vor, stützte die Ellbogen auf den Knien ab und legte das Kinn in seine Hände. So musterte er sein Gegenüber eindringlich. Und wieder schien es Oleg so, als läge da ein Anflug von Spott im Blick des Prinzipals.

Oleg merkte, wie ihm die Gesprächsführung zusehends entglitt. Aber was hatte er denn erwartet? Dass der andere sich demütig seine Fragen anhörte und untertänig all sein Wissen preisgab, von dem Oleg noch immer nicht wusste, worin es bestand? Er musste einen anderen Ansatz finden. Er war doch sonst nicht träge im Witz, anderen auf den Zahn zu fühlen. Aber hier hatte er einen ebenbürtigen Gegner gefunden, wenn nicht gar einen, der ihm überlegen war. Nein, so weit wollte Oleg nicht gehen.

Ebenbürtig? Ja. Überlegen? Nein. Ein wenig grenzte das an Hochmut, doch hatte Oleg jetzt weder Zeit noch Lust, sich mit solchen Feinheiten aufzuhalten.

Er goss Wein in die Becher und reichte einen dem Prinzipal.

„Es muss für Euch eine große Erleichterung sein, dass Ihr hier alljährlich ein festes Winterquartier beziehen könnt", gab Oleg dem Gespräch eine neue Wendung.

Der andere schob den Kopf ein wenig vor und beäugte ihn wie die Henne einen Wurm, von dem sie noch nicht recht wusste, an welchem Ende sie ihn packen solle. „Ja, das ist es, Bruder Oleg." Er legte den Kopf schief und grinste unerwartet breit. „Oder sollte ich sagen: Ja, das ist es, Bruder Oleg ... *Buntauge*?"

Oleg sperrte den Mund auf. Woher wusste dieser Fremde von dem Namen, den Oleg nur noch ausgesprochen selten hörte? Und dann ausnahmslos von den Freunden seiner Kindheit oder von deren Kindern.

„Wer seid Ihr?", presste er hervor.

Der andere richtete sich gerade auf. Sein Grinsen wurde breiter. „Ich bin der, der Euch den Namen Buntauge gab. Davor wart Ihr nur Teufelsauge. Sagt nicht, dass Ihr Euch nicht erinnert."

Olegs Blick ging in die Ferne. Das lag so weit zurück, vergraben in den halb vergessenen Erinnerungen einer Kindheit, die von Schlägen und Entbehrungen geprägt war, bevor sie sich ganz unerwartet zum Besseren wendete. Vor fünfundzwanzig Jahren hatte ihn Pater Kilian mit ins Kloster genommen. Da war er so um die acht Jahre alt und er hatte gerade sein eines Auge eingebüßt. Davor war er bei der Fischmaulbande. Die hatten ihn zwei, drei Jahre zuvor halb verhungert aufgesammelt, nachdem ihn seine Eltern wegen der verschiedenen Augen mit Tritten und bösen Worten davongejagt hatten. Teufelsauge hatten ihn bis dahin alle geschimpft. Einer der Fischmäuler hatte ihm den Namen Buntauge gegeben. Er wusste noch, dass der neue Freund ein lustiger Bursche gewesen war und ein mädchenhaft schönes Gesicht hatte, mit dunkelblauen Augen unter langen, dunklen Wimpern. Gaukler hatte der geheißen. Ja, jetzt erinnerte sich Oleg wieder. Gaukler hatte ihm den schönen, neuen Namen geschenkt.

„Gaukler", hauchte Oleg mit belegter Stimme. Er musste mehrmals schlucken, um der Rührung Herr zu werden. „Aber das ist nicht möglich. Du bist fortgegangen damals und nie zurückgekommen."

„Fortgegangen bin ich, dass stimmt. Mit dem Theriakhändler bin ich fortgezogen in die fernen Nordlande, um den entführten Sohn des armen Mannes zu suchen."

„Habt ihr ihn gefunden?" Langsam erinnerte sich Oleg an die Begebenheiten, die sich damals im Herbst desselben Jahres zugetragen hatten, in dem er im Frühsommer sein braunes Auge verloren hatte.

„Haben wir. Der Knabe war inzwischen ein junger Mann geworden und sein Herr wollte ihn nicht ziehen lassen. Er hatte ihn schließlich rechtmäßig gekauft und aus dem ungelenken Jungen war ein geschickter Arbeiter geworden. Der Theriakhändler hat sich dann auch bei dem Herrn verdingt. So konnte er bei seinem Sohn bleiben. Er hat mir den Wagen überlassen. Aber weißt du, die Sommer sind da verdammt kurz und die Winter elendig lang und eisig kalt. Ich bin zurück in die heimischen Lande und habe vor gut fünfzehn

Jahren meine eigene Gauklertruppe gegründet. Seitdem bin ich ihr Prinzipal Vincent Ohnegleichen."

Oleg hatte staunend zugehört. „Warum bist du nie nach Magdeborch zurückgekommen? Du hast da noch Freunde." Und dann erzählte er von Fischmaul, der sich jetzt Florian Schellenfuß nannte, und seinen Kindern. Und von Hildegard und Witho berichtete er ebenfalls. Nur, dass auch er einen Sohn hatte, der bei dem befreundeten Händlerpaar lebte, davon erzählte er nicht.

Dann schwiegen sie eine Weile und ein jeder hing seinen eigenen Erinnerungen nach.

„Und nun, Bruder Oleg Buntauge, erzählst du mir, warum du mich zu diesem Gespräch gebeten hast."

„Ich will ganz ehrlich zu dir sein. Jemand sagte zu mir: Redet mit den Gauklern. Die wissen auch was."

Vincent zog die Augenbrauen zusammen. „Das riecht nach Verdruss. Und wenn Gaukler eines nicht gebrauchen können, dann ist es Verdruss. Meist bleibt dann das ganze Unglück am fahrenden Volk hängen und die wirklich Schuldigen zeigen als Erste mit dem Finger auf uns und schreien am lautesten."

Oleg musterte den ehemaligen Gefährten erneut. Konnte er ihm vertrauen? Früher hätte er nicht einen Wimpernschlag gezögert, dem anderen sein Leben anzuvertrauen. Inzwischen war viel Wasser die Elbe hinuntergeflossen. Eine so lange Reihe von Jahren hinterließ nicht nur ihre Spuren im Äußeren eines Menschen, sondern prägte auch unweigerlich sein Wesen.

Andererseits hielt Kaspar große Stücke auf Vincent Ohnegleichen und seine Truppe. Der junge Mann kannte die Gaukler seit Jahren. Wären die ein Haufen hinterhältiger Vaganten, würde sich Kaspar nicht zu ihnen hingezogen fühlen. An der lauteren Natur des Jungen zweifelte Oleg nicht einen Augenblick.

Nun, er war nicht hergekommen, um sich jetzt von Zweifeln an seinem Tun plagen zu lassen. So oder so musste er mit seinem Anliegen herausrücken. Da spielte es keine Rolle, dass er den Prinzipal von früher kannte.

Oleg atmete einmal tief durch wie vor einem Sprung in tiefes Wasser. „Ich muss dich bitten, über das, was wir hier sprechen, allen anderen gegenüber Stillschweigen zu wahren."

„Das musst du nicht extra erwähnen. Ansonsten hätten wir auch in der Halle beieinandersitzen können. Allerdings muss ich das Versprechen einschränken. Sollte sich in der Folge unserer Unterhaltung eine Gefahr für meine Truppe ergeben, werde ich das mit meinen Leuten bereden."

Oleg nickte zustimmend. Das war nur verständlich. „Gut, dann frage ich dich, seit wann ihr hier im Winter unterkommt."

„Es ist das achte Jahr, dass wir hier die kalten Monate verbringen können."

„Wie kam es dazu?"

„Die Herrin war im Sommer gestorben und die Kinder noch immer verstört ob des Verlustes ihrer Mutter. Wir lagerten im Spätherbst vor dem Burgtor, um an einem der folgenden Tage weiterzuziehen. Ein Rad war gebrochen und der Wagner der Burg kümmerte sich darum. Otto von Waldeser muss bemerkt haben, wie seine Kinder ihren Kummer vergaßen, sobald sie unseren Possen zusahen. Er bat uns, den Winter auf der Burg zu verbringen, und erneuerte im Frühjahr sein Angebot für den kommenden Winter. Und so haben wir seit Jahren ein festes Winterquartier. Es hat uns alle betroffen gemacht, als wir dieses Jahr von dem Leid erfuhren, dass der Familie widerfahren ist. Der junge Herr Christian war ein guter Mann."

„Und seinen Vater hat darob der Schlag getroffen."

„Ein schlimmes Schicksal."

„Es soll zuvor einen heftigen Streit zwischen Vater und Sohn gegeben haben."

„So sagt man."

„Weißt du etwas darüber?"

Ohnegleichen bediente sich an der Käseplatte und zerkaute den Käsewürfel gründlich, bevor er mit Wein nachspülte. „Wir haben unsere Wagen ganz hinten in dem verwilderten Teil des Küchengartens unter der Burgmauer. Wir kümmern uns nur so weit um die Belange des Burgvolks, wie es um die Füllung unserer Mägen geht."

Das war weder ein Ja noch ein Nein. An dieser Stelle brauchte Oleg nicht weiter bohren. Das würde den anderen nur verstimmen und ihn wahrscheinlich von weiteren Auskünften abhalten.

„Mein Vater Abt hat mich hierher geschickt, damit ich nachforsche, wer für die Vorkommnisse im Dorf zum letzten

Jahreswechsel verantwortlich ist und um neuerliches Unheil abzuwenden."

Dieses offene Bekenntnis verfehlte nicht seine Wirkung.

„Damit haben wir nichts zu tun!", stieß der Prinzipal heftig aus.

„Das habe ich auch nicht behauptet. Aber vielleicht weißt du etwas darüber, auch wenn es nichts mit dem Befüllen eurer Mägen zu tun hat."

„Unsere Späße waren immer harmlos."

„Eure Späße? Im Dorf?"

Ohnegleichen kaute zwei weitere Käsewürfel gründlich hinunter. Oleg ließ ihm die Zeit. Jetzt nur nicht drängeln.

„Seit wir hier die kalten Monate verbringen, sind wir in den Raunächten immer ins Dorf gezogen und haben da unseren gutartigen Schabernack getrieben. Der Herr Otto hatte nichts dagegen, hielt uns aber an, keinen Schaden anzurichten. Es schien ihn zu belustigen, den Aberglauben der Bauern zu befeuern. Er hat sich immer alles genau berichten lassen."

Das passte mit dem zusammen, was der Dorfschulte Oleg vor Wochen erzählt hatte. Ährenreich hatte berichtet, dass die Streiche vor sieben, acht Jahren deftiger geworden waren.

„Und im letzten Jahr? Wart ihr da auch im Dorf?"

„Anfangs ja, doch dann hat es uns Ritter Randolph verboten. Wir durften die Burg bis zum Fest der Erscheinung des Herrn nicht verlassen."

„Aber ihr wisst, was um den Jahreswechsel herum im Dorf passierte?"

„Der Kaspar hat es uns erzählt, als er einige Tage später auf die Burg kam."

Oleg drehte den Becher mit dem inzwischen erkalteten Wein in den Händen. Das sah Randolph gar nicht ähnlich, dass er die Bauern vor den Umtrieben der Gaukler bewahren wollte. Aber womöglich hatte er sich ja in dem Ritter getäuscht. Vielleicht verbarg der hinter seinem rauen Wesen doch ein gewisses Verantwortungsgefühl für die Dörfler. Auch wenn es Oleg nicht richtig passte, beschloss er, den Ritter künftig unvoreingenommen zu beurteilen.

Bevor Oleg noch eine weitere Frage stellen konnte, wurde erneut an die Tür geklopft und diese im gleichen Moment aufgezogen. Petrus steckte den Kopf herein.

„Randolph ist zurück. Ihr solltet eure Unterredung beenden."

Vincent Ohnegleichen stand sofort auf und drängte sich an Petrus vorbei. In der Tür wandte er sich noch einmal um. „Es war gut, dich wiederzusehen, Oleg Buntauge." Dann war er auch schon fort.

Oleg verließ die Kammer ebenfalls und setzte sich an den Kamin, wo Ida auf ihn wartete. So musste es einem Hinzukommenden scheinen, als hätten sie dort schon länger beieinandergesessen. Auf dem Tisch stand ein kleiner Krug mit Leinöl.

Petrus gesellte sich zu ihnen und sah seinen Bruder fragend an. Natürlich war er neugierig, warum sich dieser Prinzipal so vertraulich verabschiedet hatte. Doch hier war nicht der rechte Ort, um über die lange zurückliegende Freundschaft zu sprechen.

„War Euer Gespräch zufriedenstellend?", fragte Ida eben, als Randolph die Halle betrat und mit langen Schritten auf sie zustrebte. Eine Antwort auf die Frage erübrigte sich damit. Der Ritter wäre nur neugierig geworden.

Mit verschränkten Armen blieb der vor dem Tisch stehen und musterte sowohl seine Braut als auch die Mönche eindringlich. Dann verzogen sich seine Mundwinkel spöttisch. „Ihr scheint Euch auf meiner Burg wohl zu fühlen, gute Brüder."

Dass Ida empört die Luft ausstieß ob seiner Anmaßung, quittierte er nur mit dem Zucken einer Augenbraue.

Sein Grinsen vertiefte sich, als er sich Oleg zuwandte. „Nun, zumindest ertappe ich Euch nicht wieder dabei, wie Ihr mit meiner Anverlobten Händchen haltet. Aber so weit seid Ihr wohl doch noch nicht wieder hergestellt. Ich hörte von Eurem Missgeschick."

„Von Missgeschick kann wohl nicht die Rede sein." Olegs Vorsatz, des Ritters Taten und Worte unvoreingenommen zu beurteilen, zerstob wie Rauch in einem Herbststurm.

Randolph setzte sich mit an den Tisch und nahm aus dem Humpen Bier, den eine Magd eilig herbeibrachte, einen tiefen Zug. Dann wischte er sich mit dem Handrücken über den Mund und rülpste unbeschwert.

„Ihr seid dort draußen wirklich vom Pech verfolgt. Erst fallen die Wölfe über Eure Schafe her. Und dann verlauft Ihr Euch, fallt bei der Eiseskälte in den Bach und stolpert anschließend in einem Wintersturm über das freie Feld. Es grenzt an ein Wunder, dass Ihr Eure Unvorsichtigkeit nicht mit dem Leben bezahlt habt."

Oleg blieb der Mund offen stehen. Glaubte der Ritter wirklich das, was er da von sich gab, oder war das nur beißender Spott? Oleg hielt Letzteres für wahrscheinlicher. Dem Dorfschulten und der oll Brigitta gegenüber hatte er offen über den Anschlag der Mordbuben gesprochen. Und Ida hatte nach der alten Kräuterfrau geschickt, als er von seinem Heim fortgelockt worden war. Kaum zu glauben, dass es Randolph noch nicht zu Ohren gekommen war, was sich wirklich zugetragen hatte.

„Ein wenig anders war es schon", sagte Oleg scharf. Er verspürte nicht den geringsten Antrieb, dem großkotzigen Ritter die Vorkommnisse haarklein zu erzählen. Sollte er wirklich unwissend sein, würde schon jemand anderes diese Aufgabe übernehmen.

Die beiden Männer maßen sich mit Blicken. Randolph verbarg seine Belustigung ob der Verärgerung des Mönchs nicht. Was konnte dieser einäugige, magere Hänfling schon gegen ihn ausrichten?

„Wart Ihr wieder auf der Jagd", fragte Ida in dem Bestreben, das Gespräch in entspanntere Bahnen zu lenken. „Und wart Ihr erfolgreich? Ein paar Hasen kämen der Köchin recht."

„Danke, dass Ihr fragt, holde Jungfer." Randolphs harte Miene passte nicht zu seinen Worten. „Tatsächlich ritt ich zur Jagd aus. Doch war diese recht unbefriedigend, denn das Wild war alsbald gefangen und hängt nun auf dem Dorfanger am Pranger." Böse grinsend sah er in die Runde, darauf wartend, dass seine Zuhörer den Sinn seiner Worte enträtselten. Randolphs Gesichtsausdruck nach zu urteilen, konnte es nichts Gutes bedeuten.

„Ihr habt den Bauern Eure Beute überlassen?", fragte Ida unsicher, da sie nicht recht wusste, wie sie die Worte auslegen sollte.

Oleg war da schneller in seinen Gedanken. „Ging es wieder um Wilderer, die Ihr zur Strecke gebracht habt?", fragte er scharf und konnte seinen Abscheu nicht verbergen.

„Einen Wilderer muss man hetzen, ihm den Weg abschneiden, ihn einkreisen. Das verspricht zumindest einen Hauch von Befriedigung. Hier ging es nur darum, einen

Bauernburschen aus seinem Bett zu zerren, ihn an den Pfahl zu binden und die Peitsche singen zu lassen. Der Bursche stimmte alsbald in den Gesang mit ein, bis ihm vor lauter Sangeslust die Sinne schwanden."

Sprachlos hatten die Mönche und die junge Frau den Ausführungen des Ritters zugehört. Wie konnte sich ein Mensch nur dermaßen am Leid eines anderen ergötzen? Oleg kam kurz in den Sinn, was Marie über den jugendlichen Randolph erzählt hatte. Nicht zum ersten Mal fragte er sich, warum es der Herrgott zuließ, dass schon in so jungen Menschen ein Hang zum Bösen keimte, der dann im Laufe der Lebensjahre zu immer schlimmeren Taten führte. Eine Seele, die der Leibhaftige bereits in jungen Jahren an sich gerissen hatte? Es bedurfte dann Menschen guten Willens, diesem Unhold Einhalt zu gebieten.

„Was ist vorgefallen?", fragte Oleg gepresst. Er hatte sich als Erster gefasst.

„Der Älteste vom Dorfschulten hat gestern Abend einen meiner Waffenknechte angegriffen, die ich über Nacht im Dorf postiert habe. Es soll da um eine der Dorfschlampen gegangen sein, der mein Dienstmann ein wenig zu Diensten sein wollte." Randolph lachte rau. Das Vorgehen seines Mannes fand unzweifelhaft seine Zustimmung. „Und dieser Erdfresser dachte, er müsse sich da einmischen. Er hat meinem Mann einen Zahn ausgeschlagen. So etwas lasse ich nicht durchgehen. Morgen steht das Pack vor der Burg und meint, sich auflehnen zu können. Wo kommen wir denn da hin? Zehn Peitschenhiebe schienen mir angemessen für einen Zahn. Bis morgen früh bleibt das Schwein am Pranger."

Randolph auf das Unangemessene seiner Bestrafung hinzuweisen, gar von ihm zu verlangen, auch seinem Waffenknecht eine Strafe aufzuerlegen, wäre ein aussichtsloses Unterfangen. Also beschränkte sich Oleg auf das Naheliegende, auf das Machbare.

„Die Nächte werden noch immer empfindlich kalt. Das wird der Junge nicht überleben."

„Hätte er sich früher überlegen sollen. Und damit auch ja niemand auf die Idee kommt, den Ochsen vorzeitig abzuschneiden, ist eben jener Dienstmann zur Bewachung im Dorf zurückgeblieben. Er wird auch vor einem Mönch nicht halt machen, der meinen Willen in meinem Dorf nicht achtet."

„Es sind noch immer mein Dorf und meine Bauern!" Erzürnt fuhr Ida von ihrem Platz hoch und funkelte den Ritter zornig an. „Ich verlange, dass der junge Mann augenblicklich seinem Vater übergeben wird."

„Und ich bin der Burghauptmann, der für die Belange der Herrschaft zuständig ist. Euer Vater hat mir diese Aufgabe übertragen, nachdem sich Euer Bruder aus dem Staub gemacht hatte. Also fügt Euch."

Noch nie hatte Randolph Ida so rüde zurechtgewiesen. Wenn er sie wirklich zur Frau nahm, würde er ihr das Leben zur Hölle auf Erden machen. Ihr Lebensmut und ihre Anteilnahme würden verdorren und nur eine Hülle zurücklassen, die nichts mit der jetzigen streitbaren, jungen Frau zu tun hatte.

Das musste auch Ida in diesem Augenblick klar geworden sein. Sie trat einen Schritt vom Tisch zurück. Hatte Oleg jetzt erwartet, sie würde womöglich einlenken, so sah er sich getäuscht.

„Ihr werdet nie der Herr auf dieser Burg sein", fauchte sie, drehte sich um und schritt hoch erhobenen Hauptes davon.

„Ihr seid doch ein Mann Gottes", wandte sich Randolph an Oleg. „Hat der Herrgott nicht das Weib dem Manne untertan gemacht? Habt Ihr vielleicht ein Rezept, dieses widerspenstige Weib demütig und gehorsam zu machen?"

Es bedurfte einiges an Beherrschung, dass Oleg dem Ritter nicht seine Meinung entgegen schleuderte. Petrus der wohl die Bedrängnis sah, mit der sein Bruder zu kämpfen hatte, ergriff zum ersten Mal das Wort: „Habt Dank für die Gastfreundschaft, werter Herr. Wir müssen nun zu unserem Heim zurück." Er steckte den Ölkrug in seinen Beutel und bugsierte seinen Bruder, der noch immer die harschen Worte hinunter kaute, die ihm auf der Zunge lagen, zur Tür.

12. Kapitel

Eilig verließen die Mönche die Burg und befanden sich schon bald auf dem Weg zum Dorf. Am liebsten hätte Oleg Animos zu einem schnellen Trab angetrieben. Er würde schon dafür sorgen, dass Jan vom Pranger loskam. Dazu sollte es jedoch vorerst nicht kommen. Als sie an den ersten Hütten vorbeikamen, stemmte Petrus die Füße in den matschigen Boden und zog mit beiden Händen an Animos Zügel. Es gab einen tüchtigen Ruck und Oleg konnte sich gerade noch so am Sattel festhalten.

Unwillig sah er auf seinen Bruder hinab. Noch bevor er sich über den abrupten Halt beschweren konnte, sagte Petrus: „Ich halte es für unklug, dass du jetzt mit dem Zorn des Gerechten über den Dorfanger fegst. Nein, sag nichts. Hör mir erst zu. Der Junge hat von der Züchtigung schlimme Wunden, die versorgt werden müssen. Reite du also weiter zu unserem Heim und sieh zu, was du dort an Kräutern und Salben hast, um ihm zu helfen. Ich gehe inzwischen zum Anger und wache darüber, dass dieser Dienstmann nicht weiterhin sein Mütchen an dem Jungen kühlt."

Oleg wollte Einspruch erheben, musste aber nach einigem Überlegen zugeben, dass die Vorgehensweise, die Petrus vorschlug, die klügere war. Die vordringlichste Aufgabe war es, Jan zu helfen, und nicht, seinen eigenen Zorn abzureagieren. Also nickte er mit zusammengebissenen Zähnen. Vorsichtig schob er die Stiefelspitzen in die Steigbügel und drückte dem Pferd die Fersen in die Seiten. Langsam setzte es sich in Bewegung, viel zu langsam nach Olegs Dafürhalten. Doch keinem war damit geholfen, wenn er beim Galopp aus dem Sattel kippte.

An der Schafhürde angekommen, ließ sich Oleg aus dem Sattel gleiten und humpelte eilig in die Hütte. Derweil er mit fliegenden Händen zusammensuchte, was für eine erste Wundversorgung nötig war, setzte er Melchior und Gunther mit wenigen Worten darüber in Kenntnis, was im Dorf vorgefallen war.

„Ich werde dich begleiten", entschied Melchior. „Es ist helllichter Tag und da kann Gunther auch mal ein paar Stunden mit den Tieren allein bleiben. Er ist schließlich kein Kind mehr."

Der Novize reckte die Schultern und streckte den Rücken durch. Zufrieden stellte Oleg fest, dass die Wochen harter Arbeit unter Gottes freiem Himmel dem Jungen wirklich gutgetan hatten. Er wirkte kräftiger und sein Blick war freier.

„Nein, beileibe, er ist kein Kind mehr", bekräftigte Oleg. „Er wird unser Heim gewissenhaft hüten."

Nun überhauchten sich Gunthers Wangen doch mit einem zarten Rotton und beschämt von all den lobenden Worten senkte er den Kopf. Was ihn nicht daran hinderte, höchst zufrieden dreinzuschauen.

Wenig später waren Oleg und Melchior unterwegs. Infolge der Schneeschmelze der letzten Tage hatte sich der Weg in eine schlammige Spur verwandelt. Der Morast saugte sich an Hufen und Stiefeln fest. Jeder Schritt wurde von einem schmatzenden Geräusch begleitet.

Auf dem Dorfanger bot sich den ankommenden Mönchen ein jammervolles Bild. Am Fuß des Prangers kauerte eine schmutzstarrende Gestalt. Kaum war zu erkennen, wo die Schlammkrusten aufhörten und die blutigen anfingen. Unweit hatte sich allerhand Volks zusammengefunden, welches jammerte und wehklagte, aber nicht wagte, sich dem Gemarterten zu nähern. Kuno Ährenreich hatte sich zwei Schritte vorgewagt, rang aber auch ohnmächtig die Hände, dass er seinem Jungen so gar nicht beistehen konnte.

Neben dem Pranger hatte es sich ein Mann auf einem Handkarren bequem gemacht. Seine Lederkappe, das lederne Wams und das Kurzschwert an seiner Seite wiesen ihn als einen Waffenknecht aus. Wohl derjenige, der eines Zahnes verlustig gegangen war und nun den Wachdienst versah. Verächtlich blickte er unter einer fliehenden Stirn hervor zu den Bauern, die ihm zwar zahlenmäßig weit überlegen waren, aber dennoch nicht wagten, dem Ihren beizustehen. Mit einer biegsamen Gerte schlug er klatschend gegen den Wagenkasten, getraute sich aber seinerseits nicht, der Jammergestalt am Pranger noch eins überzuziehen.

Denn noch einer bewachte den Geschundenen. Halb hinter dem Pranger war eine kräftige Gestalt zu erkennen, die mit untergeschlagenen Armen in ihrer Reglosigkeit an eine Statue erinnerte. Bruder Petrus nahm seine selbst erwählte Aufgabe ernst. Keiner würde dem Jungen weiteres Leid zufügen, solange er ein Auge auf ihn hatte.

Melchior half Oleg vom Pferd und der kniete sich sogleich neben Jan, fühlte nach seinem Herzschlag und ließ dabei den Blick über die Peitschenstriemen auf dem Rücken gleiten. Das Herz schlug langsam, aber kräftig. Jan hob mühsam den Kopf. Jede Bewegung musste ihm schreckliche Schmerzen bereiten.

Bevor Oleg jedoch etwas fragen oder sagen konnte, fühlte er sich rüde an der Schulter gepackt und zurück gerissen, so dass er rücklings im Schlamm landete.

„Niemand kommt dem Kerl zu nahe", blaffte ihn der Wachmann an und stellte sich breitbeinig über den Mönch.

„Und niemand kommt meinem Bruder zu nahe!" Ein kräftiger Stoß gegen die Brust ließ den Waffenknecht zurück taumeln. Mit einem schleifenden Geräusch zog er langsam das Schwert aus der Scheide.

Melchior trat schnell zwischen die beiden Streithähne, die sich mit giftigen Blicken maßen. Petrus hatte die Fäuste erhoben, der Wachmann streckte sein Schwert halb vor. Beide schienen nur darauf zu warten, dass der andere eine bedrohliche Bewegung machte, um selbst zum Angriff überzugehen.

„Ihr werdet doch wohl nicht einen Diener des allmächtigen Gottvaters bedrohen oder angreifen wollen", hielt Melchior dem Wächter entgegen, was den nicht sonderlich zu beeindrucken schien. „Die Herrschaft über das Lehen derer von Waldeser übt der Erzbischof zu Magdeborch aus. Der wird es nicht gern sehen, wenn seine Brüder in Christi hier drangsaliert werden. Euer Ritter wird es ausbaden müssen."

Und der würde den Unmut des Erzbischofs zweifelsfrei an denjenigen weiterreichen, der ihm den Tadel des Kirchenfürsten eingebracht hatte. Das war selbst dem nicht gerade mit Geistesgaben gesegneten Dienstmann klar.

„Aber er bleibt am Pranger, bis morgen früh", lenkte er ein.

Oleg rappelte sich auf und machte sich an die Behandlung. Bei all dem Dreck, der sich mit dem Blut auf dem Rücken des jungen Mannes vermischt hatte, wäre es nötig, die Wunden mit warmem Wein auszuwaschen. Doch Wein würde er hier im Dorf nicht finden. Warmes Bier sollte den gleichen Zweck erfüllen. Oleg winkte den Dorfschulten heran und brachte eine entsprechende Bitte vor.

Immer wieder einen Blick zu dem Wachmann werfend wagte sich mit demütig gekrümmtem Rücken eine Frau heran und setzte Jan einen Becher an die Lippen. Gierig begann der zu trinken. Nur wenige Schlucke waren ihm vergönnt, bevor der Frau der Becher aus der Hand getreten wurde. Aufheulend, die geschundene Hand an die Brust gepresst, lief sie zu den anderen zurück, die sich am Rand des Angers zusammengeschart hatten.

Oleg beschloss, sich nur um die Pein des jungen Mannes zu kümmern und alles andere aus seiner Wahrnehmung auszuschließen. Ährenreich reichte ihm eine Schüssel mit dem erwärmten Bier und einen sauberen Leinenlappen. Langsam begann Oleg die Krusten aufzuweichen und vom Rücken abzuwaschen.

Jan stöhnte bei Olegs Bemühungen, hielt aber weitestgehend still. Auch Oleg presste die Lippen fest aufeinander, als nach und nach die blutigen Striemen zu Tage traten, die sich tief ins Fleisch gegraben hatten. Seine bescheidenen Mittel an Heilkräutern würden gegen diese Wunden kaum etwas ausrichten können. Ja, wenn ihm die Vorräte der heimatlichen Kräuterwerkstatt zur Verfügung ständen, sähe die ganze Sache schon viel besser aus. Aber so ...

Oleg fühlte sich sacht an der Schulter angestupst. Als er sich umsah, hielt ihm jemand einen Tontopf entgegen, aus dem es intensiv nach Honig und Kamille duftete. Oleg hob den Blick und musterte die Ansammlung der Dörfler, die seinem Tun aus der Entfernung zusahen. Fast hatte er erwartet, die oll Brigitta dort zu sehen. Aber der Schlammweg war für die alte Frau wohl zu beschwerlich. Egal, jemand war so klug gewesen, zu ihr zu laufen und um Hilfe zu bitten.

Großzügig trug Oleg die Paste auf den gemarterten, blutigen Rücken auf, deckte alles mit einem reinen Leintuch ab und hätte Jan gern noch ein sauberes Hemd darüber gezogen. Dazu hätte er aber seine gefesselten Hände vom Pranger lösen müssen, was ihm der Wachmann böse grinsend verwehrte.

„Wir müssen den Jungen jetzt in warme Decken hüllen, damit er nicht auskühlt oder in der Nacht gar erfriert." Oleg hatte sich aufgerichtet und sah den Wächter herausfordernd an.

„Nichts da." Der Mann machte wieder einen bedrohlichen Schritt auf Oleg zu. Von der anderen Seite näherte sich Petrus und der Wächter hielt inne. „Hat dieser Misthaufen sich selbst zuzuschreiben."

Oleg wehte der üble Atem des Mannes an. Und jetzt, wo der so dicht vor ihm stand, sah er, dass das Gebiss des Kerls nur aus braunen Stumpen bestand. Einen Augenblick gönnte sich Oleg die Vorstellung, wie ein Zahnreißer dem Schlagetot einen verfaulten Zahnstumpf nach dem anderen mit rostigen Zangen zog und wie der Lump zappelte und brüllte. Eigentlich sollte der Kerl doch froh sein, dass er einen seiner faulen Stumpen so einfach losgeworden war.

Ein Schauder flog Oleg an und schnell schüttelte er die grausigen Gedanken ab. Es hatte keinen Zweck, mit diesem tumben Kerl in einen kleinlichen Streit zu geraten. Es gab andere Möglichkeiten.

„Habt Ihr auch schon darüber nachgedacht, was Euer Ritter mit Euch tun wird, wenn unter Eurer Aufsicht einer seiner kräftigen Jungbauern den Tod findet? Habt Ihr das?" Oleg machte einen festen Schritt auf den Wächter zu und der wich ob des Ansturms sowohl des Mönchs als auch seiner eindringlichen Worte zurück. Oleg registrierte es mit Befriedigung und trommelte weiter mit Worten auf den anderen ein. „Schließlich hat der Ritter Euch die Verantwortung für diesen Mann übertragen. Und Verantwortung besteht nicht nur im Bewachen, sondern auch im Bewahren. Wie gedenkt Ihr, guter Mann, dieser Verantwortung gerecht zu werden? Wie wollt Ihr das Eigentum der Burgherren bewahren? Indem Ihr dem Ritter einen Toten präsentiert, der noch jahraus, jahrein gute Arbeit hätte leisten können, um das Gut der Herrschaft zu mehren? Wollt Ihr das?" Oleg machte einen weiteren Schritt nach vorn und stieß dem Wächter den Zeigefinger vor die Brust. „Wollt Ihr das wirklich?"

Dem Kerl war die Kinnlade heruntergeklappt und mit dumpfem Blick stierte er Oleg an. Dann fasste er sich und stammelte: „Ihr... ihr wollt mich besoffen quatschen. Ihr macht mir keine Angst." Sein Blick, der unstet umherirrte, verriet etwas anderes.

„Ich hoffe, Ihr findet auch einen Heiler, wenn Ihr selbst in der Burg am Pranger steht", sagte Oleg beiläufig und wandte sich ab.

Der erschrockene Japser in seinem Rücken ließ ihn befriedigt grinsen.

„Er muss angebunden bleiben", rief der Wächter Oleg schon fast flehend hinterher.

Langsam wandte sich Oleg wieder um. Gleichgültig und mit einer Spur Mitleid musterte er den Mann. Er durfte sich jetzt keinen Fehler erlauben und dem Wächter keinesfalls seinen Triumph zeigen.

„Wie schon gesagt, damit er die Nacht überlebt, muss er in warme Decken gehüllt werden. Darüber hinaus muss er unbedingt trinken und eine warme Brühe am Abend würde ihn zusätzlich stärken. So kann er schon bald wieder seine Arbeit aufnehmen und muss nicht wochenlang das Krankenlager hüten."

Der Waffenknecht nickte und machte eine herrische Handbewegung zum Dorfschulten hin. Der hatte angespannt, zwischen Hoffen und Bangen schwankend dem Wortwechsel zugehört und eilte jetzt zu seinem Jungen. Flüsternd redete er auf ihn ein. Andere brachten Decken. Immer wieder gingen dankbare Blicke zu Oleg und seinen Brüdern und furchtsame zu dem Wächter. Der schien es zu genießen, wie die Bauersleute vor ihm katzbuckelten. Wenn die Kuttenfürze erst fort waren, könnte er dem Treiben um diesen Burschen schnell ein Ende setzen. Es lag ganz in seiner Macht.

Dessen war sich auch Oleg bewusst und er hoffte, dass der Kerl so viel Hirnschmalz besaß, dass er die Konsequenz seines Tuns einschätzen konnte und ihn die Angst vor einer Strafe seines Ritters von allzu drastischen Maßnahmen abhielt.

Oleg nahm den Schulten beiseite. „Ich werde morgen Vormittag nach Eurem Jungen sehen. Lasst die Salbe und die Tücher bis dahin drauf. Hier ist ein Beutelchen mit Weidenrinde. Sicherlich wird Jan Fieber bekommen. Bereitet aus der Rinde einen Aufguss, den Ihr ihm gleich einflößt, wenn Ihr ihn morgen in Euer Haus holt."

„Ich weiß gar nicht, wie ich Euch das je vergelten kann." Der Schulte hatte Tränen in den Augen und wollte sich tief vor Oleg verneigen. Doch der zog ihn sogleich wieder hoch.

„Aber das habt Ihr doch schon. Oder besser gesagt, Euer Kaspar hat das getan. Er ahnte, wo ich in meiner Bedrängnis Schutz vor dem eisigen Wetter gefunden hatte. Nur so konnte ich überleben." Als Ährenreich etwas einwenden wollte, fügte Oleg noch hinzu: „Unter guten Christenmenschen hilft man einander. So ist das."

Melchior half Oleg wieder auf das Pferd und die Mönche schlugen den Weg zur Schafhürde ein. Manch dankbarer Gruß folgte ihnen.

„Soll ich nicht vielleicht doch lieber hierbleiben", raunte Petrus Oleg zu.

„Das wird nicht nötig sein", gab der zurück. „Ich denke, der Galgenvogel wird es sich dreimal überlegen, Jan am Pranger sterben zu lassen. Darüber hinaus könnte deine Anwesenheit, lieber Bruder Petrus, den Kerl zu neuem Widerstand reizen. Denn, geben wir es zu, du bist nicht gerade mit diplomatischem Geschick gesegnet."

Petrus pustete beleidigt, bekannte dann aber grinsend: „Da sagst du was, Bruder Oleg."

Die Mittagszeit war schon um einiges überschritten, als die Mönche wieder in ihrem Heim ankamen. Oleg war auf den letzten paar hundert Schritten schweigsam geworden und als Melchior ihm beim Absteigen half, knickte er mit einem schmerzlichen Laut zusammen. Petrus und Melchior schoben ihre Schultern unter die Achseln ihres Bruders und so trugen sie ihn eher in die Hütte, als dass er einen Fuß vor den anderen setzte.

Vorsichtig luden sie ihn auf der Bettkante ab und Gunther machte sich sogleich daran, die Stiefel vorsichtig von den wunden Füßen zu ziehen und die Fußlappen abzuwickeln. Wie Oleg es befürchtet hatte, klebten die Lappen teilweise fest, da etliche der kaum verheilten Stellen wieder zu nässen begonnen hatten.

Auf seine Anweisungen hin bereitete Gunther einen Aufguss aus Ringelblumen und Kamille, mit dem er dann die entzündeten Wunden betupfte. Als er anschließend die Fußlappen wieder darum wickeln wollte, winkte Oleg ab.

„Ich werde die nächsten Stunden nirgendwo hingehen. Da können die Wunden an der Luft abtrocknen. Etwas Besseres gibt es nicht." Er legte sich auf seinem Lager zurück und schloss die Augen. Die Anstrengungen hatten ihn mehr ermattet, als er erwartet hatte. Außerdem gab es einiges zu bedenken. Die Sorge um Jan hatte kurzzeitig verdrängt, was er vom Prinzipal der Gaukler erfahren hatte. Dass der sich als Freund aus Kindertagen entpuppt hatte, gab weiteren Anlass zum Nachsinnen. Darüber schlief Oleg ein und der Rest der kleinen Gemeinschaft bewegte sich leise und sacht in der Hütte, um den Erschöpfungsschlaf ihres Bruders nicht zu stören. Was er auf der Burg in Erfahrung gebracht hatte, konnte er auch noch später erzählen.

Derweil berichteten Petrus und Melchior ihrem Novizen im Flüsterton, was sich im Dorf zugetragen hatte. Dass ihn die weit Älteren wie ihresgleichen behandelten und auch an seiner Meinung interessiert waren, gab Gunther neuerlichen Auftrieb. Daran, dass sich das nach seiner Rückkehr ins Kloster wieder ändern würde, mochte er noch nicht denken. Dort wäre er wieder einer von vielen Novizen, der andächtig zu schweigen und respektvoll zu folgen hatte. Andererseits hatte er bei Bruder Kamillus und Bruder Oleg in der Kräuterwerkstatt auch einige Freiheiten genossen und sie hatten ihn nie herablassend behandelt oder unnötig herumgescheucht.

Zwei, drei Stunden später krauste sich Olegs Nase und noch halb im Schlaf gefangen schnupperte er nach der deftigen Kohlsuppe, die in Petrus' Kessel vor sich hinköchelte. Dann weckte ihn ein Poltern vollends. Erschrocken fuhr er von seinem Lager hoch und ließ den Blick durch das Halbdunkel der Hütte huschen. Doch es war nur Gunther, dem ein Armvoll Holzscheite entglitten war und der nun schuldbewusst zu dem Krankenlager linste.

„Schon gut, mein Junge. Ich fühle mich erfrischt und ausgeruht und es wurde Zeit, den Schlaf abzuschütteln." Oleg streckte sich und unterdrückte ein genussvolles Gähnen. Ja, er fühlte sich wirklich gut und der brennende Schmerz in den Füßen hatte sich zu einem erträglichen Ziehen gewandelt.

Melchior trat an das Lager und sah gutmütig auf Oleg herab, der Anstalten machte aufzustehen. „Meinst du nicht auch, Bruder Oleg, dass es besser ist, liegen zu bleiben? Du kannst schlecht mit deinen Wunden hier durch das schmutzige Stroh humpeln." Dann wandte er sich dem Novizen zu. „Vor dem Jahreswechsel muss das alte Stroh hinausgetragen, die Stube gefegt und frisches Stroh ausgestreut werden. Damit kannst du dich morgen beschäftigen."

Oleg nickte zustimmend. „Und ich werde in der letzten Nacht des Jahres Hütte und Stall ausräuchern. Bruder Kamillus hat mir zu dem Zweck drei Räucherfackeln aus Beifuß, Schafgarbe und Weihrauch mitgegeben."

Eigentlich diente das Räuchern in der letzten Nacht des Jahres dem Vertreiben von Geistern und Dämonen, dass die nicht mit ins neue Jahr wechselten und dort ihr Unwesen trieben. Unzweifelhaft ein heidnischer Brauch. Doch wie so vieles hatte er sich mit dem christlichen Glauben vermischt und wurde allerorten in Klöstern und beim Volk betrieben. Auf diese Art bereitete man Haus und Stall für das Fest der Erscheinung des Herrn vor und reinigte die Gebäude von schädlichen Miasmen.

Petrus setzte sich auf die Kante des gegenüberliegenden Bettes. „Mit der Suppe dauert es noch ein bisschen. Wenn es keine Geheimnisse sind, wäre es interessant zu erfahren, was du mit dem Prinzipal besprochen hast."

Melchior setzte sich neben Petrus und auch Gunther kam heran. Er hockte sich neben Petrus, mit dem er auch ansonsten das Bett teilte.

„Ja, da gab es ein paar Überraschungen", begann Oleg seinen Bericht, nachdem alle ihren Platz gefunden hatten. „Der Prinzipal erzählte, dass seine Truppe seit acht Jahren auf der Burg ihr Winterquartier bezieht und er gab zu, dass sie in diesen Jahren dem Dorfvolk ein paar deftige, aber harmlose Streiche in den Raunächten gespielt haben. Der alte von Waldeser hat das geduldet, solange sie keinen wirklichen Schaden anrichteten. Es schien ihn sogar zu belustigen. Im letzten Jahr hat Randolph indes den Gauklern untersagt ins Dorf zu gehen."

Melchior räusperte sich und Oleg wartete, was dem Bruder aufgefallen war.

„Letztes Jahr ging es dem Alten doch noch gut. Erst im Sommer hat ihn der Schlag getroffen. Erstaunlich, dass Randolph da schon bestimmen konnte, was die Gaukler treiben durften und was nicht."

Oleg kratzte sich am Ohr. Melchior hatte recht. „Hm, darüber weiß ich nichts. Es ist möglich, dass sich die beiden Herren abgesprochen hatten. Zumindest kennen wir nun die Ursache für den derberen Schabernack der letzten Jahre, von dem auch der Dorfschulte gesprochen hatte. Allerdings", Oleg zog ein bekümmertes Gesicht, „bringt uns das keinen einzigen Schritt weiter in Bezug auf die Frage, wer im letzten Jahr das Unheil im Dorf angerichtet hat."

„Dieser Ritter ist durch und durch ein verschlagener Geselle." Petrus sah in die Runde. „Oder kommt es nur mir merkwürdig vor, dass er einerseits die Bauern vor den Streichen der Gaukler bewahrt und andererseits dermaßen hart und grausam durchgreift, wenn sie sich nur das Geringste zuschulden kommen lassen. Von seiner Gleichgültigkeit ihrer schlimmen Hungersnot gegenüber ganz zu schweigen."

„Ein Mann, der schon als Knabe zu Grausamkeiten neigte, wie wir von den Schwestern Hedwig und Marie wissen", ergänzte Oleg.

„Die Jungfer Ida kann einem da nur leidtun", warf Gunther schüchtern ein.

„Ja, das ist auch noch so eine Sache, die es zu verhindern gilt. Doch bisher hat Randolph keine Anstalten gemacht, eine Vermählung in die Wege zu leiten. Sollte es mit einem Eingreifen dringlich werden, könnten wir die Jungfer ins Zisterzienserinnenkloster nach Wolmirstedt schicken. Dort findet sie Schutz vor dem Ritter, bis die verwandtschaftlichen Beziehungen offiziell bestätigt sind."

„Der Prinzipal der Gaukler hat dich recht vertraulich verabschiedet", klopfte Petrus auf den Busch.

Oleg wand sich ein wenig. Er hatte nicht die Absicht, von seiner Kindheit als Mitglied der Fischmaulbande zu sprechen. Mit Betteln, kleinen Dieberein und hin und wieder mit Beutelschneiden hatten sie sich über Wasser gehalten. Der Prinzipal, der damals Gaukler geheißen hatte, war überaus begabt im ständigen Verkleiden gewesen. Er konnte genauso gut einen grindigen Krüppel spielen, wie ein verzogenes Bürgersöhnchen. Beides wurde ihm ohne Hinterfragen abgekauft.

„Wir kennen aus der Zeit, bevor ich als Junge ins Kloster kam", hielt er aus diesem Grund die Erklärung recht kurz.

„Er nannte dich Oleg *Buntauge*", setzte Petrus nach.

Nun, zumindest hier konnte Oleg ein wenig mehr erzählen. Und so erfuhren seine Brüder von seiner kargen Kindheit und von seinen verschiedenfarbigen Augen und wie ihm sein neuer Freund Gaukler den lustigen Namen Buntauge gegeben hatte.

„Ich erinnere mich daran, wie du zu uns kamst", bekräftigte Petrus, der zu dieser Zeit schon im Kloster gewesen war. „Du warst damals nur ein Strich in der Landschaft, als dich Pater Kilian mitgebracht hat, und hast ständig versucht in der Küche etwas Essbares zu stibitzen."

„Und du hast mich ebenso ständig dabei erwischt und mir mit dem großen Rührlöffel auf die Finger geklopft." Oleg lachte auf. In der Erinnerung sah alles immer viel harmloser aus.

„Stimmt", bekräftigte Petrus gutmütig und fügte dann ernst hinzu: „Du hattest diese frische Wunde, wo vormals ein Auge gewesen war. Die Beginen hatten dich eine Zeitlang gepflegt, wenn mich meine Erinnerung nicht täuscht."

Das konnte Oleg bestätigen und er erzählte ein wenig von den Beginen vom Ulrichstor, die ihm das Leben gerettet hatten und von denen sein väterlicher Freund Pater Kilian immer mit dem allergrößten Respekt gesprochen hatte.

Petrus stand auf und trat zum Kochkessel, rührte darin und schlürfte einen Happen vom Holzlöffel. Dann füllte er die Schüsseln und trug sie zu den Bettgestellen. Melchior sprach den Tischsegen. Und so ließen sie es sich dort in ihrer kleinen Runde gemeinsam mit ihrem kranken Bruder schmecken.

Als Oleg sich am Abend auf seine Pritsche ausstreckte, fiel ihm ein, dass er den alten von Waldeser noch immer nicht untersucht hatte. Über die Freude, dass die Behandlung bei Idas Hand anschlug, hatte er ganz und gar deren Vater vergessen.

13. Kapitel

Wie Oleg es versprochen hatte, führte ihn gleich nach dem Frühmahl am nächsten Tag sein erster Weg nach Schartau, um nach Jan zu sehen. Natürlich saß er wieder auf Animo und Melchior führte das Pferd am Zügel.

Neben Jans Lager saß Martha auf einem Hocker und flößte dem jungen Mann eben aus einem Becher den Weidenrindenaufguss ein. Was sich ein wenig kompliziert gestaltete, da der Patient auf dem Bauch lag.

Wie es Oleg erwartet hatte, hatten sich die Wunden entzündet und der Junge war nur halb bei Bewusstsein, da ihn ein schlimmes Fieber gepackt hatte. Die Heilpaste vom Vortag hatte sich mit dem geronnenen Blut zu einer dünnen Kruste verhärtet, die fast den ganzen Rücken bedeckte.

Oleg bat Martha, aus Ringelblume und Kamille einen kräftigen Sud zu kochen. Derweil er darauf wartete, ließ er sich vom Schulten berichten, wie es zu der Schlägerei mit dem Waffenknecht gekommen war.

Fast hatte es sich Oleg ja schon gedacht. Die schöne und kecke Trude war Auslöserin des Zwischenfalls gewesen. Die Dienstmänner, die eigentlich das Dorf bewachen sollten, saßen gewöhnlich bis zur Nachtruhe in der Gastwirtschaft, bevor sie sich bierselig beim Dorfschulten ins Stroh warfen. An jenem Abend hatte auch Jan dort einen Humpen getrunken und war so Zeuge geworden, wie sich Trude kaum der Zudringlichkeiten der geilen Kerle erwehren konnte. Dann war sie auf den Hof gegangen, um ein Schaff Wasser zu holen. Einer von denen war sogleich aufgestanden, hatte sich demonstrativ in den Schritt gefasst und war unter dem Johlen seiner Kumpane Trude gefolgt.

Für Jan gab es keinen Zweifel. Der Lump wollte Trude Gewalt antun. Und so war er spornstreichs hinterhergeeilt. Als er sah, wie der Schänder neben dem Brunnen Trude gerade die Röcke raffte, war es zu der Prügelei gekommen, und ein Zahn war auf der Strecke geblieben.

„Vielleicht war die Schankmaid auf einen kleinen Zuverdienst aus", wagte Oleg zu Bedenken zu geben. Vom Krankenlager her war heftiger Protest zu vernehmen.

„Nun, Ihr scheint ja soweit wieder hergestellt zu sein, dass Ihr die Ehre der Gastwirtstochter erneut verteidigen könnt." Oleg trat zu dem Bett. „Wenn auch vorerst nur mit Worten. Ansonsten würde ich womöglich auch eines Zahnes verlustig gehen."

Ährenreich ermahnte seinen Jungen streng, dem Mönch gegenüber gefälligst mehr Respekt zu zeigen. Den wild rollenden Augen des jungen Mannes nach zu urteilen, war es ihm egal, ob derjenige, der die Tugend der Maid anzweifelte, ein Kettenhemd, einen Bauernkittel oder eine Kutte trug.

Martha stellte die Schüssel mit dem Kräutersud auf den Tisch.

Oleg beugte sich zu dem Kranken hinunter. „Nun könnt Ihr unter Beweis stellen, wie ernst es Euch ist, jedwedes Leid zu ertragen, wenn es um die Rechtschaffenheit Eurer Angebeteten geht."

Er tauchte ein großes Leinentuch in den Sud, bis es sich vollständig vollgesogen hatte, und legte es dann auf den malträtierten Rücken, um den Schorf abzuweichen. Martha stand daneben und ließ sich keinen Handgriff entgehen.

„Morgen kann ich das selbst übernehmen, guter Bruder", sagte sie selbstbewusst. „Dann müsst Ihr den Weg nicht wieder auf Euch nehmen, wo Ihr doch auch noch nicht ganz wieder hergestellt seid."

Ein anderer wäre womöglich über die Kühnheit des Weibes erzürnt, die sich anmaßte, die Arbeit des Kräuterkundigen gleichwertig erledigen zu können. Und Bruder Hubertus hätte bestimmt empört gekollert. Oleg hingegen erklärte sein Vorgehen noch einmal ausführlich. Nicht etwa, weil er annahm, dass die Köchin es beim ersten Zusehen nicht verstanden hatte, sondern weil er noch die Heilwirkung der unterschiedlichen Kräuter in seine Erklärung mit einflocht.

Dann versorgte er die gereinigten Wunden erneut mit der Heilsalbe der oll Brigitta und machte sich schließlich mit Bruder Melchior auf den Rückweg.

Am Nachmittag setzte Oleg neues Einreibeöl für Ida an. Petrus und Melchior nutzten das offene Wetter und beendeten die Instandsetzung des Zauns. Gunther trieb die Schafe in den Pferch. Sie machten keine Anstalten, sich einen Weg ins Freie zu bahnen, und die Männer waren zufrieden mit ihrem Tagwerk.

Auch am folgenden Vormittag verlief das Leben der Mönche in geruhsamen Bahnen. Man hätte meinen können, es würden sie keine anderen Gedanken bewegen, als das Leben der ihnen anvertrauten Kreaturen und das eigene zu bewahren, den allmächtigen Gottvater zu lobpreisen und ihre Tage in Demut und Einkehr zu verbringen.

Die Luft war noch immer frostfrei. Ein kräftiger Wind aus West trieb graue Wolken über den Himmel und ließ die feuchte Kälte unter die Kutten der Mönche kriechen. Doch in der Hütte verbreitete das Herdfeuer wohlige Wärme und alles hätte gut sein können.

Schon seit dem Wachwerden war Oleg fahrig und rastlos. Heute war der vorletzte Tag des Jahres. Und die kommende Nacht war die erste der drei Unglücksnächte, in denen im vorigen Jahr das Dorf von Zerstörung und Willkür heimgesucht worden war.

Am liebsten hätte er sich mit der hölzernen, dreizinkigen Mistgabel bewaffnet, sich auf Animos Rücken geschwungen und wäre wie weiland der Heilige Georg gegen den Drachen zur Verteidigung des Dorfes ausgezogen. Doch anstatt sich dem Angriff dieser Lumpenbande entgegenzustellen, saß er hier in der Schafhürde fest. Sowohl Petrus als auch Melchior hatten sich strikt geweigert, ihren Bruder ohne dringlichen Anlass ins Dorf zu begleiten.

Wenn Oleg in sich ging, musste er ja zugeben, dass seine Anwesenheit in Schartau nicht erforderlich, wenn nicht sogar hinderlich gewesen wäre. Er war noch weit davon entfernt, wieder vollends hergestellt zu sein, und würde nur unnütz im Wege stehen, sollten die Bauern tatsächlich gezwungen sein, sich zur Wehr zu setzen. Viel wahrscheinlicher war aber, dass sie sich erneut in ihren Hütten verkrochen und hofften und beteten, dass die Heimsuchung schnell vorüber ginge. Diese drei versoffenen Dienstleute, die Randolph geschickt hatte, würden wohl auch eher schnarchend ihren Rausch im Stroh ausschlafen, als dass sie die Bauern verteidigten.

Die Einsicht in die Gegebenheiten trug jedoch nicht dazu bei, dass sich Oleg besser fühlte. Das Gegenteil war der Fall.

„Es muss doch gar nicht sein, dass das Dorf erneut über-fallen wird", versuchte Melchior Oleg beim Mittagsmahl zu beruhigen. „Randolph hat drei Waffenknechte im Dorf pos-tiert." Oleg winkte geringschätzig ab, aber Melchior ließ sich nicht beirren. „Darüber hinaus sind diese Pfeile des Notger von Alvensleben aufgetaucht. Der fühlt sich unrechtmäßig beschuldigt und wird ein Auge auf sein Nachbardorf haben, dass ihm nicht wieder jemand etwas unterschiebt. Also, da müsste jemand schon reichlich blöde sein, wenn er trotz die-ser allgemeinen Wachsamkeit auch dieses Jahr über die Bau-ern herfällt."

„Trotzdem wäre ich lieber dort."

„Verständlich. Doch dein Platz ist hier bei deinen Brü-dern in der Schafhürde."

„Der Vater Abt hat mir einen Auftrag erteilt."

„Und diesen Auftrag hast du auch erfüllt. Du hast her-umgestochert, deine Nase in alles Mögliche gesteckt und viele neugierige Fragen gestellt. Wer auch immer im vorigen Jahr für das Grauen verantwortlich war, weiß, dass unser Kloster ein Auge auf die Vorkommnisse hat, und er wird sich hüten, dieses Jahr erneut sein Mütchen an den Bauers-leuten zu kühlen."

Oleg seufzte tief und rührte lustlos mit dem Löffel in der dicken Einbrennsuppe. Dieser Disput könnte noch stunden-lang so weitergehen. Schließlich versprach ihm Melchior, sich gleich am nächsten Morgen ins Dorf zu begeben und nach dem Rechten zu sehen.

Doch am frühen Nachmittag erhielten die Mönche einen Besuch, der kurzerhand alle Pläne über den Haufen warf und alles, was sie bisher herausgefunden hatten, in einem neuen Licht erscheinen ließ.

Gunther verließ eben mit Schüsseln und Löffeln in der Hand die Hütte. Am Bach wollte er das bescheidene Holzge-schirr der Mönchsgemeinschaft sauber spülen. Doch kaum hatte er einen Fuß vor die Tür gesetzt, als er sich auch schon wieder umdrehte und zurück in die Hütte trat.

„Da kommt wer", berichtete er aufgeregt. „Ein Mann und ein Frauensmensch." Fast wäre ihm das Geschirr entglitten. Als das Gleichgewicht wieder hergestellt war, fügte er hin-zu: „Auf einem Pferd."

Die Mönche sahen sich fragend an. Eine Frau? Zuerst hat-ten sie an die oll Brigitta gedacht. Oder die Köchin Martha.

Vielleicht brauchte sie weitere Heilkräuter. Aber auf einem Pferd? Nein. Neugierig drängten sie sich zur Tür und schoben den Novizen beiseite.

Tatsächlich hatte vor ihrem Heim eben ein gewappneter Reiter halt gemacht. Hinter seinem Rücken lugte ein verschleiertes Gesicht hervor. Der Reitknecht, unter dessen Lederkappe sich graue Haare hervorringelten, schwang sich aus dem Sattel. Dann half er der Dame herunter, die auf einem hinter dem Sattel festgebundenen Kissen gesessen hatte.

Der Gewappnete grüßte die Mönche mit einem knappen Nicken, bevor er sein Pferd am Zügel hinter das Haus zog. So konnte es ein zufälliger weiterer Besucher nicht auf Anhieb sehen. Die Frau in brauner, feiner Reitkleidung steuerte auf den Eingang zu und die Klosterbrüder machten ihr schweigend Platz. Am Feuer rieb sie die klammen Hände aneinander. Die Finger der Linken waren zur Klaue gebogen und so herrschte über den unerwarteten Gast schon Klarheit, bevor die Besucherin den Schleier aus dem Gesicht gestrichen hatte.

Die Mönche wechselten unschlüssige Blicke. Gunther stellte das Geschirr leise auf einer Tischecke ab. Er würde jetzt nicht zum Bach gehen.

Oleg bot Ida einen Platz auf der Bank an. Melchior stupste Gunther an und gemeinsam rollten sie zwei Holzkloben heran und legten ein Brett darüber. Diese Vorrichtung hatte ihnen schon beim Weihnachtsbesuch der alten Schwestern gute Dienste geleistet. Schließlich ging es nicht an, dass sich einer der Mönche zu der Jungfer auf die Bank setze.

Es war noch ein Rest vom Kräuteraufguss übrig. Oleg füllte einen Becher und schob ihn Ida zu. Die nahm den Becher mit einem kurzen Dank, drehte ihn unschlüssig in den Händen, trank aber nicht. Schließlich stellte sie ihn wieder ab und sah den Mönchen der Reihe nach in die Augen.

„Ihr müsst Bruder Melchior sein", stellte sie fest und der nickte bestätigend. „Und Ihr müsst der Novize Gunther sein." Gunther versuchte ebenso gemessen wie Melchior zu nicken, doch das Aufflammen seiner Wangen verriet, dass ihn der warmherzige Blick aus diesem lieblichen Gesicht tief berührte.

„Bruder Oleg hat immer mit großer Liebe und Freundlichkeit von Eurer Gemeinschaft gesprochen." Und damit hatte Ida mit nur wenigen Worten die Herzen aller erobert. Was immer sie hergeführt hatte, sie würden ihr Möglichstes tun, ihr beizustehen.

Von einem auf den anderen Augenblick veränderte sich Idas Gesicht. Es wechselte von Sanftmut über Trauer zu Zorn.

„Ich habe Schreckliches herausgefunden", stieß sie schließlich hervor und knüllte ein Tuch zwischen den Fingern. „Alles, was ich bisher zu wissen schien, ist jetzt ungewiss. Alles, was man uns erzählt hat, scheint eine Lüge zu sein. Ich bin so zerrissen, wage es nicht, mich auf der Burg auch nur einer Menschenseele anzuvertrauen und Rat zu suchen. Gute Brüder, Euch will ich ins Vertrauen ziehen, bevor ich andernorts um Schutz nachsuche."

Es vergingen einige Augenblicke, bis die Brüder sortiert hatten, was ihnen zu Ohren gekommen war. Die Jungfer hatte etwas Schreckliches herausgefunden. Man hatte ihr Lügen erzählt. Da hatte doch sicher Randolph seine Hand im Spiel. Und sie wollte andernorts um Schutz bitten. Andernorts? Bedeutete das, dass sie ihr Heim verließ und sich allein auf den Weg nach wohin auch immer machte?

„Erzählt der Reihe nach." Oleg hatte sich als Erster gefasst.

Ida grub die Zähne in die Unterlippe und breitete das Tuch, das knapp zwei Handspannen im Quadrat maß, auf dem Tisch aus. Ehemals mochte es aus reinweißem Linnen gewesen sein, jetzt war es von einem schmuddeligen Grau und an einer Ecke eingerissen. Trotzdem war eine zarte, verschlungene Stickerei zu erkennen, deren Linien Ida mit sanften Fingern nachfuhr.

„Dieses Tuch ..." Ida musste mehrfach heftig schlucken, um den Kloß aus ihrem Hals zu bekommen, „... dieses Mundtuch habe ich eigenhändig bestickt." Wieder musste sie eine Pause einlegen, um ihrer Erregung Herr zu werden. „Seht Ihr die Stickerei? Dort steht CW."

Melchior zog das Tuch heran und die Mönche beugten sich darüber. Wenn man genauer hinsah, war die Form von Buchstaben zu erkennen. Sie waren als kunstvolle Ranken gestaltet, aus denen zarte Blüten hervorwuchsen, die sich wieder umeinanderwanden. Eine sehr schöne, sorgfältige Arbeit. Oleg schob das Tuch zurück in die Tischmitte und die Brüder warteten auf weitere Erklärungen.

„CW", wiederholte Ida und sah die Reihe der Mönche eindringlich an. „Wie Christian Waldeser."

Hatten die Brüder der Jungfer zuvor schon aufmerksam zugehört, so ging nun ein Ruck durch sie, wenn sie auch noch nicht recht wussten, warum dieses Tuch die junge Frau so in Aufregung versetzt hatte. Sicher gab es unzählige Tücher und Wäschestücke auf der Burg, die mit den Initialen der Herrschaft bestickt waren, auch mit denen des jungen, verstorbenen Herrn.

„Ich schenkte es meinem Bruder, als er zu seiner Reise aufbrach. Zu der Reise, von der er nicht zurückkehrte." Wieder musste sie heftig schlucken. Verzweifelt stieß sie aus: „Eigentlich sollte es mit ihm auf dem Grund des Ostmeeres liegen." Vorbei war es mit jedweder Beherrschung. Ida schlug die Hände vor ihr Gesicht und schluchzte haltlos.

Petrus stand auf und ging zu dem Bierfass, das ihnen der Dorfschulte zum Weihnachtsfest geschenkt hatte und das schon lange leer war. Zumindest glaubten die anderen, dass es leer sei. Ansonsten hätte der Koch doch den Rest aufgetischt. So staunten seine Brüder nicht schlecht, als Petrus das Fass ankippte und einen Becher voll daraus schöpfte. Vorausschauend hatte er die letzten Becher für einen Notfall aufgespart. Petrus reichte Ida den Becher und sie stürzte ihn zur Hälfte hinunter, als wäre sie einen Tag im glühenden Sonnenschein gewandert.

Das Gebräu tat ihr gut und ihre blassen Wangen bekamen etwas Farbe.

„Und wie seid Ihr nun zu dem Tuch gekommen oder wie ist es zu Euch gekommen?", fragte Oleg.

Ida atmete zwei-, dreimal tief durch und legte ihre gesunde Hand auf die Stickerei. „Sicherlich könnt Ihr Euch meine Überraschung und meinen Unglauben vorstellen, als ich es heute früh bei einer unserer Mägde sah, die es sich keck ins Haar gebunden hatte."

Oleg kratzte sich am Ohr. „Das müsst Ihr genauer erklären. Wie kam das Tuch plötzlich wieder auf Eure Burg? Und wie konnte die Magd so dumm sein, es so öffentlich zu tragen?"

„Ich stellte sie natürlich umgehend zur Rede. Sie sträubte sich anfangs, wollte nicht mit der Sprache herausrücken und versuchte mich mit Ausflüchten abzuspeisen. Ich machte ihr recht schnell klar, dass etwas Unrechtes geschehen war, und bezichtigte sie des Diebstahls. Nun, nach der Androhung von allerlei handfesten Strafen rückte sie schließlich mit der Wahrheit heraus. Sie hatte das Tuch vor einigen Tagen von einem unserer Waffenknechte bekommen, der sie sich mit solcherart Gaben wohl gewogen machen wollte. Er war einer von denen, die Randolph dazumal mit auf die Burg gebracht hatte. Die Magd wusste nicht, was sie da trug. Ihr Galan hatte behauptet, es in der Stadt gekauft zu haben."

„Es wird nach einem Schiffbruch oder wenn ein Teil der Ladung über Bord gegangen ist immer wieder das eine oder andere davon am Ufer angeschwemmt", sagte Petrus nachdenklich. Er hatte einige Jahre seiner unrühmlichen Jugend an der Küste verbracht. „So kann es auch sein, dass etwas von einem Menschen, der auf den Grund sinkt, durch das Tosen der Wellen abgerissen und an den Strand gespült wird." Mitleidig sah er die Jungfer an, die bei seinen Worten zusammengezuckt war.

„Das mag wahr sein", wandte Oleg ein. „Doch grenzt es schon an ein Wunder, wenn ein solches Mundtuch seinen Weg von der fernen Küste bis hierher findet und dann ausgerechnet einem Mann in die Hände fällt, der auf der Burg Dienst tut, wo es einst als traute Gabe gefertigt wurde."

Ida nickte eifrig. „Das ging auch mir durch den Kopf, als ich das Tuch in Händen hielt und die Geschichte der Magd angehört hatte. Also wollte ich den Waffenknecht zur Rede stellen, konnte ihn aber nicht ausfindig machen. Ich bat Randolph um Hilfe. Der wurde fuchsteufelswild, als er von dem Vorfall hörte, und versprach, den Mann umgehend zu suchen. Leider konnte auch er ihn nicht finden. Es ließ mir aber keine Ruhe und ich fragte später bei der Torwache nach, ob sie diesen Mann gesehen hätten. Sie hatten. Er war erst vor Kurzem ausgeritten. Und nun kommt das wirklich Unfassbare. Er ist fortgeritten, nachdem Randolph nach ihm gesucht hatte. Sagt, gute Brüder, sieht es nicht ganz danach aus, als hätte Randolph ihn fortgeschickt, damit ich ihn nicht befragen kann?"

Das war in der Tat eine ungeheuerliche Anschuldigung, die Ida da vorbrachte. Was aber noch immer nicht erklärte, wie das Tuch in den Besitz des Waffenknechts gekommen war. Die Mär, dass er es in der Stadt gekauft hatte, glaubte hier keiner. Die Stickerei war kunstfertig, das Leinen, wenn auch verschmutzt, war von ausgezeichneter Qualität. Dafür hätte man etliche Pfennige hinlegen müssen. Wenig wahrscheinlich, dass die Gunst der Magd dem Dienstmann das wert war. Überdies ergaben sich weitere Fragen daraus, dass Randolph den Mann offenbar weggeschickt hatte.

„Habt Ihr den Ritter daraufhin angesprochen? Weiß er, dass Ihr zu uns gekommen seid?" Oleg traute es Randolph zu, dass er die Jungfer mit Gewalt aus ihrer Hütte zerren würde.

„Natürlich habe ich ihm nicht vorgehalten, dass der Mann sich erst reichlich spät entfernt hat. Als Grund für meinen Ausritt zeigte ich ihm einen Korb mit Brot, den ich den Alten und Schwachen ins Dorf bringen wollte. Natürlich schimpfte er ob der Verschwendung an das undankbare Bauernpack, aber aufhalten konnte er mich nicht. Ich sagte ihm auch, dass mich Ulric dann zu Euch bringen wird, damit ich mir das versprochene Einreibeöl für meine Hand abholen kann."

„Das Öl muss noch einen oder zwei Tage ziehen, um seine volle Wirkung zu entfalten."

Ida winkte ab. „Das kann warten." Sie legte das Tuch sorgfältig zusammen, bevor sie es erneut in den Händen knetete. „Seit ich das hier gefunden habe, bedrängen mich ganz schreckliche Gedanken. Und ich weiß nicht, ob nicht langsam der Wahn von mir Besitz ergreift, denn was mir im Kopf herumgeht, ist gar zu ungeheuerlich." Sie machte eine Pause und sah Oleg niedergedrückt an.

„Sprecht Eure Gedanken aus. Meist verlieren sie dann viel von ihrem Schrecken. Und gemeinsam werden wir dann sehen, ob Wahres daran sein kann oder ob es nur Eurer Sorge und Eurem Kummer entspringt."

Ida nickte verzagt. „Könnte es nicht sein, dass Christian gar nicht bis zu seinem Schiff gekommen ist? Was, wenn er schon auf dem Weg dorthin überfallen wurde und nie sein Ziel erreicht hat?"

Oleg nickte nachdenklich. „Das wäre durchaus möglich. Doch hat Euer Vater nicht Monate später vom Schiffseigner einen Brief erhalten, dass Euer Bruder in einer Sturmnacht über Bord gegangen ist?"

„Ich selbst habe den Brief nicht gesehen. Kann es sein, dass jemand anderes die Nachricht geschrieben hat, um die wahren Umstände des Todes meines Bruders zu verschleiern?"

„Das würde bedeuten, dass es kein zufälliger Raubüberfall war." Oleg zupfte an seiner Nase. „Es ließe die Vermutung aufkommen, dass jemand geplant hat, Euren Bruder aus dem Wege zu schaffen."

Ida blickte Oleg kummervoll an. „So haltet Ihr es für möglich?"

„Ich will es nicht vollständig ausschließen", bekannte Oleg vorsichtig. „Habt Ihr da schon jemanden im Auge, der für die Meucheltat in Frage käme?"

Es schien Ida geradezu körperliches Unbehagen zu bereiten, ihren Verdacht auszusprechen. „Ist es nicht Unrecht, jemanden zu beschuldigen, so man keine Beweise für die Schuld desjenigen hat?"

„Wir sortieren doch nur Eure schmerzlichen Gedanken, um sie in Mögliches oder Unmögliches einzuordnen."

Ein kleines Lächeln schlich sich in Idas Mundwinkel ob des klugen Schachzuges des Mönchs, erlosch aber augenblicklich wieder, als sie ihre Vermutung aussprach: „Ihr müsst wissen, bevor Christian aufbrach, warnte er mich ausdrücklich davor, mit Randolph die Ehe einzugehen. Christian bezeichnete Randolph als einen bösartigen und ehrlosen Mann, der grausam und rachsüchtig sei. Ich denke, darum ging auch der schlimme Streit, den er mit meinem Vater hatte."

„Wäre es dann nicht klüger von Eurem Bruder gewesen, hier zu bleiben und über Euch zu wachen, anstatt in die Fremde zu ziehen?" Erschrocken legte Gunther die Hand vor den Mund. Er hatte sich doch fest vorgenommen, nicht ungefragt zu sprechen. Was, wenn ihn die Älteren ob seiner vorlauten Rede wegschickten?

„Da hat unser Novize ein paar wahre Worte gesagt", bekräftigte Melchior und Gunther atmete lautlos die angehaltene Luft aus.

„Das ging mir auch schon durch den Kopf", bestätigte Ida. Sie schenkte Gunther ein warmes Lächeln, was dem erneut die flammende Röte ins Gesicht trieb. „Doch ich weiß nicht, worum es bei dem Streit ging, nur dass er außerordentlich heftig war. Es könnte doch sein, dass mein Vater meinen Bruder der Burg verwiesen hat."

„Eine Möglichkeit. Doch bringt uns das Nachsinnen darüber, warum der junge Herr gegangen ist, keinen Schritt weiter", lenkte Oleg den Disput wieder in die Bahnen, die ihm bedeutsam vorkamen, und Gunther zog wegen der versteckten Rüge den Kopf zwischen die Schultern.

„Sitzen wir hier nicht zusammen, um alle Möglichkeiten auszuloten?", sprang Petrus unerwartet dem Jungen bei.

Oleg massierte seine Nasenwurzel mit zwei Fingern. Dann blickte er auf und lächelte dem Novizen zu. „Ja, das stimmt, entschuldige Gunther. Dieser Frage können wir später nachgehen, aber ich befürchte, wir werden darauf keine Antwort finden. Ritter Christian ist tot und Otto von Waldeser ist nicht in der Lage, Auskunft zu geben. Also richten wir unsere Aufmerksamkeit auf das, was wir vielleicht aufdecken können." Er machte eine kleine Pause. „Nach all dem, was wir heute gehört haben, liegt die Vermutung nahe, dass Randolph von den Linden etwas mit dem Tod von Christian von Waldeser zu tun hat." Oleg sah in die Runde und erntete von allen Seiten zustimmende Blicke.

Ida holte tief Luft. „Sicherlich versteht Ihr jetzt, warum ich nicht auf die Burg zurück kann."

„Das wäre wenig empfehlenswert, jetzt wo der Ritter annehmen muss, Ihr seid ihm auf die Schliche gekommen. Und wo wollt Ihr hin? Habt Ihr Verwandte in der Nähe?"

„Nein, es gibt keine Verwandten in erreichbarer Nähe. Doch Christian hatte mir geraten, wenn ich gar keinen Ausweg mehr weiß und die Bedrängnis gar zu stark wird, solle ich Schutz bei unserem Nachbarn Notger von Alvensleben suchen. Er war meinem Bruder immer ein väterlicher Freund und Christian hielt den Alvenslebener, trotz seines grimmigen Wesens für einen ehrenwerten Mann."

„Also, das ... das kommt unerwartet." Oleg zog ein unglückliches Gesicht. Wie sollte er seine Bedenken in angemessene Worte kleiden?

„Bemüht Euch nicht, mir das Unschickliche meines Plans vor Augen zu führen", half Ida Oleg mit einem flüchtigen Lächeln aus der Verlegenheit. „Ich weiß selbst, dass dieses Vorhaben meinen guten Ruf in Frage stellen wird. Eine Jungfer, nur in Begleitung ihres Reitknechtes, flieht auf eine Burg, wo es keine Burgherrin gibt, die besagte Jungfer unter ihre Fittiche nehmen könnte. Und da, guter Bruder Oleg, kommt Ihr ins Spiel. Ich würde Euch gern zu meinem Beichtiger ernennen und Euch bitten, mich in dieser Funktion auf die Burg zu begleiten. Ja, ich weiß", Ida hob beschwichtigend die Hand, als Melchior etwas einwenden wollte, „Euer Bruder ist noch nicht wieder gänzlich genesen. Doch habt Ihr ein Pferd, das ihn tragen kann, und wir sind in wenigen Stunden auf der Burg des Alvenslebeners."

Melchior wedelte abweisend mit den Händen. „Verlangt Ihr da nicht ein wenig zu viel von unserem kranken Bruder? Er kann sich ja kaum auf seinen Beinen halten."

„Das kommt gar nicht in Frage", polterte Petrus. „Bruder Oleg muss sich noch schonen und kann sich nicht in Eure Händel hineinziehen lassen, so leid mir das auch alles für Euch tut."

„Kann ich auch einmal etwas dazu sagen?" Oleg musste ein wenig die Stimme erheben, um sich Gehör zu verschaffen. „Selbstredend werde ich Jungfer Ida begleiten. Es ist mir eine Ehre, Euer Beichtiger zu sein."

Da das nun beschlossene Sache war und Melchior und Petrus sehr wohl wussten, dass sie ihren Bruder nicht von seinem Vorhaben abbringen konnten, überlegten sie gemeinsam, was Oleg mit auf die Reise nehmen sollte. Eile war geboten. Wenn Ida zu lange ausblieb, würde Randolph auf den Gedanken kommen, nach ihr Ausschau zu halten. Und zwangsläufig würde er bei seiner Suche auch an der Schafhürde auftauchen. Die Flüchtlinge mussten bis dahin einen ausreichenden Vorsprung haben, auf dass der Verfolger sie nicht vor dem Erreichen der Alvensleber Burg einholte.

Oleg wickelte einige Stiele von getrockneten Ringelblumen, Kamille und Thymian in ein Tuch und steckte alles in seinen Beutel. Dazu kamen vier Streifen Leinenbinden und seine Strohschuhe. Die warmen Wintersachen zog er an. Mehr hatte er nicht mitzunehmen. Den kleinen Krug mit dem Einreibeöl reichte er der jungen Frau. Keiner konnte sagen, wie lange Ida in ihrem Exil ausharren musste. Und die Behandlung der Finger sollte nicht unterbrochen werden, wo erste winzige Fortschritte zu sehen waren.

In der Zwischenzeit sattelte Melchior die kleine Stute. „Nun wirst du bald wieder in deinem heimatlichen Stall stehen", sagte er, derweil er den Sattelgurt straff zog.

Gunther stand dabei und blickte trübsinnig aus der Kutte. Er fütterte seinen Liebling mit einer Karotte und streichelte ihm die Nüstern. Vorbei war es mit dem Traum, hoch zu Ross im Frühjahr ins Kloster einzureiten. Animo schnoberte ihm in den Haaren, als wolle auch sie sich verabschieden. „Ich werde dich vermissen", schniefte Gunther leise.

„Nun zieh nicht so ein Gesicht." Melchior klopfte dem Novizen auf die Schulter. „Bruder Oleg kommt ja wieder. Und sicher wird er nicht auf seinen eigenen Füßen herlaufen. Bestimmt gibt ihm der Ritter das Pferd noch einmal mit."

Augenblicklich strahlte Gunther über das ganze Gesicht. Er würde ein, zwei Äpfel beiseitelegen.

Kurz darauf zog der Reitknecht Ida hinter sich auf sein Pferd und auch Oleg saß schon im Sattel. Er würde selbst reiten müssen. Vorsichtig schob er die Stiefelspitzen in die Steigbügel. Für lange Verabschiedungen blieb keine Zeit. Ulric trieb sein Pferd zu einem leichten Trab an und Oleg folgte. Es ging besser als erwartet. Die wunden Stellen der Füße schmerzten kaum noch.

Bald fielen die Pferde jedoch in den Schritt zurück. Der Weg war zu aufgeweicht, um schneller reiten zu können.

In zwei Stunden würden sie bei Ritter Notger sein, so es keinen unverhofften Aufenthalt gab. Eine heikle Angelegenheit war es noch, als sie vom Dorf her auf die breite Landstraße trafen. Links ging es zu Idas Heim, rechts zu Notgers Burg. Wenn sie hier Randolph begegneten, wäre Idas Flucht gescheitert. Aber der Gottvater hatte Erbarmen mit ihnen. Die Landstraße lag wie ausgestorben da und so eilten sie sich, den rechten Weg einzuschlagen und alsbald hinter der nächsten Biegung zu verschwinden. Jetzt war es nur noch eine knappe Stunde. Wenn Randolph Idas Ausbleiben inzwischen zu lange dauerte, so würde er doch zuerst im Dorf suchen und dann in der Schafhürde. Und die Mönche dort würden ihm kaum erzählen, wohin Idas Reise gegangen war.

Als Notgers Burg in der Ferne auftauchte, atmeten die Flüchtlinge auf. Erleichtert ritten sie in den Zwinger ein. Dort mussten sie absteigen und warten, bis der Burgherr unterrichtet war.

Es dauerte dann noch ein wenig, bis Notger seine Gäste begrüßte. Sein Aufzug war nicht eben standesgemäß. Die Beinkleider waren beschmutzt und in seinem Gesicht mischten sich Schweiß und Ruß und gaben ihm das Aussehen eines Höllendämons.

„Entschuldigt meinen Aufzug", sagte er mit einem schiefen Lächeln, nachdem er sich von der Überraschung erholt hatte, sowohl Oleg als auch die Herrin der Nachbarburg vor sich zu sehen. „Mein altes Schlachtross lässt sich nur von mir halten, wenn der Schmied ihm neue Eisen anpasst."

Dann machte er eine einladende Handbewegung zum Innenhof und zum Palas hin. „Seid willkommen und seid meine Gäste." Er reichte der Jungfer seinen Arm. Der Ritter hatte Ida seinen linken Arm gereicht und sie schien erleichtert, ihre rechte, gesunde Hand darauf legen zu können. Oleg musste ob der kleinen Eitelkeit schmunzeln, setzte aber gleich wieder einen ernsten Gesichtsausdruck auf.

Ulric, der bisher wachsam, mit der Hand am Schwert alles misstrauisch beäugt hatte, sah nun, dass seine Herrin gut aufgenommen wurde, und brachte in Gesellschaft eines Stallburschen die Pferde fort.

Oleg fiel auf, dass Notger sein krankes Bein heute stärker nachzog, als bei seinem letzten Besuch. Das kalte Wetter machte ihm wohl zusätzlich zu schaffen und ließ die alte Verwundung stärker schmerzen.

Der Ritter führte die Ankömmlinge in die Halle, orderte heißen Würzwein, Käse und Brot und entschuldigte sich dann, da er sich ein gefälligeres Aussehen geben wolle. Seine Verbeugung war galant und Oleg schien es, als versuche der ansonsten stets grimmige Mann so etwas wie ein Lächeln in die Mundwinkel zu bekommen. Wobei seine volle Aufmerksamkeit der Jungfer galt und er für Oleg nur flüchtige Seitenblicke übrig hatte.

Wein und Speise wurden alsbald aufgetischt. Jedoch nippten sowohl Ida als auch Oleg nur am Wein. Bevor sie nicht wussten, ob sie hier wirklich willkommen waren und bleiben durften, fehlte ihnen der rechte Appetit. Es war durchaus möglich, dass der Ritter, nachdem er von ihrem Anliegen gehört hatte, sie mit einigen warmen Worten wieder fortschickte. Was, wenn er sich nicht auf einen Händel mit seinem Nachbarn einlassen wollte? Denn dazu würde es kommen, sobald Randolph erfuhr, wohin sich seine widerspenstige Braut geflüchtet hatte. Zwar wollte Oleg nicht recht glauben, dass sie hier keinen Schutz finden würden, doch sicher konnten sie erst sein, wenn sich ihr Gastgeber bereit erklärte, sie aufzunehmen.

Sie mussten nicht lange warten. Notger hatte sich Hände und Gesicht gründlich gereinigt und sich in saubere, dunkelgrüne Beinkleider und einen schwarzen Bliaut gekleidet, der von einem breiten, silberbeschlagenen Ledergürtel gehalten wurde. Der Bliaut zeigte das Wappen derer von Alvensleben, das in goldenen und roten Farben kunstvoll gestickt war. Der Ritter hatte sich geradezu herausgeputzt und Oleg konnte nur mit Mühe der Versuchung widerstehen, nach dem Barett mit Fasanenfeder zu fragen, das dazumal der Knappe Notger mit beschwingter Anmut getragen hatte.

Nachdem sich Notger zu seinen Gästen gesellt hatte, musterte er diese erneut ausgiebig. „Es muss einen triftigen Grund geben, dass Ihr, Herrin Ida, nur in Begleitung eines Reitknechts und eines Mönchs, mir diesen unverhofften Besuch abstattet. Gehe ich recht in der Annahme, dass es sich nicht nur um eine rein nachbarliche Visite handelt? Etwa um ein paar Floskeln über das elende Wetter auszutauschen?" Er ließ seinen Blick von Ida zu Oleg und wieder zurück wandern.

„Ihr macht nicht viele Worte, bevor Ihr auf den Kern zu sprechen kommt", entgegnete Ida. Sie gab den Blick zurück, ohne die Augen niederzuschlagen, wie man es von einer züchtigen Jungfer erwarten würde. „Das kommt mir sehr entgegen. Auch mir steht nicht der Sinn nach ausgiebigem höfischen Geplauder. Bruder Oleg begleitet mich als mein Beichtiger." Ida atmete einmal tief durch. „Ich suche Schutz vor Randolph von den Linden."

War Notger überrascht, so verstand er es meisterhaft, diesen Umstand zu verbergen. Er widmete sich lediglich seinem Weinkelch, bevor er Ida wieder ernst ansah. „Um ehrlich zu sein, wundert es mich, dass Ihr so lange für diesen Entschluss gebraucht habt. Ich hatte schon früher mit Eurem Eintreffen gerechnet." War es des Ritters Absicht, seinerseits seine Gäste zu überraschen, so gelang ihm das vollumfänglich. Bevor noch jemand etwas einwenden konnte, fuhr er schon fort. „Was gab letztendlich den Ausschlag für Euer Kommen?"

Ida ging nicht auf die Frage ein. „Ihr habt gewusst, dass ich Schutz auf Eurer Burg suchen würde? Erklärt mir das bitte."

„Euer Bruder, Gott wache über seine unsterbliche Seele, legte hier eine kurze Rast ein, als er sich auf den Weg zu seinem Schiff gemacht hatte. Er war sich reichlich sicher, dass Randolph seine Bemühungen, mit Euch die Ehe einzugehen, intensivieren würde, und bat mich, Euch in diesem Falle Schutz zu gewähren. Er sagte auch, dass er Euch geraten hätte, hierher zu fliehen. Wir waren uns beide einig darin, dass Randolph nicht als Ehekandidat taugte. Dass Euren Vater der Schlag treffen würde und er sich deshalb nicht mehr um die Angelegenheiten seiner Familie kümmern kann, konnte zu diesem Zeitpunkt niemand ahnen. Was sich im Nachhinein, bitte verzeiht mir diesen Gedanken, als Vorteil herausgestellt hat. Womöglich hätte Euer Vater Euch sonst schon dem von den Linden angetraut. Christian war sehr unglücklich darüber, dass Euer Vater seinen Worten, was das unlautere Wesen des Ritters betrifft, keinen Glauben schenkte. Und so seid Ihr also nun hier. Was mich erneut fragen lässt. Was bewog Euch, dem Ratschlag Eures Bruders jetzt Folge zu leisten?"

„Es haben sich einige Dinge zugetragen, die in mir einen schrecklichen Verdacht aufkommen ließen." Ida zog Christians Tuch aus dem Ärmel ihres wollenen Reisekleides und breitete es auf dem Tisch aus. Dann berichtete sie dem Ritter, was sie kurz zuvor den Mönchen in der Schafhürde dargelegt hatte.

Notger hörte schweigend zu, was jedoch nicht bedeutete, dass sein Gesicht nicht mit jedem weiteren Satz Idas finsterer wurde. Als die junge Frau geendet hatte, herrschte eine Weile Schweigen. Oleg rechnete es dem Ritter hoch an, dass er nicht sogleich lospolterte, sondern das Gehörte sorgfältig bedachte.

„Das wirft in der Tat ein seltsames Licht auf die Angelegenheit", sagte er schließlich gedehnt. „Ich muss den Schlussfolgerungen, welche die Mönche gezogen haben, zustimmen. Es ist nicht nur zu vermuten, es ist nahezu wahrscheinlich, dass Randolph in den Tod Eures Bruders verwickelt ist. Dazu ist dem von den Linden durch Eure Fragen nun klar – so er nur einen Funken Verstand besitzt und davon können wir getrost ausgehen – dass Ihr nun um seine Verstrickung darin wisst. Wie er es angestellt hat, gilt es noch herauszufinden. Jedes Schreiben lässt sich fälschen, auch das eines Schiffseigners. Zumal Ihr nicht die Möglichkeit habt, bei dem Schiffer Nachforschungen anzustellen. Unter diesen Umständen seid Ihr mir als Gast willkommen und Ihr steht ab diesem Moment unter meinem Schutz, bis die Angelegenheit geklärt ist und eventuelle Schuldige zur Verantwortung gezogen wurden. Ich werde sogleich den Auftrag erteilen, Euch eine Kammer zu richten, eine von innen abschließbare Kammer. Und damit der Schicklichkeit Genüge getan ist, wird darüber hinaus die Tochter meines Burghauptmannes bei Euch schlafen. "

Ida schenkte dem Ritter ein warmes Lächeln und Oleg bewunderte dessen Weitsicht, die nicht nur auf die Klärung der anstehenden Rätsel gerichtet war, sondern auch den Ruf der Jungfer bedachte.

Notger quittierte das Lächeln mit einem sparsamen Neigen des Kopfes. „Es heißt, dass es eine verwandtschaftliche Beziehung zwischen Euch und dem von den Linden gibt, die eine Vermählung ausschließen sollte."

„Es geht das Gerücht, unsere Väter wären Halbbrüder gewesen. Doch muss ich gestehen, dass ich dafür keinen Beweis habe. Mein Vater könnte Auskunft geben", sagte sie zögernd und wandte den Blick ab. „Doch bringt er keine verständlichen Worte mehr hervor." Ida senkte die Augen und betrachtete ihre Finger, die einen losen Faden an ihrem Ärmel zusammen zwirbelten.

„Sollte es sich tatsächlich so verhalten, verwundert es mich, dass Euer Vater der Eheschließung ursprünglich zugestimmt hatte."

Ida zuckte unbestimmt mit den Schultern und presste die Lippen aufeinander.

„Nun gut, soll ich eine Nachricht zu Eurer Burg schicken lassen, dass Ihr hier Aufnahme gefunden habt, oder wollen wir warten, bis der von den Linden von selbst darauf kommt?" Fast hatte es den Anschein, als könne der Alvenslebener es kaum erwarten, die Klinge mit dem Gegner zu kreuzen.

„Darüber habe ich mir noch gar keine Gedanken gemacht", gab Ida zu. „All mein Sinnen war darauf gerichtet, von Randolph weg zu kommen und hier Schutz zu finden. Doch jetzt, wo Ihr es ansprecht, ich weiß nicht. Was würdet Ihr mir raten?"

„Wir sollten nichts überstürzen", mischte sich Oleg ins Gespräch. „Vielleicht schlafen wir erst einmal eine Nacht darüber und entscheiden morgen früh, wie wir weiter vorgehen."

„Ein kluger Gedanke, guter Bruder." Auch Oleg wurde mit einem warmen Lächeln bedacht. Vielleicht nicht ganz so warm, wie es der Ritter geerntet hatte, doch er war es zufrieden.

Notger entschuldigte sich kurz, da er verschiedene Aufträge zu erteilen hatte.

„Ich habe nicht zu hoffen gewagt, dass wir hier so freundliche Aufnahme finden", gestand Ida, als sie mit Oleg allein waren.

„Was hättet Ihr getan, wenn der Ritter Euch seinen Schutz versagt hätte?" Ida seufzte tief. „Ich weiß nicht. Vielleicht hätte ich mich doch zu Verwandten auf den Weg machen müssen. Doch das wäre eine lange und unabwägbare Reise geworden."

„Gut, dass wir Mönche schon einen Plan hatten." Oleg genoss das Erstaunen der Jungfer ein wenig. „Wir hätten Euch in das Zisterzienserinnenkloster nach Wolmirstedt gebracht. Dort hättet Ihr sicher vorübergehend Aufnahme gefunden."

Ida lachte leise auf. „Ihr seid außerordentlich vorausdenkend. Jetzt, wo Ihr es sagt, hätte ich diese Möglichkeit tatsächlich in Betracht ziehen sollen. In einem Kloster wäre ich gegen jedweden Zugriff sicher. Niemand könnte mich dort heraus zwingen. Und mein untadeliger Ruf bliebe gewahrt."

„Wenn der von den Linden auch diesem Gedankengang folgt, wird er in den umliegenden Klöstern zuerst nach Euch suchen. Ergibt sich wieder die Frage, ob wir ihn suchen lassen sollen oder ihm mitteilen, wo Ihr zu finden seid."

„Wollten wir diese Entscheidung nicht bis morgen früh aufschieben?"

Ein Knecht trat heran und sie unterbrachen ihre Unterhaltung. Er stellte eine Kiepe Holz neben dem Kamin ab und legte einige Scheite nach. Dann trug er eine Kohlepfanne heran und entzündete sie mit einem Kienspan, den er zuvor in die Kaminglut gehalten hatte. Als die Kohlen zu glimmen begannen, trug er den eisernen Ständer mit der Pfanne die Treppe hinauf.

„Da werdet Ihr es in der Nacht angenehm warm haben", stellte Oleg mit einem Lächeln fest. „Der Ritter denkt wirklich an alles."

„Oder nur an die Tochter seines Burghauptmannes, die in der Nacht bestimmt nicht frieren möchte", wandte Ida ein. „Ich hoffe sehr, dass Euch eben so große Aufmerksamkeit zuteil wird."

Oleg winkte ab. Er würde sich auch mit einem Deckenlager in den Binsen dicht am Kamin zufriedengeben. Er hatte auf seinen langen Reisen schon unter widrigeren Umständen genächtigt.

Eine Magd trug Brot und Käse ab. Eine andere stellte Zinnteller, irdene Schüsseln und Löffel an die drei Plätze. Die Vorbereitungen für das Abendmahl begannen. Schragen und Bretter, die an den Wänden gestanden hatten, wurden herangetragen und aufgestellt. Zwei Mägde im Kindesalter verteilten hölzerne Teller und irdene Schüsseln auf dem langen Schragentisch. Dort würde das Dienstvolk speisen.

„Ich muss gestehen, dass ich jetzt doch einen gewissen Hunger verspüre", gestand Ida und Oleg nickte zustimmend. Auch er freute sich auf das Mahl.

Der Ritter gesellte sich wieder zu ihnen und versicherte Ida, dass alles zu ihrem Wohl geregelt war. „Für Euch, Bruder", wandte er sich dann an Oleg, „habe ich leider keine eigene Kammer. Ihr müsst wieder mit einem Lager am Kamin vorliebnehmen."

„Womit ich voll und ganz zufrieden bin."

Dann wurden die Speisen aufgetragen. Die Dienstleute bedienten sich aus einem großen Kessel mit dicker Suppe. Körbe mit dunklem Brot und Krüge mit Dünnbier standen für sie bereit.

Für Notger und seine Gäste wurden andere Speisen herangetragen. Da waren Schüsseln mit in Honig gedünsteten Zwiebeln und Rübenmus. Dazu eine Platte, auf der drei krosse Hühner vom Spieß in einem Bett aus gebratenen Speckeiern lagen. Weißes Brot vervollständigte das Mahl. Ein Mundschenk goss tiefroten Wein in die Becher.

Oleg lief das Wasser im Mund zusammen. Er würde sich keine der Köstlichkeiten entgehen lassen. Nachdem er den Tischsegen gesprochen hatte, langte er tüchtig zu. Er drehte einen Schenkel seines Huhns ab, grub die Zähne in das weiße Fleisch und blickte aus dem Augenwinkel zu Ida. Wie würde sie mit ihrer kranken Hand zurechtkommen? Getraute sie sich überhaupt, hier, gewissermaßen unter Fremden, ihre verkrüppelte Hand zu Hilfe zu nehmen?

Olegs Sorge war unbegründet. Ganz der galante Gastgeber, zerlegte Notger das Huhn für die Dame am Tisch und legte ihr dann die besten Fleischteile in mundgerechten Bissen vor. Ida schien es zu gefallen. Sonst unabhängig und selbständig in ihren Gedanken und ihrem Tun genoss sie offenbar die Aufmerksamkeit des Ritters.

Das Gespräch drehte sich anfangs um alltägliche Begebenheiten. Notger fragte Oleg nach dem Leben in der Schafhürde, ob dort alles zur Zufriedenheit verliefe oder ob die Mönche mit Schwierigkeiten zu kämpfen hätten. Natürlich kamen sie unweigerlich auf den Wolfsüberfall und Olegs anschließendes Martyrium zu sprechen, wobei er dieses Wort keinesfalls gewählt hätte. Ida hatte da weit weniger Bedenken.

Nachdem er die ganze Geschichte gehört hatte, drehte Notger seinen Becher gedankenverloren zwischen den Fingern. „Es würde mich nicht wundern, wenn auch da der von den Linden seine Finger im Spiel hatte. Es sähe ihm zumindest, nach all dem, was ich heute über ihn erfahren habe, nicht unähnlich. Heimliche Intrigen zu spinnen, scheint einer seiner Wesenszüge zu sein."

Ida ließ ihr Essmesser sinken, auf dem sie gerade ein Stück Fleisch zum Mund führen wollte. „Aber Bruder Oleg hat wegen des Überfalls der Wilden Jagd ermittelt und nicht wegen des Todes meines Bruders oder der Heiratspläne Randolphs." Sie kniff die Augen zu einem schmalen Spalt zusammen und musterte ihre Tischherren. „Könnte es sein..." Sie zögerte, den ungeheuerlichen Gedanken laut auszusprechen. „Womöglich hängt das alles zusammen?"

Eine Weile herrschte Schweigen am Tisch, dann fragte Oleg ganz ernst: „Ihr meint, dass Randolph mit der Wilden Jagd gemeinsame Sache macht?"

Ida musterte den Mönch mit hochgezogenen Augenbrauen. „Haltet Ihr mich tatsächlich für so einfältig, dass ich an diesen Mummenschanz glaube? Darüber hinaus hat man Pfeile unseres werten Gastgebers gefunden. Sagt, Ritter Notger von Alvensleben", Ida wandte sich mit einem spöttischen Zucken in den Mundwinkeln dem Ritter zu, „seid Ihr ein auf Erden wandelndes Mitglied der Wilden Jagd, womöglich gar deren dämonischer Anführer?"

„Jetzt, wo Ihr es ansprecht", nahm Notger das Spiel auf und wiegte bedenklich den Kopf, wurde aber mit einem Blick auf den Mönch gleich wieder ernst. „Ich hoffe, Ihr wollt mich jetzt nicht exorzieren, guter Bruder."

„Das überlasse ich getrost denen, die dazu berufen sind." Oleg zwinkerte dem Ritter zu. „Aber wenn Jungfer Ida recht hat, dann ist das Übel namens Randolph von den Linden viel größer, als wir vermutet haben."

Notger schüttelte den Kopf. „Wer ist so blöde und greift sein eigenes Dorf an?"

„Nicht blöde, sondern abgrundtief böse und feige noch dazu."

„Ihr unterstellt Randolph Feigheit?", fragte Ida überrascht.

„Sich verkleiden und ein Dorf abergläubischer Bauern angreifen, die sich nicht zu wehren getrauen? So etwas nenne ich feige. Und damit ihm auch ja keiner auf die Schliche kommt, lässt er ein paar Pfeile des ungeliebten Nachbarn zurück. Dieser Ritter ist einer, der Freude daran hat, heimliche Ränke zu spinnen. Um sich dann aus sicherer Entfernung daran zu ergötzen, wie sich andere womöglich an den Kragen gehen und für etwas geächtet werden, das sie nicht begangen haben."

„So sicher ist die Entfernung dann doch nicht, Bruder Oleg. Schließlich hat Randolph mich in Verruf gebracht. Und da er Burg und Dorf schon als sein Eigen betrachtet, hätte er gegen mich eine Fehde vom Zaun brechen müssen."

„Aber nein", warf Ida ein. „Als der Überfall geschah, lebte Christian noch und mein Vater war noch bei Kräften. Mein Bruder hätte Euch zur Rechenschaft ziehen müssen."

„Vielleicht hoffte Randolph, Ihr würdet den jungen Herrn im Kampf erschlagen", mutmaßte Oleg. „Dann hätte er bei Jungfer Ida freie Bahn gehabt. Es muss ihn gewaltig gewurmt haben, dass die verräterischen Pfeile nicht gleich zu ihm gebracht wurden."

„Das alles sind unbewiesene Vermutungen", schränkte Notger die Spekulationen ein. „Wir sollten uns an das halten, was sicher bewiesen ist. Und das wäre die Sache mit Christians Tuch. Dazu wird sich Randolph erklären müssen, so er vor meinen Toren erscheint. Und er soll ja nicht sagen, dieser Waffenknecht habe ganz plötzlich den Dienst quittiert."

„So werden wir vorerst abwarten müssen. Hoffentlich dauert das Exil nicht allzu lange." Ida verstaute das Tuch wieder in ihrem Ärmel. Dann sah sie, wie sich das Gesicht ihres Gastgebers verfinsterte. „Oh, damit will ich nicht sagen, dass ich Eurer Gesellschaft und Eurer Gastfreundschaft schon überdrüssig bin", schränkte sie ihre Worte ein. „Nur musste ich auf der heimatlichen Burg meinen kranken Vater zurücklassen. Ich bin in Sorge, ob er in meiner Abwesenheit mit der gleichen Gründlichkeit gepflegt wird, als hätte ich täglich ein Auge auf ihn."

Ida leerte ihren Becher und verabschiedete sich dann, da sie, wie sie sagte, von all den Aufregungen und Unsicherheiten doch recht müde sei.

Als die Jungfer gegangen war, orderte der Ritter einen neuen Krug Wein und lud Oleg auf ein Schachspiel ein. Der konnte der Versuchung, obwohl auch er eine gewisse Bettschwere verspürte, nicht widerstehen. Er war recht geübt darin, die Figuren strategisch klug zu führen. Über Monate hinweg hatte er dem Jüngsten seiner Freunde Hildegard und Witho Unterricht im Schachspiel gegeben. Der ansonsten recht ungestüme und wilde Junge hatte sich bei dem Spiel überraschend geduldig und geschickt angestellt.

Doch auch nach einer Stunde war nicht abzusehen, wer den Sieg davontragen würde, und die beiden Männer beschlossen, die Fortsetzung des Spiels auf den nächsten Vormittag zu vertagen. Als Oleg vom Spielbrett aufsah, musste er feststellen, dass sich schon eine Vielzahl an Dienstleuten zur Ruhe begeben hatte, und aus der einen oder anderen Ecke drang nun auch Schnarchen in sein Bewusstsein.

Kurze Zeit darauf hatte auch er sich zwei Decken von den Stapeln an der Wand geholt und sich bis zur Nasenspitze eingewickelt. So dicht am Kamin, in dem zwar das Feuer zusammengefallen war, jedoch die gemauerte Umfassung noch immer die gespeicherte Wärme ausstrahlte, war es wohlig warm. Morgen werde ich die Bandagen von meinen Füßen abnehmen und die Zehen in einem Sud aus Heilkräutern baden, war sein letzter Gedanke, bevor ihn der Schlaf umfing.

14. Kapitel

Olegs erster Gedanke am nächsten Morgen galt nicht seinen Blessuren, sondern der Tatsache, dass sie eine Entscheidung treffen mussten. Sollten sie Randolph eine Nachricht schicken oder nicht? Er setzte sich auf, rieb sich den Schlaf aus den Augen und gähnte ausgiebig. Rund um ihn schälten sich nach und nach andere aus ihrem Nachtlager. Fleißige Mägde trieben die letzten Säumigen mit gut gemeinten Worten hoch. Zwei, drei, die sich die Decke wieder über die Ohren zogen, wurden mit einem mehr oder minder kräftigen Tritt bedacht, bis sie schließlich maulend den Platz räumten. Um Olegs Lager machten die Mägde einen Bogen. Keine würde es wagen, einen Mann der Kirche aufzuscheuchen.

Ein paar Knechte stellten die Schragentische auf. Derbe Scherzworte flogen zwischen den Knechten und Mägden hin und her. Ein alltäglicher Morgen auf einer Burg in friedlichen Zeiten.

Oleg legte seine Decke zusammen, zog sich mit schiefem Gesicht seine Stiefel an und humpelte auf den Hof. Am Brunnen wusch er sich gründlich Gesicht und Hände. Dann ließ er seinen Blick über den Burghof wandern. Aus dem Stall schleppten zwei junge Mägde Milchkannen zur Küche. Am Backofen wurde eben frisches Brot herausgezogen. Der Duft ließ Olegs Magen knurren, obwohl er doch erst gestern Abend über die Maßen gut gespeist hatte.

Auf dem Wehrgang patrouillierten zwei Waffenknechte und bei einem Blick durch den Zwinger konnte Oleg sehen, dass die schweren Torflügel eben aufgeschoben wurden. Diese Burg würde gegen einen Randolph von den Linden standhalten. Wie viele Männer konnte der schon aufbringen, um die Burg zu belagern oder gar zu erobern? Wenn er sich denn überhaupt die Mühe machte. Andererseits würde er seine Braut zurückhaben wollen, auch wenn es die Jungfer weit von sich wies, dass Randolph sie als die Seine bezeichnete.

Bevor Oleg zurück in die Halle ging, lenkte er seine Schritte zu der kleinen Kapelle zwischen Palas und Bergfried. Er hatte schon das Nachtgebet zu Matutin und Laudes verpasst. Das hatten sie zwar auch in der Schafhürde nicht gefeiert, doch wollte er wenigstens jetzt dem Allmächtigen huldigen. Und wenn er es recht bedachte, so brach gerade der neue Tag an und die Zeit für Prim und Terz war eigentlich auch schon vorbei. Es würde ihm schwerfallen, sich wieder in die Regeln des Klosters einzufügen, nach einer solch laschen Auslegung der Gebetszeiten, wie sie zurzeit in seinem Leben herrschte. Doch würde er das jubelnd in Kauf nehmen, wenn er nur wieder bei seinen Brüdern im Kloster sein und mit Kamillus in der Kräuterwerkstatt herumwerkeln könnte.

Oleg verhielt den Schritt und horchte in sich hinein. Mit Erstaunen bemerkte er eine gewisse Wehmut bei dem Gedanken, im Frühjahr von der Schafhürde Abschied nehmen zu müssen. Auch hier hatte er gute Freunde gefunden. Auch hier hielt das Leben Überraschungen bereit. Letzteres war zwar hauptsächlich dem Brief vom Vater Abt geschuldet, aber Oleg war sich sicher, dass es auch ohne diesen Auftrag nie langweilig geworden wäre. Dazu nahm er viel zu sehr Anteil am Leben der Menschen, die ihn umgaben. Die Augen vor dem Leid oder der Freude seiner Mitmenschen zu verschließen, lag nicht in seinem Wesen. Ein Leben in stiller Kontemplation und Meditation fernab der alltäglichen Anforderungen konnte er sich nicht vorstellen. Und um ganz ehrlich zu sein, auch die Tiere würden ihm fehlen.

Der Ritter und Ida waren in ein angeregtes Gespräch vertieft, als Oleg die Halle betrat. Zwischen den beiden stand das Schachbrett von gestern Abend und offensichtlich disputierten Notger und Ida darüber, wie die Figuren zu setzen seien. Oleg besah sich die Szene ein wenig aus der Entfernung und er musste lächeln. Notger hatte viel von seiner Düsternis eingebüßt und Ida hatte ihre verkrüppelte Hand zwanglos auf den Tisch gelegt, ohne dass sie es bemerkte oder jemand Anstoß daran nahm.

Als sich Oleg zu ihnen setzte, sagte sie sogleich: „Euer Amtmann ist in Gefahr, guter Bruder. Unser Gastgeber hat Euch eine geschickte Falle gestellt. Aber wenn Ihr Euren

Wirt hierher schiebt, bringt ihr den Statthalter des Ritters in Bedrängnis."

Offenen Mundes bestaunte Oleg die vorgeschlagene Strategie. Obwohl er nie zu den Klerikern gehört hatte, die dem Weibe gesunden Menschenverstand absprachen und ihr Gehirn für klein und weich hielten, war er von den Schlussfolgerungen der Jungfer überrascht. Und, wenn er ganz ehrlich war, auch ein wenig verschnupft, dass sie Probleme sah und Lösungen fand, die er selbst übersehen hatte.

„Ihr müsstet Euer Gesicht sehen, Bruder Oleg." Notger warf den Kopf in den Nacken und lachte schallend. Dann wischte er sich zwei Tränen aus den Augen und schien seiner eigenen Stimme hinterher zu lauschen. Sich räuspernd schob er Oleg das Brett zu, dass der besser sehen könne.

Die Köpfe der Leute, die inzwischen die Halle bevölkerten, waren herumgeruckt. So unbeschwert hatten sie ihren Herrn seit Jahren nicht lachen hören. Dann sahen sie schnell wieder auf das, was sie gerade taten. Wer weiß, ob sie nicht sogleich mit harschen Worten zurechtgewiesen wurden, wenn sie gar zu unverfroren starrten.

Ida, die die Verlegenheit des Hausherrn bemerkte, hob den Kopf und sah unweit ihres Tisches eine junge Magd stehen. Mit unglücklichem Gesicht balancierte sie ein dünnes Holzbrett mit mehreren Schüsseln, getraute sich aber nicht, näher zu treten. Ida schob das Schachspiel resolut beiseite und winkte das Mädchen heran.

„Wie heißt du, mein Kind"", fragte sie, während sie die Schüsseln vom Brett nahm und auf dem Tisch verteilte.

„Fine, Herrin", flüsterte die Gefragte, wagte aber nicht, den Blick zu heben.

„Gut, Fine, du scheinst bescheiden zu sein. Bist du auch geschickt?"

„Ich weiß nicht, Herrin. Vielleicht?" Das Mädchen schien sich zunehmend unwohl zu fühlen.

„Also, zumindest bescheiden. Etliche andere hätten mit ihrem Geschick geprahlt." Sie wandte sich an Notger. „Verehrter Ritter, es ist nicht abzusehen, für wie lange ich Eure Gastfreundschaft genießen darf. Ich brauche eine Leibmagd, die mir bei den alltäglichen Verrichtungen zur Hand geht. Wäre es möglich, dass Eure Magd Fine diese Aufgaben übernimmt? Sie scheint anstellig zu sein und führt kein vorlautes Mundwerk."

Notger blinzelte irritiert. Vielleicht stellte er sich gerade diese alltäglichen Verrichtungen vor. Bei genauerem Hinsehen war oberhalb des blonden Bartes ein dunkler Hauch auf seinen Wangenknochen zu erahnen. Er machte eine gewährende Handbewegung und räusperte sich erneut.

„Fine, du bist ab sofort der Herrin Ida zugeteilt. Sag der Hauswirtschafterin Bescheid und komme deiner neuen Aufgabe gewissenhaft nach." In alte Manier zurückfallend hatte der Ton des Burgherrn etwas Drohendes angenommen. Das Mädchen sackte ein wenig zusammen.

„Sehr schön." Ida klang fröhlich und die frisch ernannte Leibmagd wagte aufzusehen. „Dann schaff deinen Strohsack in meine Kammer, reinige den Raum und warte dann dort auf mich."

„Ich schlaf sonst bei den Hühnern."

„Verstehe. Lass dir also von der Hauswirtschafterin einen Strohsack und saubere Decken geben, dazu einen reinen Kittel und wasch dich gründlich."

Mit offenem Mund hatte Notger verfolgt, wie Ida bestimmte, was auf seiner Burg geschah. Oleg konnte sich ein belustigtes Schmunzeln nicht versagen und ihm kam ein wagemutiger Gedanke, den er aber vorerst noch tief in sich verschloss. Er zog seine Breischüssel zu sich heran und probierte einen ersten Happen.

„Köstlich", nuschelte er mit vollem Mund. In den morgendlichen Brei waren Eidotter und Honig gerührt und ein großer Klecks Butter löste sich in einer goldgelben, kleinen Pfütze auf.

„Wie gehen wir weiter vor?" Notger sah in die Runde, nachdem auch die letzte Schüssel leer in die Tischmitte geschoben war.

Oleg hob wie ein folgsamer Schüler die Hand. „Als ich vorhin auf Eurem Burghof stand, fragte ich mich, wie wohl Randolph vorgehen wird, wenn er weiß, wo Jungfer Ida zu finden ist. Eure Burg wird einem Angriff sicher unbeschadet standhalten. Randolph wird kaum mit hundert Mann hier anrücken."

„Da könnt Ihr versichert sein, dass wir die Stellung halten werden. Wenn ich die Besatzung der Nachbarburg richtig einschätze, dann kann der von den Linden höchstens fünfzehn bis zwanzig Männer aufbieten. Und damit habe ich seine Mannstärke schon sehr hoch angesetzt. Es besteht also keine Gefahr, dass er uns überrennen wird. Auch für eine erfolgreiche Belagerung reichen seine Leute nicht aus."

„Das dachte ich mir schon. Wenn es also mit einem offenen Kampf nichts wird, dann setzt er sicher auf eine List oder auf Verhandlungen. Oder er bittet die Jungfer einfach höflich, wieder mit auf die heimische Burg zu kommen."

„Pah", machte Ida nur abfällig und fügte dann hinzu: „Auch ich habe mir natürlich meine Gedanken gemacht und bin zu dem Schluss gekommen, dass Randolph wissen sollte, wo ich mich aufhalte. Ich verspüre wenig Lust, womöglich wochenlang hier wie die Maus in der Falle darauf zu warten, dass die Katze irgendwann vorbeischaut." Ida stutzte. „Natürlich bin ich hier in keiner Falle, es fühlt sich nur so hilflos an, wenn ich tatenlos warten muss. In der Zwischenzeit kann er auf der Burg meiner Familie schalten und walten, wie es ihm beliebt. Wer weiß, was er noch für Schaden anrichtet."

Ida sah in die Runde und erntete verständnisvolles Nicken. „Ich möchte Randolph selbst die Nachricht schreiben. Nur wenige Zeilen. Er kann ja nur vermuten, dass ich die Zusammenhänge durchschaue, welche sich aus dem Auftauchen des Tuches und dem Verschwinden seines Dienstmannes ergeben haben. Und da er ein außerordentlich selbstgefälliger Gernegroß ist, wird er mir so viel Weitblick nicht zutrauen. Vielleicht redet er sich ein, es wäre alles ganz harmlos und seine Verstrickungen nicht aufgedeckt. Also werde ich ihm nur schreiben, dass ich mich in Begleitung meines Beichtigers vorübergehend auf der Burg seines Nachbarn aufhalte. Kein Wort davon, dass ich hier Schutz gesucht und gefunden habe. Kein Wort von irgendwelchen Anschuldigungen."

Oleg nickte beeindruckt. „Ein kluger Schachzug." Er erntete von Ida ein amüsiertes Lächeln und ihr Blick streifte kurz das Schachbrett. Dessen ungeachtet fuhr Oleg fort: „Wenn wir ihn im Glauben lassen, dass er weiterhin das Heft des Handelns in Händen hält, ist er gezwungen, den nächsten Zug zu tun und sich damit womöglich eine Blöße zu geben." Auch Oleg sah zu dem Spielbrett und grinste dann Ida an.

„Euer beider Gedankengänge scheinen zweckdienlich zu sein." Der Ritter schien zunehmend Gefallen an dem Plan zu finden. „Ich lasse Euch die nötigen Schreibutensilien auf

Eure Kammer bringen. Wenn Ihr das Schreiben gesiegelt habt, werde ich einen Boten losschicken. Vielleicht bekommen wir ja noch heute eine Antwort."

Damit löste sich die Morgenrunde auf. Ida stieg die Treppe zu ihrer Kammer hinauf. Notger rief nach dem Schreiber und Oleg ging in die Küche. Dort bat er die Köchin, ihm in einer großen Schüssel ein Fußbad mit seinen Heilkräutern zu richten und in die Halle bringen zu lassen. Anschließend setzte er sich an den Kamin, wickelte die Fußlappen von seinen Füßen und besah sich die wunden Stellen. Die dünne, neue Haut machte einen guten Eindruck. Es gab keine nässenden Abschürfungen. Zufrieden wartete Oleg auf das Fußbad und holte den Gedanken von vorhin hervor, der ihm gekommen war, als Ida kurzerhand bestimmt hatte, wie es mit ihrer neuen Magd weiter gehen sollte. Er drehte die Eingebung ein bisschen hin und her und betrachtete sie von allen Seiten. Ja, er musste schmunzeln, damit wäre vielen geholfen.

Etwa eine Stunde später, Oleg hatte eben sein Fußbad beendet und ließ die Füße am Feuer trocknen, kam Ida wieder die Treppen herab. Sie hielt eine kleine Pergamentrolle in der Hand. Selbstbewusst winkte sie einen Jungen heran und beauftragte ihn, ihren Reitknecht zu holen.

Es dauerte nicht lange und Ulric war zur Stelle. Fast gleichzeitig mit dem Reitknecht betrat Notger die Halle. An seiner Seite hielt sich ein hoch aufgeschossener Bursche, der an der Schwelle vom Kind zum Manne stand. Dass er kein einfacher Dienstmann war, zeigten seine aufrechte Haltung und sein freies Auftreten. Dabei wirkte er keinesfalls anmaßend oder sah auf die anderen dünkelhaft herab. Denn herabsehen musste er auf alle. Der junge Mann maß sicherlich an die sechs Fuß und bewegte sich etwas eckig, da er mit der Länge seiner Arme und Beine noch nicht so ganz zurechtzukommen schien.

„Bruder Oleg, Jungfer Ida", Notger machte eine Handbewegung zu dem Burschen hin, „mein Knappe Andreas von der Heide. Er kommt eben von einem Auftrag zurück und wird Eurer Schreiben an Randolph von den Linden überbringen."

„Ich habe meinen Reitknecht Ulric mit dieser Aufgabe betraut", hielt Ida dagegen und presste das Schreiben, das sie aufgesetzt hatte, an die Brust.

„Das halte ich für unklug." Notger schüttelte ablehnend den Kopf, was von Ida mit einem verärgerten Zusammenziehen der Augenbrauen quittiert wurde.

„Ich vertraue Ulric unbedingt. Er wird den Auftrag zu meiner Zufriedenheit ausführen."

„Daran zweifle ich nicht einen Augenblick, sonst hättet Ihr ihn nicht ausgewählt, Euch hierher zu begleiten. Doch wird er vielleicht nicht zurückkehren."

„Also traut Ihr ihm doch nicht?"

„Ich traue ihm, doch ich misstraue ebenso Randolph von den Linden. Ulric ist ein Dienstmann Eurer Burg, über die Randolph zurzeit die Herrschaft ausübt, ob uns das nun passt oder nicht. Was hindert ihn daran, Euren Reitknecht festzuhalten und ihn unter Umständen sogar zu bestrafen, da er Euch auf Eurer Flucht Schutz gab?"

Ida blickte erschrocken zu Ulric. Aufrecht, ohne mit der Wimper zu zucken, gab der den Blick zurück. Wenn er Strafe für die Treue zu seiner Herrin erleiden musste, dann war es eben so.

„Wenn ich aber meinen Knappe mit Eurem Schreiben zu Randolph schicke, so wird er sich reiflich überlegen, ob er einen ritterblütigen Edelknecht gefangen setzt. Damit würde er sich nicht nur mit mir, sondern auch mit dessen Familie anlegen."

Ida presste die Lippen aufeinander. Der Argumentation des Ritters konnte sie nichts entgegensetzen. Doch fiel es ihr noch schwer, das auch zuzugeben.

Schließlich nickte sie. „Dann gebt halt Eurem Knappen den Auftrag. Womöglich bringt er ja eine Antwort mit." Sie reichte Notger das Pergament und der gab es sogleich an Andreas weiter.

„Du übergibst das Schreiben nur Randolph von den Linden persönlich. Lass dich nicht abwimmeln. Wenn er nicht da ist, sagst du, dass du wartest", instruierte Notger den jungen Mann. „Vielleicht liest er es in deiner Gegenwart. Beobachte ihn dabei genau. Und sag ihm, dass du eine Antwort mitbringen sollst."

„Ich werde Euren Auftrag gewissenhaft erfüllen und Euer Schreiben", es folgte eine tiefe, ein wenig eckige Verbeugung vor Ida, „übergeben. Und ich werde mich keinesfalls ausfragen lassen, dafür aber allzeit die Augen offen halten."

Notger klopfte seinem Knappen auf die Schulter. „Guter Mann. Und nun eile dich, Junge. Ich will dich zur Mittagszeit wieder hier auf der Burg sehen."

Es folgte eine knappe Verbeugung vor seinem Dienstherrn und Andreas verließ mit langen Schritten die Halle. „Und nun, Bruder Oleg, könnten wir unser Schachspiel fortsetzen. Jungfer Ida, Ihr könnt Euch uns gern anschließen." Notger maß den Mönch mit einem abschätzenden, leicht amüsierten Blick. „Womöglich habt Ihr ja den einen oder anderen Rat für unseren verehrten Bruder."

Oleg grummelte etwas vor sich hin, Ida gluckste belustigt und Notger rieb sich erwartungsfroh die Hände.

Noch vor Ablauf der gesetzten Frist war Andreas zurück. Siegesbewusst stolzierte er mit wiegenden Schritten und stolz geschwellter Brust in die Halle. Ein Zucken in den Mundwinkeln verriet, dass die Mission nicht nur erfolgreich verlaufen war, sondern ihn geradezu – trotz allen Ernstes – belustigt hatte.

Das Spielbrett, über dem das Trio gebrütet hatte, wurde zur Seite gerückt. Notger füllte dem jungen Mann eigenhändig einen Becher leichten Weißweins. Mit einem Winken lud er den Knappen ein, bei ihnen Platz zu nehmen, und schob ihm den Becher zu.

Nach einem ersten, langen Schluck lieferte Andreas seinen Bericht ab: „Ich habe den Ritter auf seiner Burg angetroffen." Idas empörtes Schnaufen unterbracht den Knappen schon nach den ersten Worten. Irritiert blickte er zu der jungen Frau.

„Die Burg gehört Otto von Waldeser, wie du weißt, dem Vater unseres verehrten Gastes", stellte Notger richtig. „Randolph ist nur der Burghauptmann, auch wenn er sich aufführt, als wäre er der Herr."

„Ja, natürlich, verzeiht meine falsche Wortwahl." Andreas schickte einen zerknirschten Blick zu Ida. Die nickte gnädig und forderte ihn auf, fortzufahren.

„Also, ich konnte das Schreiben persönlich in die Hände des Ritters legen. Er war reichlich erstaunt, als ich es ihm aushändigte. Er dachte wohl, mein Herr Notger würde ihm schreiben. Dann sah er das Siegel der Herrin von Waldeser und seine Verwirrung wuchs. Ich sagte ihm, dass ich eine Antwort erwarten würde, nachdem er die Botschaft gelesen habe. Er schickte mich fort und ich ging in den Burghof. So konnte ich nicht sehen, welche Wirkung das Schreiben auf ihn ausübte. Aber ich konnte ihn hören. Er brüllte zweimal so laut, dass ein paar Mägde aus dem Palas flitzten, um ihm wohl nicht in die Quere zu kommen. Es dauerte dann eine Weile, bis er mich wieder rufen ließ. Er gab sich leutselig und tat so, als wäre die Nachricht bedeutungslos und würde ihn nicht bewegen. Doch ich konnte den Zorn in seinen Augen sehen. Er trug mir auf, auszurichten, dass er über eine Antwort erst nachdenken müsse. Gegebenenfalls würde er persönlich vorsprechen. Ich bin dann umgehend zurückgeritten."

„Das hast du ganz ausgezeichnet gemacht." Notger sah seinen Knappen zufrieden an. Andreas schien bisher nicht gerade mit Lob verwöhnt worden zu sein. Er blinzelte unsicher zu seinem Ritter, ob der wohl noch eine Maßregelung hinterherschicken würde. Dem war nicht so. „Du kannst dich dann jetzt deinen Waffenübungen widmen", entließ Notger den jungen Mann und dem zauberte dieser Auftrag ein Lächeln ins Gesicht. Beschwingt eilte er hinaus.

„Was fangen wir nun mit dieser Nachricht an?", fragte Ida, kaum dass sie allein waren. „Über eine Antwort muss Randolph nachdenken. Das passt zu ihm. Wahrscheinlich sinnt er über neuerliche Ränke nach. Lieber wäre es mir gewesen, er hätte gleich und im ersten Ärger zurückgeschrieben. Dann hätte er womöglich seine Maske fallen lassen."

„Dazu ist er zu klug", stimmte ihr Oleg zu. „Worüber ich schon die ganze Zeit nachdenken muss: Womit wollte er Euch wohl bewegen, sein Weib zu werden? Er weiß doch, dass Ihr ihn verabscheut. So blind kann er nicht sein, das nicht bemerkt zu haben. Wie also wollte er Euch überzeugen, mit ihm vor die Kirchenpforten zu treten?"

Ida zuckte die Schultern. Das war ihr, gelinde gesagt, egal. Sie würde diesen Widerling nie heiraten. Unter seinem gewinnenden Äußeren war er verderbt wie ein faulender Apfel. Was konnte er schon in der Hand haben, ihren Willen zu brechen? Nichts.

„Was passiert eigentlich mit Burg und Dorf, wenn Otto von Waldeser stirbt?", wandte sich Oleg an Notger.

„Das Lehen wird über kurz oder lang neu vergeben werden", antwortete der, ohne lange nachzudenken. „Es wundert mich, dass es nicht schon passiert ist. Wahrscheinlich ist es noch nicht bis zum Lehnsherrn, dem Erzbischof zu Magdeborch gedrungen, dass der Burgherr seiner Lehnspflicht im Kriegsfall nicht mehr nachkommen kann."

Oleg wiegte nachdenklich den Kopf. „Es ist in Randolphs Interesse, diese Tatsache lange genug geheim zu halten. Ansonsten würde seine eigene Burgübernahme mit Hilfe der Heirat scheitern. Verständlich, dass er erst in die Nachfolge getreten sein will, bevor er seinen Anspruch anmeldet. Was uns aber noch immer nicht in der Frage weiterbringt, womit er Jungfer Ida unter Druck setzen will."

„Nun, so hart es auch klingt", Notger sah entschuldigend zu Ida. „er wird Euch wohl vor die Wahl stellen, Euch weiterhin um Euren Vater kümmern zu können oder ihn unversorgt dahin siechen zu lassen."

Idas Miene wechselte von Verärgerung zu Verzweiflung. „Ihr habt Recht und ich habe zuvor die Augen davor verschlossen. Irgendwo in mir hat wohl noch immer etwas gehofft, Randolph würde zu solch einer Schurkerei nicht fähig sein. Mein Vater war ihm ein zwar strenger, aber auch wohlwollender Dienstherr. Er wollte mich ihm sogar zur Frau geben. Kann Randolph wirklich so abgrundtief böse sein?"

„Wir müssen davon ausgehen." Oleg hatte keinen Trost für die junge Frau. „Und bis Randolph hier auftaucht, müsst Ihr mit Euch im Reinen sein. Wollt Ihr seinem Ansinnen nachgeben oder bleibt Ihr standhaft. Bei dieser Entscheidung können wir Euch nicht helfen."

Ida nickte bekümmert.

„Das kommt gar nicht in Frage", polterte Notger, besann sich sogleich und sprach gezwungen ruhig weiter: „Jetzt, wo der von den Linden weiß, dass Ida Fragen zum Tod ihres Bruders hat, ist sie bei ihm nur solange sicher, bis die Ehe geschlossen ist." Ohne es zu merken, war er in seiner Empörung zu einer vertraulichen Form übergegangen. „Wir waren uns doch einig, dass er da etwas zu verbergen hat."

Ida schenkte dem Ritter ein dankbares, gleichwohl trauriges Lächeln. „Ich habe in der letzten Nacht lange nachgedacht und bin zu der Einsicht gelangt, dass wir im Grunde genommen nichts gegen Randolphs Ansinnen in der Hand haben. Bis jetzt hatte ich noch gehofft, dass sich eine Möglichkeit auftun würde, dem Schrecklichen aus dem Wege zu gehen. Doch es erscheint mir immer unausweichlicher. Früher oder später muss ich Eure Burg verlassen. Was bleibt mir also? Randolph heiraten? Oder einen anderen Kandidaten, den der Lehnsherr für mich bestimmt? Ich könnte noch um Aufnahme in einem Kloster oder in einem adligen Damenstift bitten."

„Ihr könntet auch zu den Beginen gehen", warf Oleg halbherzig ein. „Ursula von Buch war in Magdeborch jahrelang die Magistra der Beginen vom Ulrichstor. Bei den Beginen leben Frauen höheren Standes, sowohl bürgerliche als auch adlige. Sie haben mein Leben erhalten, wofür ich ihnen bis zu meinem letzten Atemzug in Dankbarkeit verbunden sein werde."

Notger lachte unfroh auf. „Das meint Ihr nicht ernsthaft, Bruder. Zu den grauen, frommen Frauen, die in Armut ihr Leben fristen?"

Oleg legte den Kopf schief und musterte den Ritter belustigt mit seinem einen Auge. „Die Beginen sind tätige Frauen, die dem Leben zugewandt sind und viel Gutes tun. Habt Ihr schon vergessen, werter Ritter, dass Ihr das eine oder andere Mal bei Frau Walburga in der Küche gesessen habt und mit Milchbrötchen und Honig verwöhnt wurdet? Und ist nicht unsere gemeinsame gute Freundin Hildegard bei den Beginen aufgewachsen und eine freie und selbstbewusste Frau geworden?"

In gespieltem Schreck hob der Ritter abwehrend die Hände. „Schon gut, Bruder Oleg, zerpflückt mich nicht in der Luft. Die Beginen wären nicht die schlechteste Wahl." Er warf Ida einen schnellen Blick zu. „Aber es gibt bestimmt noch andere Wege, Randolph von den Linden zu entkommen."

„Zeigt sie mir, werter Gastgeber." Ida sah mit einer winzigen Hoffnung auf.

„Alles zu seiner Zeit. Erst stellen wir uns dem von den Linden. Danach sehen wir weiter", wich Notger aus.

Oleg konnte nur mit Mühe ein Grinsen unterdrücken. Er zog die Wangen zwischen die Zähne und betrachtete intensiv seine nackten Füße, als wüssten diese die Antwort auf alle Fragen.

An diesem Tag erhielten sie keine Nachricht von Randolph von den Linden.

15. Kapitel

Der nächste Morgen zeigte sich mit einer zauberhaften Verwandlung. In der Nacht hatte ein sanfter Schneefall eingesetzt und noch immer fielen große Flocken sacht vom Himmel. Alles war fast handbreit mit weißem Puder bestäubt. Etliche dunkle Pfade verliefen kreuz und quer über den Burghof. Doch dort, wo noch keines Menschen Fuß gegangen war, zeigte sich die Welt noch in ihrem unschuldigen Weiß.

Oleg verfolgte am Brunnen, wo er seine Morgenwäsche vollzogen hatte, mit auf die Schulter geneigtem Kopf den gemächlichen Tanz der Schneeflocken. Unwillkürlich verfiel sein Körper in Alarmstimmung. Sein Atem ging schneller und seine Nackenhaare richteten sich auf. Nach dem lebensbedrohlichen Erlebnis in klirrendem Frost und eisigem Sturm würde er wohl nie wieder mit kindlichem Erstaunen eine unberührte Schneefläche oder das sanfte Rieseln der Flocken betrachten können.

Er schüttelte das beklemmende Gefühl ab und eilte in die Halle, wo ihm am flackernden Kaminfeuer weder Frost noch Schnee etwas anhaben konnten. Es war der letzte Tag des Jahres und wie nicht anders zu erwarten stand für jeden eine große Schüssel mit goldgelbem Hirsebrei bereit. Die Goldhirse sollte für das neue Jahr Glück, Wohlstand und Geldsegen bringen. Es würde nicht die einzige Hirsemahlzeit heute bleiben.

Der Brei mundete ausgezeichnet und im angeregten Gespräch vermieden die drei Verbündeten tunlichst, Randolph oder was immer mit diesem Problem zusammenhing, zu erwähnen. Stattdessen drehte sich das Gespräch um allerlei Bräuche, die an diesem Tag gepflegt wurden. Wobei zu hoffen blieb, dass die Wilde Jagd, oder wer auch sonst dahinter steckte, in diesem Jahr nicht ihr Unwesen treiben würde. Und damit waren sie schon fast wieder bei Randolph.

Oleg bot sich an, die Köchin um diverse Kräuter zu bitten und auch selbst im Küchengarten nachzusehen. Aus den Kräutern wollte er Räucherfackeln binden, diese in der Burgkapelle gemeinsam mit dem Burgkaplan weihen und dann am Neujahrstag Kammern und Halle beräuchern. Seine Brüder würden in der Schafhürde mit den aus Magdeborch mitgebrachten Räucherbündeln ein Gleiches tun.

Ida fand die Idee eines Lobes wert und bot sich sogleich an, dem Mönch zur Hand zu gehen.

Notger entschuldigte sich nach dem Mahl, da er sich um die Belange der Burg zu kümmern hatte. Oleg und Ida zogen sich in deren Kammer zurück, um die verkrampften Finger der jungen Frau mit dem Einreibeöl zu behandeln.

Oleg erzählte von seinem Klosteralltag und was er sonst noch so an Tinkturen und Salben gegen allerhand Gebrechen zu mischen verstand. Ida erkundigte sich nach dem Leben der Beginen und auch da konnte der Mönch umfassend Auskunft geben. Sein väterlicher Freund, Bruder Kilian, er möge gut aufgehoben sein in Gottes Hand, war der Beichtiger der Beginen vom Ulrichstor gewesen. Oleg hatte ihn als Novize manches Mal begleitet und war von allen Beginen stets verwöhnt worden. Sie hatten es ihm nie vergessen, dass er sein braunes Auge eingebüßt hatte, als er einer der Ihren beistand, um sie aus der Hand grausamer Entführer zu befreien.

Dann bat Ida Oleg noch, bei ihm die Beichte ablegen zu dürfen. Doch außer ein paar lässlichen Sünden und dem einen oder anderen unkeuschen Gedanken hatte sie nichts zu beichten. Oleg erlegte ihr als Buße fünf Ave Maria und Vaterunser auf.

Anschließend banden sie ein halbes Dutzend Räucherbunde aus Salbei und Rosmarin, Beifuß und Minze, Thymian und Lavendel. Die Köchin hatte zu diesem Zweck mehrere Bunde Kräuter in ihrem Vorratsraum unter der Decke hängen. Eigentlich hatten sie in den letzten Jahren nur die Behausungen der Bediensteten und die Ställe ausgeräuchert, gestand sie. Dass nun auch im Palas die bösen Geister des letzten Jahres vertrieben werden sollten, machte der guten Frau vor Rührung die Augen feucht.

So ging der Vormittag dahin und als sie sich zum Mittagsmahl in der Halle wieder trafen, hatte Randolph noch immer nichts von sich hören lassen.

„Dort wo unser beider Land aneinandergrenzt, habe ich zwei Mann als Spähtrupp postiert. Sie werden sogleich Meldung erstatten, sobald Randolph die Grenze überschreitet", berichtete Notger von seinen Vorkehrungen. Er würde nicht einfach warten, bis der andere vor seinem Burgtor stand. „Wir schließen dann vorerst die Tore, bis wir wissen, was der Schurke im Schilde führt."

Als hätte vor der Halle nur jemand auf dieses Stichwort gewartet, eilte mit langen Schritten ein schneebestäubter, kräftiger Dienstmann auf den Tisch der Herrschaft zu. Er neigte kurz den Kopf und berichtete dann: „Von der Nachbarburg nähert sich auf der Landstraße ein größerer Trupp Berittener, die von Randolph von den Linden angeführt werden."

„Habt Ihr den Ritter selbst gesehen?"

„Ja, mein Herr. Außerdem führen sie ein Fähnlein in den Farben des Ritters mit sich."

„Wie viel Männer hat er bei sich?"

„Mit dem Ritter sind es fünfzehn Mann."

„Eine kleine Streitmacht. Schließt das Tor. Doppelte Wachen auf Wehrgang und Torhaus." Notger stand auf und wandte sich an seine Gäste: „Ihr entschuldigt mich nun."

„Selbstredend begleite ich Euch. Ich werde nicht hier in der Halle sitzen, wenn um mein Wohl und Wehe verhandelt wird." Ida erhob sich ebenfalls und wies ihre Magd an, ihr den wollenen Umhang zu bringen.

Notger verdrehte die Augen gen Himmel, wusste aber wohl, dass er die junge Frau von ihrem Vorhaben nicht abbringen konnte. Es sei denn, er würde sie an die Bank fesseln lassen.

Auch Oleg wollte sich den ersten verbalen Schlagabtausch, denn zu mehr würde es wohl vorerst nicht kommen, nicht entgehen lassen. Eilig wechselte er seine Strohschuhe gegen die festen Stiefel ein und warf sich seine wollene Kukulle über.

Doch dann dauerte es noch fast eine halbe Stunde, bis die Reiterei in Sicht kam. Notger hatte Ida und Oleg überreden können, solange in der Halle zu warten. Schon wollten sie ungeduldig den Weg nach draußen antreten, als ein Junge sie holen kam.

Am liebsten wäre Ida mit gerafften Röcken zum Tor geeilt. Doch nach einigen Schritten besann sie sich. Zum einen war sie keine Milchmagd, die keck mit entblößten Waden die Blicke der Mannsleute herausforderte. Und zum anderen war Oleg noch immer nicht allzu gut zu Fuß, so dass sie sich seinem langsamen, hinkenden Schritt anpasste.

Sie kamen trotzdem zu früh am Tor an. In den aus festen Eichenstämmen gefügten Torflügeln war ein kleines Luk geöffnet, das nicht mehr als vier aneinander gelegte Handflächen maß. Notger spähte eben hindurch, wandte sich aber, als er Idas Stimme in seinem Rücken hörte, seinen Gästen zu.

„Es wird noch ein wenig dauern, bis sie in Rufweite sind", erklärte der Ritter. „Ich bitte Euch", er sah Ida eindringlich an, „vorerst mir die Verhandlungen zu überlassen."

„Es gibt nichts zu verhandeln", entgegnete sie knapp.

Oleg zog überrascht eine Augenbraue hoch. „So habt Ihr Euch entschieden? Ihr wollt Euch Randolph doch nicht um Eures Vaters Willen ausliefern?"

„Ich habe noch einmal gründlich nachgedacht", antwortete sie und die beiden Männer waren schon auf eine neuerliche Wendung gefasst. „Randolph wird es nicht wagen, meinen Vater unversorgt zu lassen. Zwar kann sich mein Vater zurzeit nicht um die Belange der Burg kümmern und auch das Sprechen ist ihm größtenteils versagt. Doch ist sein Geist soweit gesund, dass er erfassen kann, was um ihn herum geschieht. Er muss bei einer Eheschließung also zumindest mit dem Kopf nicken, wenn er gefragt wird, ob er mich diesem Manne zum Weibe gibt. Bis dahin wird Randolph vor meinem Vater den Schein wahren. Und das kann er nicht, wenn er meinen Vater dem Siechtum überlässt."

„Das klingt einleuchtend." Oleg schob die Unterlippe vor. „Bleibt zu hoffen, dass auch Randolph so weit blickt."

„Ich glaube, darauf können wir uns verlassen", warf Notger ein. „Wenn der von den Linden eines nicht ist, dann dumm. Er besitzt genug hinterhältige Schläue, um seinen Vorteil im Auge zu behalten."

In dem Moment erklang von der anderen Seite des Tores lautes Rufen.

„Nun denn", Notger rieb sich die Hände und wandte sich der Holztreppe zu, die vom Zwinger auf den Wehrgang führte, „wollen wir doch einmal hören, was unser neuer Besuch zu sagen hat."

Derweil der Ritter die Treppe erklomm, postierten sich Ida und Oleg rechts und links vom Torluk.

„Randolph von den Linden, was verschafft mir die Ehre Eurer Anwesenheit?", eröffnete Notger das Gespräch.

„Ist es so verwunderlich und ungewöhnlich, dass ein Nachbar dem anderen einen Besuch abstattet?", fragte Randolph leutselig. „Öffnet das Tor und lasst mich einreiten. Dann können wir uns gesittet unterhalten."

„Für eine rein nachbarschaftliche Visite führt Ihr eindeutig zu viele Männer mit Euch. Oder ist andernorts ein Krieg ausgebrochen, zu dem Ihr Euch aufmacht?"

„Davon ist mir nichts bekannt. Mein Ziel ist ganz und gar Eure Burg."

„Dann sind wir jetzt im Krieg?"

„Dazu muss es nicht kommen. Ihr habt etwas, das mir gehört. Gebt meine Braut heraus, die mir von ihrem Vater versprochen wurde, und ich ziehe fort, ohne Euch weiter zu behelligen."

„Eure Braut, tja, das ist so eine Sache. Sie zeigt wenig Freude daran, Euer Weib zu werden. Um es genauer zu sagen, sie lehnt es ganz entschieden ab."

„Das hat nicht sie zu entscheiden. Ida hat sich dem Willen ihres Vaters zu beugen. Wo kommen wir denn hin, wenn jedes Weib für sich bestimmen will."

„Da mögt Ihr nicht ganz Unrecht haben."

Oleg hörte Ida empört die Luft ausstoßen und schon setzte sie an, Randolph durch das Luk ein paar herzhafte Wort zuzurufen. Gerade noch rechtzeitig konnte Oleg ihr seine Hand auf den Arm legen und heftig mit dem Kopf schütteln. Sie ließ sich vorerst besänftigen, nicht ohne die gesunde Hand zur Faust zu ballen.

Schweigend hörten sie zu, wie Notger auf dem Wehrgang fortfuhr: „Doch hat Eure Braut nun einmal auf dieser meiner Burg um Schutz vor Euch gebeten. Es widerspräche aller Ritterehre, wenn ich ihr diesen versagen würde und Euch die Jungfer auslieferte."

„Ihr könnt sie nicht bis zum Sankt-Nimmerleins-Tag bei Euch behalten."

„Auch da habt Ihr nicht ganz Unrecht. Die Herrin Ida denkt darüber nach, in einem Kloster um Aufnahme zu bitten, wenn Ihr von Eurem Vorhaben, sie zu Eurem Weib zu machen, nicht ablasst."

Eine Weile herrschte Schweigen. Diese Wendung hatte Randolph wohl nicht bedacht. Ida grinste Oleg an und auch der konnte sich gut vorstellen, wie Randolph dort draußen mit den Zähnen knirschte.

„Genug des Wortgeplänkels", schallte es schließlich von jenseits des Tores. „Gebt meine Braut heraus oder ich werde sie holen. Und das wird für uns alle nicht angenehm werden."

„Versucht es!", rief Notger zurück und stieg die Treppe in den Zwinger hinab. Er winkte Ida und Oleg, ihm zu folgen. Kurz darauf saßen sie wieder in der Halle am Kamin.

„Wie kann er es wagen mir meinen freien Willen absprechen zu wollen?", schimpfte Ida sogleich entrüstet los und warf ihrem Gastgeber gleichzeitig einen giftigen Blick zu. „Und wie könnt Ihr es wagen, ihm auch noch zuzustimmen?"

Oleg lachte verhalten auf und zwinkerte Notger zu. „Eigentlich sollte Randolph froh sein, dass wir ihn vor solch einer Kratzbürste bewahren." Schnell fuhr er fort, bevor die Kratzbürste ihre kratzigen Borsten auch gegen ihn ausfahren konnte: „Meine gute Freundin Hildegard ist von ganz ähnlichem Naturell wie Ihr, Herrin Ida, und ihr Ehewirt, mein ebenso guter Freund Witho, erträgt es meist gelassen und voller Geduld und Liebe. Allerdings befürchte ich, dass Randolph die Wesenszüge meines Freundes gänzlich fremd sind."

„Da gebe ich Euch unwidersprochen recht", antwortete Ida ernst. „Ein Leben neben Randolph wird die Hölle werden."

„Und damit es gar nicht erst soweit kommt, bin ich ... sind wir ... also Bruder Oleg und ich ... wir sind für Euch da." Notger klopfte Oleg auf die Schulter und der nickte eifrig, um die Verlegenheit des Ritters nicht noch zu vergrößern.

Einer der Dienstmänner näherte sich dem Tisch und blieb in angemessener Entfernung stehen, bis Notger ihn bemerkte und heranwinkte

„Was gibt es, Hatto? Hat sich unser verehrter Nachbar eines Besseren besonnen und zieht ab?"

„Nein, mein Herr. Leider nicht. Sie haben sich hundert Schritt zurückgezogen und begonnen, zwei Zelte aufzuschlagen."

Notger lachte unfroh auf. „So wollen sie uns also belagern. Da können sie sich den Arsch bis zum Frühjahr abfrieren. Wir haben ausreichend Vorräte und einen eigenen Brunnen. Wollen doch einmal sehen, wann ihm die ersten Leute davonlaufen." Dann kaute er auf der Innenseite seiner Unterlippe. „Bleibt zu hoffen, dass er nicht die Männer seines Dorfes aufbringt. Nicht, dass die Bauersleute uns gefährlich werden könnten. Doch sollte es tatsächlich zu einem handfesten Scharmützel kommen, würde ich nur ungern gegen Männer kämpfen, die weder die entsprechende Ausrüstung noch die nötige Kampferfahrung besitzen. Ein solcher Sieg wäre wenig ehrenhaft."

Der Rest des Nachmittags verlief ereignislos. Es war kaum zu bemerken, dass die Burg belagert wurde. Wenn man einmal davon absah, dass das Tor geschlossen blieb und es weder einen Verkehr in die Burg hinein noch hinaus gab, verlief alles wie gewohnt. Die Bewohner gingen ihren alltäglichen Verrichtungen nach und nur hin und wieder streifte ein Blick die Wehranlagen.

Oleg war einmal selbst auf den Wehrgang hinaufgestiegen und hatte eine Weile auf das bescheidene Zeltlager des Gegners hinabgeschaut. Aber auch dort passierte nichts Aufregendes. Und langsam begann er sich zu langweilen. In der Schafhürde gab es immer etwas zu tun. Es war ihm fremd, die Hände in den Schoß zu legen, derweil andere ihrem Tagwerk nachgingen. Darüber hinaus schränkten seine wunden Füße noch immer seinen Wirkungskreis ein. Und dass Ida ihn einmal im Schachspiel besiegt hatte, trug auch nicht eben zur Hebung seiner Stimmung bei. Dabei hatte er sich bisher immer für einen recht begabten Spieler gehalten.

Natürlich drehte sich beim Abendmahl das Gespräch um Randolph, der weiterhin vor dem Tor aushielt. Es war ein Rätsel, was er sich davon versprach. Ihm musste doch klar sein, dass er die Burg niemals mit seinen paar Männern erobern konnte. Worauf wartete er? Dass sich die Tore von selbst öffneten? Hatte er womöglich einen Handlanger unter der Burgbesatzung, der ihm in der Nacht heimlich Zutritt verschaffen sollte?

„Nun, eigentlich bleibt ihm gar nichts anderes übrig, als hier auszuharren und auf die Herausgabe seiner Braut zu warten. Ich an seiner Stelle würde das Gleiche tun, weil alle Welt das von mir erwarten würde", sagte Notger. „Stellt euch einmal die Peinlichkeit vor, es spräche sich herum, dass ihm, Randolph von den Linden, seine Braut einfach davongelaufen ist und er nichts unternommen hat, die Jungfer von dem anderen Ritter zurück zu holen. Er würde sich doch zum Gespött der gesamten Ritterschaft machen. Niemand würde ihn mehr ernst nehmen oder ihn als Bundesgenossen haben wollen. Nein, wir können davon ausgehen, dass die Belagerung noch eine Weile andauern wird. Sicher meint er, dass wir früher oder später das Tor freiwillig öffnen und er seinen Willen bekommt."

Oleg trommelte ungeduldig mit den Fingern auf die Tischplatte. „Es muss doch einen schnelleren Weg geben, zu einer Einigung zu kommen." Als Ida protestieren wollte, winkte er ab und fuhr fort: „Wenn Randolph so auf die Wahrung seiner Ehre bedacht ist, wird er nie nachgeben, wenn wir uns mit ihm nur über die Burgmauer hinweg unterhalten. Seine Leute hören zu und unsere Männer verfolgen ebenfalls jedes Wort. Da wird er nicht einen Fingerbreit nachgeben."

„Und, was habt Ihr vor?", fragte Ida scharf. „Ihr wollt ihn doch nicht in die Burg einladen?"

Oleg hob abwehrend die Hand. „Randolph würde sich wohl kaum darauf einlassen, allein zu kommen. Aber womöglich ist er bereit, einen Boten zu empfangen, der mit ihm das weitere Vorgehen verhandelt und für beide Seiten einen ehrbaren Ausweg findet."

„Was schwebt Euch da vor?" Notger beugte sich interessiert vor.

„Eigentlich schwebt mir da noch gar nichts recht vor", musste Oleg zugeben. „Mir kam nur in den Sinn, dass die Gespräche in aller Öffentlichkeit nie zu einem zufriedenstellenden Ergebnis führen werden. Weder der eine noch der andere kann nachgeben, denn beiden droht ein Gesichtsverlust. Denn auch Ihr", er sah Notger an, „könnt Jungfer Ida nicht einfach Randolph übergeben. Sie hat bei Euch um Schutz nachgesucht, den Ihr gewährt habt. Auch Eure Glaubwürdigkeit würdeSchaden nehmen, wenn Ihr von diesem Versprechen ohne Not abrückt."

Notger antwortete mit dem schiefen Verziehen eines Mundwinkels.

„So habe ich das ja noch gar nicht gesehen", warf Ida erschrocken ein. „Ich habe mit meiner unbesonnenen Tat auch

Euch in eine fatale Lage gebracht. Auch Eure Ehre steht auf dem Spiel. Ich werde dem freiwillig ein Ende setzen."

„Macht Euch nicht lächerlich", wies Oleg sie streng zurecht. „Wir sind nicht so weit gekommen, um nun klein beizugeben. Es geht doch nicht nur um diese Heirat. Es geht auch um das Verschwinden Eures Bruders. Selbst wenn wir unseren Verdacht Randolph gegenüber noch mit keinem Wort erwähnt haben, so wird er nicht vergessen haben, dass Ihr nach dem Dienstmann gefragt habt."

Ida presste die Lippen aufeinander. Sie konnte doch nicht den Mann heiraten, den sie verdächtigte, ihren Bruder ermordet zu haben. Andererseits brachte sie hier auf dieser Burg alle in Schwierigkeiten. Es gab wohl nur einen Ausweg.

„Ich werde um Aufnahme in einem Kloster nachsuchen."

„Das kommt gar nicht in Frage!" Notgers Hand schlug schwer auf die Tischplatte. Dann atmete er einmal tief durch und fuhr ruhiger fort: „Wollt Ihr Randolph wirklich mit all seinen Untaten durchkommen lassen? Euch einfach davon machen?"

„Was heißt hier einfach davon machen?", fauchte Ida den Ritter an. „Glaubt Ihr wirklich, ich hätte je in Betracht gezogen, den Rest meines Lebens hinter Klostermauern eingesperrt zu sein?" Sie senkte den Blick auf ihre Hände und ihre Schultern sanken herab. „Wenn ich es aber recht bedenke, ist das wohl ohnehin der einzige Weg, in meinem Leben Schutz und Sicherheit zu finden." Anklagend hob sie die verkrüppelte Hand. „Wer außer Randolph, der eine missgestaltete Frau als notwendige aber lästige Zugabe zu einer Burg nehmen würde, käme auf den Gedanken, mir die Ehe anzutragen?"

„Ihr seid doch nicht nur Eure Hand." Notger legte die seine auf Idas und drückte sie sanft zurück auf die Tischplatte. „Ihr seid so viel mehr."

Ida betrachtete die beiden Hände erstaunt und wagte weder ein Wort zu sagen, noch sich zu rühren oder ihre Hand gar wegzuziehen.

Oleg räusperte sich. „Gut, da nun geklärt ist, dass Ihr nicht ins Kloster geht, können wir weitere zweckdienliche Überlegungen anstellen. Obwohl ich schon sagen muss, dass es mich ein wenig getroffen hat, als Ihr vom Eingesperrtsein hinter Klostermauern gesprochen habt. Andererseits muss ich zugeben, dass die Nonnen in einem Frauenkloster strengeren Beschränkungen unterworfen sind als die Mönche in einem Männerkloster. Gut, wie gehen wir also weiter vor? Ich muss noch einmal auf meinen Vorschlag zurückkommen, Randolph einen Unterhändler zu schicken, der mit ihm unter vier Augen verhandelt." Er machte eine Pause und lauschte in sich hinein, dann grinste er schelmisch. „Nein, es ist wohl richtiger zu sagen, es wird eine Verhandlung unter drei Augen geben, denn ich werde morgen früh zu ihm gehen."

„Ihr?", kam es von Notger und Ida wie aus einem Munde.

„Ja, ich. Was ist so verwunderlich daran? Ich bin in alles eingeweiht und besitze genügend Witz eine Lösung der Probleme herbei zu führen. Nicht zu vergessen, dass es sich Randolph zweimal überlegen wird, einem Mann Gottes etwas anzutun."

„Das leuchtet ein", stimmte Notger zu und auch Ida nickte. „Überlegen wir also, was wir ihm anbieten können, dass er aus freien Stücken abzieht, ohne sein Gesicht zu verlieren."

„Kommt jetzt nicht damit, dass Ihr mich gegen zwei Schweine, eine Kuh und ein Ackerstück eintauschen wollt", fuhr Ida auf. Oleg sah mit Zufriedenheit, dass ihre Verzagtheit verflogen war. Die kleine Kratzbürste war zurück.

„Nun, eigentlich dachte ich daran, Eurer Aufzählung noch einen Ochsen hinzu zu fügen." Unschuldig blinzelte Notger der jungen Frau zu. In gespielter Entrüstung schlug sie ihm mit der Hand auf den Unterarm. Oleg tat so, als hätte er das kleine Zwischenspiel nicht bemerkt. Er schickte aber ein stummes Gebet gen Himmel. Wenn diese zwei vom Schicksal arg gebeutelten Menschen zusammenfinden würden, könnte all die Unbill, die sie jetzt ertragen mussten, zu etwas Gutem führen.

„Ich befürchte, mit ein paar Stück Vieh und einem Acker können wir Randolph nicht abspeisen", nahm Oleg den Spaß auf. „Er will keine Hofstelle gründen, sondern eine Burg und ein ganzes Dorf gewinnen."

Notger legte beide Handflächen flach auf den Tisch. „Betrachten wir die Angelegenheit einmal nüchtern, ohne unseren Sachverstand von Gemütsbewegungen beeinflussen zu lassen. Es gibt keinen männlichen Erben auf der Waldeser-

Burg. Der jetzige Burgherr ist nicht in der Lage, seinen Aufgaben nachzukommen. Über kurz oder lang wird die Burg an einen neuen Herrn vergeben werden. Ihr, Ida, könnt dann dort nicht bleiben, ebenso wenig wie Euer Vater. Es sei denn, Ihr heiratet den neuen Herrn, was Ihr sicher unbesehen nicht tun wollt. Randolph ist der derzeitige Burghauptmann. Gut möglich, dass er auch ohne die Heirat vom Erzbischof als Kastellan eingesetzt wird. Was wäre also, wenn wir ihm vorschlagen, dass wir sein Ersuchen unterstützen, ohne dass es zu einer Eheschließung kommt?"

„Und wie wollt Ihr es anstellen, dass er keinen Gesichtsverlust ob der Flucht seiner angeblichen Braut erleidet?" Oleg fand den Vorschlag nicht so abwegig, auch wenn es ihm widerstrebte, Randolph in irgendeiner Weise nützlich zu sein.

„Nun, war nicht die Rede davon, dass die Herrin Ida in ein Kloster gehen will. Ja, ich weiß, das wollt Ihr nicht wirklich." Notger hob abwehrend beide Hände, als Ida protestieren wollte. „Doch, und jetzt brauche ich Euren Rat, Bruder Oleg, ist es nach wie vor möglich, um eine zeitweilige Aufnahme zu bitten, ohne sich gleich auf immer und ewig dem Kloster zu verschreiben?" Notger senkte den Blick auf seine Hände und sprach gepresst weiter. „Meine Frau, Jonatha von Quitzow, hatte vor unserer Heirat im Zisterzienserinnenkloster Althaldensleben Schutz vor dem Kandidaten gesucht, den ihr schurkischer Vater für sie bestimmt hatte."

„Es ist durchaus nicht unüblich, dass eine Frau von adliger Abkunft für eine gewisse Zeit im Kloster lebt, ohne die ewigen Gelübde abzulegen. Diese Regel gilt noch immer. Sie kann dort als Laienschwester dem Gottvater dienen und das Kloster zu jeder Zeit wieder verlassen. Bis dahin führt sie ein geschütztes und sicheres Leben und niemand kann sie heraus zwingen."

Notger atmete tief durch. Die Erinnerungen an sein geliebtes Weib und seine toten Kinder machten sein Herz schwer. Doch mit dumpfem Vor-sich-hin-Brüten war niemandem geholfen. Hier konnte er jemandem beistehen. Jemandem, dem er sich, so unvorstellbar das auch vor wenigen Tagen noch gewesen sein mochte, auf eigenartige Weise verbunden fühlte. „Wenn wir Randolph weismachen, dass es sich so verhält, wird er wenig dagegen ausrichten können und seine Ehre bleibt unangetastet. Er wäre mitnichten der

Erste, dessen Braut das Leben im Kloster einer Eheschließung vorzieht."

Ida, die bisher geschwiegen hatte, schüttelte nun den Kopf. „Es ist sehr löblich, meine Herren, dass ihr euch Gedanken über eine Lösung des Problems macht. Doch habt ihr da nicht etwas vergessen? Zum einen solltet ihr wohl mein Einverständnis zu eurem Plan erfragen. Ansonsten muss ich annehmen, dass auch ihr meint, einer Frau stände kein Mitspracherecht über ihr Leben zu. Und zum andern habt ihr ganz und gar die Bauersleute in dem Dorf vergessen."

Notger hob die Schultern. „Wir können nicht über alles Übel der Welt siegreich sein. Die Bauern kommen schon zurecht, die kommen immer irgendwie zurecht."

„Wie könnt Ihr so etwas sagen." Idas anmutiges Gesicht legte sich in zornige Falten. „Es sind gute Menschen, die ihre Familien durchbringen wollen und ein kleines Stück Zufriedenheit verdienen und nicht ein Dasein in steter Furcht vor ihrem unberechenbaren Herrn. Viele von ihnen kenne ich persönlich und bin mit einigen freundschaftlich verbunden. Sie haben es nicht verdient, einem Kerl wie Randolph auf Gedeih und Verderb ausgeliefert zu sein. Bruder Oleg, erzählt unserem Gastgeber, was Randolph mit dem Sohn des Dorfschulten angestellt hat."

In kurzen Worten berichtete Oleg, was sich im Dorf vor einigen Tagen zugetragen hatte. Notger hörte schweigend zu und starrte auch noch ins Kaminfeuer, als Oleg schon geendet hatte. „Nun gut, darum kümmern wir uns später", sagte er nach einer längeren Zeit des Nachdenkens. „Erst einmal will ich Randolph von meinen Toren weghaben und Euch, Ida, in Sicherheit wissen. Dann werden wir Nachforschungen zu Eurem Bruder anstellen. Vielleicht wisst Ihr noch den Namen und den Heimathafen des Schiffseigners, bei dem Euer Bruder sich eingeschifft hatte."

Ida schüttelte bedauernd den Kopf.

„Dann müsst Ihr noch einmal auf die Burg. Ich werde Euch wieder begleiten", bot sich Oleg an. „Randolph kann es Euch nicht verwehren, dass Ihr Euch von Eurem Vater verabschiedet und einige Eurer persönlichen Sachen mit ins Kloster nehmt. Vielleicht findet Ihr bei Eurem Vater das Schreiben."

„Das ist ein guter Einfall." Notger klopfte Oleg anerkennend auf die Schulter. „Auch ich werde Euch mit einigen meiner Männer begleiten. Wir wollen doch nicht, dass Randolph auf dumme Gedanken kommt. Wenn wir die Nachricht haben, verfasse ich eine Anfrage an den Schiffseigner, wie es sich mit diesem Unfall verhalten hat. Dann bekommen wir Klarheit. Sollte Christian nie auf dem Schiff angekommen sein, müssen wir seinen Weg nachverfolgen. Sein Aufbruch ist noch kein Jahr her, da wird sich doch noch herausfinden lassen, wo sich seine Spur verliert. Sollten wir auch nur den kleinsten Hinweis darauf erhalten, dass Randolph involviert war, reichen wir Klage beim Erzbischof ein und hoffen darauf, dass ihm das Lehen wieder entzogen wird."

„Und da wäre noch eins, das es zu verhandeln gibt." Es beflügelte Oleg regelrecht, dass sie nun den Fortgang des Geschehens in die eigenen Hände nehmen würden. „Randolph muss Otto von Waldeser eine Leibrente ausstellen, so dass der in einem Kloster zur Pflege aufgenommen wird. Unser Kloster hat zum Beispiel eine ausgezeichnete Krankenstube und Bruder Theobald, unser Spitalmeister, kümmert sich liebevoll um unsere siechen Brüder und die Alterspfründner, die wir gelegentlich aufnehmen."

„Das ist so einiges, auf das Randolph eingehen muss, damit wir Erfolg haben", gab Ida zu bedenken. „Und im Gegenzug bekommt er nichts weiter als das Versprechen, dass Ihr, Herr Notger, ihn bei seiner Bewerbung um das Lehen unterstützen wollt."

„Sollte das alles nichts fruchten, kann ich ihm morgen immer noch sagen, dass eine Ehe bei so naher verwandtschaftlicher Beziehung ohnehin nicht geschlossen werden darf. Wollen mal sehen, was ihm lieber ist. Die Taube auf dem Dach oder der Spatz in der Hand." Oleg grinste in die Runde und die anderen nickten zustimmend.

Damit war es beschlossen. Gleich nach dem Frühmahl würde er ins Lager der Belagerer gehen und versuchen, sie zum Abzug zu bewegen. Er würde alle seine Beredsamkeit und Wortgewandtheit aufbieten, um die Verhandlung zu einem für seine Seite günstigen Ergebnis zu führen.

Um Mitternacht versammelten sich alle in der Burgkapelle, um das neue Jahr zu begrüßen. Nach dem Gottesdienst tobten Kinder und junge Burschen durch den Innenhof, über den Wehrgang und treppauf und treppab. Dabei veranstalteten sie einen Heidenlärm, brüllten, bliesen in hölzerne Tuten und ließen Klappern und Schnarren ertönen, um die bösen Geister aus der Burg zu vertreiben. Notger, Ida und Oleg standen auf der Treppe zum Palas und sahen dem Treiben belustigt zu.

„Das wird bis zu Randolph schallen", meinte Oleg zufrieden.

„Ja, soll er ruhig hören, dass wir uns von ihm nicht einschüchtern lassen, sondern unsere Feste feiern." Ida fing ein kleines Mädchen auf, das um ein Haar die Treppe hinunter gestolpert wäre.

„Und dabei soll ihm der Arsch abfrieren, damit er sich auch richtig grämt." Notger lachte grimmig.

***

Am folgenden Morgen unterstützte Oleg den Burgkaplan beim Neujahrsgottesdienst und ein wenig sehnte er sich danach, diesen besonderen Tag mit seinen Brüdern begehen zu können. Doch Gottes Plan richtet sich nicht nach unseren Wünschen, dachte er demütig. Seine Anwesenheit an diesem Ort war wichtig und hilfreich. Er würde nicht mit dem Allmächtigen hadern.

Während des morgendlichen Mahls hatten sie noch einmal alles durchgesprochen. Auch nachdem sie eine Nacht darüber geschlafen hatten, befanden sie das Vorgehen weiterhin für gut. Und so ritt Oleg kurz darauf auf einem Esel durch das Manntor, das in einem der großen Torflügel eingelassen war. Für gewöhnlich musste ein Reiter absteigen und sein Pferd durch die schmale Pforte führen. Doch für einen kleinen Mönch auf einen kleinem Esel war es allemal hoch und breit genug.

Eigentlich hatte Oleg zu Fuß gehen wollen, musste sich dann aber dem Willen des Burgherrn beugen.

„Ich werde meinen Unterhändler nicht auf einen Stock gestützt ins Lager unseres Gegners humpeln lassen. Wie sieht das denn aus?", hatte Notger bestimmt. Oleg musste ihm Recht geben. Sie wollten Eindruck auf Randolph machen. Und das gelang sicher nicht, wenn er sich wie ein Almosenbettler zu dessen Zelten schleppte.

An einem Lanzenschaft führte er ein Stück weißes Leinen mit sich als Zeichen dafür, dass er als Vermittler Schutz und Unversehrtheit einforderte.

Natürlich war das Öffnen des Manntores bei Randolphs Leuten nicht unbemerkt geblieben. Oleg hatte noch nicht die Hälfte des kurzen Weges hinter sich gebracht, als Randolph aus seinem Zelt trat, in der einen Hand einen Weinbecher, in der anderen einen angebissenen Hühnerschlegel. Offensichtlich wollte er demonstrieren, dass er keinen Mangel litt und die Belagerung endlos fortsetzen konnte.

Von solch billigem Gehabe ließ sich Oleg nicht beeindrucken. Mit unbewegtem Gesicht ritt er auf den anderen zu, bis die Nase seines Esels nur noch eine Handbreit von Randolphs Kettenhemd entfernt war. Dann stieg er langsam ab, warf den Zügel einem der Zeltwächter zu, reichte dem anderen den Lanzenschaft mit der weißen Fahne und ging dann gemessen, ohne Randolph eines Grußes zu würdigen, an ihm vorbei ins Zelt. In seinem Rücken hörte er ein empörtes Schnaufen und musste sich mit Mühe ein Grinsen verkneifen.

Mit langen Schritten folgte Randolph und baute sich vor seinem ungebetenen Gast auf. Schon öffnete er den Mund, um diesem überheblichen Mönch ein paar scharfe Worte zu sagen, als der ihm zuvorkam.

„Gott zum Gruße, Randolph von den Linden. Ritter Notger von Alvensleben entsendet mich als seinen Unterhändler, um diese unselige Belagerung zu beenden und alle Missverständnisse aus der Welt zu räumen." Oleg hatte nun ein freundliches Lächeln aufgesetzt, was Randolph erneut zu verunsichern schien. Erst kam dieser Mönch daher wie ein blasierter Hofbeamter und nun lächelte er sanft wie ein Seliger von seinem Heiligenbildchen.

„Was wollt Ihr?", schnauzte er und setzte gleich hinzu: „Es gibt nichts zu verhandeln. Gebt die Braut heraus, die mir dieser lahme Ritter gestohlen hat, und alles ist gut."

„Eure Braut, wie Ihr sie nennt, ist weit davon entfernt, auch nur in Betracht zu ziehen, Euer Weib zu werden."

„Das hat nicht sie zu entscheiden."

„Ihr könnt sie nicht zwingen."

„Ihr Vater hat es so bestimmt. Ich fordere nur mein Recht ein. Jeder Richter würde mir zustimmen."

„Der Entschluss der Herrin Ida steht nun fest. Sie wird ins Kloster gehen." Interessiert beobachtete Oleg, welche Veränderung mit Randolph ob dieser Ankündigung vor sich ging. Hatte der Ritter bisher noch versucht, sich einigermaßen zu beherrschen und das Gesicht zu wahren, so verzerrte sich sein hübsches Antlitz nun zu einer hässlichen Fratze.

„Ins Kloster?", stieß er wutschnaubend hervor und ballte die Fäuste, dass Oleg schon einen Moment befürchtete, es ginge ihm als dem Überbringer der schlechten Nachricht an den Kragen. „Ist sie noch ganz bei Troste? Dieses Weib gehört gezüchtigt und ins Verlies gesperrt, bis sie wieder zu Sinnen kommt. Wie kann dieses verkrüppelte Balg es wagen, sich mir in einer solchen Weise zu widersetzen? Die soll froh sein und jeden Tag ihrem Schöpfer auf Knien danken, dass sie überhaupt einer nimmt." Randolph war rot angelaufen und atmete mehrmals heftig ein und aus.

Ihn wird doch wohl nicht der Schlag treffen, dachte Oleg. Einen Augenblick kam ihm in den Sinn, dass damit alle ihre Probleme gelöst wären. Dann schämte er sich dieser Anwandlung. Auch Randolph war ein Geschöpf Gottes, auch wenn er sich eher gebärdete, als hätte ein schwarzer Höllendämon von ihm Besitz ergriffen. Und das war wahrscheinlich auch gar nicht so weit hergeholt. Seine Dämonen hießen Gier und Bosheit und Grausamkeit.

Oleg rief sich zur Ordnung. Über Randolphs Geistes- und Seelenverfassung konnte er später nachdenken.

„Randolph von den Linden, lassen wir das fruchtlose Geplänkel", setzte Oleg erneut an. „Ihr und ich und die Herrin Ida wissen sehr wohl, dass es Euch in erster Linie um Burg und Land des Waldesers geht. Die Tochter ist nur ein Mittel zum Zweck, ein notwendiges, wenn auch lästiges Übel. Doch bedarf es ihrer nicht. Hier unser Angebot. Und hört mich erst bis zum Schluss an, bevor Ihr durch unbedachte Worte Eure Möglichkeiten zunichte macht. Die Herrin Ida geht bis auf Weiteres in ein Kloster ihrer Wahl. Ihr werdet dem Kloster eine angemessene Summe zahlen. Darüber hinaus setzt Ihr für Otto von Waldeser eine Leibrente aus, dass er in einem Kloster als Alterspfründner unterkommen kann. Im Gegenzug verspricht Notger von Alvensleben, Euer Anliegen, Burg und Land des Waldesers zu erhalten, beim Erzbischof von Magdeborch zu unterstützen. Als Pfand übergibt er Euch vier edle Pferde aus seinem Stall." Das letzte Zugeständnis hatten Notger und Oleg ausgemacht, als der Mönch schon am Burgtor auf dem Esel saß. Womöglich hätte Ida ansonsten wieder gemeint, sie solle gegen ein paar Stück Vieh eingetauscht werden. „Ihr gestattet der Herrin

Ida, die Burg noch einmal aufzusuchen, damit sie sich von ihrem Vater verabschieden und einige persönliche Dinge mit ins Kloster nehmen kann. Ihr gesteht ihr freies Geleit zu."

„Ihr wollt mir hier irgendwelche Bedingungen diktieren? Was denkt Ihr denn, welche rechtliche Handhabe Ihr gegen mich habt? Das kommt gar nicht in Frage. Ida muss mich heiraten, ob es ihr nun passt oder nicht."

„Muss ich Euch erst daran erinnern, dass diese Heirat nicht statthaft ist? Ihr solltet die Möglichkeit, die Euch Ritter Notger bietet, ergreifen und nicht irgendwelchen Hirngespinsten nachjagen. Nur so könnt Ihr einigermaßen anständig aus der Sache herauskommen."

„Was meint Ihr mit „die Heirat ist nicht statthaft"? Ich bin ritterlichen Geblüts. Oder zweifelt das jemand an? Dann soll er mir mit dem Schwert in der Hand gegenübertreten."

„Das wird es nicht brauchen. Ihr seid mit Ida von Waldeser zu nahe verwandtschaftlich verbandelt, als dass die Eheschließung rechtens sein könnte. Euer Vater und Otto von Waldeser waren Halbbrüder."

Randolph lachte rau auf. „Guter Bruder, ich weiß nicht, wer Euch solche Lügen in die Ohren geträufelt hat. Doch war mein Vater zu Otto von Waldeser nur ein Ziehbruder. Der Vater meines Vaters und Ottos Vater kämpften Schulter an Schulter gegen die Heiden. Sie waren geschworene Waffenbrüder. Als mein Großvater fiel, nahm Ottos Vater den meinen auf und Idas und mein Vater wuchsen Seite an Seite wie Brüder auf. Doch gibt es nicht die geringste Blutsverwandtschaft."

„Hier steht Aussage gegen Aussage. Das wird sich erst durch genaue Überprüfung der Ahnenreihe eindeutig feststellen lassen. Solange der Verdacht der nahen Verwandtschaft jedoch im Raum steht, darf die Ehe nicht geschlossen werden. Ihr solltet also unsere Vorschläge in Betracht ziehen. Schließlich wollt Ihr sicher nicht riskieren, dass dem Erzstift ob der Nachforschungen auffällt, dass das Lehen zur Zeit von einem Burgherrn besetzt ist, der seiner Dienstpflicht nicht nachkommen kann. Eine Neuvergabe geht dann mitunter recht schnell. Oder der Erzbischof verpfändet oder verkauft das Anwesen einfach. Also denkt nicht zu lange nach."

Erstaunlicherweise hatte sich Randolph während Olegs Ausführungen weitestgehend beruhigt und schien nicht abgeneigt, das Angebot nun doch zumindest in Betracht zu ziehen. „Ich muss darüber nachdenken." Er machte eine unbestimmte Handbewegung zum Tisch hin. „Bedient Euch derweil bei meinem Wein. Ein guter Tropfen."

Damit verließ Randolph das Zelt und überließ den Mönch sich selbst. Nun, dass der Unterhändler bei ihm spionieren würde, musste er nicht befürchten. Alles was sich bei den Belagerern zutrug, war von den Wehranlagen der Burg aus gut einsehbar. Auf dem Tisch lagen keinerlei Karten oder Pläne, die ein heimliches Eindringen an einer Schwachstelle der Burg verrieten. Oleg glaubte auch nicht, dass Randolph beabsichtigte, die Burg zu stürmen oder sonstwie einzunehmen. Dazu fehlten ihm einfach die Mittel. Viel eher hoffte er wohl darauf, dass es der Alvenslebener über kurz oder lang leid sein würde, sein Tor geschlossen zu halten um eines Weibes willen, mit dem ihn rein gar nichts verband. Auf Olegs Gesicht erschien ein kleines Lächeln und er goss sich einen Becher Wein ein.

Dann erstarb das Lächeln und er setzte den Becher hart ab, ohne daraus getrunken zu haben. Es war Randolph in seiner Bösartigkeit zuzutrauen, dass er den Abstecher Idas auf die heimatliche Burg ausnutzte, um sie sich gewaltsam gefügig zu machen. Es war nicht unüblich, dass einem Manne, der eine Jungfer geschändet hatte, die Unglückliche anschließend zum Weib gegeben wurde. Gemeinhin herrschte bei den Rechtsgelehrten und auch bei weiten Teilen des Klerus die Meinung vor, dass ein Weib, das zum Beischlaf genötigt wurde, dieses selbst zu verantworten hatte. Zweifelsohne hatte sie den armen Mann verführt, ihm die Sinne verwirrt, dass er zu solch einer abscheulichen Tat fähig war. Also sollte sie auch die Folgen ihres teuflischen Tuns tragen und dem Manne zukünftig als Weib dienen.

Oleg hatte sich bisher keine Gedanken über diese Verfahrensweise gemacht. Aber nun, da er mitten drin in dem Geschehen steckte, stellten sich ihm die Nackenhaare auf. Er würde Ida nicht einen Schritt aus den Augen lassen, wenn sie die Burg ihres Vaters betrat und erst ruhen, wenn sie sicher im Kloster angekommen war.

Bevor Oleg sich noch weiter Gedanken um Idas Sicherheit machen konnte, betrat Randolph das Zelt. Seine Körperhaltung drückte aus, dass er zu einem Entschluss gekommen war.

„Nach reiflichem Überlegen stimme ich der Vorgehens-weise zu. Allerdings gibt es noch einiges zu bedenken. Ida nimmt nichts aus der Burg mit. Sie darf sich nur von ihrem Vater verabschieden. Die Kosten für ihren Klostereintritt und die Kosten für die Leibrente des Alten teilt sich der lahme Ritter mit mir. Da ihm ja so viel an einem gütlichen Abschluss gelegen ist, wird er sicher nichts dagegen einzuwenden haben."

Oleg nickte. Anzunehmen, dass Randolph vorbehaltlos zustimmen würde, wäre sicher töricht gewesen. Selbstredend würde er versuchen, so viel wie möglich für sich dabei herauszuschlagen.

„Und ich will von dem Alvenslebener zuvor eine schriftliche Zusicherung, dass er mein Ersuchen um Übertragung des Lehens unterstützen wird."

„Ich werde alles getreulich ausrichten und Euch bis zum Abend eine Antwort bringen." Damit war Olegs Mission erfüllt. Auf der Burg konnten sie beraten, inwieweit sie Randolphs Forderungen nachkommen würden. Oleg konnte sich schon an seinen zehn Fingern abzählen, dass Ida vehement protestieren würde. Der Gedanke, dass Notger für ihre und ihres Vaters Sicherheit aufkommen sollte, würde ihr zweifelsohne die Zornesröte ins Gesicht treiben.

Nachdem Oleg das Zelt verlassen hatte, musste er noch einen Moment warten. Der Zeltwächter, dem er den Zügel zugeworfen hatte, hatte den Esel beiseite geführt und schlenderte nun zu dem Tier, um es dem Mönch zurückzubringen. Derweil trat Oleg um die Ecke des Zeltes herum und ließ seinen Blick über das Lager wandern. Es konnte nichts schaden, ein paar Informationen über die Bewaffnung der Truppe zu sammeln.

Am Lagerfeuer saßen einige Waffenknechte und ließen die Würfel kreisen. Einer stand eben auf und wandte sich dabei zu Oleg um. Einen Augenblick starrten sie sich an und Oleg beschlich ein eigenartiges Gefühl. Er kannte diese wuchtige Gestalt mit der schiefen Schulter. Dann fiel es ihm ein und im gleichen Moment durchzuckte ihn ein gewaltiger Schreck. Wo blieb nur sein Esel? Aufgeregt griff er nach dem Zügel und wollte sich eben in den Sattel hieven, als sich eine schwere Hand auf seine Schulter legte.

„Bruder Oleg, Bruder Oleg, das ist nun wirklich schade." In Randolphs Stimme klang echtes Bedauern mit. „Dass Ihr aber auch immer so neugierig sein müsst. Nun muss ich selbst jemanden auf die Burg schicken, der meine Forderungen überbringt. Der gute Jeppe wird Euch derweil an einen sicheren Ort schaffen, vorerst."

Oleg spürte, wie ihm das Blut aus dem Gesicht wich. Der wird mich doch wohl nicht wieder in einen eisigen Bach stoßen, dachte er, bevor Randolph ihn wieder ins Zelt schob.

16. Kapitel

„Mein Herr, der Mönch ist eben davongeritten."
Notger und Ida unterbrachen ihr Gespräch und wandten sich dem Wachmann zu, der an den Tisch getreten war. Verständnislos sahen sie zu ihm auf. Der Dienstmann verneigte sich knapp und wollte wieder gehen.

„Gallus, warte", hielt Notger ihn auf. „Wie meinst du das, der Mönch ist fort geritten."

„Nun, er saß auf dem Esel und ist weggeritten, also nicht zu uns, sondern in die andere Richtung." Der Waffenknecht zuckte die Schultern. Was gab es daran nicht zu verstehen, dass jemand fortgeritten war?

„Bist du dir sicher, dass es unser Mönch war?", fragte nun auch Ida.

Überlegend zupfte sich Gallus am Ohrläppchen. „Also, ich denke schon, dass es der unsere war. Er hatte die braune Kutte der Barfüßer an und er war ziemlich klein. Und es war der Esel, den Ihr ihm gegeben habt, Herr."

Erneut wandte sich der Wachmann zum Gehen und erneut wurde er mit einer Frage aufgehalten: „Hast du sein Gesicht gesehen?"

„Nein, Herr. Er hatte seine Kapuze übergezogen." Notger und Ida wechselten einen besorgten Blick.

„Es ist gut, Gallus, geh auf deinen Posten zurück." Notger stand auf und lief einige Schritte hin und her. „Das sieht Bruder Oleg so gar nicht ähnlich, dass er sich einfach davon macht. Er hat doch bisher regen Anteil an unseren Problemen genommen und alles daran gesetzt, zu einer Lösung zu finden."

„Auch ich kann nicht glauben, dass er uns ohne ein Wort des Abschieds zurücklässt." Ida schüttelte entschieden den Kopf. „Zumindest hätte er uns doch noch mitteilen müssen, wie die Verhandlungen abgelaufen sind."

„Der Teufel soll mich holen, wenn da nicht Randolph seine bösen Finger im Spiel hat." Notger ließ sich wieder in seinen Scherenstuhl fallen und ballte die Fäuste.

„Nun, mit dem Teufel solltet Ihr Euch lieber nicht anlegen, aber ich stimme Euch zu, dass da etwas ganz und gar im Argen liegt. Meint Ihr, dass Randolph dem guten Bruder etwas angetan hat?"

„Wir wollen nicht gleich vom Schlimmsten ausgehen. Selbst dieser Schandbube wird es sich reiflich überlegen, Hand an einen Mönch zu legen. Er muss Bruder Oleg auf irgendeine hinterhältige Art gezwungen haben, nicht zur Burg zurückzukehren."

„Ja, das leuchtet ein. Doch was machen wir nun?"

Bevor der Ritter und Ida dazu kamen, einen neuen Plan zu schmieden, trat Gallus wieder an den Tisch.

„Herr, der Ritter von den Linden steht mit seinem Pferd vor dem Tor und will mit Euch verhandeln."

„Das ging ja schnell. Wollen doch einmal sehen, was er zu unserem Angebot zu sagen hat. Und vor allem muss er uns erklären, warum Bruder Oleg weggeritten ist." Notger zog den breiten Waffengürtel um sein bis zu den Knien fallendes Kettenhemd fest und steckte das Langschwert, welches am Tisch gelehnt hatte, in die Scheide. Dann ging er voran. Gallus folgte. Aus dem Augenwinkel sah der Ritter, dass sich Ida ihnen anschloss. Kurz überlegte er, die Jungfer zurück in die Halle zu weisen, gab diesen Gedanken aber sogleich wieder auf. Er hätte sich vor seinem Gesinde nur eine Blöße gegeben, da Ida keinesfalls seiner Anordnung Folge leisten würde.

Am Tor angekommen, wies er Ida an, sich neben dem Torluk zu postieren und unter keinen Umständen in die Verhandlungen einzugreifen. Sie versprach es, wenn auch nur widerwillig.

Dann befahl er, das Manntor zu öffnen und trat hinaus. Er musste nicht befürchten, dass ihn vom Lager des Gegners ein heimtückischer Pfeil treffen würde. Vier seiner Leute auf dem Wehrgang hatten ihre Bögen auf Randolph gerichtet. Sollte ihr Ritter wirklich von einem feindlichen Pfeil getroffen werden, würde Randolph von seinem Pferd sinken, noch bevor ihr Herr im Schnee lag.

Randolph schien einen Moment mit sich zu ringen, ob er nicht hoch von seinem Ross herab die Verhandlungen führen solle. Doch dann stieg er von seinem Pferd und trat seinem Widersacher zu Fuß entgegen.

„Bevor Ihr etwas zu dem Angebot sagt, das ich Euch unterbreiten ließ, verlange ich Auskunft, warum mein Unterhändler nicht zurückgekommen ist", eröffnete Notger hart den Disput.

„Ach, der gute Bruder Oleg. Der hatte es plötzlich ganz eilig, zurück zu seiner Schafhürde zu kommen." Randolph verzog das Gesicht zu einem hämischen Grinsen. „Ich hatte eine Botschaft für ihn von einem Boten, der heute in aller Frühe, noch vor dem ersten Sonnenstrahl hier eintraf. Einer seiner Brüder hat sich eine schlimme Verletzung zugezogen. Seinem Bruder beizustehen, war dem Mönch verständlicherweise weitaus wichtiger, als sich weiterhin in fremder Leute Händel hineinziehen zu lassen."

Notgers Züge verfinsterten sich zusehends, je länger Randolph sprach. Doch hatte er nichts gegen dessen Aussage in der Hand. Viel wahrscheinlicher war es, dass der andere den guten Bruder unter Druck gesetzt hatte, dass der den Ort des Zwistes hinter sich ließ. Diesen Boten mit seiner Nachricht hatte Randolph wohl einfach nur erfunden.

„Aber es geht ja hier nicht um den abtrünnigen Mönch", fuhr Randolph fort. „Glücklicherweise konnte er mir noch Eure Vorschläge unterbreiten, bevor er Euch so brüsk den Rücken kehrte. Ich habe gründlich darüber nachgedacht. Hier meine Antwort darauf. Ida darf sich von ihrem Vater verabschieden, aber sie darf nichts mitnehmen. Die Kosten für ihren Klostereintritt und die Leibrente für den Alten tragt zur Hälfte Ihr, da Euch ja so viel an einer gütlichen Einigung gelegen ist. Bevor ich abziehe, übergebt Ihr mir ein Schreiben, in dem Ihr Euch verpflichtet, mein Ersuchen um Übertragung des Lehens beim Erzbischof zu Magdeborch zu unterstützen."

„Ist das alles?", knurrte Notger und als Randolph leutselig nickte, fügte er hinzu: „Ihr erhaltet heute Abend meine Antwort." Er würde sich jetzt nicht von diesem selbstverliebten Schurken zu einer voreiligen Zusage oder Ablehnung oder sonst wie gearteten Reaktion verleiten lassen, egal wie sehr der Zorn auch in ihm brodelte. Auf der anderen Seite seines Burgtores wartete schon eine weitere Herausforderung, da war er sich absolut sicher. Und die würde er nicht mit ein paar geknurrten Worten besänftigen können.

Und so kam es dann auch. Kaum, dass Notger den Weg zurück durch das Manntor in den Zwinger gefunden hatte, zischte ihm auch schon eine aufgebrachte Ida zu: „Das kommt überhaupt nicht in Frage."

„Lasst uns das in aller Ruhe in der Halle bei einem Glas Wein bereden."

„Ich will keinen Wein."

„Fine, Wein für deine Herrin und für mich", ordnete Notger an, kaum dass sie den Palas betreten hatten.

Mit finsterem Gesicht, die Lippen fest aufeinander gepresst wartete Ida, bis ihre Leibmagd den Wein gebracht und sich wieder entfernt hatte. „Keinesfalls gestatte ich, dass Ihr in irgendeiner Weise für meinen Unterhalt oder für den meines Vaters aufkommt", stieß sie dann hervor. „Darüber hinaus ist es eines Raubritters würdig, dass Randolph mir nicht gestatten will, meinen Schmuck und meine Kleider mitzunehmen. Dieser abgefeimte Schurke will mich ausrauben, nur um dann mit meinem Eigentum um ein anderes armes Weib zu werben." Sie nahm einen tiefen Zug aus ihrem Weinkelch. „Und das, was dieser Haderlump über Bruder Oleg gesagt hat, davon glaube ich nicht eine Silbe. Nie wäre der Bruder davongeritten, ohne uns über den Grund seines Tuns in Kenntnis zu setzen. Und denkt jetzt bloß nicht daran, mich mit ein paar wohlgesetzten Worten zu besäuseln ." Ida musste mehrmals tief ein- und ausatmen. Sie hatte ihre Rede fast in einem Atemzug hervorgestoßen.

Notger nutzte die Gelegenheit, endlich auch zu Worte zu kommen: „Ich stimme Euch in allem vollumfänglich zu."

„Versucht gar nicht erst, mich zu überzeugen, dass ..." Ida blinzelte irritiert. „Ihr stimmt mir zu?"

„So sagte ich. Und nun lasst uns überlegen, wie wir die Verhandlungen weiter gestalten. Und auch, was mit Bruder Oleg geschehen ist, sollten wir in Erfahrung bringen."

Notger ließ seinen Knappen rufen und unterrichtete ihn, dass am Abend eine Mission auf ihn wartete. An einer von Randolphs Position aus nicht einsehbaren Stelle würde er sich von der Burgmauer abseilen. Im Schutze der Dunkelheit sollte er die Schafhürde der Barfüßermönche aufsuchen und sich dort nach dem Wohlbefinden Bruder Olegs erkundigen. Auf der Mauer würde ein Mann Posten beziehen und ihn nach Erledigung des Auftrags auf ein Zeichen hin wieder hochziehen.

„Ich werde mich als Bauersmann verkleiden", steuerte Andreas eine Eingebung zu dem Plan bei, der ihm sogleich ein Funkeln in die Augen trieb. Sich am Lager der Feinde vorbei schleichen und geheime Erkundigungen einziehen war ganz nach seinem Geschmack. Vielleicht gelang es ihm ja auf dem Rückweg, einen der gegnerischen Waffenknechte gefangen zu nehmen und ein bisschen auszuquetschen.

„Du lässt dich auf keinerlei Scharmützel ein und gehst jedem Ärger aus dem Weg", ermahnte Notger seinen Knappen und der zog mit enttäuschtem Gesicht davon.

„Gut, da das nun in die Wege geleitet ist, müssen wir noch einmal darauf zurückkommen, dass ich es keinesfalls dulden werde, dass Ihr sowohl meinen Unterhalt als den meines Vaters zahlt." Ida gab sich kämpferisch. Von dieser Forderung würde sie keinen Zoll abweichen.

„Um genau zu sein, handelt es sich nur um die Hälfte des Unterhalts. Zur Zahlung der anderen Hälfte hat sich ja Randolph bereit erklärt."

„Fangt nicht an, Erbsen zählen zu wollen", begehrte Ida auf.

„Das Erbsenzählen überlasse ich Pfeffersäcken und Kaufleuten. Ich habe da noch ein Eisen im Feuer, von dem der von den Linden nichts ahnt. Damit werde ich ihn am Abend überraschen."

Alles Drängen Idas half nichts. Notger ließ sich nicht entlocken, womit er Randolph zu überraschen gedachte. Da konnte sie auch noch so sanft daherkommen oder eine unschuldige, brave Miene aufsetzen. Selbst das liebreizendste Lächeln half nichts. Sie musste sich gedulden.

Als sich die Sonne dem Horizont zuneigte, ritt Randolph erneut zur Burg, um die Entscheidung der Eingeschlossenen zu hören. Zur selben Zeit, als sich alle Aufmerksamkeit auf das Burgtor richtete, seilte sich Andreas an der Rückseite der Burg ab. Unter seinem groben Kittel hatte er einen unterarmlangen Dolch verborgen. Unten angelangt presste er sich an die Burgmauer und sicherte dann noch einmal nach allen Seiten, bevor er über die freie Fläche huschte und im nahen Wald untertauchte.

Wie schon am Vormittag postierte sich Ida neben dem Torluk, derweil der Ritter hinaustrat, um die Verhandlungen zu führen. Um nichts in der Welt würde sie sich auch nur ein Wort von der Überraschung entgehen lassen, die Notger Randolph zu servieren gedachte.

„Ich habe mir Eure Vorschläge durch den Kopf gehen lassen und kann dem zustimmen, dass Ihr mein Schreiben mit Zusicherung meiner Unterstützung für Eure Bewerbung vor Eurem Abzug erhaltet." Das war der allergeringste Teil der Vereinbarungen und es kostete Notger nichts, ein solches Pergament aufsetzen zu lassen.

„Darüber hinaus stimme ich zu", fuhr er fort, „dass wir uns die Kosten für den Klostereintritt der Herrin Ida und die Leibrente für Otto von Waldeser teilen." Notger hoffte inständig, dass Ida auf der anderen Seite des Burgtores nicht lautstark protestieren würde. Doch sie verhielt sich ruhig. Gut, dass er kein weiteres Wort im Hinblick auf die Überraschung verloren hatte, denn Ida lauschte stumm, um sich ja kein Wort entgehen zu lassen. Doch konnte er sich gut vorstellen, dass ihre Blicke dabei waren, flammende Löcher in das Burgtor zu brennen.

Randolph seinerseits setzte ein selbstzufriedenes, herablassendes Gesicht auf. Dieser lahme Ritter hatte ihm doch nichts entgegenzusetzen. Und Ida wollte sich ja noch von ihrem Vater verabschieden. Hatte er sie erst in der Burg, würde er sie ganz schnell überzeugen, diesen dummen Gedanken mit dem Kloster fallen zu lassen. Dafür hatte er langfristig Vorsorge getroffen. Und sollte sie sich tatsächlich weiterhin bockbeinig zeigen, dann sollte sie doch ziehen. Die Burg würde er auf alle Fälle bekommen.

„Wenn Ihr mir morgen in der Frühe das Schreiben übergebt, kann sich Ida anschließend von ihrem Vater verabschieden", bestimmte Randolph.

„So können wir es machen", stimmte Notger zu. „Allerdings gibt es da noch eine winzige Unstimmigkeit, die wir schnell aus der Welt schaffen können." Randolph zog die Augenbrauen zusammen. Misstrauisch beäugte er seinen Widersacher und hörte zu, was der weiter zu sagen hatte: „Die Herrin Ida darf ihren Schmuck und ihre Kleider mitnehmen."

„Das kommt gar nicht in Frage", schnauzte Randolph erbost zurück. „Das hatten wir doch schon geklärt."

„Ihr hattet es vorgeschlagen. Von Klärung kann keine Rede sein." Wieder wollte Randolph zornig aufbegehren, doch der andere winkte ihm, näher zu treten. „Kommt ein

Stück heran, was ich Euch jetzt zu sagen habe, ist nicht für Lauscher bestimmt."

Nun standen sie nur noch drei, vier Schritte vom Torluk entfernt, wo Ida ihre Ohren spitzte.

„Wenn Ihr nicht alles verderben wollt, was wir ausgehandelt haben, kommt Ihr meiner letzten Forderung nach. Ihr sollt wissen, dass ich als Knappe und als junger Ritter in Diensten des Hartman von Querfurt gestanden habe. Zu jener Zeit begegnete ich einige Male seinem Vetter Albrecht von Querfurt und konnte diesem zweimal als Emissär erfolgreich zu Diensten sein. Albrecht von Querfurt, Ihr wisst schon, der seit 1383 unser Erzbischof Albrecht III. ist."

Randolph blinzelte mehrmals ungläubig. Dass sein Nachbar einem uralten Adelsgeschlecht entstammte, wusste er ja, hatte dem aber nie allzu große Bedeutung beigemessen. Dass der nun aber auch bestens bekannt mit dem Erzbischof war, gab dem Ganzen eine neue Wendung. Doch gleich darauf blitzten Randolphs Augen auf. Das würde aber auch bedeuten, dass die Fürsprache des Alvensleeners eine ganz neue Wichtung bekam. Dann brauchte er diese widerspenstige Braut mit ihrer Krüppelhand gar nicht. Sollte die doch ziehen mit ihrem Schmuck. Burg und Dorf waren ihm so gut wie sicher. Er würde einfach eine neue Zollstelle einrichten, wenn das Land erst einmal ihm gehörte. Und schon würden die Münzen als Ersatz für den entgangenen Schmuck nur so in seinen Geldkasten purzeln.

Von diesen Gedanken seines Gegners wusste Notger nichts, doch war an dessen Gesicht abzulesen, dass er der neuen Forderung zustimmen würde.

„Gut, so soll es sein", sagte Randolph erwartungsgemäß und gab sich großzügig. „Morgen bei Tagesanbruch erhalte ich Eure schriftliche Fürsprache und Ida kann zu ihrem Vater und mit ihrem Tand abziehen."

„Ich werde die Herrin Ida mit einigen meiner Männer begleiten", setzte Notger fest. „Wir wollen doch nicht, dass ihr auf dem Weg etwas zustößt."

„Wollt Ihr mich des Vertragsbruchs bezichtigen und meine Ehrbarkeit in Frage stellen?", begehrte Randolph jähzornig auf.

„Das käme mir mitnichten in den Sinn. Doch steht sie unter meinem Schutz und der endet erst in dem Moment, wo sie sicher die Pforte eines Klosters durchschreitet."

„Meinetwegen, dann kommt Ihr eben mit. Euch scheint ja wirklich viel an der zukünftigen Braut Christi zu liegen." Ein anzügliches Lachen folgte und hätte Ida vor dem Tor gestanden, wäre sie diesem Schandfleck von einem Ritter mit allen zehn Nägeln ins Gesicht gefahren. Notger hatte sich da besser unter Kontrolle.

„Ihr solltet Eure Worte sorgfältiger wählen. Wenn Ihr so weiter macht, werdet Ihr Euch bald mit allen Euren Nachbarn verfeindet haben. Hat man Euch in Eurer Knappenzeit keinen Anstand und keine Diplomatie beigebracht?"

Randolph winkte nur geringschätzig ab, wandte sich dann um, stieg auf sein Pferd und ritt in sein Lager zurück.

Kaum hatte Notger das Tor durchschritten, als ihn Ida auch schon am Arm packte. „War das die Überraschung? Ihr seid gut bekannt mit dem Erzbischof? Da fiel Randolph nichts mehr zu ein. Geschieht dem ganz recht."

„Nun, wir kannten uns dazumal", gab Notger zu. „Und womöglich würde sich Albrecht noch an mich erinnern. Doch wir wollen unser Glück nicht herausfordern und versuchen, es heraus zu finden."

Ida besann sich einen Augenblick, ließ dann des Ritters Arm fahren, als hätte sie sich verbrannt. „Und wie konntet Ihr nur zustimmen, die Kosten zu übernehmen. Da waren wir uns doch einig."

„Die Kosten tragt natürlich Ihr selbst. Schließlich dürft Ihr Euren Schmuck mitnehmen." Notger grinste breit und auch Idas Gesicht hellte sich auf. Dieser Ritter war mit allen Wassern gewaschen. Und um ehrlich zu sein, beeindruckte sie das.

Es waren noch keine drei Stunden vergangen, als sich Andreas wieder meldete. Notger hatte Ida versprechen müssen, sie holen zu lassen, sobald sein Knappe von dem Auftrag zurück war. In ihren bodenlangen Umhang gehüllt und noch nicht ganz wach tappte sie in der Halle durch die Schläfer hindurch zum Kamin. Die Silhouetten von drei Männern hoben sich vor den Flammen ab.

Bruder Oleg, dachte sie in einem ersten Impuls erfreut und beschleunigte den Schritt. Im Näherkommen erkannte sie ihren Irrtum. Aber auch der Gast, den Andreas mitgebracht hatte, war ihr kein Fremder. Schon wollte sie ihn freudig begrüßen, als sie der sorgenvollen Gesichter der Männer gewahr wurde. In einer schlimmen Vorahnung presste sie die Lippen aufeinander und setzte sich in den Scherenstuhl, der für sie bereitstand.

***

Es war nicht ganz so schlimm gekommen, wie Oleg anfangs befürchtet hatte. Nachdem ihn Randolph zurück in sein Zelt geschoben hatte, schubste er ihn in eine Ecke und ließ Jeppe als Bewachung bei dem Mönch. Es dauerte nicht lange und Randolph kam mit einem weiteren Dienstmann zurück

Oleg musste seine Kutte ausziehen. Der andere, der Oleg in der Statur etwa gleichkam, schlüpfte in das mönchische Kleidungsstück. Dann machte er einen linkischen Knicks vor Oleg und stiefelte hämisch lachend hinaus. Durch die halboffene Zeltplane konnte Oleg sehen, wie der Kuttendieb auf den Esel stieg und davonritt. Doch nicht zurück zur Alvenslebener Burg sondern in die entgegengesetzte Richtung.

„Kutte und Esel kommen zurück, sobald es ausreichend dunkel ist", sagte Randolph in Olegs Richtung, ohne ihn anzusehen.

„Anscheinend wollt Ihr Ritter Notger vorgaukeln, ich wäre ohne ein Wort des Abschieds meiner Wege gezogen." Oleg schüttelte den Kopf. „Das glaubt er Euch nie und nimmer."

„Keine Sorge, das wird er. Schließlich ist einer Eurer Brüder in der Schafhürde ganz plötzlich und schrecklich erkrankt und liegt auf Leben und Tod."

Oleg zog erschrocken die Luft ein.

„Nun macht Euch nicht gleich in Eure Kutte, die ihr nicht mehr habt. Euren Brüdern geht es soweit gut, was man von Euch schon bald nicht mehr wird sagen können. Ihr seid wirklich überaus zäh, das muss ich Euch schon zugestehen. Nun, wir werden schon etwas finden, um Euch einen neuerlichen, diesmal aber endgültigen Unfall zu bescheren. Bis dahin müsst Ihr Euch an einem verschwiegenen Ort gedulden."

„Wollt Ihr wirklich die Sünde auf Euch laden, Hand an einen Diener des Allmächtigen zu legen? Davon wird Euch nichts mehr reinwaschen."

„Sorgt Euch nicht um meine unsterbliche Seele. Im Herbst findet in Magdeborch eine Heiltumsweisung statt.

Ein bisschen die Umzüge ansehen, ein wenig beten und eine großzügige Spende für den Dom und danach bin ich unschuldig wie ein Neugeborenes."

„Ihr seid reichlich schwatzhaft. Plagt Euch das schlechte Gewissen?"

Randolph gab dem Mönch, der dicht vor ihn getreten war, einen derben Stoß vor die Brust, der den anderen zu Boden warf.

„Hütet Eure Zunge, Mönchlein, sonst dürft Ihr gleich hier vor Euren Schöpfer treten."

Oleg hockte sich in einer Ecke des Zeltes auf den Boden. Sollte er Randolph auf seine widersprüchlichen Pläne hinweisen? Er hatte sich da in der Eile etwas zusammengeschustert, das vorn und hinten nicht zueinander passte. Nein, besser war es, sich diese Möglichkeit aufzusparen. Man sollte nicht gleich alle Pfeile verschießen, die man im Köcher hatte. Oder, um es mit den Worten eines Kirchenmannes zu sagen: Man sollte nicht gleich beim ersten, läppischen Wehwehchen alle verfügbaren Heiligen anrufen.

Wer sollte glauben, dass Oleg abermals ein schlimmer Unfall zugestoßen war? Ja, gut, es gab immer wieder furchtbare Unglücksfälle. Aber sagte man nicht, dass der Blitz nicht zweimal hintereinander im gleichen Baum einschlug? Außerdem war dieses erste Unglück nicht dem bloßen Zufall geschuldet, sondern versuchter Meuchelmord.

Was diese Unfallgeschichte aber zusätzlich unglaubwürdig machte, war der Umstand, dass er, Oleg, zu seinen Brüdern wegen eines schweren Krankheitsfalles gerufen worden war. Diese Krankheit gab es aber nicht. Warum also war er nicht auf die Burg zurückgekehrt? Wie wollte Randolph diese Ungereimtheiten erklären, ohne sich immer weiter in seine Lügengeschichten zu verstricken?

Und selbst wenn hier niemand an diesen Täuschungen Anstoß nahm und ihnen auf den Grund gehen wollte, der Vater Abt im fernen Magdeborch würde sich nie und nimmer mit diesen fadenscheinigen Erklärungen zufriedengeben. Er hatte einen seiner Mönche an diesen Ort geschickt, um Licht in die Vorkommnisse der Raunächte bringen zu lassen. Dieser Mönch war unter rätselhaften Umständen zu Tode gekommen. Der Vater Abt würde alle Hebel in Bewegung setzen, um diese Umstände restlos aufzuklären. Daran bestand für Oleg nicht der geringste Zweifel. Und diese Gewissheit gab ihm die Stärke, dem Kommenden gelassen entgegen zu sehen.

Randolph hatte schon vor längerer Zeit das Zelt verlassen. Jetzt kam er zurück und trug eine zufriedene Miene zur Schau.

„Morgen ist dieser unselige Zustand beendet." Breitbeinig baute sich Randolph vor seinem Gefangenen auf. „Und ganz ohne Euer Zutun, verehrter Bruder, einzig und allein durch mein Verhandlungsgeschick", prahlte er weiter und klopfte sich auf die Brust. „Ida kann sich von ihrem Vater verabschieden und mit ihrem wertlosen Tand ins Kloster ziehen. Dafür bekomme ich die schriftliche Unterstützung des lahmen Ritters für mein Ersuchen um Übertragung der Burg mit ihren Ländereien. Wusstet Ihr, dass der Alvenslebener ein enger Vertrauter unseres Erzbischofs ist? Da kann Albrecht gar nicht ablehnen." Selbstgefällig sah Randolph auf den Mönch herab, der noch immer auf dem Boden saß.

„Na dann gratuliere ich Euch zu dem erfolgreichen Abschluss Eurer Unternehmung", sagte Oleg mit einer gehörigen Portion Sarkasmus. Aber Randolph war so in seiner Selbstgefälligkeit verfangen, dass er den Spott nicht bemerkte.

Inzwischen war es draußen dunkel geworden. Es dauerte nicht mehr lange und ein schmächtiger Barfüßermönch trat durch den Zelteingang. Im ersten Augenblick wollte Oleg erfreut hochfahren. Ein Bruder, der ihm, woher auch immer, zu Hilfe kam. Dann bemerkte er seinen Irrtum. Es war seine eigene Kutte und der Mann darin war der, der sich vor Stunden auf dem Esel davon gemacht hatte.

Er zog die Kutte aus und schleuderte sie Oleg mit einem angeekelten Laut in den Schoß. Schnell streifte Oleg sein Kleidungsstück über, denn es war ihm inzwischen empfindlich kalt geworden.

„Wir warten noch ein wenig und dann bringst du zusammen mit Jeppe den Mönch zu der Hütte im Wald, wo schon der andere einsitzt", bestimmte Randolph.

Oleg horchte auf. Randolph hatte noch einen weiteren Gefangenen? Wer konnte das sein? Wo hatte Randolph noch seine Finger im Spiel? Welche Intrigen spann er noch?

Er musste sich nicht lange gedulden. Kaum eine halbe Stunde später standen Jeppe und der Schmächtige im Zelt. Auf Randolphs Geheiß hin banden sie dem Gefangenen die

Hände vor dem Bauch zusammen. Als sie ihn hinausführten, ließ Oleg erneut seinen Blick durch das Lager schweifen. Das Feuer brannte noch immer. Einige Männer saßen oder standen in dessen Nähe und nagten an Brotkanten.

Oleg fragte sich, ob all diese Männer Randolph treu ergeben waren. Bis zum vorigen Sommer, als Otto der Schlag traf, hatten sie im Dienste des von Waldeser gestanden. Wem gehörte ihre Loyalität? Nun, Randolph würde ihnen schon klar gemacht haben, wer zukünftig das Sagen auf der Burg hatte. Oleg verkniff die Lippen. Es würde wenig Zweck haben, an die Redlichkeit der Männer zu appellieren. Er würde sich nur eine Abfuhr einhandeln und müsste anschließend den Spott Randolphs ertragen. Also setzte er sich ohne zu widersprechen auf den Esel, an dessen Halfter Jeppe einen Strick knotete. Dann befestigte er das andere Ende an Olegs gebundenen Händen und die kleine Karawane aus zwei Pferden und einem Esel setzte sich in Bewegung.

Sie ritten langsam und ohne Licht in die Dunkelheit. Von der Burg her sollte niemand bemerken, dass erneut ein Mönch auf einem Esel das Lager des Gegners verließ. Die Fragen dazu hätte Randolph nur schwerlich beantworten können. Als sie die nächste Wegbiegung hinter sich gelassen hatten, entzündete Jeppe eine Fackel und von nun an ging es schneller voran.

Sie ritten zur Landstraße und bogen dann nach Westen ab. Als schon die Lichter über dem Tor der Waldeser Burg zu sehen waren, verließen sie die Landstraße und folgten linker Hand einem schmalen Pfad. Oleg erinnerte sich, dass er Randolph und einige Männer aus diesem Weg hatte kommen sehen. Es war an jenem sonnigen und verschneiten Wintertag gewesen, als er von Notger zurückkam, nachdem er ihn wegen der Pfeile mit seinem Zeichen befragt hatte.

Vielleicht hatte Randolph schon zu dieser Zeit den anderen Gefangenen festgesetzt. Olegs Neugier wuchs trotz aller Unwägbarkeiten, die das Leben für ihn unter diesen Umständen bereithielt.

Es ging nun langsamer voran. Der Weg war fast zugewachsen. Kahle Zweige reckten sich bis zur Wegmitte und mussten immer wieder beiseite gedrückt werden. Oleg schloss eng auf und entging so den in den Weg zurück peitschenden Zweigen. Jeppe hatte da weniger Glück. Das eine oder andere Mal wurde er schmerzhaft getroffen, was ihm dann einen gotteslästerlichen Fluch entlockte und Oleg befriedigt grinsen ließ. Natürlich gab Jeppe seinem Kumpan an der Spitze die Schuld und Oleg hoffte schon, dass sich die beiden womöglich an die Gurgel gehen würden und er das Weite suchen könne.

Bevor es soweit kam, wurden sie aus dem Dunkel scharf angerufen. Der Schmächtige an der Spitze antwortete: „Cone und Jeppe hier. Wir bringen dir noch einen Gast."

Die Gestalt in der Finsternis entzündete eine Fackel, die eine Hütte beleuchtete. Ehemals musste sie so etwas wie eine gepflegte Jagdhütte gewesen sein. Doch diese Zeiten waren längst vorbei. Im flackernden Schein der Fackel war eine halb eingesunkene Wand zu erkennen, an der das moosbewachsene, faulige Stroh des Daches herabhing.

„Wenig einladend", brummte Oleg und erhielt von Cone, der inzwischen abgestiegen war, einen derben Stoß.

„Runter von deinem Esel, Mönchlein. Tut mir leid, dass wir keine herzogliche Herberge mit weichen Daunenbetten und womöglich einem Bettschätzchen für dich haben. Nun mach schon!" Ein weiterer Stoß folgte, als Oleg nicht schnell genug die Beine auf den Boden bekam.

„Was soll ich denn mit dem?", fragte der Wächter, der näher gekommen war und Oleg nun ins Gesicht leuchtete. „Da treff mich doch des Teufels Dreizack. Ist das nicht das Mönchlein, dem wir ein eisiges Bad verpasst haben? Warum lebst du noch, du Wurm?" Er boxte Oleg rüde gegen die Brust, was den zurück taumeln ließ.

Jetzt erkannte er den anderen auch. Das war der, der ihm am Bach aufgelauert und ihn gemeinsam mit Jeppe in das eisige Wasser gestoßen hatte. Da war die ganze Mörderbande ja beieinander. Wahrscheinlich waren es die Männer, die Randolph nach seiner langen Abwesenheit mit auf die Burg gebracht hatte. Männer, denen er vertraute und die bereit waren, ihm bei seinen dunklen Machenschaften bedingungslos zu gehorchen. Von diesen Galgenvögeln hatte Oleg keine Gnade zu erwarten.

„Bring ihn rein, Hans, und verstau ihn sicher", bestimmte Jeppe.

„Ich hoffe, ihr habt nicht nur diese halbe Portion mitgebracht, sondern auch was zum Fressen und Saufen", rief Hans seinen Kumpanen zu, derweil er Oleg schon am Arm packte und durch die Tür stieß.

Hatte Oleg beim Anblick der baufälligen Hütte gehofft, dass es vielleicht eine Möglichkeit gab, in einem unbeaufsichtigten Moment durch eine der mürben Wände entkommen zu können, so musste er diese Hoffnung aufgeben. Im Inneren war das Häuschen überraschend stabil gebaut. Frische Bretter und Bohlen verstärkten die morschen Wände. In der Mitte war eine Trennwand mit einer Tür eingesetzt. Ein dicker Eisenriegel war vorgeschoben.

Hans öffnete die Tür und zerrte Oleg in die hintere, finstere Kammer. Stickige, stinkende Luft schlug Oleg entgegen. Ein paar Mal musste er angestrengt schlucken, um den Würgereiz in seiner Kehle zu unterdrücken.

Sein Wächter steckte die Fackel in einen Halter. In einer Ecke bewegte sich etwas in einer großen Strohschütte. Das musste der andere Gefangene sein.

„Bleib auf deinem Platz", fuhr ihn Hans an, was den anderen aber nicht sonderlich zu beeindrucken schien. Langsam kam er auf die Beine und Oleg konnte in dem Halbdunkel eine mittelgroße Gestalt in schmutziger Kleidung und ein bärtiges Gesicht mit wirren Haaren ausmachen. Eine Hand hatte der andere vor die Augen gelegt, um sie vor dem ungewohnten Lichtschein der Fackel zu schützen. Er musste hier schon seit längerer Zeit einsitzen.

„Ich mach dir jetzt deine Handschelle los", sagte Hans zu dem Unbekannten, blieb aber noch auf Abstand. „Komm ja nicht auf dumme Gedanken. Du hast ja immer noch die Fußschelle. Und draußen sind noch zwei Mann. Die zögern nicht, dir das Fell zu gerben, wenn du versuchst abzuhauen."

Der andere blieb stumm, streckte Hans aber seine Hand hin, die mit einer Kette an die Wand gefesselt war. Hans schloss den Eisenring auf, der das Handgelenk umgab, zog Oleg heran und legte ihm die eiserne Schelle um ein Fußgelenk. Schnell schloss er ab und brachte sich mit zwei Schritten in Sicherheit.

Fluchend verließ er die enge Kammer und nahm die Fackel mit. Schon in der Tür rief er seinen Gefangenen mit einem meckernden Lachen noch zu: „Ein Herrensöhnchen und ein Kuttenfurz, dass ihr euch auch ja vertragt. Wo bleibt sonst unser Spaß, wenn wir euch zur Hölle schicken?"

Dann ratschte der Riegel vor. Es war stockfinster. Kein noch so bescheidener Lichtstrahl drang in die Kammer. Oleg streckte die Hände aus und tastete sich langsam bis dort vor, wo die Rückwand der Kammer sein musste.

Von dem anderen kam kein Laut. Keine Bewegung verriet seinen Standort. Langsam wurde es Oleg unheimlich. Womöglich war sein Leidensgenosse schon so lange hier im Dunkeln festgesetzt, dass sich sein Geist verwirrt hatte. Womöglich sah er in dem Neuankömmling einen Feind, den es auszulöschen galt.

Oleg schluckte angestrengt. Es war noch gar nicht so lange her, dass er gegen einen mordlüsternen Gegner in der schwärzesten Finsternis, die man sich nur vorstellen konnte, auf Leben und Tod gekämpft hatte. Und wäre ihm nicht unverhofft jemand zu Hilfe gekommen, wäre es für ihn schlimm ausgegangen. Auf Hilfe würde er hier vergebens warten. Aber das hatte er damals auch gedacht.

„Ich bin Bruder Oleg von den Barfüßern zu Magdeborch", sagte er schließlich.

Keine Antwort.

„Mit einigen meiner Brüder lebe ich in der Schafhürde hinter Schartau", fuhr er fort.

Noch immer keine Antwort. Doch es raschelte. Der andere hatte sich bewegt.

Es war nicht auszuschließen, dass der Fremde von den jüngsten Vorkommnissen in dieser Gegend keine Kenntnis hatte, dass er vielleicht von weit her kam und mit den hiesigen Gegebenheiten nicht vertraut war. Trotzdem sprach Oleg weiter: „Randolph von den Linden hat mich gefangen nehmen lassen, weil ich der Herrin Ida von Waldeser beigestanden habe. Sie ist jetzt bei Ritter Notger von Alvensleben in Sicherheit."

Zwei, drei stolpernde Schritte brachten den Bärtigen in Olegs Nähe. Tastende Finger glitten über sein Gesicht, erreichten den Hals, wanderten weiter zu seinen Schultern und krallten sich daran fest. Er brachte sein Gesicht ganz nah an Olegs heran.

„Ida ist in Sicherheit?", stieß er mit krächzender Stimme hervor, räusperte sich dann mehrmals. „Meine Gebete wurden erhört. Euch schickt der Herrgott in wahrlich finsterster Stunde, guter Bruder."

Oleg war zu verblüfft, um antworten zu können. Nicht nur ein Leidensgenosse stand da vor ihm, sondern einer, der offensichtlich in die Ereignisse involviert war.

Die Hände, die Olegs Schultern gepackt hielten, entspannten sich und sanken herab. „Entschuldigt mein ungestümes Verhalten. Vielleicht sollte ich mich erst einmal vorstellen. Ich bin Christian von Waldeser."

Nun, Oleg hatte in all seinen Lebensjahren schon einiges erlebt. Er war weit herumgekommen und hatte dabei seinen Erfahrungshorizont über das übliche Maß hinaus beträchtlich erweitern können. Er war überzeugt, dass er hinreichend geistig rege war, um auch mit unerwarteten Wendungen und Ereignissen fertig zu werden. Doch die Eröffnung seines Kerkergenossen ließ ihn Mund und Auge aufsperren, als wäre er der letzte Dorfsimpel. Sogar ein kleiner Schwindel erfasste ihn, dass er sich am Ärmel des anderen festhalten musste.

„Geht es Euch gut?", fragte Christian besorgt. „Hat man Euch misshandelt?"

Oleg schüttelte den Kopf, was im Dunkeln natürlich nicht zu sehen war.

„Ihr solltet tot sein", stammelte er schließlich.

„Ja, das hörte ich in letzter Zeit häufiger. Und anfangs klang da immer eine gehörige Portion Enttäuschung mit."

„Aber wie ist es möglich ...?" Oleg konnte noch immer keine Ordnung in seine Gedanken bringen. War Idas Bruder aus den Abgründen des Meeres heraufgestiegen, um ihr beizustehen und Randolph zu strafen? Nein, das war aberwitzig. Aber man konnte ja nicht wissen. Oleg ließ seine Hand, die noch immer des anderen Ärmel gepackt hatte, heruntergleiten, bis er dessen warme Hand zu fassen bekam. Er drückte sie fest.

„Ihr seid wahrhaftig am Leben", stellte er erleichtert fest, was dem anderen ein kleines Lachen entlockte. „Und sitzt nun in diesem Gefängnis, anstatt das Euch zustehende Erbe anzutreten", fügte Oleg erbost hinzu.

„Ist mein Vater gestorben?" Christian begann an der Kette zu zerren, die fest in einem Holzbalken verankert war.

„Nein, nein, beruhigt Euch. Er lebt. Doch vielleicht hat Euch Randolph ja gesagt, dass es mit seiner Gesundheit nicht zum Besten bestellt ist. Ihr solltet über die Burg herrschen, auf der sich Randolph breit zu machen gedenkt."

„Ich weiß, dass meinen Vater der Schlag getroffen hat. Das ist alles Randolphs Schuld, Früchte seiner Ränke, die er gesponnen hat. Wenn ich hier nur rauskäme und mein

Schwert hätte. Ich würde ihn kurz und klein hacken." Wieder zerrte Christian an seiner Kette.

„Wie lange sitzt Ihr schon in diesem Gefängnis?"

„Was weiß ich. Es war Anfang des Christmonats, als er mich in einer Herberge, zwei Tagesritte von hier, betäuben und in diese Hütte verschleppen ließ."

„Dann seid Ihr seit vier Wochen gefangen. Wir haben heute den ersten Tag des neuen Jahres. Was bezweckt Randolph damit? Er kann Euch doch nicht bis in alle Ewigkeit gefangen halten."

„Kommt Bruder, ich biete Euch einen Platz an meiner herrschaftlichen Tafel im Stroh an. Wir werden wohl noch länger hier gemeinsam ausharren müssen. Da ist es nur recht, dass Ihr die Annehmlichkeiten, wie feuchtes Stroh, abgestandenes Wasser und trocken Brot mit mir zu teilen lernt. Die Hälfte meiner Ketten habt Ihr ja schon."

Nachdem sie sich Seite an Seite gegen die Außenwand gelehnt hatten, fuhr Christian fort: „Randolph hofft, Ida mit Erpressung gefügig machen zu können. Er denkt, wenn er ihr sagt, dass ich lebe und mich in seiner Gewalt befinde, dass sie ihn dann heiratet und er so in den Besitz des Landes kommt."

„Wenn sie dem zustimmt, wird Randolph Euch anschließend nicht mehr brauchen. Das wird auch Ida klar sein. Ihr seid nur so lange sicher, wie sie sich weigert."

„Zu der Erkenntnis bin ich auch schon gekommen. Ihr sagt, dass sie meinem Rat gefolgt ist und bei Notger von Alvensleben Schutz gesucht und gefunden hat."

„So ist es. Randolph hat daraufhin die Burg belagert und ich bin in sein Lager als Unterhändler gegangen. Dummerweise habe ich, als ich schon fast wieder auf dem Rückweg war, in einem seiner Männer einen Spitzbuben erkannt, der mich vor einiger Zeit in eine tödliche Falle gelockt hatte. Nur durch Gottes Gnade und die Barmherzigkeit eines Schafes bin ich mit dem Leben davongekommen."

„Das hört sich interessant an und Ihr müsst mir unbedingt die ganze Geschichte erzählen, wenn wir hier entkommen sind. Ihr seid also als Unterhändler zu Randolph gegangen. Was hattet Ihr ihm anzubieten?"

Oleg erzählte dem jungen Ritter, was er gemeinsam mit Ida und Notger geplant hatte. Leider musste er aber eingestehen, dass er nicht wusste, inwieweit die Verhandlungen nun gereift waren und was die Kontrahenten letztendlich ausgemacht hatten.

„Bruder Oleg, das sieht nicht gut für uns aus." Christian seufzte bekümmert. „Wenn sie sich wirklich darauf verständigt haben, dass Ida ins Kloster geht und Notger dieses Empfehlungsschreiben übergibt, wird Randolph keine Notwendigkeit sehen, uns weiterhin am Leben zu lassen. Ich befürchte, unsere Tage sind gezählt."

„Das leuchtet ein."

„Was tun wir also?"

„Zuerst sollten wir uns fragen, was Randolph mit uns zu tun gedenkt. Also, wie wird er es anstellen, uns los zu werden? Bei Euch, entschuldigt bitte, ist es einfach. Niemand rechnet mit Eurer Heimkehr. Er kann Euch irgendwo verscharren, ohne dass jemand Fragen stellen wird."

„Bei Euch sieht es schon anders aus. Sicher werden Eure Brüder nach Eurem Verbleib forschen."

„Da könnt Ihr Euch sicher sein. Und mein Abt in Magdeborch wird jeden Stein umdrehen lassen. Schließlich schickte er mich hierher, um die Vorkommnisse der verhängnisvollen Raunächte im vorigen Jahr aufzuklären."

„Ach, tat er das?"

„In der Tat. Die Bauern haben einen Bittbrief über einen der Brüder aus der Schafhürde an ihn schreiben lassen. Sie baten um einen Dämonenaustreiber, dass sie in diesem Jahr von dem höllischen Treiben verschont bleiben."

„Und Ihr seid ein Dämonenaustreiber?"

„Eines solchen wird es wohl kaum bedürfen. Derartig schändliches Tun, wie es die armen Bauern erdulden mussten, entspringt hauptsächlich der Niedertracht böser Menschen und viel weniger dem Wirken dämonischer Kräfte. Da war sich Vater Odo sicher und ich stimme ihm voll und ganz zu."

„Wahr gesprochen. Es wird Euch also nicht verwundern, dass ich herausfand, dass Randolph mit dreien seiner ergebenen und ebenso schurkischen Männer die Bauersleute drangsalierte. Er zeigte keinerlei Reue, als ich ihn daraufhin zur Rede stellte, sondern lachte nur hundsgemein und meinte, das Bauernpack wäre nicht besser als Vieh und vermehrte sich ohnehin wie Unkraut. Selbst mein Vater wollte es nicht wahrhaben, dass der, der um meine Schwester warb, einer solch bösartigen Tat fähig war. Wir stritten recht heftig darum, bis er mir nahelegte, ich solle andernorts mein Glück suchen."

„Und Ihr seid einfach gegangen? Habt Eure Schwester, Euer Erbe und die Bauern Randolph überlassen, von dessen Grausamkeit ihr überzeugt wart?"

„Nun, mein Vater fand recht deutliche Worte, mich des Landes zu verweisen. Heute weiß ich es besser. Ich hätte in der Nähe bleiben sollen. Zumindest habe ich noch in die Wege leiten können, dass Ida in der ärgsten Not einen sicheren Hafen findet."

„Ja, da habt Ihr klug daran getan. Was uns aber in unserer Überlegung noch nicht weiter gebracht hat, wie Randolph uns loswerden will."

„Er könnte es sich ganz einfach machen und die Hütte in Brand setzen."

Oleg überflog ein kurzer Schauder. Schon einmal war er nur um Haaresbreite einem solchen Schicksal entgangen, als er mit seinen Freunden in einer brennenden, versperrten Hütte ums Überleben kämpfte. Dann schüttelte er den Kopf. „Das wäre unklug. Der Rauch ist meilenweit zu sehen. Sicher kommt jemand nachschauen, was hier gebrannt hat. Und wenn dann zwei verkohlte Leichen in der Asche gefunden werden, stellt bestimmt jemand unangenehme Fragen."

„Zumal Ihr ja vermisst werdet. Wenigstens mit Euch muss Randolph erfinderischer sein."

„Er sprach davon, dass ich einen tödlichen Unfall haben solle. Das wird nicht so einfach werden. Randolph hat sich schon in Widersprüche verwickelt. Zu gegebener Zeit werde ich ihn darauf hinweisen."

„Dann bleibt uns also vorerst nichts weiter, als abzuwarten, wann sich dieser Raubritter uns widmet."

„Um die Wartezeit zu verkürzen, könntet Ihr erzählen, wie Ihr diesen schlimmen Sturm überlebt habt, der Euch über Bord spülte."

17. Kapitel

Die beiden Männer rückten zueinander, bis sich ihre Schultern berührten. Dann häuften sie einiges von dem Stroh über ihre kalten Füße. Oleg schob die Hände in die Kuttenärmel und Christian breitete eine dünne Decke über ihrer beider Beine und zog sie bis zum Bauch hoch. Es würde wieder eine kalte Nacht werden Oleg fragte sich, wie Christian die üblen frostigen Nächte überlebt hatte, als er selbst sich durch einen eisigen Sturm gekämpft hatte und dem Tode näher gewesen war als dem Leben.

„Die Geschichte ist bemerkenswert", begann Christian. „Und wenn ich ein Barde wäre, würde ich daraus eine Ballade dichten. Darin kommt alles vor: Verrat, Heimtücke, unerwartete Rettung, Edelmut, die Heimkehr des Helden und schließlich erneuter Verdruss. Ich hoffe doch sehr, dass es ein Ende gibt, in dem der Böse bestraft und die Guten belohnt werden."

„Das verspricht in der Tat eine kurzweilige Geschichte zu werden. Ihr habt mich neugierig gemacht. Und um das gute Ende kümmern wir uns hernach."

„Nun, wie Ihr ja sicherlich schon wisst, habe ich mich nach dem Streit mit meinem Vater im späten Frühjahr aufgemacht, um im Osten gegen die Heiden zu kämpfen. Der kürzeste Weg dorthin führt über das Ostmeer. Also habe ich mit Cuno ein Schiff bestiegen."

„Cuno?", fragte Oleg. „Ich nahm an, Ihr hättet Euch allein auf den Weg gemacht."

„Cuno war einer der Waffenknechte auf der Burg. Er war ein abenteuerlustiger Bursche, häufig in irgendwelche Händel verstrickt und die Fäuste saßen ihm recht locker. Und er war käuflich. Aber das erfuhr ich erst, als es schon zu spät war. Bis dahin dachte ich, es wäre gar nicht so verkehrt, einen solchen Weggefährten bei mir zu haben. Jedenfalls schifften wir uns ein und es ging auf dem Meer Richtung

Osten. Nach einer knappen Woche kamen wir in einen schlimmen Sturm. Ich dachte, das Schiff würde mit Mann und Maus untergehen und es hielt mich nicht unter Deck. Ich kämpfte mich nach oben, denn ich wollte keinesfalls dort unten eingesperrt elendig ersaufen. Cuno hielt sich an meiner Seite und ich war ihm dankbar dafür. Wir versuchten, zum Achterdeck durchzukommen, denn wir wähnten uns dort mehr in Sicherheit, da es kaum von den hohen Wellen überspült wurde. Auf halbem Weg dorthin kamen in schneller Folge mehrere riesige Brecher über unser Schiff und ich wurde von dem Seil, das über das Deck gespannt war, losgerissen. Mit letzter Kraft konnte ich mich an ein Tau klammern, das an der Reling hing. Da war Cuno auch schon bei mir. Ich streckte ihm eine Hand hin in dem Glauben, dass er mich hochziehen würde. Doch könnt Ihr Euch mein Entsetzen vorstellen, als ich sah, dass er das Tau mit seinem Dolch zerschnitt? Ich schrie wie von Sinnen, er solle mich hochziehen, doch er grinste nur böse. Als das Tau schon fast durch war, rief er mir zu: ‚Einen schönen Gruß noch von Ritter Randolph. Er war recht freigiebig, dass Ihr Euer Ziel nicht erreicht.' Dann trat er mit dem Stiefel nach mir und das Tau riss vollends."

Christian machte eine Pause und Oleg spürte an seiner Schulter, wie ein Schauder über den Mann an seiner Seite lief. Einem Mann in höchster Not den Todesstoß versetzen, das sah den Kreaturen, mit denen sich Randolph umgab, ähnlich. Wie der Herr so's Gescherr.

„Und doch habt Ihr überlebt", rüttelte Oleg Christian aus seinen qualvollen Erinnerungen.

„Ja, und doch habe ich überlebt. Es grenzt schon an ein Wunder, dass ich unter diesen Umständen nicht zu Fischfutter wurde. Doch hatte der schreckliche Sturm auch sein Gutes. Er hatte nicht nur mich, sondern auch einiges von den Decksaufbauten über Bord gerissen. Ich hatte schon einiges an Wasser geschluckt und meine Arme und Beine erlahmten durch den Kampf gegen die Elemente mehr und mehr, als mich etwas schmerzhaft an der Seite traf und meine Beine aufschrammte. Ich griff danach. Ich hätte nach allem gegriffen, das mir auch nur den geringsten Halt in diesem Auf und Ab versprach. Es war eine Luke, die vom Schiff gerissen worden war. Ich zog mich darauf, klammerte mich fest und das nächste, an das ich mich erinnere war, dass ich im feuchten Sand lag und es nicht mehr hoch und runter ging. Ich verlor erneut die Besinnung und wurde durch murmelnde Stimmen wach. Es war dunkel, um mich herum war Rauch und ich wähnte mich in der Hölle. Als ich mich regte, kamen Schemen auf mich zu, doch es waren keine Teufel, die mich drangsalieren wollten, sondern gute Leute, die nach dem Sturm den Strand nach Verwertbarem abgesucht hatten und dabei mich fanden. Seit jenem Morgen spreche ich alltäglich ein Gebet für meine Retter."

Christian machte eine erneute Pause und atmete tief ein und aus. Oleg mochte sich gar nicht vorstellen, wie es einen Menschen bis ins tiefste Innere hinein erschüttern musste, der sich stundenlang im Toben des Sturmes an ein paar zusammengenagelte Bretter klammerte. Beständig zwischen Hoffnung und Verzweiflung schwankend bedurfte es eines heroischen Überlebenswillens, nicht einfach loszulassen, um dem Schrecklichen ein Ende zu setzen.

Der junge Waldeser räusperte sich mehrmals. „Ich lag mehrere Wochen krank in dem Fischerdorf. Die Stunden im eiskalten Wasser, die Aufschürfungen an den Beinen und Händen, dazu ein, zwei gebrochene Rippen durch den heftigen Aufprall der Luke brauchten ihre Zeit. Anfangs dämmerte ich vor mich hin, nahm nur wahr, wenn mir Essen und Trinken gebracht oder die Kräuterverbände an meinen Blessuren erneuert wurden. Später unterhielt ich mich oft mit der Alten, die mich gemeinsam mit ihrer Enkelin versorgte. Sie sagten, dass ich auf der Insel Usedum an den Strand geworfen worden war. Sie waren allesamt Fischersleute, die ihren kargen Unterhalt aufbesserten, indem sie Strandgut aufsammelten. Das Bemerkenswerteste, was ihnen in der letzten Zeit angespült worden war, war ich. Nach zwei Monaten brachten sie mich auf einem Karren in das Prämonstratenserkloster nach Pudagla. Die Mönche dort übernahmen die weitere Pflege. Wisst Ihr, Bruder, zeitweise fand ich den Gedanken recht tröstlich, dort den Rest meines wieder gewonnenen Lebens zu verbringen. Meine äußeren Wunden waren so gut wie verheilt, doch innen schwärte es weiterhin. Mein Vater hatte mich im Zorn verstoßen, mein Weggefährte hatte mich für Geld verraten. Um Haaresbreite hätte ich diesen schrecklichen Kampf gegen den Sturm verloren. Ich scheute mich, ins weltliche Leben zurückzukehren, meinen Fuß vor die Klostermauern zu setzen. Doch ich fand dort einen Pater, der mir großes Verständnis entgegenbrachte. Er selbst hatte erst nach Jahren des weltlichen Lebens im Kloster einen sicheren Hafen gefunden. Er meinte, wenn es mir mit dem Klostereintritt wirklich ernst wäre, solle ich zuvor meine weltlichen Angelegenheiten ordnen. Ansonsten würde die Schuld, nicht für meine Lieben dagewesen zu sein und sie diesem Unhold überlassen zu haben, bis zu meinem letzten Atemzug an mir nagen und eine wahre Hinwendung zu Gott vergiften."

„Da hat Euch Euer Freund einen sehr weisen Rat gegeben."

„Also machte ich mich auf den Heimweg. Ich muss gestehen, je weiter ich mich der Heimat näherte, umso mehr spürte ich, wie sehr ich in meinem Land verwurzelt bin. Doch bevor ich mich auf die Heimreise begab, schickte ich vom Kloster eine Nachricht nach Hause, dass es mir gut gehe. Nach dem Abflauen des Sturms auf dem Schiff musste mein Verschwinden bemerkt worden sein. Cuno würde selbstredend schweigen und so würde jedermann annehmen, dass ich durch eigenes Verschulden den Tod gefunden hatte. Sie würden eine entsprechende Nachricht an meine Vatersburg schicken. Dass meinen Vater darob der Schlag traf, war nicht vorhersehbar. Aber auch das geht auf Randolphs Kerbholz. Ich kündigte mein Kommen für Anfang des Christmonats an. In den ersten Tagen des Schlachtemonats trat ich die Heimreise an. Jetzt muss ich annehmen, dass mein Schreiben nie meinen Vater oder Ida erreichte, sondern von Randolph abgefangen wurde. Es erheitert mich in meiner derzeitigen misslichen Lage etwas, wenn ich mir sein dummes Gesicht ob der Nachricht vorstelle, dass ich am Leben sei und gedachte, in den nächsten Wochen heimzukehren. Leider gelang es ihm, mich in jener Herberge, zwei Tagesritte vor meiner Burg, gefangen zu setzen. Er muss seine Spießgesellen auf meinem Heimweg postiert haben, auf dass sie mich aufspüren und die Heimkehr verhindern."

***

„Kaspar? Wie ist denn das möglich? Wie kommst du auf die Burg?" Ida beachtete nicht den Becher mit heißem Würzwein, den ihr Notger zuschob. „Die Burg ist belagert, niemand kommt rein oder raus."

Andreas räusperte sich angelegentlich und zog die Aufmerksamkeit der jungen Frau auf sich. „Ja, ich weiß schon, Ihr seid an einem Seil runte- und wieder hochgeklettert. Halt!" Ida nahm Andreas genauer in Augenschein. Dann glitt ihr Blick wieder zu Kaspar. „Seid ihr beide von Randolphs Männern aufgehalten worden. Ihr seht beide schrecklich aus."

„Es gab da ein kleines Missverständnis." Andreas grinste schief mit einem Mundwinkel, denn der andere war eingerissen und ein dünner Blutfaden lief zum Kinn hinunter.

„Missverständnis?" Ida sah von einem zum anderen.

„Euer Knecht hatte gerade begonnen, eine hörenswerte Geschichte zu erzählen", sagte Notger. „Also, Bursche, fang noch einmal von vorn an."

Von Kaspar kam ein unwilliger Knurrlaut, als er als Knecht bezeichnet wurde. Andreas musterte ihn von der Seite und verzog spöttisch das Gesicht.

„Kaspar ist kein Knecht", stellte Ida richtig. „Er ist ein Freund."

Diesmal konnte sich Andreas ein abfälliges Geräusch nicht verkneifen.

Idas Erwiderung kam prompt: „Junger Knappe", fuhr sie ihn scharf an, „es mag Euch noch einiges an Lebenserfahrung fehlen, doch stellt nie wieder meine Freunde in Frage. Merkt Euch, ein Knecht wird immer nur das tun, was ihm aufgetragen wird und nichts darüber hinaus. Ein Freund versucht seinen Freunden beizustehen, ihnen unaufgefordert in der Not zu helfen. Er sorgt sich um das Wohlergehen seiner Freunde und tut alles in seiner Macht stehende, um Unheil abzuwenden." Sie holte tief Luft, wandte sich dann Kaspar zu. „Und nun erzähle, was du herausgefunden hast. Es muss wahrlich bedeutend sein, wenn du am Feind vorbei den Weg in die Burg gefunden hast."

Kaspar streckte sich in den Schultern, warf Andreas einen triumphierenden Blick zu, was der mit Augenverdrehen quittierte, und begann dann noch einmal von vorn: „Ich habe gesehen, wie Ihr mit Bruder Oleg und Ulric fortgeritten seid und bin Euch heimlich nach." Er grinste entschuldigend, doch Ida gebot ihm mit einer Handbewegung weiter zu sprechen. „Als ich sah, dass Ihr hier bei dem Alvenslebener angekommen seid, bin ich wieder ins Dorf zurück. Am übernächsten Tag, ich war gerade auf der Burg, weil ich was mit dem Prinzipal zu besprechen hatte, sah ich, dass Randolph mit vierzehn Leuten wegritt. Ich bin ihm nachgeschlichen. Er hat hier sein Lager aufgeschlagen. Ein Stückchen weiter ist auf einem Feld hinter einem Heckengehölz eine überdachte Strohschütte. Ich habe mich da verkrochen und alles beobachtet. Am nächsten Tag kam Bruder Oleg mit einer weißen Fahne. Er wollte wohl verhandeln." Kaspar sah in die Runde und seine Zuhörer nickten. „Nach einer Weile kam der Bruder wieder raus und sah sich im Lager um. Dann hat ihn Randolph am Arm genommen und wieder ins Zelt geschubst. Später ist einer in Bruder Olegs Kutte auf seinem Esel weggeritten."

„Dann hat Bruder Oleg also tatsächlich nicht auf dem Esel gesessen", unterbrach Notger die Erzählung. Kaspar nickte eifrig.

„Ich habe es doch gewusst!", warf Ida ein. „Bruder Oleg hätte uns nicht so einfach im Stich gelassen."

„Hat er nicht", bekräftigte Kaspar. „Von da an habe ich Randolphs Zelt nicht mehr aus den Augen gelassen. Als es dunkel wurde, habe ich mich näher rangeschlichen. Der Kerl mit der Kutte und dem Esel kam zurück. Gleich darauf haben sie Bruder Oleg rausgeführt. Er war gefesselt. So viel konnte ich im Schein des Feuers sehen. Sie haben ihn auf den Esel gesetzt und zwei andere haben ihn bewacht und sie sind weggeritten."

„Da soll doch der Blitzstrahl des Allmächtigen Randolph treffen. Feuer und Schwefel sollen auf den Aasgeier herabregnen und seine grindigen Knochen zu Asche verbrennen", wütete Notger und ließ die geballte Faust krachend auf den Tisch niedersausen. „Sich an unserem Unterhändler und an einen Diener des Gottvaters zu vergreifen. Was für eine Teufelei heckt dieser Abschaum jetzt wieder aus?"

„Hast du womöglich sehen können, wohin Bruder Oleg gebracht wurde?" Ida sah Kaspar erwartungsvoll an.

Notger verschluckte sich fast. Derweil er herumwütete, hatte Ida einen kühlen Kopf bewahrt. Ein bewundernder Blick streifte die junge Frau.

„Ja, das habe ich." Kaspar strahlte Ida an. „Es war ja dunkel. Da konnten sie nicht so schnell reiten, auch nicht, als sie dann eine Fackel angezündet hatten. Ich brauchte nur dem Schein zu folgen. Sie haben ihn zu der alten Jagdhütte gebracht. Da war noch einer von Randolphs Männern. Sie haben Bruder Oleg reingeschubst. Ich bin um die Hütte rumgeschlichen, um zu sehen, ob ich den Bruder irgendwie befreien könnte. Aber da war alles dicht. Als ich das Ohr an die Rückwand legte, war mir, als würde Bruder Oleg da drinnen mit jemandem sprechen."

„Haben sie gestritten?", fragte Notger, der sich nicht ganz die Befragung aus der Hand nehmen lassen wollte.

Kaspar schüttelte den Kopf. „Es hat sich wie ein normales Gespräch angehört, aber ich konnte kein Wort verstehen. Also bin ich zurück. Ich wollte irgendwie in die Burg, um Euch Nachricht zu bringen. Und als ich so um die Mauer rumschleiche, da sehe ich doch, wie ein Seil runtergelassen wird und einer raufsteigen will. Ich dachte, da wäre ein Verräter auf der Mauer und der wolle einen von Randolphs Leuten hochziehen. Wir haben uns dann eine Weile gebalgt. Ich dachte, wenn ich den anderen außer Gefecht setze, kann ich mich an seiner statt hochziehen lassen und Euch warnen."

„Das war ausgesprochen mutig von dir." Notger klopfte dem jungen Mann auf die Schulter und warf einen Blick zu Andreas, der beleidigt ins Feuer starrte. Sich von einem Bauernlümmel verprügeln zu lassen, war nicht sehr ruhmreich. Nun gut, er hatte auch tüchtig ausgeteilt, davon zeugten die aufgeplatzte Lippe und die taubeneigroße Beule über der Augenbraue des anderen. Trotzdem, es nagte an ihm.

„Jetzt in der Nacht können wir nichts unternehmen." Notger ließ seinen Blick zu Ida wandern. „Aber es ist gut, dass wir wissen, wohin Bruder Oleg gebracht wurde. Morgen, wenn wir unsere ausgehandelten Vereinbarungen umsetzen, werden wir einige Männer zu dem Versteck aussenden, um uns Bruder Oleg zurück zu holen. Es wird interessant sein, zu erfahren, warum unser Unterhändler entführt wurde." Der Ritter sah in die Runde und erntete von allen Seiten Zustimmung.

Später, Kaspar hatte sich schon ein Nachtlager in den Binsen der Halle gesucht und Ida sich in ihre Kammer zurückgezogen, nahm Notger Andreas zur Seite. Er erzählte seinem Knappen von seiner Freundschaft zu Witho, einem fortgelaufenen Leibeigenen, unbegabten Beutelschneider, Knecht der Stadtwache, Waffenknecht im Hause des Ratmannen Honstein und heute angesehener Würzwarenhändler zu Magdeborch. Viele Abenteuer hatten sie gemeinsam bestanden, anfangs noch gezwungenermaßen in gegenseitiger Abneigung bis hin zu geschworenen Waffenbrüdern.

Andreas hörte höflich zu. Nun gut, er würde den Bauernburschen nicht mehr seine Geringschätzung spüren lassen. Aber Freundschaft? Da konnte der lange drauf warten.

***

Der Riegel ihres Gefängnisses ratschte zur Seite und die Tür wurde weit geöffnet. Frische Luft strömte herein und Oleg zog sie tief in seine Lungen. Die vordere Kammer schien durch Tageslicht erhellt. Also war es schon mindestens Morgen. Womöglich sogar schon Vormittag.

Nachdem Oleg in der Nacht Christian erzählt hatte, warum er gefangen gesetzt worden war und seinen Kampf gegen die eisige Kälte und einen lebensbedrohlichen Schneesturm geschildert hatte, waren sie irgendwann in einen flüchtigen Schlaf gefallen, aus dem mal der eine, mal der andere hochschreckte.

Zuvor hatten sie sich noch darauf verständigt, dass sie, sobald jemand die Tür zu ihrem Kerker öffnete, versuchen wollten, den Wächter in ein Gespräch zu verwickeln. Solange der mit ihnen sprach, würde er ihnen nichts tun. Und vielleicht gab der irgendein Wissen preis, das sie gegen Randolph verwenden konnten oder er wurde einfach nur unvorsichtig. Oder, und das wäre die wünschenswerteste Entwicklung, er ließ sich mit dem Versprechen einer ordentlichen Entlohnung dazu überreden, ihre Ketten zu lösen.

Oleg blinzelte zur Tür und versuchte, den Schemen dort einem seiner Gefangenenwärter zuzuordnen.

„He, du! Neuer, Mönchlein!", rief der Schemen in das Gefängnis und Oleg erkannte an der Stimme, dass es Hans war. „Wenn ich jetzt zu euch reinkomme, versucht gar nicht erst, mich anzugreifen. Bringt dir nichts. Der andere hat's auch schnell begriffen. Der Schlüssel für Eure Ketten hängt draußen am Haken. Ich bin ja nicht dumm. Weiß schon, was ihr vorhabt. Es nutzt euch also gar nichts, wenn ihr mir den Schädel einschlagt. Ihr kommt hier nicht raus. Ich bin schlauer als ihr."

„Was für ein Schwätzer. Er hat Angst", murmelte Oleg und Christian grunzte zustimmend. Laut sagte er: „Was es uns bringt? Lass mich überlegen. Wir könnten einem Frevler wie dir den Hals umdrehen, einfach aus Spaß oder weil uns dein Geseire auf die Nerven geht."

„Richtig", stimmte Christian zu. „Schließlich will uns Randolph ohnehin über die Klinge springen lassen. Da ist es doch wohl nur verständlich, dass wir wenigstens einen seiner Strolche mitnehmen."

Erschrocken machte Hans einen Schritt zurück, fasste sich aber gleich wieder. „Der Einäugige ist ein Mönch!", rief er ins Halbdunkel. „Der darf mir gar nichts tun."

„Das ist richtig", gab Oleg zurück. „Doch hindert es mich nicht daran, dich solange fest zu halten, bis dich Ritter Christian in die tiefsten Tiefen der Hölle geschickt hat. Denn die sind dir sicher, wenn du mitverantwortlich am Tode eines Dieners des Gottvaters bist."

„Ich halte hier nur Wache. Ich hab meine Befehle", versuchte Hans eine Rechtfertigung zu finden. „Ich habe euch nichts getan."

„Ach, und dass du mich gemeinsam mit deinem Bruder in den eiskalten Bach gestoßen und im eisigen Schneesturm zum Sterben zurückgelassen hast, zählt wohl auch zu *nichts getan?*"

„Ich hatte meine Befehle."

„Red dich nicht raus, du Galgenstrick." Christian stemmte sich hoch und machte einen Schritt auf Hans zu. „Mitgegangen, mitgefangen, mitgehangen."

Oleg trat neben Christian, faltete die Hände und setzte seine salbungsvolle Stimme ein. „Aber du kannst noch gerettet werden."

„Ja?", kam es vertrauensvoll von dem Wärter und unwillkürlich trat er einen Schritt näher.

„Du kannst noch auf Vergebung hoffen, sowohl hier vor deinen irdischen Richtern als auch vor dem himmlischen Thron." Oleg streckte eine Hand aus, als wolle er Hans segnen.

„Und dazu kannst du noch mit einem ordentlichen Batzen Münzen davonziehen. Du bist ein gemachter Mann und kannst frei deiner Wege gehen, musst keinem Herrn mehr zu Diensten sein", setzte Christian hinzu.

Die Augen des Wärters wurden groß und gierig fuhr seine fleischige Zunge über die Lippen. „Was verlangt Ihr?"

„Ich sehe, wir verstehen uns." Christian musste sich einen Augenblick auf Olegs Schulter stützen. Die Wochen der

Gefangenschaft bei karger Nahrung hatten ihm doch mehr zugesetzt, als er wahrhaben wollte. „Du löst unsere Ketten und wir fliehen auf die Alvensleber Burg. Du versteckst dich solange, bis wir Randolph davon gejagthaben. Dann erhältst du deine Belohnung."

„Ihr seid viel zu schwach. Ihr werdet Ritter Randolph nie besiegen." Der Mann machte einen Schritt zurück. „Und mich werden sie einfangen und lebendig ausweiden. Randolph kennt keine Gnade."

„Und darum solltest du so bald als möglich und so weit wie möglich fort sein. Und das kannst du mithilfe eines Beutels voller Silbermünzen. Hörst du sie schon in deiner Hand klimpern?"

„Ich glaub Euch nicht." Doch die Gier ließ Hans die Hände aneinander reiben, als könne er schon das reine Silber fühlen. Unstet nagten seine Zähne an der Unterlippe. Ein lauernder Blick schoss zu seinen Gefangenen. „Ihr müsst schwören, dass ihr mir nichts tut. Ihr müsst beide schwören. Und auch, dass ich die Münzen bekomme."

„Ich schwöre, so wahr mir der Herrgott helfe, dass du ungeschoren deiner Wege ziehen kannst, sobald du unsere Ketten gelöst hast. Und ich werde, so ich wieder in meinem Kloster bin, jeden Sonntag beim Hochamt ein Gebet für dich sprechen."

Ein dümmliches, glückseliges Lächeln umspielte Hans' Lippen. „Und jetzt Ihr", wandte er sich an Christian.

„Ich schwöre, so wahr mir der Herrgott helfe, dass du ungeschoren deiner Wege ziehen kannst, sobald du unsere Ketten gelöst hast", wiederholte Christian Olegs Worte und fügte hinzu: „Als Belohnung für deinen Dienst sollst du einen Beutel mit fünf Silbermünzen erhalten."

Hans nickte mehrmals eifrig, dass man meinen könnte, ihm würde gleich der Kopf von den Schultern fallen. „Ich denk drüber nach, ich denk drüber nach", sagte er dann und wandte sich um.

Im gleichen Moment sackte er zusammen.

„So viel Zeit haben wir nicht", war von draußen eine belustigte Stimme zu hören.

Hans wurde unsanft vom Eingang weggezerrt und eine hohe, schlanke Gestalt trat in die Türöffnung. Christian presste einen langen Fluch hervor. Da hatten sie sich so viel Mühe mit ihrem Wärter gegeben und dann war alles vergebens. Randolphs Männer waren zurück, bevor ihr sorgfältiger Plan Früchte tragen konnte, und sie hatten den Verräter niedergestreckt.

Im Gegensatz zu Christian klatschte Oleg erfreut in die Hände, was ihm einen erstaunten Blick seines Mitgefangenen einbrachte. Dann stöhnte der gequält auf und packte den Mönch am Kragen.

„Ihr steckt mit Randolph unter einer Decke. Ihr habt mich nur ausfragen wollen und Euch einen Spaß mit mir erlaubt. Seid Ihr überhaupt ein Mönch?"

„So beruhigt Euch doch." Oleg hielt Christians Hände fest, die nach seinem Hals tasteten. „Das ist unser Befreier. Erkennt Ihr ihn nicht? Andreas von der Heide, Ritter Notgers Knappe."

„Andreas von der Heide?" Ohne Olegs Kutte loszulassen, wandte sich Christian halb dem Mann zu, der noch immer die Türöffnung verdunkelte. „Kommt näher, damit ich Euch richtig sehen kann."

Der Knappe trat zwei Schritte in das Gefängnis hinein und Christian betrachtete ihn mit blinzelnden Augen genauer. „In der Tat, Ihr seid es wirklich."

„Und Ihr seid wer?"

„Christian von Waldeser."

„Was ... wer?" Andreas blinzelte irritiert ins Halbdunkel, um sein Gegenüber genauer in Augenschein nehmen zu können. „Solltet Ihr nicht tot sein?"

Oleg prustete verhalten. Die gleiche Frage mit dem gleichen Unglauben hatte auch er gestellt.

„Mitnichten. Wie Ihr seht, bin ich höchst lebendig." Christian ließ Olegs Kutte los und strich sie sorgfältig glatt, wie um sich zu entschuldigen.

Andreas nickte mehrmals, bevor er sich wieder vollends gefasst hatte. „Nun gut, da das nun geklärt ist, wollen wir Eure Ketten lösen und diesen Ort verlassen, bevor Randolphs Männer kommen."

Der Schlüssel war schnell gefunden und die Ketten fielen von den Gefangenen ab. Erleichtert machten sie die wenigen Schritte in die Freiheit. Andreas schloss ihren Wärter in die Ketten und steckte den Schlüssel ein. „Den Kerl holen wir uns später", bestimmte er.

Im hellen Tageslicht nahm Oleg seinen Mitgefangenen verstohlen näher in Augenschein. Der Ritter war wahrscheinlich schon immer von schlanker Gestalt gewesen, doch nun war er geradezu klapperdürr. Tief eingesunkene Augen lagen in einem von einem wilden Bart überwucherten Gesicht. Nun, er hatte im letzten Jahr einiges durchgemacht. Erst der Mordanschlag, dem sich dann die lange Genesungszeit in dem Fischerdorf auf Usudum anschloss. Und kaum, dass er wieder reisen konnte und den Weg in seine Heimat gefunden hatte, wurde er einer kargen Kerkerhaft unterworfen. Doch er war noch jung und wenn erst alles ausgestanden war und er zu den Aufgaben auf seiner Burg zurückkehren konnte, sollte er sich vollends erholen. Der Sieg über Randolph und die Gewissheit, dem üblen Meuchler das Handwerk gelegt zu haben, würde nicht unwesentlich dazu beitragen.

Vor ihrem Gefängnis wartete eine weitere Überraschung. Nicht nur, dass drei Reiter in den Farben des Alvenslebeners den Gefangenen entgegensahen, auch Kaspar grinste Oleg breit an.

„Was machst du denn hier, mein Junge?", fragte Oleg verwundert.

Kaspar grinste breiter. „Ich habe Euch hier aufgestöbert. Als Ihr hierhergebracht wurdet, bin ich Euch gefolgt. Dann bin ich auf die Burgmauer geklettert und habe dem Ritter von Alvensleben gesagt, wo Ihr gefangen seid." Er warf einen geringschätzigen Blick zu dem Knappen. „Den hätte es eigentlich gar nicht gebraucht. Eurem Wächter hätte auch ich eins über den Schädel geben können. Jetzt wird der Herr hochwohlgeborener Knappe alles Lob einheimsen."

„Genug geschwätzt", bestimmte der Herr hochwohlgeborener Knappe. „Auf die Pferde und zurück zur Burg meines Herrn. Dort seid Ihr vorerst in Sicherheit."

Beim Aufsteigen wurde erneut deutlich, wie sehr die lange Gefangenschaft an Christian von Waldeser gezehrt hatte. Ein Mann musste ihm aufs Pferd helfen. Doch das Zittern seiner Hände ließ nach, sobald er die Zügel straffte. Ein Ruck ging durch den ausgemergelten Körper und ein unbändiger Zorn war in seinem Blick.

Kaspar führte Animo zu Oleg. Das kleine Pferd begrüßte den vertrauten Mönch mit einem zufriedenen Schnobern und Oleg klopfte ihm den Hals, als er im Sattel saß. Er sagte Kaspar ein paar lobende Worte, was dazu beitrug, dass der junge Mann stolz die Schultern reckte. Und auch Christian klopfte seinem Spielgefährten aus Kindertagen freundschaftlich und anerkennend auf die Schulter.

Oleg befürchtete, Christian könnte darauf bestehen, sogleich auf die Waldeser Burg zu reiten, um Randolph zur Rechenschaft zu ziehen.

Doch erst einmal mussten sie den schmalen Pfad nehmen, der von der Jagdhütte zur Landstraße führte. Unterwegs unterrichtete Andreas Oleg und Christian, wie weit die Verhandlungen mit Randolph gediehen waren und worauf sich die beiden Ritter und Ida geeinigt hatten. Zu dem Zeitpunkt, als Andreas und Kaspar sich auf den Weg gemacht hatten, um den Mönch zu befreien, waren auch Notger und Ida aufgebrochen. Ida wollte sich von ihrem Vater verabschieden, ihre persönlichen Sachen zusammenpacken und natürlich nach dem Schreiben des Schiffsführers suchen. Dann sollte Notger sie ins Kloster bringen. Das Empfehlungsschreiben würde Notger Randolph überreichen, sobald Ida die Waldeser Burg verlassen hatte.

Dann erreichten sie die Landstraße und Christian wandte sich nach rechts, um zu seiner Vatersburg zu reiten. Er kam nur wenige Schritte weit.

„Das halte ich für unklug", wandte Oleg ein und griff nach dem Zügel des jungen Mannes, was ihm einen düsteren Blick einbrachte. „Begleitet mich zu Ritter Notgers Burg. Ihr solltet jetzt nicht mit Eurem Erscheinen die sorgsam ausgehandelten Vereinbarungen gefährden. Bedenkt, Eure Schwester ist noch nicht in Sicherheit."

Christian zögerte. Was war ihm wichtiger? Randolph zu strafen oder Ida in Sicherheit zu wissen?

Die Entscheidung wurde ihm abgenommen. In schnellem Trab näherte sich ein Reiter in den Farben des Alvenslebeners.

„Seid Ihr Bruder Oleg? Der, der befreit werden sollte?", fragte er, sobald er in Rufweite war.

„Der bin ich."

„Wir stehen vor der Waldeser Burg", berichtete der Mann. „Die haben eben das Fallgitter runtergelassen. Herr Notger braucht Euch für die Verhandlungen, guter Bruder."

„Tod und Teufel", fluchte Christian. „Hat der Hundsfott etwa noch meine Schwester?"

Der Reiter sah Christian verständnislos an. Was meinte dieser Kerl, der in seiner verdreckten und verschlissenen

Kleidung eher einem Vaganten ähnelte als jemandem, der berechtigt war, ihm Fragen zu stellen.

„So rede schon, Mann!", herrschte ihn Christian an. „Ich bin der Herr der Burg, Christian von Waldeser, und die Herrin Ida ist meine Schwester."

Der Reiter machte ungläubig den Mund auf. Bevor er etwas sagen konnte, setzte Christian nach: „Und wage ja nicht, zu sagen, dass ich eigentlich tot sein sollte."

„Nein Herr, natürlich nicht, Herr", stammelte der Dienstmann. „Also, die Herrin Ida ist noch in der Burg."

„Wenn Randolph ihr auch nur ein Haar krümmt, wird sein Tod viele Stunden, wenn nicht Tage dauern", versprach Christian finster und Oleg glaubte ihm jedes Wort. „Wir reiten zu meiner Burg." Ohne auf die Zustimmung seiner Begleitung zu warten, drückte Christian seinem Pferd die Hacken in die Seiten, dass es fast aus dem Stand in einen schnellen Trab fiel.

Es dauerte nicht lange und sie erreichten den Abzweig, der von der Landstraße zur Waldeser Burg führte. Dort wartete Notger mit seinen Männern. Er blickte ihnen derart finster entgegen, als wolle er gleich hier auf der Straße einen Gegner in Grund und Boden rammen.

Ohne sich lange mit einer Vorrede aufzuhalten oder die Männer zu beachten, die ihm entgegenkamen, fuhr er seinen Knappen an: „Hast du einen Mann bemerkt, der von eurem Befreiungsversuch Wind bekommen hat?"

Andreas schüttelte den Kopf. Dann wurden seine Augen groß und sein Gesicht überzog eine flammende Röte.

„Was hast du getan?", ranzte ihn Notger an.

„Die Frage ist wohl, was ich nicht getan habe", bekannte Andreas kleinlaut. „Ich habe keinen Posten auf dem Pfad zurückgelassen. Wir sind alle zur Hütte geritten."

„Ja, habe ich dir denn überhaupt nichts beigebracht?", wütete Notger. „Wahrscheinlich taugst du nur dazu, als tumber Bauer hinter dem Ochsen übers Feld zu trotten."

Von Kaspar kam ein empörtes Schnaufen. Doch lenkte er sein Pferd sogleich hinter Olegs, als ihn der grimmige Blick des Ritters traf. Angelegentlich beobachtete er ein Eichhörnchen, das auf der Suche nach Futter seine Winterruhe unterbrochen hatte.

Oleg fand, dass es an der Zeit war, sich einzumischen. Er lenkte Animo zwischen Andreas und Notger. „Bevor Ihr uns erzählt, was sich zugetragen hat, solltet Ihr sehen, wen wir mitgebracht haben." „Bruder Oleg, verzeiht, dass Ihr Zeuge dieses Versagens meines Knappen sein musstet. Ich freue mich, dass er es zumindest geschafft hat, Euch unbeschadet aus der Gefangenschaft zu befreien."

„Und nicht nur mich."

„Ja, richtig, der Bauernbursche hatte ja erzählt, dass Ihr Euch mit jemandem in der Hütte unterhalten habt. Also, wo ist er, Euer Zellengenosse?"

Langsam lenkte Christian sein Pferd heran. „Gott zum Gruße, verehrter Nachbar", grüßte er und Oleg fand es bemerkenswert, dass sich der junge Ritter so lange zurückgehalten hatte.

Erstaunt ob der Anrede nahm Notger die abgerissene Gestalt näher in Augenschein. Dann weiteten sich seine Augen.

„Aber ... das ist nicht möglich." Wie am Abend zuvor schon Oleg, so vergewisserte sich Notger durch Anfassen, dass der Mann vor ihm noch unter den Lebenden weilte. „Ich dachte ... wir dachten alle. Aber wie ...?" Dann machte sich ein böses Lächeln in seinem Gesicht breit. „Das ändert alles."

Christian nickte grimmig. „Richtig, das ändert alles. Und nun, erzählt, was sich hier zugetragen hat."

„Da gibt es nicht viel zu erzählen. Ich habe Eure Schwester mit einigen Männern zur Burg begleitet. Gleichzeitig sollte mein Knappe", ein tadelnder Blick streifte den Unglücklichen, „Bruder Oleg befreien. Die Herrin Ida war schon einige Zeit in der Burg, um dort ihren Angelegenheiten nachzugehen. Ich wartete mit meinen Leuten vor dem Burgtor. Ein Reiter preschte an uns vorbei. Wenige Augenblicke später rauschte das Fallgitter herab. Wahrscheinlich hatte Randolph einen seiner Galgenvögel zur Jagdhütte geschickt. Der sah, was dort im Gange war, und hat natürlich umgehend Bericht erstattet."

„Hat Randolph schon versucht, Kontakt aufzunehmen?"

„Nein, wahrscheinlich sitzt er jetzt drinnen und brütet darüber, welcher Ausweg ihm bleibt. Jetzt, da er weiß, dass wir nicht nur den guten Bruder, sondern auch Euch befreit haben, sind alle seine Pläne zunichte gemacht. Wir wollen hoffen, dass er seine Situation nicht als so ausweglos betrachtet, um in Raserei zu verfallen."

„Nein, so schätze ich ihn nicht ein. Dazu ist Randolph zu feige. Er wird versuchen, etwas auszuhandeln. Solange er meine Schwester und meinen Vater als Geiseln hat, wird er sich sicher wähnen. Ich könnte ihn zu einem Zweikampf fordern. Aber auch dazu fehlt es ihm an Mut."

„Da Ihr es gerade ansprecht. Ihr seht nicht eben wehrhaft aus." Notger wies einen seiner Männer an, Christian seinen Waffengurt auszuhändigen. „Nur ein Kurzschwert. Doch könnt Ihr jetzt angemessen kämpfen, sollte es dazu kommen."

Christian wog das Schwert in der Hand, ließ es kreisen und führte drei wuchtige Hiebe aus. „Ein gutes Schwert. Ihr rüstet Eure Männer bestens aus. Mein eigenes liegt leider auf dem Grund des Ostmeeres. Doch, so Gott will, werde ich noch heute Abend ein neues in der Waffenkammer meines Vaters finden."

„So, wie wollen wir weiter vorgehen? Hat jemand einen erfolgversprechenden Vorschlag?", wandte sich Notger an die ihn umstehenden Männer.

Andreas hob halb die Hand und Notger gestattete ihm mit einer unwirschen Handbewegung zu sprechen. Es würde noch eine Weile dauern, bis er seinem Knappen die Nachlässigkeit vergab. Und der würde fürderhin bei einem erneuten gewagten Auftrag alle Fährnisse gründlich bedenken.

„Ihr seid doch auf der Burg aufgewachsen", richtete Andreas seine Worte an Christian. „Da kennt Ihr doch alle Schlupflöcher und jeden Winkel der Burg genauestens. Gibt es einen Schleichpfad oder einen geheimen Gang, der in die Burg führt?"

Christian schüttelte den Kopf. „Wenn es etwas in der Art gäbe, würden wir hier nicht ratlos herumstehen."

Angesichts der versteckten Rüge verzog Andreas das Gesicht. Er hatte ja nur helfen wollen. Doch hatte seine Frage einem anderen auf die Sprünge geholfen. Kaspar hatte sich von den hohen Herren etwas abseits gehalten, doch noch immer nahe genug, um jedes Wort verstehen zu können. Nun lenkte er sein Pferd heran.

„Da gibt es vielleicht etwas", sagte er lebhaft. Alle wandten sich ihm zu. „Die Frage nach dem geheimen Gang hat mich auf einen Gedanken gebracht. Erinnert Ihr Euch, Herr Christian, als wir als Kinder Verstecken gespielt haben, da haben wir uns in dem schmutzigen Abwasserschacht verkrochen. Als Ida noch klein war, hat sie sich wegen der Spinnen da nicht reingetraut. Später hat sie uns dann von oben mit Pferdeäpfeln beworfen und wir kamen nicht an ihr vorbei." Kaspar verzog in gespielter Verzweiflung das Gesicht.

„Das ist richtig. Daran habe ich auch kurz gedacht. Aber der Schacht ist von einem dicken Eisengitter gesichert, das fest in der Burgmauer verankert ist. Da gibt es kein Durchkommen."

„Nein, durch kommen wir nicht. Aber der Schacht ist nur knapp zwei Schritt tief. Mehr eine Grube als ein Schacht. Vielleicht können wir durch das Gitter mit jemandem in der Burg sprechen, ohne dass Randolph es mitbekommt."

Christian nickte mehrmals langsam. „Der Gedankengang ist nicht einmal so abwegig. Der Abwassergraben, der zu der Grube führt, dürfte trocken sein. Nur bei anhaltend starken Regenfällen, wenn die Zisternen überlaufen, füllt er sich und fließt durch das Gitter ab. Es könnte sein, dass jemand nahe an der Mauer vorbeigeht. Wir können es versuchen."

„Es ist aber auch genauso gut möglich, dass Ihr mit einem von Randolphs Galgenstricken sprecht", wandte Oleg ein.

„Nun, dann haben wir zwar nichts gewonnen, aber auch nichts verloren." Notger zuckte mit den Schultern. „Das wir vor der Burg stehen und das Ihr, guter Bruder, und Christian von Waldeser befreit seid, weiß er ohnehin."

„Dann ist es also abgemacht." Christian wirkte sogleich lebendiger, da es nun einen Weg gab, die Befreiung seiner Schwester und die Inbesitznahme der Burg voran zu treiben. „Natürlich werde ich mich zu dem Schacht schleichen. Es wird einiges an Aufregung geben, wenn es sich in der Burg herumspricht, dass ich zurück bin. Womöglich widersetzt sich die Burgbesatzung Randolph und öffnet das Tor."

„Ich werde Euch begleiten", bestimmte Kaspar. „Die Leute in der Burg kennen mich. Wenn ich bestätige, dass Ihr wirklich der verlorene, totgesagte Sohn seid, werden sie Euch eher glauben."

„Ein vorzüglicher Vorschlag", stimmte Christian zu. „Und Herr Notger, gebt mir Euren Knappen mit. Der Junge hat es verdient, seine Scharte wieder auszuwetzten."

„So, hat er das?" Notger maß seinen Knappen mit einem langen Blick, unter dem Andreas den Rücken straffte. „Dann sei es so."

„Der Abwassergraben befindet sich auf der Rückseite der Burg", erklärte Christian. „Wir werden einen weiten Bogen schlagen, im Unterholz unsere Pferde zurücklassen und uns dann zur Mauer schleichen. Ihr, verehrter Nachbar, solltet in etwa einer Stunde vor dem Burgtor ordentlich Rabatz machen, dass sich alle Aufmerksamkeit dorthin richtet."

Notger hieb die gepanzerte Faust auf seine geharnischte Brust. „Das wird uns nicht schwerfallen."

Da es nichts weiter zu bereden gab, machten sich Christian, Kaspar und Andreas sogleich auf den Weg. Oleg blieb bei Notger zurück, obwohl er sich nurall zu gern dem kleinen Trupp angeschlossen hätte. Doch waren seine Füße noch nicht so weit wieder hergestellt, dass er sich über eine längere Strecke irgendwo anschleichen konnte. Und eigentlich war seine Anwesenheit bei diesem Unterfangen auch nicht erforderlich.

Also erzählte er dem Ritter, warum ihn Randolph gefangen gesetzt hatte.

„Ja, ist es denn zu glauben. Gibt es eigentlich ein Schurkenstück, das dieser Sohn einer pestzerfressenen Kakerlake nicht ausgeheckt hat? Es sollte mich nicht wundern, wenn er auch hinter dem angeblichen Wolfsangriff auf Eure Schafhürde steckt. Das würde doch vorzüglich zueinander passen. Erst sorgt er dafür, dass sich die Schafe in der Gegend verstreuen, um dann seine Mordbuben auszusenden, Euch in eine Falle zu locken."

Oleg sperrte einen Augenblick den Mund auf. Soweit hatte er noch gar nicht gedacht. Aber es passte tatsächlich zueinander wie ein Schuh zum anderen. Und wenn man bedachte, dass sowohl die oll Brigitta als auch der Dorfschulte übereinstimmend beteuert hatten, dass es seit Jahrzehnten keine Wolfsangriffe gegeben hatte, ergab Notgers Schlussfolgerung durchaus Sinn. Wenn man den Gedanken weiterspann, dann hatte sich Randolph an Klostereigentum zu schaffen gemacht. Ein weiteres schweres Vergehen. In der Jagdhütte lag ja noch immer Hans. Bei entsprechend nachdrücklicher Befragung würde der sicherlich auch zu dem Wolfsüberfall etwas zu sagen haben.

Oleg war mit seinen Gedanken noch bei dieser Möglichkeit, als Notger ihn auf Christians letzte Monate ansprach.

„Das soll Euch der junge Mann selbst erzählen. Ich will da nichts vorwegnehmen, auch wenn es Euch sicherlich brennend interessiert", erteilte Oleg dem Ritter einen abschlägigen Bescheid. Der nahm es mit einem Schulterzucken hin, hoffte er doch, dass er nach Randolphs Niederlage mit Ida und ihrem Bruder zusammensitzen würde, um den Sieg gebührend zu feiern.

Und dann war die Stunde auch schon um und sie zogen vor das Burgtor, wo Notger unüberhörbar forderte, dass der vertragsbrüchige Randolph auf der Stelle zu neuen Verhandlungen erscheinen möge. Er bedachte den selbsternannten Burgherrn mit allerhand Beschimpfungen, unter denen „schwanzloser Hurenbastard" noch eine der harmloseren war.

Natürlich ließ sich Randolph nicht blicken, musste er doch damit rechnen, dass dann die Entführung des eigentlichen Burgherrn, Christian von Waldeser, zur Sprache kam. Und wenn er eins nicht wollte, dann, dass den Burgleuten klar wurde, dass er sich die Burg durch Lüge und Verrat angeeignet hatte. Womöglich muckten sie auf, sobald ihnen bewusst wurde, dass ihr eigentlicher Herr nur wenige Schritte entfernt darauf wartete, sein Eigentum in Besitz nehmen zu können.

Dass sein Ausbleiben auf der Burgmauer bei seinen Dienstleuten ebenfalls für Verwirrung sorgte, schien Randolph nicht zu bedenken. Welcher Ritter ließ sich schon von einem Widersacher solcherart unflätig beleidigen, ohne mit gleicher Münze zurück zu zahlen? Unschlüssig sahen sich die Männer an, schielten immer wieder über ihre Schultern in den Burghof hinunter und begannen schließlich zu tuscheln.

Zu der Zeit konnten Christian, Kaspar und Andreas schon einen ersten Erfolg verbuchen. Der Waldeser und Kaspar hatten sich tief geduckt in dem modrigen Wasserablauf bis an die Burgmauer geschlichen. Andreas war als ihre Rückendeckung im Unterholz bei den Pferden geblieben. Von dieser Position aus konnte er den Wehrgang im Auge behalten und seine Kameraden rechtzeitig warnen, sollte dort eine Bedrohung auftauchen.

Christian presste sich dicht an das Gitter und rief immer wieder leise hindurch. Erfolgversprechender wäre es natürlich, die Stimme laut zu erheben. Damit liefen sie aber auch Gefahr, die Aufmerksamkeit von Personen auf sich zu lenken, denen sie vorerst aus dem Wege gehen wollten.

Es dauerte nicht allzu lange, bis eine schüchterne Kinderstimme „Ja?" antwortete. Kaspar schob Christian beiseite. „Hallo?", rief er vorsichtig. „Hier ist Kaspar. Wer ist da?" „Ulle. Bist du das, Kaspar aus dem Dorf?" Der Frager auf der anderen Seite hatte sich dichter an das Gitter herangewagt.

„Mein Vetter, der Sohn der Köchin", raunte Kaspar Christian zu. Und dann wieder eine Spur lauter: „Ja, Ulle, ich bin's, der Kaspar. Hör zu Ulle, ich habe einen wichtigen Auftrag für dich. Du musst deiner Mutter sagen, dass sie herkommen soll. Du darfst aber mit keinem sonst darüber sprechen."

„Warum kommst du denn nicht durch das Tor rein, Onkel Kaspar?"

Christian und Kaspar wechselten einen Blick. Die Frage des Knaben war berechtigt. Aber konnten sie dem gerade Achtjährigen anvertrauen, dass der eigentliche Burgherr draußen hockte und versuchte Kontakt zur Burgbemannung aufzunehmen? Nein, das verbot sich ganz von selbst. Zum einen konnten sie nicht wissen, ob der Junge nicht lauthals die frohe Botschaft ausposaunen würde. Und zum anderen mussten sie damit rechnen, dass Randolph Ulle dann ausquetschen würde, um Antworten zu erhalten. Dass Randolph dabei nicht mit Zartgefühl vorgehen würde, stand außerhalb jedes Zweifels.

„Ritter Randolph lässt mich nicht rein", flüsterte Kaspar durch das Gitter, und das war ja nicht einmal gelogen. „Du darfst nur mit deiner Mutter darüber reden, Ulle. Und wenn du alles so machst, wie ich es sage, bekommst du einen Korb süßer Milchbrötchen mit Butter und ganz viel Honig für dich ganz allein. Versprochen."

„Einen ganzen Korb?", kam es ungläubig von jenseits des Gitters.

„Einen ganzen Korb. Aber pass auf. Du darfst jetzt nicht losrennen. Du gehst ganz normal weiter in die Küche und da flüsterst du deiner Mutter zu, sie soll hierherkommen. Es darf keiner sonst hören. Hast du das verstanden?"

„Hab ich. Bin ja nicht dumm."

„Nein, bist du nicht. Du bist ein guter Junge. Und nun geh."

„Wenn der Junge alles ausrichtet, wie du es ihm aufgetragen hast, und seine Mutter bereit ist, meine Botschaft weiterzuleiten, bekommt er nicht nur die Milchbrötchen. Seine ganze Familie bekommt neue Winterkleidung und Schuhe noch dazu", versprach Christian.

Kaspar räusperte sich.

„Ja, ich weiß." Christian lachte leise auf, wurde aber gleich wieder ernst. „Um das Dorf und die Bauern kümmere ich mich auch. Sicher leiden sie noch immer schlimme Not, nachdem Randolph im Vorjahr ihren Getreidespeicher abgefackelt hat."

„Randolph hält nicht viel davon, die Not der Bauersleute zu lindern", knirschte Kaspar zwischen den Zähnen hervor. „Im letzten Winter sind ein paar Alte und zwei kleine Kinder verhungert. Und in diesem Winter sieht es auch nicht besser aus. Es gibt kaum ein Haus, wo der Hunger nicht ständiger Gast ist."

„Es wird sich ein Weg finden, sie zu unterstützen", versprach Christian.

Sie mussten nicht lange warten und von der anderen Seite war eine resolute Frauenstimme zu hören: „Und gnade dir der Allmächtige im Himmel, du willst mir nur eine besonders fette Spinne in dem verdreckten Loch zeigen. Ich verbläu dir dein Hinterteil, dass du eine Woche im Stehen schlafen musst."

„Pscht Tantchen, hier ist Kaspar", rief der leise durch das Gitter. „Komm runter, ich muss dir was sagen."

Die Köchin war von reger Auffassung. Wenn Kaspar draußen vor dem Gitter hockte, musste es einen guten Grund dafür geben. Lautes Gerufe von diesseits der Mauer würde nur ungewollte Aufmerksamkeit erregen.

„Bist du von Sinnen, Junge?", kam es bestimmt, aber leise zurück. „Ich kann nicht da runter klettern. Wenn das einer sieht, sperren sie mich ins Narrenloch. Warte. Ich hock mich auf den Rand und tu so, als hätt ich mir den Fuß vertreten." Von der Burgseite drang ein Stöhnen und Ächzen zu den Männern draußen. „So, ich sitze. Was hast du mir zu sagen?"

Dann hörte die Frau schweigend zu. Dass ihr zwischenzeitlich fast die Augen hervorquollen und der Mund sperrangelweit offenstand, bemerkte zum Glück niemand. Kaum hatte sie alles gehört, wäre sie am liebsten wie ein junges Reh über den Hof gesprungen, um ihre Nachricht sobald als möglich zu den richtigen Ohren zu tragen. Doch musste sie in ihrer Rolle bleiben. Und so humpelte sie, gestützt auf Ulle, über den Burghof in ihre Küche. Von dort ging es schneller weiter. Die Botschaft, die ihr aufgetragen war, erreichte schon bald die richtigen Ohren.

18. Kapitel

„Was dauert denn da bloß so lange?", fragte Notger zum wiederholten Mal den Mönch an seiner Seite ungeduldig. Sie hatten sich gut zwanzig Schritt von der Mauer entfernt, da Randolph offensichtlich nicht gedachte, auf die Schmähungen zu antworten. Oleg zuckte nur die Schultern. Anfangs hatte er sich noch die Mühe gemacht, den Ritter zu besänftigen und ihm zu versichern, dass es keinen Grund zur Beunruhigung gab. Es würde eben dauern, was es dauern würde. Keiner konnte absehen, wie lange Christian vor diesem Gitter kauern musste, bevor ihn jemand hörte.

Aber allmählich wurde auch ihm die Zeit lang. In all den aufregenden Verwicklungen der letzten Tage hatte er ganz sein Heim und das Leid der Bauern vergessen. Doch nun, in der Zeit des Nichtstuns und Wartens, drängten sich seine Brüder in seine Gedanken. Er hätte ihnen eine Nachricht senden sollen, dass es ihm gut ging und sie sich nicht sorgen mussten. Sicher waren sie in allergrößter Unruhe, nachdem Andreas bei ihnen um den Verbleib ihres Bruders nachgefragt hatte. Aber, so Gott wollte, würde er schon am Abend wieder in der Schafhürde sein. Ihn erwartete dort ein gesegneter, sicherer Hort. Die Liebe seiner Brüder und die Geborgenheit in ihrer Mitte würde ihm nach all den Aufregungen guttun.

Drei Reiter näherten sich. Christian und seine Begleiter gesellten sich zu Notger und dem Mönch, die ihnen erwartungsvoll entgegen gesehen hatten.

„Es ist gelungen", berichtete Christian. „Wir konnten mit der Köchin sprechen und ihr entsprechende Aufträge erteilen. Nun müssen wir abwarten, ob es gelingt, die Burgbesatzung auf unsere Seite zu ziehen."

Die Mittagszeit war schon um einiges vorüber, als es auf dem Wehrgang unruhig wurde. Lautes, aufgeregtes Rufen und Schreien, das bis zu den Belagerern schallte, war von der anderen Seite zu hören. Eisen traf auf Eisen.

„In der Burg wird gekämpft!", rief Christian. „Ich sollte dort sein!" Er ritt bis vor das Fallgitter und versuchte durch die Gitterstäbe hindurch etwas zu erkennen.

„Lasst mich rein!", rief er zum Torhaus hinauf. „Euer Herr, Christian von Waldeser, verlangt Einlass in seine Burg!"

Und tatsächlich wurde das Fallgitter hochgezogen. Christian trieb sein Pferd unter den Torbogen hindurch in den Burghof. Notger folgte ihm mit seinen Männern auf dem Fuße. Kaspar und Oleg hielten sich im Hintergrund. Sie waren nicht zum Kämpfen geboren. Sollte es jedoch nötig sein, würden sie nicht zögern.

Doch gab es nichts mehr auszufechten. Zwei Mann lagen in ihrem Blut und regten sich nicht mehr. Randolph und der letzte seiner Spießgesellen standen in der Mitte des Hofes. Ihre Waffen hatten sie vor sich auf den Boden geworfen. An die zehn Waffenknechte hatten einen Kreis um die beiden gebildet und streckten ihnen Lanzen und Schwerter entgegen.

„Das war ja einfach. Und gänzlich unspektakulär. Damit hätte ich nun wirklich nicht gerechnet", murmelte Oleg erleichtert.

„Zu einfach, zu unspektakulär", knurrte Notger neben ihm enttäuscht. Unzweifelhaft hatte er sich einen blutigen Kampf gewünscht, um sich Idas würdig zu erweisen.

Dann ging ihr Blick weiter. Auf der Treppe zum Palas stand die junge Frau. Sie stützte einen hinfälligen Greis, der sich kaum auf den Beinen halten konnte.

Christian ritt in den Kreis und umrundete Randolph und seinen Kumpan langsam. Sein Gesicht drückte Verachtung und Abscheu aus. Randolph starrte geradeaus vor sich hin, doch seine Zähne mahlten und die Muskeln an seinem Hals zuckten, als wolle er sich jeden Augenblick auf seinen Kontrahenten stürzen. Gleichwohl wusste er um die Aussichtslosigkeit eines solchen Unterfangens. Die Waffenknechte hatten sich gegen ihn gewandt. Er war ein Gefangener auf der Burg, die er hatte beherrschen wollen.

„Nun, wie fühlt es sich an?", fragte Christian, als er vor den beiden halt machte. Randolph knirschte nur weiterhin mit den Zähnen. „Gut, das dachte ich mir. Es ist immer mit

Verdruss verbunden, einem Gegner auf Gedeih und Verderb ausgesetzt zu sein. Über Euch werden wir später Gericht halten. Schafft die beiden in das dunkelste Loch und kettet sie an."

Umgehend waren drei Dienstleute dabei, den Gefangenen die Hände zu binden und sie zum Bergfried zu stoßen. Christian stieg vom Pferd und ging steif auf die Treppe zu. Vor der untersten Stufe blieb er stehen und sah zu seiner Schwester und dem Greis auf. Dann ließ er sich auf ein Knie nieder und beugte den Nacken. Etliche Augenblicke verharrte er so, bevor er seinen Blick hob.

„Ich bin zurück, Vater, und bitte darum, dass Ihr meine Verbannung aufhebt." Erneut senkte er den Kopf und erwartete demütig den Spruch des Alten.

Otto von Waldeser streckte eine zitternde Hand nach seinem Sohn aus. „Mein lieber Junge, ich bin so dankbar, so dankbar. Sei mir willkommen." Seine Worte klangen verwaschen. Doch wer sich Mühe gab, konnte sie verstehen.

Gestützt auf Idas Arm stieg er die Treppe herab, umfing seinen verlorenen Sohn mit beiden Armen und gab ihm den Friedenskuss. Dann führten ihn seine Kinder zurück in den Palas.

Notger und Oleg wechselten einen Blick und schlossen sich an. Die gegnerischen Mannen beäugten sich noch ein wenig misstrauisch. Eben waren sie noch Feinde gewesen. Da war es nur verständlich, dass sie sich nicht freudig begrüßten. Nach ein paar geflüsterten Worten seines Herrn blieb Andreas auf dem Burghof zurück. Er bekam die Aufsicht, dass das gegenseitige Misstrauen nicht in unbedachte Handgreiflichkeiten ausartete. Der Knappe würde das neue Vertrauen, dass sein Ritter in ihn setzte, keinesfalls enttäuschen.

Oleg packte Kaspar im Vorbeigehen am Ärmel und zog ihn mit in die Halle. Schließlich hatte der junge Mann nicht unwesentlichen Anteil daran, dass sie jetzt hier friedlich beieinandersitzen konnten. Seine Findigkeit und seine Treue hatten womöglich ihrer aller Leben gerettet.

Tische und Bänke wurden im Handumdrehen aufgestellt, Krüge mit dem besten Wein hereingetragen und Becher verteilt. Ein mit Pelzen gepolsterter Stuhl wurde an den Tisch geschoben. Christian und Ida geleiteten ihren Vater dorthin und der alte Waldeser ließ sich mit einem Ächzen nieder.

Rechts und links nahmen seine Kinder Platz. Christian noch immer zerlumpt und schmutzig, doch niemand nahm ob der Wiedersehensfreude Anstoß daran.

Aufmerksam beobachtete Oleg, wie der Alte sprach, wie er sich bewegte und wie er Anteil an allem nahm, das um ihn herum passierte. Wie war so eine plötzliche Heilung nur möglich? Otto von Waldeser war ohne Zweifel noch immer ein gebrechlicher Greis. Doch hatte Ida nicht immer wieder betont, dass er nicht zum Sprechen in der Lage war, dass er in seinem Zimmer vor sichhinsiechte, ohne zu verstehen, was um ihn herum geschah? Und nun? Oleg gedachte auch dieses Rätsel zu lösen, denn an ein himmlisches Wunder glaubte er nicht. Zumindest nicht in diesem Fall.

Nun, sicher war auch Christian begierig darauf, zu erfahren, wie diese wundersame Heilung zustande gekommen war. Oleg musste also nur die Ohren spitzen und das Geheimnis würde sich ihm enthüllen.

Zuerst brachte jedoch der Burgherr noch einmal seine Freude zum Ausdruck, dass sein verstoßener Sohn entgegen aller Nachrichten am Leben war, dass er den Weg nach Hause gefunden hatte und nun eine bessere Zeit anbrechen würde. Darauf erhoben alle ihre Becher und mit Erleichterung und Freude wurden sie aneinandergestoßen.

Dann klopfte Otto mit seinem Becher auf den Tisch und alle schwiegen.

„Mein lieber Junge", wandte er sich an Christian, „wir wähnten dich alle für tot und es hat mir schier das Herz zerrissen. Um so größer die Freude über das Wunder deiner Heimkehr. Wir alle sind begierig darauf, zu erfahren, wie es dir gelungen ist, dem Verderben zu entkommen."

Und Christian erzählte die Geschichte, die Oleg bereits kannte. Dessen ungeachtet lauschte er abermals gebannt und konnte nicht genug staunen über Gottes wundersame Wege, die den jungen Mann wohlbehalten in seine Heimat zurückgeführt hatten und ihn schließlich aus der Gefangenschaft befreiten.

Letzteres ausgelöst durch ein schmutziges Mundtuch, dass einer der Wächter dem Gefangenen entwendet und zu seiner Liebsten auf die Burg gebracht hatte. Ansonsten hätte Ida nie Verdacht geschöpft und Oleg nicht gebeten sie auf die Alvenslebener Burg zu begleiten. Oleg wäre nicht als Unterhändler ins Lager der Feinde gegangen und hätte dort seinen Peiniger nicht erkennen können. Kaspar wäre ihm nicht heimlich gefolgt und Christian von Waldeser würde noch heute in seinem Gefängnis sitzen.

Auch alle anderen hörten ergriffen zu. Randolphs Heimtücke und sein Verrat trieben vielen die Zornesröte ins Gesicht und so manche Faust ballte sich in dem Verlangen, es dem gemeinen Ehrabschneider heimzuzahlen.

„Wie konnte ich nur so blind sein, den Einflüsterungen des Verräters Glauben zu schenken", grämte sich Otto. „Um ein Haar hätte ich ihm mein Kind zum Weib gegeben."

„Aber das habt Ihr nicht, Vater", wandte Ida ein. „Ihr habt mich vor dem hinterhältigen Ränkeschmied beschützt, als wir erkennen mussten, welch böse Verschlagenheit ihn antrieb."

„Ihr habt Randolph durchschaut?", fragte Christian und beugte sich überrascht vor.

„Sprich du, mein Kind", forderte der Alte seine Tochter auf. „Das lange Reden strengt mich zunehmend an."

„Nachdem mein lieber Bruder fort gegangen war", begann Ida, „schien es, als sei aller Frohsinn auf der Burg erstorben. Nach und nach mussten wir erkennen, von welch grausamem Gemüt Randolph war. Nun, da er meinte, Christian als der Erbe stände ihm nicht mehr im Wege, traten immer mehr seine abscheulichen Züge hervor. Er strafte erbarmungslos, war ohne jegliches Mitgefühl gegenüber seinen Untergebenen und es bereitete ihm offensichtlich Freude, Mensch und Tier zu drangsalieren. Und dann kam die Nachricht, dass Christian bei einem Sturm auf dem Meer das Leben verloren hatte. Meinen lieben Vater traf der Schlag ob dieser schrecklichen Nachricht und er lag Wochen auf Leben und Tod. Doch nach und nach erholte er sich. Wir verheimlichten seine Genesung vor Randolph und gaukelten ihm weiterhin vor, dass der Burgherr nicht recht bei Sinnen wäre. So konnten wir über längere Zeit vermeiden, dass ich ihm zum Weib gegeben wurde, denn Randolphs Drängen, das Eheversprechen endlich einzulösen, wurde immer heftiger. Doch war abzusehen, dass er sich sein vermeintliches Recht alsbald mit Gewalt nehmen würde, ohne auf die Zustimmung meines Vaters zu warten. Aus diesem Grund sahen wir als letzte Rettung den Ausweg, den mir Christian vor seinem Abschied so dringlich empfohlen hatte. Ich wollte Schutz bei unserem Nachbarn suchen. Das Mundtuch, das ich bei der Magd fand, war der letzte Tropfen in einem ohnehin schon übervollem Fass. Und den guten Bruder Oleg nahm ich gleich mit. Auch er war in Gefahr geraten, da er sich umhörte und es nur eine Frage der Zeit war, bis er Randolph vollends auf die Schliche kam. Der würde dann sicher Mittel und Wege finden, den guten Bruder endgültig zu beseitigen."

„Ihr habt herausgefunden, dass Randolph mir die Falle an dem eisigen Wintertag gestellt hatte?", fragte Oleg ungläubig.

„Nein, aber wir ahnten es. Die Beweise haben wir nun. Verzeiht, Bruder Oleg, dass wir Euch so lange im Unklaren ließen."

Oleg winkte ab. Dann wiegte er verstehend den Kopf und gestattete sich ein leichtes Hochziehen der Mundwinkel. „Darum habt Ihr mich nicht zu Eurem Vater gelassen, als ich nach ihm sehen wollte. Ihr hattet immer eine Ausrede parat. Mal war er gerade eingeschlafen, mal passte es aus einem anderen Grund nicht. Habt Ihr befürchtet, ich würde seine Genesungsfortschritte gleich herumerzählen?"

Ida verzog entschuldigend das Gesicht. „Ich kannte Euch nicht. Ihr wart anfangs nur irgendein neugieriger Mönch, ein Fremder. Es stand zu viel auf dem Spiel."

„Das ist verständlich."

„Ihr wäret also allein zurückgeblieben?", wandte sich Notger an den Alten. „Ein Wagnis, in Anbetracht der Tatsache, dass Randolph sich nur widerstrebend bereit erklärt hatte, die Hälfte der Leibrente für Eure Unterkunft in einem Kloster zu übernehmen."

Otto von Waldeser stellte mit zittriger Hand seinen Weinpokal ab. „Ich bin ein alter Mann, der ohnehin schon bald vor seinen Schöpfer treten wird", begann er und musste in seiner Rede immer wieder eine Pause einlegen. „Ich glaubte, durch meinen Starrsinn schon ein Kind in den Tod getrieben zu haben. Ich wollte nicht noch für das Unglück des anderen verantwortlich sein. Das war das Geringste, was ich tun konnte, um das Unrecht, das ich meinem Sohn angetan hatte, wieder gut zu machen."

„Ein letzter Akt der Würde und der Ehre", murmelte Oleg.

Ida nahm die runzlige Hand ihres Vaters und drückte sie liebevoll.

Christian räusperte sich die Rührung aus der Kehle. „Wir hatten nicht zu wagen gehofft, dass die Burgbemannung sich so eindeutig gegen Randolph stellen würde."

Ida nickte versonnen. „Als das Fallgitter runterfiel, waren wir alle verwirrt", berichtete sie. „Zuerst dachten wir, Ritter Notger hätte versucht, die Burg einzunehmen und wäre gescheitert. Als ich in den Hof trat, waren die Wachen und die anderen Leute ebenso verwundert wie ich. Es war also zu keinem Kampf gekommen. Ich flüchtete mich zu meinem Vater, denn ich nahm an, Randolph hätte es sich in seiner Bosheit doch anders überlegt und wolle die Vereinbarung, die wir getroffen hatten, nicht mehr einhalten. Aber es blieb weiterhin ruhig, nur ein Waffenknecht bezog vor der Kammer Posten. Nach einiger Zeit hörte ich vor der Tür lautes Streiten. Ich schaute hinaus und unsere Köchin putzte gerade lautstark den Wachmann herunter. Sie müsse endlich mit mir die Mahlzeiten für die nächsten Tage durchsprechen, sonst gebe es nur Kraut mit Rüben, zeterte sie." Ida lachte in der Erinnerung laut auf. „Der Wachmann, ich glaube es war Trutz, stand mit hochrotem Kopf da, grad wie ein Lauser, den man mit den Fingern im Mustopf erwischt hatte."

„Der dicke Trutz? Ausgerechnet dem hat sie mit Kraut und Rüben gedroht?" Auch Christian musste lachen. „Ist der immer noch so verfressen wie ehedem?"

Ida nickte und der Schalk blitzte in ihren Augen. „Genau der. Schließlich machte er Platz und ich zog Matilda rein. Könnt Ihr euch vorstellen, was ihre Nachricht bei meinem Vater und mir auslöste?" Ida sah in die Runde und die Antwort auf ihre Frage reichte von Kopfschütteln über gespanntes Warten bis zu heftigem Nicken. „Meinen Vater", Ida nahm seine faltige Hand in die ihre und warf ihm einen dankbaren Blick zu, „hielt es jetzt nicht mehr auf seinem Krankenlager. Er ließ sich von mir und Matilda in eine respektable Gewandung kleiden und der gute Trutz half, ihn bis auf die Stufen der Treppe zu geleiten. Dort befahl mein Vater als rechtmäßiger Burgherr den Mannen, Randolph und seine Spießgesellen zu entwaffnen und gefangen zu setzen. Die Verwirrung war groß, wie sich jeder denken kann. Aber als Matilda dann rief, der junge Herr Christian sei zurück und verlange eingelassen zu werden, gab es kein Halten mehr. Die Lumpenkerle wollten sich anfangs noch wehren, doch erfolglos, wie ihr gesehen habt."

„Ja, da wären wir also bei Randolph und seinem letzten Spießgesellen angelangt", sagte Christian hart. „Was machen wir mit diesen Malefizkerlen?"

Oleg hob die Hand wie ein artiger Klosterschüler. „Da ist auch noch Hans, den wir angekettet in der Jagdhütte zurückgelassen haben."

„Richtig, Bruder Oleg, gut, dass Ihr mich an den Galgenstrick erinnert." Umgehend erteilte Christian den Befehl, Hans herbei zu schaffen und zu seinem Herrn in den Turm zu sperren.

„Bei Randolphs Handlangern würde ich keine großen Umstände machen", meinte Notger. „Lasst sie auspeitschen, schneidet ihnen ein Ohr ab, als Zeichen ihrer Missetaten, auf dass kein ehrbarer Mann sie wieder in ihren Dienst nimmt. Steckt sie dann in einen Bauernkittel und jagt sie barfuß davon. Bei Randolph wird es schon schwieriger. Einen Ritter, mag er noch so schurkisch sein, kann man nicht strafen wie einen gemeinen Mann."

„Ihr könntet Anklage beim Erzbischof erheben", machte Oleg einen Vorschlag.

Christian presste die Lippen aufeinander und sagte nach einer Weile des Nachsinnens: „Und Albrecht wird ihn dann an irgendeinen Ort schicken, um dort seine Vergehen zu sühnen. Doch können wir wohl sicher sein, dass Randolph an jedem Verbannungsort Mittel und Wege finden wird, weiterhin seinem bösartigen Wesen zu folgen und neuerliches Unheil anrichten wird."

„Noch bin ich der Burgherr", erhob Otto seine Stimme, die nun, da er seine Kinder gesund und außer Gefahr wusste, gar nicht mehr so kraftlos klang. „Randolph von den Linden darf nie wieder seine bösen Ränke spinnen. Er soll geblendet werden."

Entsetztes Aufkeuchen der versammelten Tischrunde folgte auf diese Ankündigung.

„Ich bin sicherlich der Letzte, der Randolph nicht die Pest an den Hals wünscht", wandte Christian ein. „Doch bedenkt, Vater, dass womöglich seine Familie auf diese Bluttat mit Vergeltung antworten wird. Neuerlicher Zwist würde über uns kommen, womöglich eine Fehde, die beide Familien auslöschen kann."

„Meinetwegen kann er auch im Loch vermodern." Notger machte eine wegwerfende Handbewegung.

„Oder", diesmal verzichtete Oleg darauf, sich artig zu melden. Zu aufgekratzt war er von seinem Einfall „Oder, Ihr setzt für jedes seiner Augen eine hohe Lösegeldsumme aus, die seine Familie begleichen muss."

„Was für ein kluger Rat." Ida warf Oleg einen dankbaren Blick zu. „So liegt es an Randolphs Familie, ob er geblendet wird oder nicht, und niemand kann es uns anlasten."

Der Alte schien mit dem Vorschlag nicht ganz zufrieden zu sein. Zu sehr war er von Randolphs Niedertracht getroffen. Und sicherlich spielte da auch mit hinein, dass er sich von diesem Haderlumpen so einfach hatte um den Finger wickeln lassen, ohne seine Niedertracht und Heimtücke rechtzeitig zu erkennen.

„Dann sollten wir ihm wenigstens die Zunge rausreißen." Christian schüttelte den Kopf. „Auch das ist kein guter Vorschlag. Aber wir könnten auch ihm ein Ohr abschneiden und das Diebesmal auf die Wange brennen. Er wollte mir schließlich die Burg stehlen."

Otto von Waldeser brummte noch ein wenig vor sich hin. Dann wedelte er mit den Händen und hätte fast seinen Pokal umgestoßen, wenn Ida ihn nicht rechtzeitig in Sicherheit gebracht hätte. „Dann machen wir es eben so. Die Jugend von heute hat keinen Biss mehr. Zu meiner Zeit ging man nicht so zimperlich mit seinen Feinden um. Sei's drum. Aber bis er ausgelöst wird, bleibt der Hundsfott angekettet bei Wasser und Brot."

„Das ist nur gerecht", stimmte Christian erleichtert zu. „Schließlich hatte auch er mich bei recht dürftiger Kost angekettet."

Langsam senkte sich die Dämmerung über das Land. Ein Mann trat in die Halle und meldete, dass Hans zu seinen Spießgesellen in das Loch gesperrt worden war.

Otto von Waldeser bat seine Kinder, ihn in seine Kammer zu geleiten. Der Tag war für den Greis, der monatelang seine Kammer nicht verlassen hatte, außerordentlich kräftezehrend gewesen. Seine Lippen hatten eine bläuliche Färbung angenommen und sein Atem ging pfeifend.

Oleg bot sich an, den alten Ritter gründlich zu untersuchen und ein Mittel herzustellen, welches ihm Erleichterung verschaffen könnte.

Aber der Alte winkte nur ab. „Habt Dank, guter Bruder, für Euer Anerbieten. Doch das braucht es nun nicht mehr.

Mein Sohn ist wohlbehalten zurück und die Nachfolge ist gesichert. Unser Land wird bei ihm in guten Händen sein. Meine Tochter wird einen besseren Mann finden als den Strauchdieb, den ich für sie ausgesucht hatte." Otto nickte Notger zu. Also waren ihm die verstohlenen Blicke nicht entgangen, die ab und an zwischen dem Ritter und Ida hin und her gegangen waren.

Die junge Frau errötete pflichtschuldig. Doch blitzte es in ihren Augen und Oleg war sich sicher, dass die Tage der Düsternis auf der Nachbarburg endgültig vorbei waren. Notger von Alvensleben nickte ernst.

„Also, guter Bruder, es ist alles gerichtet. Ich kann die irdische Welt verlassen und muss mich nicht grämen, etwas unerledigt oder in schlechten Händen zurück zu lassen. Etwas Besseres kann sich kein Mann wünschen."

Oleg setzte sich wieder und sah Otto von Waldeser hinterher, der sich mit tapsigen Schritten, gestützt von seinen Kindern, die Treppe hoch mühte. Einen Augenblick flog ihn der Gedanke an, ob auch sein eigener Sohn bei ihm sein würde, um in seiner letzten Stunde seine Hand zu halten. Dann müsste er sich zuvor als Frieders Vater zu erkennen geben. Nein, das würde den jungen Mann nur in einen womöglich verderblichen Zwiespalt treiben. Dann tröstete Oleg der Gedanke, dass seine Brüder im Kloster bei ihm sein würden, um ihn liebevoll und kundig zu umsorgen, bis sich seine Seele von seinem irdischen Körper trennte. Und das war weit mehr, als manch greiser Mensch erhoffen konnte, der einsam und verlassen seinen letzten Schnaufer tat, ohne dass eine liebende Seele ihm Beistand leistete.

Er atmete noch einmal tief durch und schüttelte die trüben Gedanken ab. Für derlei Schwermut war heute nicht der rechte Tag. Heute war ein Tag des Frohsinns und der Freude. Trotzdem, als Oleg den Blick kreisen ließ, überkam ihn ein Gefühl der Einsamkeit. Es war an der Zeit.

„Mein Herr Notger", wandte er sich an den Ritter. „Ich werde mich jetzt auf den Weg zu meinem Heim, der Schafhürde, machen. Darf ich mir noch einmal Animo ausleihen? Morgen bei Tageslicht wird jemand das Pferd zu Euch zurückbringen."

„So wollt Ihr uns schon heute verlassen, Bruder Oleg? Wollt nicht mehr mit uns den Sieg feiern, an dem Ihr doch nicht unbeträchtlichen Anteil habt? Gut, ich sehe, Ihr seid entschlossen. Animo vertraue ich Euch gern an. Behaltet das Pony, solange Ihr es braucht." Notger winkte einen Dienstmann heran und beauftragte ihn, dafür zu sorgen, dass der Mönch gut in seiner Hütte ankam.

„Das wird nicht nötig sein", brachte sich Kaspar in Erinnerung. „Auch ich will den Heimweg antreten. Ich bringe Bruder Oleg sicher zu seinem Heim."

Christian und Ida kamen die Treppe herunter und nahmen wieder ihre Plätze an der Tafel ein. Als sie hörten, dass der einfallsreiche Mönch schon aufbrechen wollte, drückten auch sie ihr Bedauern aus und versuchten Oleg zu überreden, doch wenigstens noch die Nacht auf der Burg zu verbringen. Doch den zog es inzwischen mit aller Macht zu seinen Brüdern. Er sehnte sich nach der Ruhe ihres beschaulichen Lebens, nach der Ausgeglichenheit von Bruder Melchior, nach dem Grummeln von Bruder Petrus und nach der Wissbegierde ihres Novizen. Und auch das leise Blöken der Schafe, das ihn seit Wochen in den Schlaf begleitet hatte, fehlte ihm.

Ida bestand jedoch darauf, dass die Köchin dem Bruder einen wohlgefüllten Beutel mit Brot, kaltem Braten und einem Dutzend hartgekochter Eier mitgab. Dankbar nahm Oleg die Gabe an und wenig später saß er auf Animos Rücken. Kaspar lief mit einer Fackel neben ihm her. Christian hatte den jungen Mann beauftragt, am übernächsten Tag mit einem Wagen auf die Burg zu kommen. Bis dahin wollte er sich einen Überblick verschaffen, was die Burg für Vorräte hatte und was sie entbehren konnten, um die allergrößte Not der Bauersleute zu lindern.

Es herrschte noch immer leichtes Frostwetter. Doch biss die Kälte nicht in die Wangen und die bloßen Finger der nächtlichen Wanderer. Vielleicht hatten sich Mensch und Tier aber auch nur inzwischen an den Frost gewöhnt und empfanden ihn nicht mehr als ganz so arg.

„Vor drei Tagen hätte ich nicht daran geglaubt, dass sich alles so zum Guten wenden wird", sagte Oleg, als sie die Landstraße hinter sich gelassen hatten und sich auf dem schmalen Weg zum Dorf befanden.

„Wäre Randolph wirklich der Herr auf der Burg geworden, wäre ich fortgegangen", gestand Kaspar nach einigem Zögern. „Die Welt ist wohl groß genug, dass auch ich irgendwo einen besseren Platz gefunden hätte."

„In Magdeborch ist schon so manch Leibeigener zu einem freien Mann geworden und hat dort sein Glück gemacht", stimmte ihm Oleg zu und dachte mit einem kleinen Lächeln an seinen Freund Witho.

Kaspar nickte versonnen. „Ein wenig spukt der Gedanke noch immer in meinem Kopf herum. Ich könnte mit den Gauklern mitziehen. Im Dorf werde ich immer nur der Knecht auf dem Hof meines älteren Bruders bleiben. Ich darf ja nicht einmal heiraten, wenn ich keine eigene Hofstelle bewirtschafte."

„Darüber würde ich mir keine Sorgen machen. Christian von Waldeser wird einen Weg finden, dir seine Dankbarkeit zu zeigen. Letztendlich ist er nur durch deine Findigkeit befreit worden. Es wäre eine Verschwendung, einen solch tüchtigen Mann nur als Knecht arbeiten zu lassen."

„Meint Ihr wirklich?", fragte Kaspar hoffnungsvoll.

„Da bin ich mir ganz sicher."

Im Gebüsch neben dem Weg raschelte es und Oleg befürchtete einen Augenblick, dass sich womöglich doch ein paar Wölfe oder wilde Hunde in ihrer Nähe herumtreiben könnten.

„Wer ist da?", wurden sie aus dem Gesträuch angerufen. Und ein anderer setzte hinzu: „Wir sind bewaffnet und wissen uns zu wehren."

Hatten die Worte auch recht kriegerisch geklungen, so war die Unsicherheit in den Stimmen doch unüberhörbar.

„Bruder Oleg und Kaspar, der Sohn des Dorfschulten, sind auf dem Heimweg!", rief Oleg laut und hoffte, dass er selbstbewusst genug klang. Trieben sich etwa Wegelagerer in der Gegend herum? So kurz vor dem Heim überfallen zu werden, wäre in der Tat ärgerlich.

Die Büsche teilten sich und zwei Männer traten auf den Weg. Die hölzernen Mistforken, die ihre ganze Bewaffnung ausmachten, waren mit den Zinken zur Erde geneigt.

„Kaspar?", fragte der Größere ungläubig. „Na, da wird sich dein Vater freuen. Wir dachten schon, du wärst fortgelaufen."

„Und was macht ihr hier?", fragte Kaspar nun seinerseits.

„Wir und etliche andere halten Wache rund um das Dorf, damit uns nicht wieder irgendwelche wilden Reiter überfallen. Der Dorfschulte hat schon seit Tagen Wachen eingeteilt. Aber bisher ist, Gott sei's gelobt, alles still geblieben. Nur droben auf der Burg ging heute was vor sich. Weiß aber nicht was."

„Dazu kann ich euch einiges erzählen." Kaspar warf sich stolz in die Brust. „Ich war dabei. Lauft und sagt meinem Vater, dass alles ausgestanden ist. Niemand wird uns je wieder überfallen. Ruft alle zusammen. Ich bringe noch den guten Bruder Oleg in sein Heim und werde euch dann alles haarklein berichten."

Und schon waren die beiden Bauern im Dunkeln verschwunden. Nur ihre eiligen Schritte drangen noch zu Oleg und Kaspar.

„Du wirst der Held des Tages sein", meinte Oleg mit einem Grinsen von einem Ohr bis zum anderen. „Ach, was sage ich, der Held der ganzen Woche, wenn nicht gar des ganzen Jahres."

„Wenn ich übermorgen mit einem Wagen voller Vorräte ins Dorf komme, wird mein Vater endlich auch merken, dass ich nicht nur ein Tagedieb bin."

„Ich wette, dass in dieser Nacht keiner in deinem Dorf ein Auge zutun wird."

„Und ich wette, dass Eure Brüder ebenso neugierig auf Euren Bericht sein werden wie die Dorfleute auf meinen", hielt Kaspar dagegen.

„Da sagst du was", stimmte Oleg zu und nun, da er schon den Rauch des Herdfeuers riechen konnte, drückte er Animo leicht die Hacken in die Seiten und das Pony verfiel in eine schnellere Gangart.

19. Kapitel

Oleg hatte die Stute vor der Hütte noch nicht richtig zum Stehen gebracht, als auch schon die Tür aufsprang, als hätte nur jemand dahinter auf genau diesen Augenblick gewartet. Ein Arm mit einer Fackel wurde herausgestreckt, ein Kopf folgte und schließlich stand der ganze Bruder Petrus da und hielt dem späten Gast das Licht entgegen. Hinter ihm drängten sich Melchior und Gunther und versuchten, einen Blick auf den Ankömmling zu erhaschen.

„Gott zum Gruß und einen gesegneten guten Abend!", rief ihnen Oleg entgegen.

Einen Augenblick – nicht länger als ein Wimpernschlag – erstarrten die drei Männer in der Tür. Dann riefen sie dreistimmig: „Bruder Oleg!" und drängten, sich gegenseitig schiebend, heraus.

„Animo, da bist du ja wieder", begrüßte Gunther das Pony und legte seine Stirn an die des Pferdes. Dann besann er sich, dass er wohl zuerst Bruder Oleg angemessen begrüßen musste. Doch der winkte ab, als sich der Novize verlegen an ihn wenden wollte.

„Bring die Stute nur in den Stall, gib ihr eine Handvoll Heu und stell ihr ein Schaff Wasser hin", sagte Oleg, nachdem er sich aus dem Sattel gehievt hatte. Gunther ergriff sogleich den Zügel und führte das Tier zum Schafpferch, von wo er seinen Liebling in den Stall bringen würde. Und eine schrumpelige Möhre ließe sich sicher auch noch finden,

Kaspar trat in den Lichtschein. „Ich verlasse Euch nun, Bruder Oleg. Vielleicht möchtet Ihr mich ja übermorgen auf die Burg begleiten."

„Ich werde mich bei dir melden, mein Junge." Im Augenblick verspürte Oleg keinerlei Bedürfnis, sich irgendwo anders hinzubegeben als in sein Heim. Aber in zwei Tagen mochte das schon wieder ganz anders aussehen.

Kaum war Kaspar in der Dunkelheit verschwunden, als Petrus seinen heimgekehrten Bruder auch schon in Richtung

Tür schob. „Nun aber rein mit dir in die gute Stube, Bruder Oleg."

Das ließ sich der nicht zweimal sagen. Doch kaum war er unter dem Türsturz hindurchgetreten, als er innehielt und seinen Blick durch den Raum schweifen ließ. Wann ist diese Hütte zu meinem Heim geworden?, dachte er. Da war das Herdfeuer in der Mitte, dahinter Tisch und Bank, links davon in der Ecke zum Stall standen die beiden Bettgestelle. An der rechten Außenwand wartete das Regal mit seinem Kräutervorrat auf ihn. Es brauchte nicht viel, um sich zu Hause zu fühlen.

Und doch wäre das hier nur irgendeine beliebige Hütte, würde ihn nicht die Gemeinschaft seiner Brüder erwartet haben und ihn jetzt umsorgen. Melchior half ihm, die Stiefel los zu werden und trug ein Paar Strohschuhe heran.

„Die haben immer in der Nähe des Feuers gestanden und auf dich gewartet", gestand er mit einem Räuspern.

Mit einem wohligen Laut fuhr Oleg in die warmen Schuhe. Eine Spitze war leicht angekokelt. Da waren sie dem Feuer wohl mal ein wenig zu nahe gekommen.

Über die Trennwand hinweg drang das leise Gemurmel Gunthers, mit dem er das Pony umsorgte.

Obwohl Oleg beteuerte, dass er auf der Burg schon ausgiebig gespeist hatte, ließ es sich Petrus nicht nehmen, ein Stück Schaftalg in dem kleinen Topf zu schmelzen, eine Handvoll Zwiebeln darin zu dünsten und ein, zwei Löffel Mehl darüber zu stäuben. Das Ganze löschte er mit einem Becher Wasser ab und nachdem er mit einer Prise Salz abgeshmeckt hatte, servierte er Oleg die dicke, fette Suppe. Den Beutel, den die Burgköchin für Oleg gerichtet hatte, nahm er mit einem Brummen an sich und meinte, das würde auch morgen noch schmecken.

Inzwischen war Gunther zurück und gespannt beobachtete er mit Melchior und Petrus ihren heimgekehrten Bruder, wie der mit halb geschlossenen Augen die Suppe löffelte. Doch kaum hatte Oleg den hölzernen Löffel abgeleckt, als Petrus ein Stückchen näher rückte.

„Und nun heraus mit der Sprache. Was hast du so getrieben in den letzten Tagen?"

„Wir haben uns ganz schreckliche Sorgen gemacht, als dieser Knappe gestern Abend hier auftauchte und nach Euch fragte", gestand Gunther mit einem tiefen Seufzer.

„Ich habe doch gleich gesagt, dass Bruder Oleg sich nicht kleinkriegen lässt", knurrte Petrus. „Und doch hast du dich die ganze Nacht auf deiner Bettstatt hin und her gewälzt, dass auch wir anderen zwei kaum ein Auge zubekommen haben." Gutmütig boxte Melchior dem Koch in die Rippen.

„Da lag mir was verquer im Magen." Petrus zog ein grimmiges Gesicht, von dem sich aber niemand mehr einschüchtern ließ. Selbst Gunther gluckste hinter vorgehaltener Hand.

Und dann erzählte Oleg, was sich zugetragen hatte, nachdem er mit Ida und ihrem Reitknecht Ulric davongeritten war. Die anderen hörten mit aufgesperrten Augen und Mündern zu und ließen sich kein Wort entgehen. Zwischendurch legte Petrus Feuerholz nach und setzte in seinem Kessel eine gehörige Portion Kräuteraufguss an. Es war kein Ende der Erzählung abzusehen und langsam wurde es kalt in der Hütte. Da kamen zwei, drei Becher mit heißem Aufguss gerade recht.

Es war weit nach Mitternacht, als sich die Mönche endlich zur Ruhe begaben. Doch dauerte es noch eine ganze Weile, bis sie endlich Schlaf fanden. Zu aufregend war gewesen, was ihnen ihr Bruder berichtet hatte.

Den folgenden Vormittag ließ die Gemeinschaft alles in Ruhe und Gelassenheit angehen. Es gab auch nicht wirklich viel zu tun. Die Schafe konnten nicht ausgetrieben werden, da der Boden noch immer unter einer mehr als knöchelhohen Schneedecke lag. Also mussten die Tiere in ihrem Stall mit Heu versorgt werden und dann zum Bach zum Trinken getrieben werden. Danach blieben sie im Pferch. Diese Arbeit teilten sich Melchior und Gunther, wobei des Letzteren Aufmerksamkeit mehr dem Pferd als den Schafen galt.

Petrus kümmerte sich um die Innenarbeiten und Oleg griff sich das Beil, um vor der Hütte für Feuerholz zu sorgen. Die körperliche Anstrengung tat ihm gut und er konnte dabei auch etliche Sorgen und Gefahren der letzten Tage auf dem Hauklotz zerhacken.

Am Nachmittag überraschte sie ein unangekündigter Besucher. Melchior und Gunther saßen auf der rechten Bettstelle, wo Melchior den Novizen darin unterwies, wie man einen Reisigbesen band. Vom Feuer her sparte Petrus nicht mit guten Ratschlägen.

Oleg sichtete seinen Kräutervorrat. Dabei kam ihm das Schreiben seines Abtes unter die Finger. Zufrieden wog er es einen Augenblick in der Hand, bevor er es wieder beiseitelegte. Er könnte seinem Guardian berichten, dass die Vorkommnisse der verhängnisvollen Raunächte aufgeklärt waren, die Missetäter zur Rechenschaft gezogen werden würden und somit kein neuerliches Unheil anrichten konnten. Der Vater Abt würde zwar nicht öffentlich in der Kapitelversammlung die Umsicht seines einäugigen Mönches würdigen, aber er würde ihm in seinem Sprechzimmer anerkennend zunicken und ihm vielleicht sogar ein paar lobende Worte sagen.

Gerade in diesem Augenblick, als Oleg sich in dem zu erwartenden Lob sonnte, war von draußen das Schnauben mehrerer Pferde zu hören. Aufgeschreckt aus ihrem betulichen Werkeln tauschten die Mönche alarmierte Blicke. War es Randolph und seinen Spießgesellen gelungen sich zu befreien und wollten sie nun Rache nehmen an den Mönchen?

Petrus fasste sich als Erster, griff nach dem Beil, öffnete die Tür vorsichtig einen Spalt und spähte hinaus. Er wandte sich seinen gespannt wartenden Brüdern zu.

„Fremde", sagte er mit einem Achselzucken.

Oleg schob ihn beiseite und trat ins Freie. Wenn es nicht Randolph war, denn den kannte Petrus von eigenem Ansehen, konnten es nur Männer von einer der beiden Burgen sein. Und mit denen hatten die Mönche nach den neuesten Ereignissen keinen Zwist.

Wie groß war Olegs Freude, als er in dem Mann, der sich eben aus dem Sattel schwang, Christian von Waldeser erkannte. Seine beiden Waffenknechte blieben auf ihren Pferden und sahen wachsam in die Runde.

„Ist Randolph entkommen?", fragte Oleg statt einer Begrüßung und deutete auf die zwei Dienstleute.

„Nein, keine Sorge, guter Bruder. Aber man kann ja nie wissen, ob sich nicht doch noch der eine oder andere von seinen Galgenstricken in der Gegend herumtreibt."

Oleg führte den Gast in die Stube und machte seine Brüder, die den Besucher wenn verstohlen, doch erkennbar neugierig beäugten, mit dem Ritter bekannt. Dann bot er ihm einen Platz auf der Bank an. Petrus und Melchior nickten Christian zu und gingen dann wieder ihrem Tagwerk nach. Oleg setzte sich auf die gegenüberliegende Bank.

„Was führt Euch zu uns, Herr Christian?", fragte Oleg schließlich freundlich.

Der Ritter grinste belustigt. „Also, das *Herr* lasst Ihr ganz schnell bleiben, Bruder Oleg. Wir waren nebeneinander angekettet und haben uns auf den gleichen Eimer gehockt. So etwas verbindet lebenslang und macht übertriebene Höflichkeit überflüssig."

Oleg grinste zurück. „Also, was führt Euch zu uns, Christian?"

„Schon viel besser." Der Ritter räusperte sich und wurde wieder ernst. „Ich möchte Euch über die erste Befragung Randolphs und seiner Kumpane unterrichten. Was wir herausgefunden haben, betrifft auch Eure Gemeinschaft und im ganz Besonderen Euch, Bruder Oleg."

Damit war Christian von Waldeser die ungeteilte Aufmerksamkeit aller sicher. Petrus setzte sich zu Oleg auf die Bank, Melchior zog sich einen Hocker heran und Gunther spitzte von der Bettstatt her die Ohren. Den unfertigen Besen hielt er noch in der Hand, doch hatte er diesen achtlos sinken lassen.

„Heute Vormittag haben wir, wie schon gesagt, eine erste Befragung der Malefikanten durchgeführt", begann Christian und war bemüht, seine jugendliche Erscheinung durch Ernsthaftigkeit wett zu machen. Oleg musste ein gutmütiges Lächeln unterdrücken. Dieser junge Mann hatte vor nicht allzulanger Zeit erst seinen Schwertgurt und die Sporen erhalten und hatte doch schon so viele Abenteuer bestehen müssen. Und nun war er unversehens zum Burgherrn aufgestiegen mit all den Pflichten und Regeln, die es zu beachten galt. Dessen ungeachtet bemühte er sich, seinen hehren Idealen und seinem Sinn für Gerechtigkeit zu folgen, die ihn zuvor von seiner Vaterburg fortgetrieben hatten.

„Unser Nachbar, der sich noch auf meiner Burg aufhält, war mir dabei eine Hilfe", bekannte Christian freimütig. „Ritter Notger ist nicht gerade zimperlich, wenn es gilt, einem bösartigen Kerl dessen Geheimnisse zu entreißen. Zumal er, wenn mich meine Augen nicht trügen ..." Hier gestattete sich Christian doch ein kleines Lächeln. „Also, ich denke, er hegt einen ganz persönlichen Groll gegen Randolph und nicht nur, weil der ihm mit den gestohlenen Pfeilen den Überfall im vorigen Jahr anhängen wollte. Davon erfuhr ich im Übrigen erst jetzt. Was meint Ihr, Bruder

Oleg", Christian räusperte sich verlegen, „habe ich mich womöglich getäuscht oder geht da tatsächlich etwas zwischen meiner Schwester und Notger von Alvensleben vor sich?"

Oleg legte den Kopf schief. „Ich denke, Ihr habt recht."

Christian blinzelte unschlüssig. „Womit habe ich recht? Das ich mich getäuscht habe oder dass da etwas vor sich geht?"

„Findet es heraus. Fragt Eure Schwester."

Der junge Mann blies die Backen auf und ließ dann langsam die Luft entweichen. Es war schon schwierig genug, mit einem Mönch über solcherart Angelegenheiten zu sprechen. Aber mit einer Frau? Undenkbar. Schwester hin oder her.

„Ja, also zu den Ergebnissen der Befragung", wechselte Christian das Thema und befand sich somit wieder auf sicherem Boden. „Randolph selbst hüllt sich noch in beleidigtes Schweigen. Dafür haben sich seine Handlanger geradezu überschlagen, unsere Fragen zu beantworten. Wie wir schon ganz richtig vermutet hatten, geht der angebliche Wolfsüberfall auf das Kerbholz der Kerle. Randolph hat sie, nach deren Aussage zumindest, beauftragt, den guten Bruder Oleg aus dem Weg zu räumen. Zu diesem Zwecke sollten sie bei dem zu erwartenden eisigen Wintersturm mit Hilfe zweier großer Hunde die Schafe aus ihrem Pferch treiben. Wenn die Mönche dann auf die Suche nach den Tieren gingen, sollten Hans und sein Kumpan Euch, Bruder Oleg, abfangen und so beiseite schaffen, dass es nach einem Unglück aussieht. Die beiden Galgenstricke sind nicht dumm. Und als sie sahen, dass Ihr in der Schafhürde zurückgeblieben wart, dachten sie sich schnell eine glaubhafte Mär aus, um Euch in die tödliche Falle zu locken. Um ein Haar wäre es ja auch gelungen." Christian maß den Mönch mit einem anerkennenden Blick. „Doch haben sie nicht ahnen können, welch Überlebenswille auch in einem kleinen, schmächtigen Körper stecken kann."

„Nun, die Rettung konnte nur mit Gottes Hilfe und der eines verlorenen Schafes gelingen", schränkte Oleg seine eigenen Verdienste demütig ein.

Petrus lachte knurrig auf. „Genau wie die Rettung Eurer Schwester und Eures Vaters nur mit Hilfe eines anderen verlorenen Schafes zustande kam."

Christian sah den Koch verständnislos an.

„Ich meine Euch, junger Ritter."

Der war einen Moment sprachlos. Dann lachte er laut heraus. „Ihr habt recht, guter Bruder. Ich war ein Schaf. Es war dumm, davonzulaufen. Ich hätte hier bleiben sollen, um meine Ehre zu verteidigen. Viel wäre den Menschen, die mir lieb sind, erspart geblieben."

„Und Eure Schwester und Ritter Notger hätten womöglich nie zueinandergefunden", schränkte Oleg die Selbstvorwürfe des jungen Mannes ein.

„Aber ..." Wieder blinzelte Christian irritiert.

„Begnügt Euch mit: Die Wege des Herrn sind unergründlich."

„Wenn Ihr das sagt. Ihr müsst es ja wissen."

„Ist eigentlich dieser Cuno hier wieder aufgetaucht, nachdem er Euch in der Sturmnacht über Bord gestoßen hatte?", wollte Oleg wissen. Auch das war ein übler Mordbube.

Christian schüttelte den Kopf. „Danach haben wir gefragt. Randolph schwieg sich aus, wie schon gesagt, und würdigte uns keiner Antwort. Seine Kumpane wussten nichts von dem Mordplan, behaupteten sie jedenfalls. Und Cuno wollen sie nach unserem Aufbruch auch nicht mehr gesehen haben. Es wäre auch ausgesprochen blöd von ihm gewesen, ohne mich hier zu erscheinen. Er hätte sich nur unliebsamen Fragen stellen müssen und sich dabei womöglich in Widersprüche verstrickt. Ich denke, Randolph hat ihm den Auftrag erteilt und ihn gleichzeitig entlohnt und zwar mit der strikten Anweisung, ja nie wieder einen Fuß in diese Gemarkung zu setzen."

„Und dann hat der Malefizkerl die erste beste Gelegenheit, die sich ihm bot, ergriffen, um Euch aus dem Weg zu räumen. Und ist ungeschoren davongekommen." Oleg nickte versonnen. „Wie verfahrt Ihr weiter mit Randolph und seinem Lumpengesindel?", fragte er schließlich. Wenn Christian die Kumpane des schurkischen Ritters brandmarkte und dann laufen ließ, war von denen womöglich neuerliches Ungemach zu befürchten, solange sie sich noch hier in der Gegend herumtrieben.

„Wir werden Eurem Vorschlag folgen. Morgen werde ich einen Brief an Randolphs Familie aufsetzen und ein entsprechendes Lösegeld zur Wiedergutmachung seiner Taten fordern. Die Androhung, ihn ansonsten zu blenden, sollte ausreichen, seine Familie zur Zahlung der Forderung zu bewegen. Seine Rüstung, seine Waffen und sein Pferd werde ich einbehalten und veräußern. Den Erlös bekommen die Bauersleute, um die erlittenen Schäden auszugleichen und ihnen zu helfen, über den Rest des Winters zu kommen. Die Menschenleben, die durch Randolphs Niedertracht verloren gegangen sind, kann jedoch niemand ersetzen. Was seine Spießgesellen anbelangt, so werden diese ausgepeitscht, gezeichnet und dann ans jenseitige Ufer der Elbe gebracht. Ich will die Kerle nicht hier laufen lassen. Sollen sie zusehen, wie sie sich fürderhin durchs Leben schlagen."

Oleg nickte zufrieden. Christian hatte gut entschieden und ihrer aller Leben würde zukünftig sicherer sein.

Dann verließ Christian die Hütte kurz und kam mit einem Bündel zurück. Er warf es auf den Boden, wobei es klapperte, als würde jemand blanke Knochen aneinanderschlagen.

„Das wurde in der Hütte gefunden, aus der gestern Hans abgeholt wurde" verkündete er zufrieden und fuhr fort, als er Gunthers neugieriges Gesicht sah: „Pack es nur aus, Junge."

Der ließ sich das nicht zweimal sagen. Er löste die Verschnürung und breitete den Wollstoff aus. Mit einem entsetzten Aufschrei fuhr er zurück, beugte sich aber sogleich wieder vor und untersuchte das Bündel genauer. Zum Vorschein kam ein eiserner Helm, an dem zwei spitze Hörner befestigt waren. Klappte man das Visier herunter, verwandele sich der Helm in eine Totenfratze. Und auch der Wollstoff war nicht irgendein Tuch, sondern ein Umhang, auf dem dicht an dicht bleiche Knochen genäht waren. Gunther probierte den Helm auf, warf sich den Umhang um die Schultern und stieß schaurige Laute aus.

„Pass nur auf, das dich die Wilde Jagd nicht wegfängt", zügelte Oleg die Vorstellung des Novizen.

Der entledigte sich seiner Verkleidung umgehend, behielt den Helm jedoch noch in der einen und den Umhang in der anderen Hand.

Er grinste Oleg schräg an. „Das würde sich gut als Vogelscheuche im nächsten Frühjahr im Kräuterarten machen."

Christian lachte laut auf. „Die einzig wahre Verwendung für diesen Mummenschanz. Sollen es alle Galgenvögel als Warnung nehmen, dass mit den Leuten hier nicht zu spaßen ist und dass wir uns zu wehren wissen."

Sie plauderten anschließend noch über die eine oder andere Angelegenheit. Christian fragte, ob er für irgendwelche Schäden aufkommen könne, die durch Randolphs Machenschaften entstanden waren. Doch die Mönche winkten sogleich einhellig ab. Der Zaun war in der Zwischenzeit repariert und das Schaf, das sie hatten schlachten müssen, war zur Bereicherung des Speiseplans höchst willkommen.

Der junge Ritter verabschiedete sich kurze Zeit später, nicht ohne zuvor Oleg auf die Burg einzuladen. Die zupackende Art des einäugigen Mönchs gefiel ihm und er war sich sicher, dass von dem Barfüßer der eine oder andere gute Ratschlag zu erwarten war.

Kurz darauf waren die Mönche wieder allein und nahmen ihre unterbrochenen Tätigkeiten erneut auf. Der Reisigbesen war alsbald fest gebunden und Gunther probierte ihn gleich stolz aus, indem er die herausgespritzte Asche zurück in die Feuerstelle fegte. Das trug ihm jedoch von Petrus tadelnde Worte ein, denn der Koch sorgte sich um seine Suppe, die in dem großen Kessel über dem Feuer vor sich hin simmerte. Eine aufgewirbelte Staubwolke war ihm als zusätzliche Würze höchst unwillkommen.

Mit schuldbewusst gesenktem Kopf zog sich Gunther schmollend in den Stall zurück und flüsterte Animo seinen Kummer über die Schelte ins Ohr. Dann war es still.

Unerwartet flog die Pforte zum Stall so kräftig auf, dass sie gegen die Trennwand krachte. Gunther stand mit kreideweißem Gesicht in der Tür und war keines Wortes mächtig. Langsam kamen die Mönche auf die Beine.

„Was ist denn, mein Junge?", fragte Oleg vorsichtig und näherte sich dem völlig aus der Fassung geratenen Novizen.

„Das Schaf ..." stammelte der. „Das Schaf ... es stirbt ... Blut ... und seine Eingeweide kommen hinten raus." Gunther würgte und war keines weiteren Wortes fähig.

Oleg stieß den Jungen beiseite und drängte in den Stall. Melchior und Petrus waren ihm auf den Fersen. Hatten sich die wilden Hunde wieder über die Herde hergemacht? Aber hätte dann nicht ein Heidenlärm herrschen müssen? Doch die Schafe standen alle friedvoll da und mümmelten im Heu.

„Da, an der Seitenwand." Gunthers Arm wies den Weg.

Und schon umstanden die drei Mönche ein Schaf, das in der Einstreu lag. Unter seinem Hinterteil hatte sich schleimiges Blut gesammelt. Und da lag noch etwas, ein großer, länglicher Klumpen, den sie auf den ersten Blick nicht deuten konnten. Doch leckte das Schaf dieses Etwas, das sich nun zu bewegen begann, hingebungsvoll und schien sich keinesfalls in einem Todeskampf zu befinden.

Melchior lachte auf und klatschte in die Hände. Seine Erleichterung war fast greifbar.

„Komm her, Gunther, und betrachte das Wunder der Schöpfung", rief er den Novizen herbei, der nur zögernd einen Fuß vor den anderen setzte. „Schau nur, Junge", fuhr Melchior fort, als Gunther schließlich mit abgewandtem Gesicht neben ihm stand. „Das erste Lamm des neuen Jahres ist geboren."

Jetzt erkannten es auch die anderen. Das Lamm kam mit staksigen Bewegungen auf die Beine und torkelte einige Schritte durchs Heu. Melchior, der ja schon den ganzen letzten Sommer bei den Schafen verbracht hatte, gab dem Lamm die richtige Richtung und wenige Augenblicke später stieß es sein Mäulchen ins Gesäuge des Muttertieres und trank mit gierigen Schlucken.

Gunther hatte jetzt alle Scheu verloren. Er kniete neben dem Lamm und streichelte mit zwei Fingern vorsichtig die Ohren. Mit leuchtendem Blick sah er zu seinen Gefährten auf.

Am liebsten hätte Gunther das Lamm am Abend mit in die Stube genommen, musste aber einsehen, dass es bei seiner Mutter weit besser aufgehoben war. Animo würde sich die Zuwendung des Jungen in Zukunft mit diesem Lamm teilen müssen.

20. Kapitel

Dieses erste Lamm blieb nicht das einzige in der Schafhürde der Barfüßermönche. Im Verlaufe der nächsten Wochen kamen zehn weitere Lämmer zur Welt, davon drei Zwillingspärchen. Da der Bock ganzjährig bei seiner Herde war, ziehe sich die Lammzeit fast über drei Monate hin und auch im Sommer würde das eine oder andere Lamm das Licht der Welt erblicken, erklärte Melchior seinen Gefährten. Jedes weitere Lamm wurde mit großer Freude begrüßt. Ihre Herde wuchs auf vorerst zweiunddreißig Tiere an. Olegs Füße waren auf Grund der guten Pflege seiner Brüder vollends abgeheilt. Nichts erinnerte mehr daran, dass sie einen sterbenden Körper im eisigen Schneesturm weiter und immer weiter geschleppt hatten. Es erfüllte Oleg mit Befriedigung, dass er nun wieder uneingeschränkt seinen Teil zum alltäglichen Tagwerk beitragen konnte.

Im Taumonat, zwei Wochen vor Beginn der österlichen Fastenzeit schlachteten sie fünf Lämmer vom Vorjahr und pökelten das Fleisch gewissenhaft ein. Der Vater Abt würde zufrieden sein. So blieben siebenundzwanzig Tiere. Eine stattliche Herde, die in Bruder Melchiors Händen zweifelsohne weiter gedeihen würde.

Als der Winter sich seinem Ende zuneigte und damit auch der Aufbruch von Oleg, Petrus und Gunther näher rückte, gestand der Novize eines Morgens, dass er gern den Sommer an diesem Ort verbringen würde. Melchior war sogleich begeistert. Ein solch gewissenhafter, fleißiger Helfer war ihm willkommen. Gunther strahlte über sein ganzes Gesicht. Jedoch musste Oleg der Freude einen Dämpfer versetzen. Sie konnten nicht einfach selbst entscheiden, wer hier blieb und wer ins Kloster zurückkehrte. Das lag allein in der Befugnis des Vater Abtes.

Doch Oleg versprach, sobald sich eine Gelegenheit ergab, Gunthers Anliegen in schriftlicher Form dem Guardian zu übermitteln. Die Gelegenheit ergab sich schneller als gedacht. Eines Abends, am Beginn des Lenzmonats, die Wege waren seit Tagen trocken, rumpelte ein Karren vor die Hütte der Mönche. Bruder Ignatius sprang gut gelaunt vom Kutschbrett und übergab Gunther die Zügel des Eselgespanns.

„Du bist allein gekommen?", fragte Oleg erstaunt, kaum dass Ignatius auf der Bank saß und die Füße zum Feuer hin ausstreckte. In den Regeln ihres Ordensgründers, des Heiligen Franziskus, stand ausdrücklich, dass immer zwei der Brüder gemeinsam eine Reise antreten sollten, auf dass der eine dem anderen in der Not beistehen könne.

Ignatius schaute betrübt aus seiner Kutte, doch um seine Augenwinkel bildeten sich kleine Fältchen. „Denkt nur, Bruder Hubertus begleitete mich erneut. Es lag ihm wohl viel daran, dass auch nicht ein eingepökelter Lämmerschwanz hier bei euch vergessen wird. Doch kaum waren wir drei, vier Wegstunden von Magdeborch entfernt, als ihn ganz schlimmes Zahnweh zu plagen begann. Es war nicht einfach mit ihm auf dem weiteren Weg. Bruder Hubertus dauerte mich ob seiner Schmerzen schon sehr, doch bedauerte ich mich selbst noch weit mehr. Ich weiß, das ist nicht sehr christlich und ich werde meine Buße für diese Gedanken klaglos entgegen nehmen. Ist Hubertus sonst schon mürrisch, so gesellte sich zu seinem Griesgram nun auch noch anhaltendes Jammern und Stöhnen, das selbst in der Nacht nicht verstummte. So habe ich ihn auf der Alvenslebener Burg zurückgelassen, dass sich der dortige Hufschmied des verfaulten Zahnes annimmt. Er versicherte, dass es nicht der erste Zahn wäre, den er heraus brechen würde. Auf dem Rückweg werde ich Bruder Hubertus dort wieder aufsammeln."

Die beredte Schilderung hatte bei den Mönchen der Schafhürde bedauernde Gesichter hervorgerufen, die nur mit Mühe ein Schmunzeln unterdrücken konnten.

Es wurde wieder eine kurze Nacht und die Mönche tauschten fast bis Mitternacht aus, was sich an den unterschiedlichen Orten im Verlaufe der letzten Monate zugetragen hatte.

Ignatius berichtete, dass der Umzug der Studenten und Magister vom Kloster der Barfüßer zur Universität in Erfurt vorbereitet wurde. Nach dem Osterfest sollten die Wagen beladen werden. Danach würde es recht ruhig im Kloster werden. Zwar blieb die Klosterschule für Novizen und Stadtsöhne erhalten, doch würden nun etliche Schlafnischen im Dormitorium und ein Teil der Unterrichtsräume verwaisen. Da sich Olegs Leben bisher hauptsächlich in den Gärten des Klosters abgespielt hatte, wo es ohnehin recht besinnlich zuging, würde ihn der Umzug nicht sonderlich betreffen.

„Dafür gibt es zwei neue Novizen", berichtete Ignatius weiter. „Der eine ist siebzehn und heißt Rudolf und der andere ist einundzwanzig und wird Heinrich gerufen. Und dann sollte noch einer aufgenommen werden. Aber der war erst acht Jahre alt und Vater Odo hat ihn abgelehnt." Ignatius zog ein Gesicht, als wüsste er nicht, was er davon halten solle.

Aber Oleg wusste, was er davon halten sollte. Der Vater Abt hatte sich nach den Vorkommnissen im letzten Frühsommer entschlossen, keine kindlichen Novizen mehr aufzunehmen, sondern nur solche, die für sich allein sprechen konnten. Und Oleg kannte den Grund für diesen Entschluss und es jagte ihm noch immer einen kalten Schauer über den Rücken, wenn er an die Not der Knaben dachte.

Auch die Mönche in der Schafhürde hatten einiges zu berichten. Wenn Bruder Ignatius gedacht hatte, sie würden hier in dieser Einöde vor Langeweile in Schwermut verfallen, so hätte er sich nicht gründlicher irren können. Doch bat Oleg Ignatius inständig, sich im Kloster nichts von den Fährnissen, denen die Mönche hier ausgesetzt gewesen waren, entlocken zu lassen. Zum einen würden ansonsten nur die wildesten Gerüchte ins Kraut schießen, die jeder, der sie weitererzählte, auch weiter ausschmücken würde. Und zum anderen wollte er selbst dem Vater Abt ausführlichen Bericht erstatten, wenn er wieder im Kloster wäre. Das wollte er sich auf gar keinen Fall nehmen lassen.

Ignatius versprach, nur so viel im Kloster zu sagen, dass es den Brüdern in der Schafhürde gut gehe, dass die Tiere wohl versorgt seien und die Mönche keinen Mangel litten. Letzteres gedachte er besonders in Bruder Hubertus' Gegenwart zu betonen. Nachdem der die Schafhürde im Herbst geradezu ausgeräubert hatte, würde es ihn wurmen, dass die Mönche trotzdem wohl versorgt waren.

Ein Schreiben für den Vater Abt hatte Oleg schon vor Tagen aufgesetzt, denn Bruder Melchior hatte gemeint, dass wohl bald jemand kommen würde, die Fässer mit dem Pökelfleisch abzuholen.

Der Brief war nicht allzu lang. Oleg hatte nur geschrieben, dass er den Auftrag erfüllt habe, die Schuldigen bestraft werden würden und keine weitere Gefahr drohe. Und natürlich hatte er Gunthers Wunsch erwähnt. Er war sich sicher, dass Vater Odo dem Jungen diese Zeit gewähren würde. Seine Novizenausbildung könnte er auch im anschließenden Herbst fortsetzen. Die Kenntnisse und die Herzensbildung, die er hier im Umgang mit den Tieren und in der freien Natur erhielt, ohne seinen Blick von Kloster- oder Stadtmauern einengen zu lassen, waren durch nichts aufzuwiegen. Das wusste er aus eigener Erfahrung. Auch Bruder Kilian hatte ihn dazumal als Novizen auf eine lange und mitunter gefahrvolle Reise mitgenommen. Die Erfahrungen, die er dabei gesammelt hatte, wollte er um nichts in der Welt missen.

Am nächsten Morgen wuchteten sie die Fässer mit dem Pökelfleisch sowie die gegerbten Häute und ein kleines Fass Seife, das aus den Knochen, Flechzen und Sehnen gekocht war, auf den Eselskarren. Der Gerber hatte alle andere Arbeit stehen und liegen lassen, als Melchior und Gunther vor vier Wochen Häute und andere Schlachtabfälle auf seinen Hof gekarrt hatten. Das Dorf verdankte der Tatkraft der Mönche so viel, da war es das Geringste, dass er sie bevorzugt bediente.

***

Zwei Mal führte Oleg sein Weg im Verlaufe der Wochen noch auf die Burg. Schon zur Mitte des Eismonats brachte Kaspar im Auftrag Idas die Nachricht, dass Otto von Waldeser friedlich im Beisein seiner Kinder eingeschlafen war. Die Grablegung fand am nächsten Tag statt und die Mönche machten sich gleich am Morgen auf, um in der Burgkapelle mit ihren Fürbitten dem Verstorbenen den Weg in die himmlischen Gefilde zu ebnen.

Sie blieben auf Bitten Christians zum Leichenschmaus und da die Fastenzeit noch in weiter Ferne war, wurde reichlich aufgetischt und niemand beleidigte die Gastgeber durch Zurückhaltung bei Speis und Trank.

Die Mönche saßen auf der Empore bei den Ehrengästen, obwohl sich Oleg lieber unter die Abordnung der Dorfleute am Ende der Tafel gemischt hätte, wo auch Gunther seinen Platz gefunden hatte. Der Dorfschulte war mit seinen Söhnen gekommen, ebenso Pater Sebastian, der Schmied und noch zwei Männer, die Oleg nicht näher kannte. Er würde schon gern erfahren, ob Christian von Waldeser Wort gehalten und die Bauern mit Nahrungsmitteln unterstützt hatte. Bei genauerem Hinsehen wirkte Kuno Ährenreich jedoch recht zufrieden und auch seine Begleiter schienen keinen Groll gegen den neuen Burgherrn zu hegen.

Als alle Speisen abgetragen und die Krüge mit Bier und Wein neu gefüllt waren, traten die Gaukler auf. Zwar vermieden sie allzu derbe Späße, doch unterhielten sie die Gäste mit Fidelspiel, Gesang und Tanz und allerlei harmlosen Possen. Vincent Ohnegleichen stand am Eingang der Halle und regelte, wer seiner Leute mit seiner Darbietung an der Reihe war.

Oleg entschuldigte sich bei seinen Brüdern, verließ nun doch die Empore und gesellte sich zum Prinzipal.

„Nun, Gaukler, bist du mit diesem Winter zufrieden?"

„Frag mich noch einmal, wenn der Winter vorbei ist."

„Ihr werdet nun sicherlich nicht mehr eure Späße mit dem Dorfvolk treiben können. Hat Christian von Waldeser sich schon geäußert, ob ihr im nächsten Jahr wieder euer Winterquartier hier aufschlagen dürft?"

Der Musikus zog sich mit vielen Verbeugungen aus der freien Fläche zwischen den Schragentischen zurück, wobei ihm der kleinwüchsige Mohr immer wieder in den Hintern trat, was von den schon etwas trunkenen Gästen mit Anfeuerungen belohnt wurde.

Ohnegleichen schickte Bertram, den Jongleur, und Ratzfatz, den Messerwerfer, los. Ratzfatz versuchte, Bertram mit den Messern zu treffen. Doch der fing sie geschickt auf, warf sie hoch in die Luft, fing sie wieder auf und schleuderte sie schließlich auf Ratzfatz, der stolperte und mit gespreizten Beinen und schmerzverzerrtem Gesicht auf dem Boden zu sitzen kam. Die Messer landeten zwischen seinen Oberschenkeln im Dielenboden, wo sie – keine Handbreit von seinem Gemächt entfernt – stecken blieben. Ratzfatz heulte angsvoll auf, fasste sich panisch in den Schritt und versuchte auf dem Hosenboden fortzurutschen. Bertram hielt noch ein letztes Messer in der Hand und setzte immer wieder zum Wurf an.

„Nun kastriere ihn schon!", schrie einer von Christians Rittern, sprang taumelnd auf und fuchtelte wild mit den Armen herum. Dann erbleichte er. Keinen Fingerbreit vor seinem Schritt war das letzte Messer im splitternden Holz des Schragentisches eingeschlagen.

„Meintet Ihr so, werter Ritter?", spottete Bertram und verbeugte sich. Er zog Ratzfatz auf die Füße und unter dem Gelächter und dem Applaus der übrigen Gäste beendeten sie ihre Darbietung.

„Notger von Alvensleben deutete an, dass wir auch auf seiner Burg willkommen wären." Der Prinzipal klopfte Bertram und Ratzfatz auf die Schulter. Sie wurden wieder vom Musikus abgelöst, der eine lange Ballade auf einen ruhmreichen Kreuzfahrer vortrug, nach dem sich eine holde Maid in der Heimat verzehrte, derweil der kühne Rittersmann sein Leben im heißen Wüstensand mit dem Namen seiner Liebsten auf den Lippen aushauchte.

Oleg hörte dem Fiedler eine Weile zu, dann spottete er gutmütig: „Ritter Notger wird doch nicht noch zu einem Ausbund an Frohsinn werden?"

„Wer weiß? Jetzt, wo er wieder ein Weib nehmen will. Und zwar eins, das ihm schon auf die Sprünge helfen wird." Oleg sperrte den Mund auf und Vincent klopfte diesmal ihm auf die Schulter. „Tja, gib es ruhig zu, alter Freund, ich wusste schon immer mehr als du."

Auch die längste Ballade ist einmal zu Ende und der Musikus verneigte sich artig vor der Empore.

Christian von Waldeser erhob sich von seinem Platz und wenige Augenblicke später herrschte Ruhe. Er räusperte sich mehrmals kräftig. So richtig war er noch immer nicht in seiner neuen Stellung als Burgherr angekommen. Doch der Mensch wächst mit seinen Aufgaben – oder zerbricht daran, dachte Oleg und war sich sicher, dass Christian wachsen würde.

„Ich möchte unsere Zusammenkunft heute dazu nutzen, um noch eine gewichtige Ankündigung zu machen", begann er mit fester Stimme. „Heute haben wir meinen Vater zu Grabe getragen. Doch allem Ende folgt auch immer ein Neuanfang. Und darin liegt der Trost unseres irdischen Lebens, das nicht immer eitel Sonnenschein ist. So hat es unser aller Vater im Himmelreich bestimmt, um uns hier auf Erden zu prüfen."

Hm, dachte Oleg, die Worte würden sich auch gut in einer Predigt machen.

„Und darum ist es mir eine Freude, einen solchen Neuanfang verkünden zu können, der sicher des Herrn Wohlgefallen und Segen findet", fuhr Christian unbeirrt fort, der von Olegs Gedanken nichts ahnen konnte. „Ritter Notger von Alvensleben hat mich vor drei Tagen um die Hand meiner Schwester Ida gebeten. Ich habe seine Bitte freudig angenommen. Sie werden am Johannistag vor die Kirchenpforten treten. So werden unsere beiden Häuser zukünftig noch enger miteinander verbunden sein und eine friedliche und treue Nachbarschaft garantieren."

Die Ankündigung wurde mit lautem Jubel und Hochrufen auf den zukünftigen Ehemann und seine Braut gefeiert. Die Krüge und Becher wurden neu gefüllt. Oleg sah zu Ida, denn ob sie mit der Vereinbarung zwischen ihrem Bruder und Notger einverstanden war, hatte Christian nicht erwähnt. Die Braut hatte für gewöhnlich kein Mitspracherecht. Doch Oleg war sich sicher, dass Christian nicht über den Kopf seiner Schwester hinweg entschieden hatte.

Olegs Bedenken waren unnötig. Ida war zwar züchtig errötet, als von der Eheschließung die Rede war, doch schickte sie ihrem zukünftigen Ehegemahl jetzt ein inniges Lächeln, das von dem noch etwas mühsam zurückgegeben wurde. Da bedurfte die Mimik des tapferen Ritters wohl noch einiger Übung.

Zufrieden wandte sich Oleg wieder seinem vorigen Gesprächspartner zu. „Wirst du nun auch einmal Magdeborch mit deiner Truppe erfreuen?"

„Ich denke darüber nach."

„Denk nicht zu lange. Wir werden alle nicht jünger."

„Das sagt so ein Jungspund wie du."

„Ich habe nicht gesagt, dass ich von mir spreche."

„Werd bloß nicht frech, Mönchlein." Ohnegleichen knuffte seinem Freund aus Jugendtagen leicht in die Seite.

Ihre Aufmerksamkeit wandte sich wieder der Empore zu. Jetzt, wo Christian seine wichtige Ankündigung gemacht hatte, erhob sich Ida, um sich im Gefolge ihrer zwei Damen zurückzuziehen. Die Herren waren ebenfalls aufgestanden und neigten die Köpfe.

Vincent rieb sich die Hände. „Na, dann kann es ja jetzt endlich richtig losgehen." Nun, wo die Dame des Hauses und die anderen Frauensleute gegangen waren, würden die Späße der Truppe derber und zotiger werden.

Auch Oleg und seine Brüder verabschiedeten sich. Nicht, dass sie um ihr Seelenheil fürchteten, wenn die Gauklertruppe die weltlichen und klerikalen Würdenträger auf die Schippe nahm und dabei nicht mit unflätigen Worten sparte. Nein, es war einfach an der Zeit und die Tiere mussten zum Abend hin schließlich auch noch versorgt werden.

Drei Wochen später besuchte Oleg Ida, um zu kontrollieren, ob sie die Einreibungen und Massagen regelmäßig und mit der erforderlichen Intensität durchgeführt hatte. Es gab nichts zu beanstanden. Nachdem er die Köchin darin unterwiesen hatte, wie das Einreibeöl anzufertigen sei, hätte es eigentlich keines neuerlichen Besuchs bedurft. Doch Oleg hatte sich diese Möglichkeit offengehalten.

„Ich habe mit einer Handarbeit für meine Aussteuer begonnen", verkündete Ida stolz, kaum dass der Mönch ihre Kammer betreten hatte.

Ohne es zu wollen, streifte Oleg die verkrüppelte Hand mit einem skeptischen Blick.

„Ja, schaut nur, Bruder Oleg. Es grenzt schon fast an ein Wunder." Und sogleich demonstrierte sie, wie sich ihre Finger bewegen ließen. Ida war noch weit davon entfernt, ihre Hand zu einer Faust ballen zu können oder die Finger vollends gerade zu strecken, doch war eine deutliche Besserung des Zustandes zu erkennen. Die ehemals zu einer steifen Klaue gebogenen Finger ließen sich sowohl ein wenig strecken, als auch weiter beugen. Zeigefinger und Daumen konnte Ida fast zusammenbringen.

Auf solch einen Fortschritt hätte Oleg nicht in seinen kühnsten Träumen zu hoffen gewagt. Er war schon ein prächtiger Heiler. Dann holte ihn die Bescheidenheit wieder ein. Womöglich trug auch die zu erwartende Eheschließung mit einem Mann, dem Ida von Herzen zugetan war, das Ihrige zur weiteren Gesundung bei. Es würde keine Ehe aus glühender Leidenschaft heraus werden, sondern eher eine, die auf achtsamer Freundschaft und gegenseitigem Respekt beruhte. Und das war das Schlechteste nicht.

„Ihr habt ganz erstaunliche Fortschritte gemacht", lobte Oleg mit aufrichtiger Freude. „Und damit ihr die kleinen Muskeln in Eurer Hand weiter kräftigen und die Sehnen weiter dehnen könnt, habe ich Euch dieses kleine Spielzeug mitgebracht." Er legte etwas Kugelförmiges auf den Tisch und kullerte es zu Ida. „Ihr habt mir ein Kinderspielzeug, einen Ball mitgebracht? Ist es dafür nicht noch ein wenig zu früh?" Oleg blinzelte einen Augenblick verständnislos. Dann begriff er. Ida nahm an, er würde ihr ein Spielzeug für den zu erwartenden Kindersegen nach der Vermählung schenken. Unwillkürlich färbten sich seine Wangen rosig. Das ist doch albern, dachte er mit leichter Verärgerung. Schließlich hatte er selbst einen fast erwachsenen Sohn.

„Ihr habt mich missverstanden", antwortete er und ärgerte sich gleich noch einmal und zwar diesmal über seinen schroffen Unterton. Dann musste er doch grinsen. Diese Situation grenzte ans Absurde. „Dieser Ball ist für Eure Hand bestimmt. Ich habe ihn vom Gerber anfertigen lassen. Die Schweinsblase ist nicht prall aufgeblasen, so dass Ihr sie mit den Fingern leicht zusammenpressen könnt. Dazu ist aber ein kleiner Kraftaufwand nötig. So könnt Ihr die Beweglichkeit der Finger weiter steigern, hoffe ich."

„Was für ein überaus bemerkenswerter Einfall." Ida probierte den Ball sogleich aus. Dankbar sah sie Oleg an. „Ich weiß ja, dass es vielleicht nie so werden wird, wie es sein sollte. Aber wenn ich jeden Tage übe, wird es auch jeden Tag ein klitzekleines bisschen besser werden."

„Das denke ich auch."

Sie plauderten noch ein wenig über dieses und jenes, bevor sich Oleg verabschiedete. Unter dem Fallgitter überlegte er kurz, ob er die Gauklertruppe aufsuchen sollte, entschied sich dann aber dagegen. Seine Brüder erwarteten ihn zum Mittag zurück. Sie wollten gemeinsam die abgebrannte Brücke zur oll Brigitta begutachten und entscheiden, wie sie zumindest einen Steg über den Bach errichten könnten. Melchior erhoffte sich viele Anregungen von der alten Kräuterfrau, wie er die unterschiedlichen Krankheiten der Schafe behandeln könnte. Er habe keine Scheu vor der grummeligen alten Frau, hatte er gemeint. Wer einen Winter mit Bruder Petrus auf so engem Raum verbringen musste, wäre den Rest seines Lebens gegen jedwede Brummigkeit gefeit.

Schon wandte sich Oleg dem Heimweg zu, als er von hinten angerufen wurde. Er drehte sich um und sah Kaspar, der mit langen Schritten auf ihn zueilte.

Der junge Mann strahlte dermaßen, dass Oleg schon erwartete, er würde anfangen, von einem Fuß auf den anderen zu hüpfen. Kaspar wedelte mit der Hand. Im Näherkommen erkannte Oleg, dass der Bursche eine kleine Pergamentrolle hielt. Unwillkürlich streckte Oleg die Hand aus, nahm er doch an, Kaspar hätte eine Nachricht des Burgherrn für ihn, die er ihm ja gleich hier übergeben konnte.

„Ich bin frei", jubelte Kaspar, als er noch etliche Schritte von Oleg entfernt war.

„Was heißt frei?", fragte Oleg, der doch erwartet hatte, dass Kaspar ihm eine Botschaft überreichte.

Der junge Mann wedelte erneut mit der Pergamentrolle und setzte sich dann in Bewegung, den eiligen Heimweg ins Dorf anzutreten. Oleg schloss sich ihm neugierig an. „Also, nicht richtig frei", setzte Kaspar seinen Bericht fort und musste sich halb zu Oleg umwenden. Der kleine Mönch konnte kaum Schritt halten mit den langen, kräftigen Beinen des Bauernjungen. „Ich kann nicht hingehen, wohin ich will. Aber das wollte ich ja eigentlich auch nie wirklich. Ich habe hier meine Familie und ganz viele Freunde. Und jetzt, wo Christian der Herr ist, wird bestimmt alles besser."

„Was hat sich denn dann für dich geändert, dass du so ganz aus dem Häuschen bist?"

Auf dem Weg zum Dorf erfuhr Oleg, was es mit der Pergamentrolle auf sich hatte.

„Christian hat mich freigestellt. Das hier ist mein Freibrief. Ich muss nicht weiter auf dem Hof meines Vaters und später auf dem meines Bruders Knecht sein. Ich gehe zu Ritter Notger. So ist es abgemacht zwischen den Herren. Wisst Ihr, Bruder Oleg, mein neuer Herr hat da diesen Weiler, der in der letzten Pest wüst gefallen ist. Er hatte nie viel Interesse, ihn neu zu besiedeln. Aber jetzt, Bruder Oleg", Kaspar beugte sich vor und flüsterte verschwörerisch: „Ich glaube, jetzt, wo er Ida heiratet, hat er seine alte Tatkraft wiedergefunden." Mit normaler Stimme fuhr Kaspar fort: „Und nächste Woche breche ich mit noch zwei Männern zu dem Weiler auf. Wir sollen eine der alten Hütten instand setzen, wo wir vorerst wohnen können. Wenn der Boden aufgetaut ist, beginnen wir mit den Rodungsarbeiten. Und ich bekomme dort eine Hofstelle und kann dann sogar heiraten."

„Das sind ja ganz ausgezeichnete Neuigkeiten", freute sich Oleg mit seinem jungen Freund. Auf dem Rest des Weges musste sich Oleg dann anhören, wie sich Kaspar seine Zukunft vorstellte und dass er auch schon wusste, wer die Herrin auf seinem Freibauernhof sein sollte.

Am Abend saßen die Mönche bei einem deftigen Eintopf aus Kohl und fettem Schaffleisch beieinander und berieten, wie sie den Steg über den Bach bauen könnten. Da die eichenen Grundpfosten so gut wie unversehrt waren, würde es keinen großen Aufwand bedeuten, einige Bretter darüber zu befestigen. So konnte der Bach zumindest zu Fuß gefahrlos überquert werden.

Irgendwann kamen sie auf ihre Rückkehr ins Magdeborcher Kloster zu sprechen. Bruder Melchior würde hierbleiben und Gunther hoffte inständig, dass der Guardian auch seinen Wunsch zum vorläufigen Bleiben befürwortete.

„Bruder Lambert wird sich sicher freuen, dich wiederzusehen", sagte Petrus zu Oleg. „Keiner versteht seine Zeichensprache so gut wie du."

„Ich hoffe, ich habe keines unserer Handzeichen verlernt. Bestimmt ist Lambert den Winter über mit seiner Arbeit fertig geworden und hat die Lebensgeschichte des Heiligen Franziskus in seiner unnachahmlichen Kunst illuminiert."

Oleg lächelte in Erinnerung an den taubstummen Freund, mit dem er vor fast einem Jahr aus dem Barfüßerkloster aus Nyen Brandenborch nach Magdeborch gekommen war, damit der Kopist eine Abschrift des Lebensweges ihres Ordensgründers anfertigen konnte.

Dann ließen Schrecken und Unglauben seine Gesichtszüge erstarren. Wie hatte er das nur so lange verdrängen können?

„Wenn Bruder Lambert seine Arbeit beendet hat", sagte er mit belegter Stimme und sah bestürzt von einem seiner Brüder zum anderen, „dann müssen wir zum Kloster in Nyen Brandenborch aufbrechen. Abt Theodorus erwartet uns zurück, sobald Bruder Lambert die Abschrift fertiggestellt hat."

Bisherige Veröffentlichungen

Die Begine-Hildegard-Reihe:

Die Töchter der Beginen

Ein Mord zur Herrenmesse

Tod im Dombezirk

Hinterhalt im Pesthaus

Die goldene Rüstung

Die Bruder-Oleg-Reihe:

Bruder Oleg und der heimliche Henker

Bruder Oleg und der tote Ablasskrämer

Der vierte Teil der Reihe wird voraussichtlich im Herbst 2025 erscheinen

Eine Weihnachtsgeschichte:

Carolas Reise

Glossar

Die Tagesstunden, nach denen die Menschen ihren Tagesablauf einteilten. Je nach Jahreszeit variierte die Länge der Stunden.

Matutin = gegen 2 Uhr

Laudes = bei Tagesanbruch

Prim = erste Stunde des Tages, gegen 6 Uhr

Terz = dritte Stunde des Tages, gegen 9 Uhr

Sext = sechste Stunde des Tages, gegen 12 Uhr.

Non = neunte Stunde des Tages, gegen 15 Uhr.

Vesper = gegen 17 Uhr

Komplet = gegen 18 Uhr

Adlatus = Gehilfe, Helfer, Beistand; untergeordnet

Barfüßermönche = unbeschuhte Mönche, die innerhalb der Klostermauern gar kein Schuhwerk tragen oder Sandalen aus Leder und Stroh; zu ihnen gehören die Franziskaner

Bruche = hauptsächlich von den Männern getragene knielange, weite Unterhose

Cellerar = ihm unterstanden alle Vorräte an Getränken, Nahrungsmitteln, Geräten und Kleidung

Christmonat = Dezember

Daubenschale = aus Holzdauben (Längshölzer) gefertigtes Gefäß, das mit Birken- oder Weidenruten zusammengehalten wird

Dormitorium = Schlafraum der Mönche und Novizen

Eismonat = Januar

Fest der Erscheinung des Herrn = 6. Januar, Dreikönigstag

Fuß = Maßeinheit, ca.30 cm

Guardian = Klostervorsteher im Franziskanerorden

Gugel = Kopfbedeckung mit langer, zipfliger Kapuze, welche auch die Schultern bedeckt

Handspanne = Maßeinheit, Abstand zwischen Mittelfingerspitze und Handwurzel, etwa 20 cm

Kanne = Hohlmaß, nicht ganz ein Liter

Katzenkopp = kurzer, leichter Schlag auf den Hinterkopf

Kukulle = im Hochmittelalter Überwurf unterschiedlicher Länge, die ursprünglich einer Gugel ähnelte

Lampenöl = minderwertiges Raps- oder Leinöl, das zum Verzehr nicht geeignet ist

Lavatorium = Wasch- oder Badehaus, in dem auch das wöchentlich Schneiden der Tonsur und die wöchentliche Rasur stattfanden

Lenzmonat = März

Nyen Brandenborch = Neubrandenburg, Mecklenburg Vorpommern

Rauhnächte = 21.12. (Thomastag) bis zur Nacht vor dem 06.01. (Perchtnacht), Nächte der wilden Naturgeister, der Seelen der Abgeschiedenen und des Geisterheeres der Wilden Jagd

Sankt Katharina = 25. November

Sankt Wolfgangstag = 31. Oktober

Schaff = hölzerner, wasserdichter Eimer

Schlachtemonat = November

Schragen = Holzböcke, auf die lange Bretter gelegt werden

Schritt = Maßeinheit, im deutschsprachigen Raum zwischen 71 cm und 75 cm

Schürreskarre = einrädrige Holzkarre, die benutzt wurde, um schwere oder sperrige Lasten zu transportieren

Sondersiechenhaus = Leprösenheim, dort werden die Aussätzigen gepflegt oder gehen einfachen Arbeiten nach

Tag des Apostels Simon = 28.Oktober

Tag des Apostels Philippus = 14.November

Taumonat = Februar

Weinlesemonat = Oktober

welsch = Italien oder Frankreich betreffend

Witz = Verstand, Denkvermögen

Zingulum = Strick oder Seil, mit dem die Kutte zusammengehalten wird, bei den Franziskanern von weißer Farbe mit drei Knoten